여혐의 희생자

마리 앙투아네트 2

이것이 우리가 바라던 혁명이었던가?

여혐의 희생자

마리 앙투아네트 2

엔도 슈사쿠 지음

김미형 옮김

티타임

여혐의 희생자 마리 앙투아네트

왜 지금 마리 앙투아네트인가?

열 네 살의 어린 나이에 오스트리아에서 프랑스로 시집 와 38세에 처형된 왕비 마리 앙투아네트는 끊임없이 소설, 영화, 드라마로 만들어지는 매혹적인 캐릭터이다. 최고 권력자의 아내로 사치와 호사의 극치를 누리다가 나중에 단두대에서 목이 잘리는 처참한 죽음을 맞이한 것이나, 예쁘고 발랄한 소녀가 백발의 초라한 행색으로 변하는 인생 무상의 이미지라든가, 스웨덴 장교 페르센과의 순수하고 가슴 아픈 사랑의 이야기가 후세 독자들의 심금을 울리기 때문이다. 더 이상 새로울 것이 없는 그녀의 이야기를 왜 우리는 지금 다시 꺼내는가?

왕비의 정치적 재판은 선례가 없다

프랑스 대혁명 당시 국왕인 루이16세는 전적으로 정치적 범죄 때문에 처형되었다(1793년 1월). 그러나 10개월 뒤 처형된 왕비의 죄목은 주로 포르노그라피에 근거를 둔 것이었다. 프랑스는 중세 이래 살리카 법전의 지배를 받는 나라로, 여자의 토지 상속권이나 왕위계승권이 아예 법으로 금지되어 있는 나라였다. 영국에는 여왕이 있었지만 프랑스에서는 여왕의 존재를 상상조차 할 수 없는 이유였다. 이처럼 여성이 통치할 권리를 아예 기본법에서 제외시킨 국가에서 왕비를 정치적으로 재판에 회부한다는 것 자체가 이상한 일이었다. 여왕을 인정했던 영국에서 조차 아내를 제외하고 국왕만을 재판하였지, 왕비를 재판한 선례는 어느 나라에도 없었다. 그런데 왜 마리 앙투아네트는 정치적 재판을 받고 처형되었는가?

정치적 재판인데 근거는 포르노그라피였다

프랑스 대혁명은 거의 전적으로 포르노그라피 덕분에 성공한 혁명이라 해도 과언이 아니다. 혁명이 일어나기 전 구체제 하에서도 선정적인 팜플렛은 기승을 부리면서, 도래할 혁명을 준비하였다. 포르노그라피의 성적 선정성은 궁정, 교회, 귀족, 아카데미, 살롱, 군주제 등 기존 제도 전체를 공격하기 위해 선택된 수단이었다. 그 중에서도 마리 앙투아네트에 대한 포르노그라피가 대세였다. 혁명 후 더욱 더 맹렬해지는 포르노그라피 속에서 그녀는 온갖 추악한 외설적 언사로 조롱되고 비하되다가 재판에 회부되어 처형까지 되었다.

왜 그랬을까? 여자였기 때문이다.
마리 앙투아네트는 역사상 최초의 여혐(女嫌, misogynie)의 희생자였다.

마리 앙투아네트는 누구인가?

1755년 신성 로마 제국 프란츠 1세와 마리아 테레지아 여제(女帝) 사이에서 막내인 열다섯 번째 자녀로 태어났다. 어린 시절부터 자유분방하게 성장한 그녀는 활달하고 사교적이며 화려한 성격이었다. 희고 고운 피부와 탐스러운 머리, 날씬한 몸매를 가지고 있었고, 복장과 머리 손질에 관심이 많아 패션과 유행을 선도했다. 당시 프랑스 왕실이 왕비가 옷을 갈아입는 것과 화장하는 모습까지도 모두 공개했으므로 베르사유 궁전에는 왕비를 구경하려는 사람들로 매일 북새통을 이루었다. 어쩌면 이런 가시성(可視性)이 적국 출신의 왕비라는 약점과 함께 사지하는 왕비라는 악의적 소문의 근원이 되었는지 모른다.

프랑스의 다른 왕비들과 비교하면 그녀가 쓴 돈은 그다지 많은 수준이 아니었다. 남편인 루이 16세가 검소했던 탓에 이들 부부는 왕실 예산 중 겨우 1/10 정도만 사용했을 뿐이었다. 다만 이미 왕실의 재정상태가 좋지 않았다.

그리고 상승계급인 부르주아계급은 왕의 코 밑까지 치고 올라와 대혁명 당시 행정부와 사법부의 90%를 부르주아 계급이 차지하고 있었다. 이미 국가를 다 떠맡은 그들에게 남아 있는 유일한 적대 세력, 즉 형식적인 수장(首長)인 왕을 제거하는 일은 지푸라기 허수아비 인형의 목을 베는 것만큼이나 쉬운 일이었다.

루이 16세가 무능해서였다느니, 마리 앙투아네트가 사치를 해서라느니 하는 해석들은 한갓 부질없는 역사적 변명일 뿐이다.

그렇더라도 혁명가들에게는 민중을 설득시킬 자극적인 변명 거리가 필요했다. 그 희생자가 마리 앙투아네트였고 그 방법이 포르노그라피였다.

처형의 죄목은 근친상간

1793년 10월 마리 앙투아네트 재판을 주도했던 검사 푸키에-탱빌은 악의적인 기소장으로 악명이 높았다. 우선 그녀를 "프랑스 국민들의 천벌이자 흡혈귀"라고 부른 후, 혁명 이전에는 '무절제한 쾌락'과 그녀의 오빠인 오스트리아 황제를 은밀히 지원하기 위해 프랑스의 공금을 낭비하였고, 혁명 이후에는 궁정의 반혁명 음모의 정신적 지주였다고 했다. 더 나쁜 것은 국왕에게 영향력을 행사하여 완고한 대신들을 공직에 지명하는 범죄를 저지른 것이라고 했다. 그리고 마지막으로 결정적인 범죄 사실을 다음과 같이 적시했다.

"우리 시대의 아그리피나(로마의 왕비로서 칼리굴라의 어머니)로서 모든 점에서 부도덕한 카페(Louis Capet, 루이 16세의 이름)의 미망인은 너무도 사악하고 모든 죄악에 너무도 익숙해서, 어머니로서의 자질과 자연법이 정한 한계를 망각하였다. 아들인 루이 샤를 카페의 자백에 따르면 그녀는 아들에 대한 탐닉을 멈추지 못해, 생각만 해도 우리를 공포에 떨게 하는 음란 행위에 빠져들었다."

왕비의 재판에서 근친상간에 대한 기소는 그 당시 가장 '대중적'이었던 외설 신문 '뒤셴 신부(神父)'의 편집자 에베르에 의해 채택되었다. 파리 시 검사보의 자격으로 재판정에 출석한 에베르는, 루이 16세의 아들을 돌보라는 임무를 받았던 구두공 앙투안 시몽이 아홉 살 난 소년이 '음란한 모독'(수음)에 몰두하고 있는 현장을 잡았다고 했다. 그 소년에게 어디서 그런 짓을 배웠느냐고 물으니 어머니와 고모가 가르쳐주었다고 대답했다는 것이다. 아홉 살 짜리 아들과 근친상간을 했다는 것이 마리 앙투아네트 처형의 최종 죄목이었다.

포르노그라피의 사례들

근친상간 이야기는 시동생인 아르투아 백작과 연인관계라는 소문과 함께 이미 혁명 이전부터 떠돌아다니기 시작했다. 소문의 강도는 점점 높아져 국왕의 조부인 루이 15세와도 성적 관계가 있었다는 얘기가 나돌더니 마침내 추잡함의 상상력을 최대로 밀고 나가, 왕비에게 "가장 더러운 쾌락인 근친상간의 열정"을 가르쳐준 것이 바로 친아버지인 오스트리아 황제 프란츠 1세라는 이야기까지 나왔다.

1789년 혁명의 도래와 함께 수문이 열리자 왕비를 공격하는 팜플렛의 숫자는 신속하게 증가하기 시작했다. 노래와 우화, 가상적 전기와 고백과 연극에 이르기까지 그 형태는 모든 장르를 망라했다. '마리 앙투아네트의 생애에 대한 역사적 논문'이라는 가상적 전기도 있었다. 이 가상의 전기는 1781년 이후 다양한 제목으로 나타났는데, 어떤 글들은 정치적 내용이 거의 없는 노골적인 포르노그라피였다.

1791년 출판된 '루이 16세의 부인, 마리 앙투아네트의 자궁의 분노'에서는 국왕이 발기 불능이어서 아르투아와 폴리냑이 그를 대신하고 있는 채색 판화가 보인다. '프랑스 국왕 루이 16세의 부인, 오스트리아의 마리 앙투아네트의 삶, 처녀성 상실부터 1791년 5월 1일까지'와 두 권으로 된 속편 '프랑스의 전 왕비 마리 앙투아네트의 은밀하고 방탕하고 추잡한 삶'에도 상상할 수 있는 거의 모든 사람들과 애욕적인 포옹을 하고 있는 마리 앙투아네트의 모습이 보인다.

그녀의 첫 번째 연인으로 추정되는 독일의 장교, 노령의 루이 15세, 발기 불능의 루이 16세, 아르투아 백작, 두 여자와 한 남자의 다양한 3인 1조, 다이아몬드 목걸이 사건의 로앙 추기경, 라파예트, 바르나브 등이 왕비의 성적 파트너로 등장하는데, 거기에는 "신이시여! 이 황홀경이라니! 내 영혼은 날아가고, 나는 표현할 말이 없네" 같은, 각운을 맞춘 대구시(對句詩)가 곁들여 있다.

여성이라고 여성의 동지는 아니었다. 당시의 여권운동가인 루이즈 드 케랄리오(Louise de Keralio)는 '프랑스 왕비들의 범죄'라는 팜플렛에서 왕비의 연인으로 추정되던 많은 남녀를 열거한 후, "정치적 타란툴라 독거미인 왕비는 그 더러운 벌레를 닮았다. 그것은 어둠 속에서 오른 쪽에 정교한 거미줄을 친 다음 멋모르는 모기들이 걸려들면 그것들을 게걸스럽게 먹어치운다"라고 썼다. 그리고 이어서 피의 맛을 본 후 더 이상 만족하지 못하는 암호랑이에 왕비를 비유했다.

마리 앙투아네트는 온갖 짐승으로도 비유되었다. 폐위 된 후 감옥에 갇힌 왕비는 오스트리아의 암원숭이, 암 늑대 또는 암호랑이가 되기도 했다. 그녀의 재판에 즈음하여 에베르는 그녀가 원인이 되었던 모든 유혈에 대한 보복으로 페티 요리를 위한 고기처럼 그녀를 난도질하자고 제안하기도 했다.

차분하면 또 차분하다고 비난

난잡함, 근친상간, 음모 등을 빌미로 삼은 이 모든 공격은 공적 여성에 대한 남성들의 근본적인 불안감을 반영한다. 창녀를 빼고는 공적 영역에 진입한 여성이 하나도 없던 구체제하에서 왕비는 가장 극단적인 형태의 공적 여성이었다. 왕비에 대한 극렬한 포르노그라피는 혁명과 함께 남녀 구분이 붕괴되기 시작했던 상황에 대해 사람들이 극도로 불안감을 느끼기 시작했다는 표증이다.

사람들은 마리 앙투아네트가 차분하고 고요한 표정을 지으면 또 속과

겉이 다르다고, 속마음을 숨기는 나쁜 여자라고 비난했다. 혁명 재판소에서 사형 선고를 내렸을 때 그녀는 심문 때와 마찬가지로 '고요하고 확신에 찬 표정'을 유지하고 있었다. 사형대로 향하는 길에서도 그녀는 수많은 무장한 군중을 지나치며 아무런 동요 없이 냉담한 자세를 유지했다. 그녀의 얼굴에서는 낙담도 자만도 찾아볼 수 없었다. 이를 묘사한 신문기사는 그녀가 보통 때나 다름없이 '감정의 동요 없는 오만한 성격을 마지막 순간까지' 보여 주었다고 비난했다.

놀랍게도 국왕의 처형에는 인격적인 중상비방이 거의 뒤따르지 않았다. 에베르가 왕을 돼지, 식인귀 혹은 주정뱅이라고 부르기는 했지만 이것은 상대적으로 특수한 경우에 속했다. 국왕에 대한 조롱은 고작해야 오쟁이 진 남편(부정한 아내의 남편)이었는데 이것은 마리 앙투아네트에 대한 끈질기고 추악한 성적 비하에 비교하면 아무것도 아니었다. 혁명가들이 루이 16세에 대해 상대적으로 침묵을 지켰다는 사실은 당시 많은 사람들의 저변에 깔려있던 생각, 즉 권력과 통치는 남성의 것이라는 인식을 반영한다.

마리 앙투아네트는 사상 최초로 정치적 영역에서의 여혐의 희생자였다.

아버지의 통치가 끝나고 형제들의 시대로

절대주의 이념이 지배하던 왕정 체제는 가부장제와 밀접한 관련이 있다. 국왕은 백성들의 아버지였고, 신민은 모두 왕의 아들 딸들이었다. 프랑스 혁명의 3대 구호를 동양권에서는 자유, 평등, 박애(博愛)라고 번역했지만, 실상 박애는 프랑스어의 fraternité를 의역하여 옮긴 것이고, fraternité의 실제 뜻은 '형제애'이다. 이 한마디 말에서 우리는 프랑스 대혁명이 가부장제에 기반한 정치적 부권의 종언을 뜻한다는 것을 알 수 있다. 혁명이 아버지에 대해 '형제들'이 벌인 성공적인 투쟁이었다고 해석하기 위해서는 굳이 정신분석 이론에 깊이 들어갈 필요조차 없다는 것을 이 단어 한 마디가 보여준다.

프랑스 혁명의 3대 슬로건인 '자유, 평등, 형제애' 중에서 사실 형제애는 가장 이해가 쉽지 않은 가치였다. 급진적 시기였던 1792~94년에 형제애는 주로 공포를 자아내는 좁은 의미로 쓰인 경우가 더 많았다. 즉 대중들의 수준에서 '우리'와 '그들'을 나누는 경계선의 역할을 했다. 1793년 2월 파리의 한 집회에서 나온 다음과 같은 선언이 그것을 잘 보여준다. "자유로운 국민들에게 중립적인 존재란 있을 수 없다. 형제 아니면 적만이 있을 뿐이다."

로베스피에르 몰락 이후 형제애는 혁명의 슬로건에서 탈락되었고, 자유와 평등만이 남게 되었다. 공식 화가들도 주제 목록에 더 이상 형제애를 포함시키지 않았다. 이 간략한 역사가 보여주듯 형제애라는 말은 과격한 혁명과 불가분의 관계로 연결된 정치적 용어였다.

그렇다면 만일 가부장제가 형제애라는 모델로 대체되어야 한다면 이 새로운 모델의 함의는 무엇인가? 그리고 형제라는 말에서 배제된 자매, 즉 여성은 어떤 정치적 위치를 갖게 될까?

아버지 죽이기가 인류의 기원

『토템과 터부』(1913)에서 프로이트는 인류의 기원을 다음과 같이 제시하고 있다. 이른바 '희생(犧牲)이라는 최초의 행위' 속에서 아들들은 함께 뭉쳐 아버지를 죽이고 그의 몸을 먹었다. 아버지가 모든 여성을 독점하고 아들들을 쫓아냈기 때문이다. 죽은 아버지의 몸을 먹음으로써 아들들은 아버지와의 동일화를 완수했다. 이런 일을 저지른 형제들은 곧 죄의식을 느꼈고, 그리하여 두 가지 터부를 만듦으로써 자신들의 행위를 속죄하려 했다.

첫 번째는 어떤 특정의 동물을 정해놓고, 그것이 아버지를 대신하는 것으로 상정해 놓은 다음 부족 구성원들에게 이 짐승을 죽이는 것을 금했다. 즉 토템 동물을 죽이는 것에 대한 터부였다. 두 번째는 근친상간에 대한 터부였는데, 이는 아버지가 사라져 자유롭게 된 자매들을 그 어떤 형제도 소유할 수 없도록 한 것이었다. 평화롭게 함께 살려면 형제들은 이전에 아버지가 거느리던 여성들을 거절해야만 했다. 이러한 터부를 제도화함으로써 아버지를 죽이고 난 후에 당면한 주요 문제, 즉 여성들을 둘러싼 상호간의 경쟁 문제를 해결할 수 있었다. 이 두 터부는 각기 종교와 친족 제도를 발생시켰다. 이 두 가지 금기를 통해 인류는 아버지를 죽이고 어머니와 자고 싶다는 욕망인 오이디푸스 콤플렉스 문제를 효과적으로 해결했다.

그런데 프로이트의 관점은 너무나 가부장 중심적이어서 그가 생각할 수 있는 유일한 투쟁은 아버지와 아들 사이에만 국한되었다. 오이디푸스 삼각관계에서 어머니는 물론 제일 중요한 존재이지만, 조금 더 생각해 보면, 그녀는 오로지 아버지와 아들의 욕망의 대상일 뿐, 스스로 행동하는 주체가 아니다. 정치권력의 영역에서 어머니가, 다시 말해 여성이 완전히 배제된 것은 이런 과정을 통해서였다.

마리 앙투아네트는 역사적 여혐의 희생자

프로이트가 아버지의 살해 이후에 발생한다고 예상했던 문제, 즉 여성을 어떻게 해야 하는가의 문제는 결국 해결하기가 매우 어려운 것임이 판명되었다. 가정과 국가에서 남성과 분리된, 그리고 남성과는 다른, 그러면서도 불평등한 여성에게 어떤 역할을 주어야 할 것인가의 문제가 남성 공화주의자들을 괴롭혔다. 처음에는 동등한 상속과 이혼의 자유 등을 허용했지만 곧 여성의 정치 참여는 금지되었다. 1793년에 여성 클럽은 법률로 금지되었고, 1795년 봄 국민공회에 대한 대중들의 봉기에서도 여성들은 입법부의 방청석에서 배제되었다. 모든 정치적 모임에 참가하는 것이 금지된 것은 물론 길에서도 여성들은 다섯 명 이상 모이는 것이 금지되었다.

마리 앙투아네트는 물론 여성의 권리에 아무 관심이 없었다. 프랑스의 초기 여권론자들 역시 왕비에 대해서는 아무 관심이 없었다. 오히려 그녀들은 남자들과 함께 왕비를 마구 공격하기에 바빴다. 그러나 아이러니 하게도 마리 앙투아네트와 여성의 지위 문제는 밀접하게 연관되어 있다. 왜냐하면 형제들의 공화국에서 형제들은 여자에게 공적인 역할을 부여할 생각이 전혀 없었고, 왕비는 공적인 영역에서 활동하는 가장 중요한 여성이었기 때문이다.

그러므로 새삼 왜 마리 앙투아네트인가?

지난 1년간 우리나라에서 일어난 최고 공적 여성에 대한 정치적 여혐(女嫌)의 사례가 그녀를 생각나게 했기 때문이다.

아, 물론 무엇보다도 마리 앙투아네트 이야기는 재미있기 때문이다. 폭풍 같은 사랑, 호사스러움이 극에 이른 사치, 끝 모르게 어두운 음모와 배신, 복수의 달콤함, 고통스러운 죽음 등 온갖 전율적 요소들이 우리를 가슴 떨리게 만드는 영원한 낭만주의 서사이기 때문이다.

2017년 10월 박정자

폭풍우가 다가오다

아침 일찍, 루이 16세가 평소대로 대장장이 공방에서 두 남자와 이야기를 나누고 있었다.

"폐하." 그 중 한 사람이 작업대 위에 종이를 펼치며 보고했다.

"이것이 우리가 개량한 단두대 설계도입니다."

"고맙소. 기요탱(Joseph Ignace Guillotin, 1738~1814) 박사."

국왕은 기요탱 박사라 부른 남자에게 말하고는 땅딸막한 몸을 숙여 설계도를 바라보았다.

그리고 그는 또 한 사람—파리의 사형집행인을 돌아보며 말했다. "무슈 상송(Charles-Henri Sanson, 1739~1806), 자네도 이 설계도를 작성할 때 의견을 말했나?"

"물론 그렇사옵니다."

사형집행인은 황송해 하며 말했다.

"기요탱 박사는 물론 저 역시 이 단두대로 처형한다면 사형수가 마지막에 고통을 거의 느끼지 않을 것이라 확신하옵니다."

"그렇군. 그렇다면 나도 찬성일세. 어쩔 수 없다지만, 그래도 인간에게 고통을 안겨주는 처형이…… 마음에 들었던 건 아니야."

국왕은 눈앞의 설계도를 흡족한 얼굴로 다시 바라보았다. 다만, 수직 사형대에서 낙하할 칼날이 초승달모양인 게 조금 마음에 걸렸다. 초승달 모양보다는 풀을 베는 낫 모양이 중력을 고려했을 때 적은 힘으로 위력을 발휘한다는 걸 알고 있었기 때문이다.

"박사, 내 생각이 틀렸는지는 모르겠소만……."

국왕은 평소의 둔중함과는 전혀 다르게 생생한 표정으로 자신의 의견을 말했다. 그에게는 세공과 열쇠를 만들기 위해 공방에 틀어박혀 있을 때가 가장 행복한 시간이었는데, 이 베르사유에서 그의 취향을 이해해 줄 사람은 아무도 없다.

"아, 그렇군요. 지당하신 말씀입니다."

기요탱 박사는 콧수염을 만지작거리며 고개를 끄덕였다.

"거기까지는 저희도 생각이 미치지 못했습니다."

왕은 즐거웠다. 내 생각을 알아주는 사람이 있다니. 언제까지나 이 공방에서, 마음을 터놓고 이들과 이야기를 나누고 싶구나. 아, 맞다, 오늘은 재무총감(Contrôleur général des finances) 칼론(Charles-Alexandre de Calonne, 1734~1802)이 알현을 요청했었지. 그는 오늘도 또 복잡한 재정 개혁안을 보고할 테지.

은행가 네케르(Jacques Necker, 1732~1803) 후임으로 임명된 유명한 법률가 칼론은 위기에 빠진 프랑스 재정을 재건하기 위해 동분서주하고 있지만, 구제도에 칼을 들이대려는 그도 오랫동안 특권의 단물을 빨아 왔던 귀족과 성직자들의 반발을 두려워하기는 전임자와 마찬가지였다. 반대 자들은 자신들의 이익을 법률로 지켜줄 고등재판소를 등에 업고 칼론에게 압력을 가할 것이다. 염세(鹽稅)를 일률화하고 곡물의 거래 자율화를 부활해 지방 조세를 신설하려는 칼론의 개혁안은, 영지를 가진 귀족과 성직자들의 면세특권을 위협하기 때문이다.

"늘 그렇지만 그대들과 이야기를 나눌 수 있어 참 기쁘군."

국왕은 기요탱 박사와 상송에게 진심으로 고맙다는 말을 하고 공방을 나섰다. 방금 본 단두대 설계도가 눈에 아른거렸다.

(그것만 완성되어도 사형수들은 분명 편안히 눈을 감을 수 있을 거야.)

수행원들에 둘러싸여 궁전 집무실로 향하며 국왕은 무심코 비서에게 물었다.

"오늘 파리에서 형을 받는 자는 없겠지?"

"있습니다. 라 모트 백작부인이 낙형(烙刑)을 받습니다."

"라 모트 백작부인?"

"잊으셨습니까? 그 목걸이 사건 때의."

"아아……."

우울한 피로가 몰려온다. 국왕이라는 직책은 피곤한 일이다. 귀족들에게 끔찍한 형 집행을 승인하는 것도 국왕이 해야 할 일 중 하나라니. 그는 눈을 감고 라 모트 백작부인이라는 이름을 기억 저편으로 밀어내려 했다.

공방에 남은 기요탱 박사에게 샤를 앙리 상송이 말했다.

"저도 이만 물러가 보겠습니다."

"이렇게 일찍? 같이 점심식사라도 할까 했는데."

"그러고 싶지만 일이 있어서요. 정말 괴로운 일입니다만, 라 모트 백작부인을 재판소 안뜰에서 판결대로 처벌해야 하거든요."

"아아, 인간이 인간을 단죄하고 육체에 고통을 주는 시대가 끝날 날이 오기는 할까?"

오전의 밝은 빛이 비추는 파리재판소 안뜰에는, 그네 같은 형벌대가 전날 밤부터 놓여 있었다. 울타리 밖에는 새벽부터 구경꾼들이 모여 있었고 이번 사건으로 유명인사가 된 라 모트 백작부인이 감옥에서 나오는 모습을 떠들며 지켜보았다.

돌이 깔린 안뜰에 마로니에 나무의 푸릇푸릇한 잎사귀가 그늘을 드리우며 흔들리고 있었고, 햇빛은 거기에 줄무늬를 만들고 있었다. 푸른 하늘과 햇볕을 만끽하는 사람들은 지금부터 여기서 잔혹한 낙형이 집행될 것이라고 상상하기가 힘들었다.

북을 들고 제복을 입은 두 형리가 상송과 함께 모습을 드러냈다. 그 형리들이 치는 북소리가 울려 퍼지면서 동시에 안뜰을 향한 재판소의 거무스름한 문이 활짝 열렸다. 그러자 구경꾼들은 입을 다물고 네로의 원형경기장에서 그리스도교도와 사투를 벌일 수사자처럼 문을 응시했다.

드디어 너덧 명의 형리들에게 잡힌 팔을 빼려고 몸을 꼬며 격렬하게 저항하는 여자가 막 모습을 드러냈다. 흰 옷이 찢어지고 속옷이 훤히 드러난 헝클어진 머리의 그녀는 형리들의 손아귀에서 벗어나려 소리를 질러댔다.

"살인자들. 만지지 말라고, 살인자들아!"

형리들이 우악스럽게 그녀를 형벌대로 끌고 간다. 발버둥치는 몸과 팔을 쇠고리에 묶었다.

그 동안 상송은 눈을 감고 있었다. 그는 아무 것도 보지 않으려고 시선을 피하면서 그녀 앞으로 걸어갔다. 그리고 형을 집행하는데 앞서 재판소 명령서를 읽어 내려갔다. 늘 그랬듯 그에게는 고통스럽기만 한 의무가 시작되었다.

"널 저주할 거야."

라 모트 백작부인은 악귀 같은 표정으로 상송에게 침을 뱉었다.

"모두를 저주할 거야. 국왕도, 마리 앙투아네트도 저주하고 말테야. 잘 들어. 지금 날 구경하는 너희들, 똑똑히 들어 두라고. 이제 곧 국왕도, 오스트리아에서 온 그 여자도, 그 놈들 아이들도, 나처럼 여기 묶일 거라고. 여기서 똑같은 고통을 맛볼 거라고. 그리고 목이 잘리고 지옥 불에 떨어질 그날이 반드시 온다고."

휘파람과 고함소리와 함성이 군중들 속에서 폭풍우처럼 일어났다.

"찬성, 찬성이오."

"그러니까 너도 그 형벌을 받아야 하는 거야."

젊은 여자의 웃음소리가 군중들 속에서 들려왔다.

형리는 라 모트 부인의 옷을 거칠게 찢었다. 우윳빛 어깨가 드러났다. 거기 모인 모든 사람들이 그녀의 풍성한 유방을 목격했다. 활활 타는 숯을 넣은 화로에서 인두를 끄집어낸 형리가 희생자에게 천천히 다가갔다. 부인은 짐승처럼 비명을 지르고 허벅지를 드러내며 형리를 발로 차며 날뛰었다.

지지직 하는 소리가 났다. 흰 연기와 혐오스런 냄새가 그녀의 몸에서 피어올랐다. 그녀는 끔찍한 신음소리를 내며 몸을 뒤로 젖히고 전기가 몸을 관통한 듯 경련을 일으켰다. 그리고 입에 거품을 물며 기절했다.

(끔찍해.)

군중들 속에 섞인 아녜스 수녀는 손을 꽉 쥐고는 이 처참한 광경을 바라보고 있었다.

(정말 끔찍해.)

그녀는 라 모트 부인이 이런 잔혹한 형벌을 받는 게 참을 수 없었다. 물론 이 여자가 저지른 사기죄는 벌을 받아 마땅하다. 하지만 사기죄에 해당하는 벌은 기껏해야 5년형이 아니던가. 그런데 이 여자는 왕비 마리 앙투아네트에게 불경죄를 저질렀다는 이유로 이 낙형과 무기징역이라는 무거운 형벌을 받은 것이다.

(베르사유 사람들과 국왕은 잘못 됐어. 하느님 앞에선 그들도 이 부인도 모두 평등한데. 그들은 이 여자에게 모욕을 당했는지 몰라도, 더 끔찍한 인격모독을 그녀에게 자행하고 있는 거야.)

하느님. 이런 모욕을 국왕이라는 이유만으로 민중에게 자행해도 되는 것입니까. 수녀는 얼굴을 돌려 군중들에서 빠져나가 종종걸음으로 멀어졌다.

너무나 잔혹한 광경에 군중들 중에서 누구 하나 목소리를 내는 자가 없었다. 휴지처럼 뭉개져 실신한 라 모트 백작부인을 형리들은 재판소로 끌고 갔다.

집행인 상송은 이마의 식은땀을 닦았다. 오늘 밤, 그는 또 다시 괴로운 악몽에 시달려 몸에 맞지도 않는 술을 위장에 털어 넣어야만 한다……

마리 앙투아네트의 평판은 하루하루 땅에 떨어졌다. 예상과는 달리 목걸이 사건은 그녀에게 타격을 입혔다. 농민들이 굶주림에 고통을 당하고 국가가 적자와 빚에 허덕이고 있는데 그 오스트리아 여자는 돈을 물 쓰듯 쓰고도 태연히 잘만 살다니, 목걸이 사건을 통해 국민들이 그 사실을 똑똑히 마주하게 된 것이다.

"그 여잔 이 나라를 적자(赤字) 국가로 만들었어. 불행을 초래하는 여자야."

사람들은 이제 노골적으로 그녀를 적자부인이라는 경멸어린 이름으로 불렀다.

"우리가 먹을 빵 가격이 왜 올라가겠어. 왜 세금이 올라가겠느냐고. 이게 모두 그 여자 때문이야."

이런 불경스런 말도 모두 진실이라고 믿게 되었다. 마치 자기들의 삶이 고단한 게 모두 왕비 마리 앙투아네트 한 사람이 돈을 낭비한 탓이라는 듯이……

마리 앙투아네트도 그런 국민들의 냉담한 시선을 조금씩이나마 알아차리기 시작했다. 무언의 비난을 점차 느끼게 된 것이다.

파리 극장을 찾아가면 관객들의 시선이 일제히 그녀의 관람석을 향했고 낮은 비난의 휘파람소리가 여기저기서 들리다가 점차 그 휘파람은 거대한 합창이 되었다. (여기서 나가.) 마치 그 울림은 그렇게 말하는 것 같았다. (여기서 나가라고, 이 오스트리아 여자야.)

그럴 때면 경악한 마리 앙투아네트가 동행한 사람들을 뒤돌아본다. 눈에는 자존심이 상했다는 분노보다는 차라리 놀라움이 가득 차 있다.

(왜들 이러지?) 그녀는 벗들에게 이렇게 묻고 싶었다. (왜들 이러지? 난 파리 시민들에게 사랑받는 줄 알았는데.)

정치와 외교상의 실패, 재정 파탄은 그녀의 책임이 아니었다. 프랑스 국가재정이 적자에 허덕인 것도 왕비의 과실이 아니었다. 그러나 사람들은 삶의 고통이 전혀 개선되지 않을 것이라는 사실을 알았을 때, 증오의 대상을 색출해야만 했다. 그 대상이 마리 앙투아네트였던 것이다.

살페트리에르(Salpêtrière) 여자감옥에 갇혀 무기징역 형을 복역하게 된 라 모트 부인이 파리 시민들의 동정을 한 몸에 받은 것도 그 때문이다. 마리 앙투아네트에게 반감을 품을수록 시민들은 왕비에게 불경죄를 저지른 여자에게 호감을 느꼈다.

시민들뿐만이 아니다. 귀족들 중에도 왕비의 측근에서 멀어져 트리아농 궁에 초대받지 못한 자들이 이에 동조했고, 라 모트 부인을 위해 기부

금을 모아 감옥으로 위문품을 보내기도 했다. 그럼으로써 마리 앙투아네트에 대한 적의를 분명하게 드러낸 것이다.

감옥에서 라 모트 부인은 수많은 시민들로부터 편지를 받았다. 어느 날, 편지들 중에 가까운 벗에게서 온 서명 없는 서찰을 발견했다.

"내가 누군지 알아 봤을 줄 아오. 당신은 내게 화를 내고 있겠지만, 사실 나는 그 사건을 통해 한 푼도 보수를 받지 않았소. 그걸 알아준다면 당신도 나를 용서할 것이오. 그리고 난 당신이 가까운 시일 내에 자유를 얻을 수 있도록 구상을 하고 있는 중이오."

서명 없는 편지였지만, 부인은 그게 누구의 필적인지 금방 알 수 있었다. 바로 칼리오스트로가 쓴 편지였다.

"난 당신이 가까운 시일 내에 자유를 얻을 수 있도록 구상을 하고 있는 중이오……."

이 암시와 같은 마지막 말은 칼리오스트로가 그녀를 탈옥시킬 계획을 짜고 있음을 완곡하게 표현한 것이다.

(역시…….)

라 모트 부인은 미소가 절로 나왔다. 이상하게도 그녀를 배신한 그 남자에 대한 분노보다, 구출계획을 짜는 칼리오스트로에 대한 신뢰감이 가슴을 더 크게 지배했다.

(탈옥하기만 하면…… 그 오스트리아 여자한테 복수할 거야.)

라 모트 부인의 증오는 오롯이 마리 앙투아네트에게만 향했다. 뿐만 가슴에 지워지지 않는 인두의 흔적—오그라든 화상 흉터를 만든 것은 바로 그 왕비다. 그 여자에게 평생 복수를 하고 말리라…….

칼리오스트로에게서 편지를 받고 자유를 얻게 될 지도 모른다는 어렴풋한 희망을 품게 된 그녀는, 평소에는 태연한 표정을 지었다. 이 살페트리에르 여자감옥의 수감자들은 힘든 작업과 쉬운 작업으로 나뉘어 일을 해야 했는데, 부인은 자진해서 감옥 청소를 맡아 순종적으로 묵묵히 그 일을 해냈다. 원래 어렵게 자랐던 그녀에게는 그다지 힘든 일이 아니었고, 그 편이 감시하는 형리와 수녀들을 안심시킬 수 있었기 때문이다.

그러던 어느 날 그녀가 바닥에 무릎을 꿇고 앉아 걸레질을 하고 있을 때, 한 젊은 수녀가 근처를 지나가다가 문득 걸음을 멈추고 부인을 내려다보았다. 그리고 작은 소리로,

"오늘 밤……"

이라고 속삭인 후 총총히 멀어져갔다.

본 적 없는 얼굴의 젊은 수녀였다. 라 모트 부인은 직관적으로 칼리오스트로가 보낸 사람임을 알았다.

그날 밤, 취침시간이 다가오고 여자 수감자들 방의 등불이 모두 꺼지자 라 모트 부인의 방에 발소리를 죽이고 그 젊은 수녀가 들어왔다.

그 수녀는,

"준비 됐나요?"

하고 속삭였다. 라 모트 부인이 고개를 끄덕였다.

"전 마르그리트라는 사람에게서 부탁을 받았어요. 마르그리트를 아시죠?"

그리고 복도를 손으로 가리키며,

"오른쪽 끝에 있는 출구 입구가 열려 있을 거예요. 그 문에서 안뜰로 나가세요. 문은 밀면 열립니다. 문 밖에 마차 한 대가 당신을 기다리고 있을 거예요."

라 모트 부인은 수녀의 손을 잡고,

"이름이 뭐죠?"

하고 작은 목소리로 물었다.

"이름 없는 수녀입니다."

수녀복을 입은 그 여자는 대답했다.

그 말대로 캄캄한 복도 끝까지 걸어가 문을 밀어 안뜰로 나갔다. 그리고 발소리가 나지 않게 살금살금 문밖으로 나갔다. 습기가 느껴지는 파리의 밤 냄새를 그녀는 가슴 깊이 들이마셨다. 이제 자유다.

두리번거리며 마차를 찾았다. 마부가 채찍을 슬쩍 들어 신호를 보냈다. 빠른 걸음으로 그 마차에 다가가자,

"잘 왔소, 라 모트 백작부인."

하고 한 남자가 마차 문을 열고 씨익 웃으며 얼굴을 내밀었다. 칼리오스트로였다.

칼리오스트로의 주선으로 노르망디의 르 아브르(Le Havre)에서 배를 타고 영국으로 건너간 라 모트 백작부인은 그 후 5년 동안 — 5년 후인 1791년에 그녀는 창문에서 떨어져 죽었다 — 말 그대로 왕비 마리 앙투아네트에 대한 복수를 위해 여생을 바쳤다.

그 복수란 거짓으로 점철된 『회상록』과 마리 앙투아네트를 모욕하는 이야기를 끊임없이 만들어 출판하는 일이었다.

그 책 속에서 라 모트 부인은 그녀가 왕비의 절친한 벗이었기에 왕비의 명예를 위해 자진해서 대신 죄를 뒤집어썼다고 했고, 그녀와는 단순한 친구가 아니라 레즈비언 관계였다고도 썼다. 더군다나 마리 앙투아네트와 로앙 대주교는 보통 사이가 아니며 왕비와 불륜을 저지른 남녀는 서른네 명 이상이었다고 공언했다.

왕비를 직접적으로 알고 있는 사람이라면 이 음란물이 얼마나 엉터리

와 거짓으로 일관된 책인지 바로 알 수 있었다.

그러나 대중들은―. 대중들은 이런 가십거리에 자진해서 속고 싶어 한다. 게다가 그 대상이 다름 아닌 프랑스 왕비다. 그야말로 최고의 화제 거리가 아닌가.

라 모트 부인의 복수는 성공을 거두었다. 런던에서 그녀의 회상록은 날개 돋친 듯이 팔렸고, 가는 곳마다 마리 앙투아네트의 음탕한 생활이 이야깃거리가 되었다.

'적자부인'이라는 그녀의 별명이 여기서는 '음란왕비'로 바뀌었다.

그러나 붉게 문드러진 화상 상처를 볼 때마다 라 모트 부인의 복수심은 너욱 너 불타올랐다. 그녀의 책이 성공하면서 그에 편승해 마리 앙투아네트를 조롱하는 에로틱 팸플릿이 런던에서 출판되었다. 『마리 앙투아네트 정사(情事) 이야기』, 『왕실이라는 유곽』, 『자궁의 광란』…….

일요일 오후, 아녜스 수녀는 수녀원 성당에 혼자 무릎을 꿇고 있었다. 좌우 스테인드글라스에서 오후의 태양빛이 비스듬히 비쳐들어 기도석과 바닥에 모양을 만들었다. 정면 제단에는 작은 램프에 붉게 불이 켜져 있었고(이는 주 예수 그리스도의 육체를 상징하는 성체가 안치되어 있음을 상징한다), 그리고 그 제단 뒤쪽에 여윈 남자가 가느다란 팔을 양쪽으로 벌려 십자가에 매달려 있었다.

(주여.) 아녜스 수녀는 그 여윈 남자를 향해 중얼거렸다. (주여, 올바른 길로 인도하여 주소서. 저는 수녀로서 해서는 안 될 일을 했습니다. 그러나 전 수도원에서 조용히 수도 생활을 보내는 것이 신자가 걸어가야 할 길이라고는 믿을 수 없습니다.)

십자가에 못 박힌 남자는 그저 애처롭게 아녜스 수녀를 내려다보고 있었다.

(프랑스 교회는 타락했습니다. 교회는 사람들의 고통을 돌아보지 않는 귀족출신 성직자들이 독점하고 있고, 그 성직자들은 자기들의 특권을 지키려고 발버둥질 칩니다. 민중들은 인간으로서의 권리를 빼앗겼는데도 교회는 침묵할 따름입니다. 주여, 저는 어떻게 해야 할까요?)

두 손을 꽉 모아 쥔 아녜스 수녀는 눈을 감았다. 그녀는 오후의 성당을 감싼 침묵 속에서 그녀를 인도해줄 목소리를 듣고자 했다.

모든 것을 하느님께 바친 몸이었지만 그녀는 다른 자매 수녀들과 달리 수녀원 밖에서 꿈틀대고 있는 커다란 혁명의 흐름에 눈을 감고 싶지 않았다. 가난했던 어린 시절부터 아녜스 수녀는 이 사회의 모순—태어나면서 부를 향유하는 사람이 있는가 하면, 다른 한편으로는 굶주림과 추위로 고통을 받는 자들이 존재하는 이 모순을 하느님께서 왜 묵인하시는지 이해할 수 없었다. 그 침묵에는 예수님께서 가르쳐주신 사랑이 결여되어 있었다. 그리고 제단 위에서 하느님의 사랑을 아름다운 말로 설교하는 주교들과 대주교들이, 실생활에서 고통 받는 가난한 자들에게 털끝만큼도 그 사랑을 베풀지 않는다는 사실을 알게 되면서 아녜스 수녀의 고민은 깊어만 갔다.

그녀는 쏟아져 나오는 혁명가들과 혁명사상가들의 논문을 미친 듯이 읽었다. 오노레 미라보(Honoré-Gabriel Riqueti de Mirabeau, 1749~1791)의 『프로방스 통신(Courrier de Provence)』, 로베스피에르(Robespierre, 1758~1794)의 『아르투아 보고서』, 볼네(Constantin-François Chasseboeuf, comte de Volney, 1756~1844)의 『인민의 첨병』과 같은 팸플릿을 통해 수녀원에서는 채울 수 없는 갈증을 해소할 수 있었다.

그러나 그녀가 이즈음에 더욱 공감하게 된 것은 샤르트르의 부주교, 시예스(Emmanuel-Joseph Sieyès, 1748~1836)의 『제3신분이란 무엇인가?』

라는 팸플릿이었다. 그 팸플릿은 성직자임에도 불구하고 대담하게 교회의 나태함을 지적하고, 귀족과 대지주와 같은 특권계층을 날카롭게 비판하는 논지로 일관되어 있었다. 시예스는 역설한다. 프랑스의 그러한 부정을 혁파할 수 있는 자들은 압박받는 시민, 농민, 상인, 다시 말해 제3신분이라고.

(교회 안에도 나와 같은 생각을 가진 사람이 있다니.)

시예스의 팸플릿에 나온 한 구절 한 구절에 아녜스 수녀는 공감할 수 있었다. 그리고 이 부주교의 글을 통해 사회의 정의가 하느님의 정의와 결코 모순되지 않는다는 것을 배웠다.

시예스는 20만 명의 특권계층을 위한 의회가 아니라 2,600만 명의 제3신분을 위한 의회를 만들자고 제창했다. "제3신분은 특권계층 때문에 한 팔이 쇠사슬에 묶여 있다. 따라서 특권계층을 없애기만 한다면 국민들은 과거보다 훨씬 성장할 수 있다"고 호소했다.

시예스의 목소리는 아녜스 수녀뿐만 아니라 많은 지식인 계층의 공감을 불러일으켰다. 미라보, 탈레랑(Charles-Maurice de Talleyrand-Perigord, 1754~1838), 라메(Alexandre-Théodore-Victor, comte de Lameth, 1760~1829) 형제, 콩도르세(Marie Jean Antoine Nocolas de Caritat, marquis de Condorcet), 뒤포르(Adrien Duport, 1759~1798)와 같은 후일 혁명 지도자가 될 자들은 국민의회 설립을 위해 움직이기 시작했다. 아녜스 수녀와 같은 젊은 여성들도 이 여론의 도도한 흐름에 민감해질 수밖에 없었다.

아녜스 수녀는 매일 아침 수녀원에서 미사에 참석한 다음, 다른 수녀들과 오전 업무를 끝내고 근처 사제관에서 잡일을 했다. 그리고 오후에는 생 탕투안 지구의 벽지공장에서 저녁까지 여공으로 일 했다.

이 벽지공장에서 일하는 여공들은 파리와 근교 시골의 가난한 가정에서 태어난 소녀와 주부들이었다. 그녀들은 처음에는 자신들처럼 먼지를 뒤집어쓰고 일하는 이 수녀에게 경멸과 적의를 드러냈지만, 아무리 괴로워도 결코 웃음을 잃지 않는 그녀에게 호기심을 품게 되었다.

"넌 수녀이면서 왜 이런 데를 다 왔니?"

한 여공이 그렇게 던진 질문이 아녜스 수녀와 그녀들의 결속을 단단하게 이어주었다.

수녀는 쉬운 말로 이 여공들에게 사회의 모순과 그 모순을 바꿀 용기에 대해 말했다. 그리고 그 용기를 지니는 것은 결코 예수님의 말씀을 거스르는 것이 아니라는 말도 했다.

"넌 참 이상한 애구나. 내가 다니는 성당 신부님께서 그 말을 들으시면 화를 내실 걸."

"그럴까? 하지만 그 신부님이 믿고 계시는 예수님이 이 세상에 살아 계실 때……,"

라고 수녀는 웃으며 대답했다.

"가난한 자들, 병든 자들, 사람들에게 경멸받는 자들을 친구로 삼으셨는데?"

"하지만 우리가 아무리 배고프다고 아우성쳐도 아무 대답이 없으시잖아. 애들에게 빵을 달라고 소리쳐도 하느님은 하늘에서 빵을 내려주시지 않아."

"그래." 수녀는 고개를 끄덕였다.

"하느님께선 아이들을 위해 빵을 내려주시지 않지. 하지만 우리가 아이들을 위해 그런 세상을 만들어 가기를 기다리고 계셔. 마치 아이들이 숙제를 다 풀 때까지 참을성 있게 기다려 주는 선생님처럼······."

"아 참 이 수녀님, 말 한 번 잘 하네."

이러한 대화로 아녜스 수녀와 여공들 사이에 미약하나마 우정이 싹트기 시작했다. 여공들은 쉬는 시간이면 수녀를 둘러싸고 그런 얘기들을 들었다.

그러나 문맹인 데다가 정치에 대해 아무 것도 모르는 여자들에게 지금 사회가 어디를 향해 나아가는지 알기 쉽게 설명하기란 녹록치 않았다.

"이제 곧 국왕은 삼부회(三部會, les Etats Généraux)를 소집할 거야. 혹시 삼부회가 뭔지 아니? 그건 다양한 계층의 대표자들이 모여 자기들의 요구에 대해 말하고 토론하는 모임이야."

"그래?"

"하지만 이 삼부회에서 귀족과 귀족출신 성직자들이 하자는 대로 따라선 안 돼. 그러기 위해서는 일반 평민 출신 대의원들을 되도록 그곳에 많이 보내야지. 무슨 뜻인지 알겠니?"

헝클어진 실을 끈기 있게 풀듯이 수녀는 여공들의 가난한 삶이 왜 바뀌지 않는지 설명했다. 프랑스가 지금 재정 위기로 어려움에 처한 것은 왕족과 귀족들이 돈을 물 쓰듯 펑펑 쓰기 때문이라고 얘기했다.

처음에는 하품을 하면서 듣던 여자들이 겨우 이런 얘기를 이해하고 작으나마 하나의 조직이 생겼을 때, 아녜스 수녀는 수녀원장에게 불려갔다.

"무슨 일이신지요?"

수녀원에서는 원장의 명령이 절대적이다. 수녀들에게 꼭 필요한 겸손의 미덕을 쌓게 만들기 위해서이다.

"아녜스 수녀님."

수녀원장은 책상 저편에서 곤혹스런 표정을 지었다.

"오늘은 수녀님께 충고의 말씀을 드려야겠네요. 저는 수녀님이 성실하고 용기 있는 분이라는 걸 잘 알고 있어요."

그렇게 말하고 수녀원장은 말을 일단 끊었다.

"그러나 그 성실함이 지나치면 때로는 다른 사람들을 힘겹게 만들기도 합니다. 생 탕투안 성당 신부님께서 수녀님에 대해 편지로 불만을 표현하셨습니다."

"제게 말입니까, 원장님?"

"그래요. 수녀님이 그 지역 공장 여공들에게 안 좋은 사상을 불어넣고 있다고요."

"안 좋은 사상이요? 아닙니다. 저는 그 사람들에게 인간답게 사는 게 바람직하다고 말했을 뿐입니다."

"수녀님은……."

수도원장은 눈을 내리깔고 중얼거렸다.

"교회 주교님과 대주교님들을 비난했다지요?"

"네."

"그건 말이 지나친 게 아닐까요?"

"하지만……."

"아뇨. 더 이상 듣지 않겠습니다. 앞으로는 절대로 여공들에게 그런 말을 해서는 안 됩니다."

수녀원장의 엄격한 질타에 아녜스 수녀는 고개를 떨궜다. 그녀는 사람들에게 한 말이 잘못되었다고는 도저히 수긍할 수 없었다.

폭풍우

아녜스 수녀가 오랫동안 고대하던 삼부회가 목전으로 다가왔다. 개최장
소인 베르사유는 그 때문에 요 며칠 동안 줄기차게 오가는 마차들과 군
중들로 떠들썩했다.

모든 숙박시설과 호텔이 만실이었다. 삼부회를 구성하는 귀족과 성직자
는 물론이고 제3신분이라 불리는 민중의 대표자들이 그 호텔과 숙박시설
에 묵었기 때문이다.

제3신분의 대의원들은 이 삼부회를 이용해 일제히 구체제에 타격을 입
히려 하고 있었다. 왕실과 귀족과 고위성직자가 지배하는 사회제도와 정
치체제를 뒤엎고 민중을 위한 프랑스를 만들어가야 한다. 그러기 위해 우
리가 새로운 의회, 국민의회를 만들자, 바로 그것이 그들의 목표였다.

계획을 면밀히 세운 사람들 중에는, 같은 성직자이면서도 추기경, 대주
교와 같은 고위 성직자들의 특권과 횡포에 분노를 품은 시예스 부주교,
학자 집안에 태어났으며 영국으로 건너가 정치가가 되고자 했던 미라보가
포함되어 있었다. 그들은 개회 날짜가 되기 전에 베르사유에서 매일 같이
모여 전략을 짰다.

그들이 묵었던 호텔이 베르사유 궁전 코앞에 있었다. 궁전은 그들을 제압하듯이 장중하고 화려하고 오만하게 비쳤다. 제3신분 대의원들에게 궁전은, 귀족들이 굳게 닫고 사는 견고한 성채처럼 보였다. 그곳에는 왕과 왕비를 중심으로 지금까지의 체제에 매달려 살려는 귀족들이 모여 있다.

그러나 그 베르사유 궁전은 지금 깊은 우울함에 빠져 있다. 원체 병약했던 장남이자 왕세자가 매일같이 고열이 나면서, 요양하고 있는 뫼동 (Meudon)에서 병세는 더욱 악화되었던 것이다. 마리 앙투아네트는 병상을 지키며 간병했지만, 왕자는 더욱 더 쇠약해져갈 뿐이었다. 국왕 루이 16세도 집무가 끝나면 매일같이 곧장 뫼동으로 달려갔다.

부부에게 지금 삼부회 따위는 아무래도 좋았다. 삼부회에서 제3신분의 요구를 누르고 이기는 것보다 내 아이가 건강을 회복하는 일이 이 두 사람에게는 더욱 중요한 일이었다.

뫼동 저택에서 마리 앙투아네트는 이때까지 즐기던 온갖 놀이를 다 잊고 오로지 어린 왕자의 머리맡에서 우왕좌왕하고 있을 뿐이었다.

달려온 국왕은 국왕대로 비탄에 빠진 아내를 위로하고, 시의(侍醫)의 보고를 슬픈 얼굴로 듣는 것 말고는 할 수 있는 일이 없었다.

5월 4일, 삼부회 개회에 앞서 전야제가 열렸다. 베르사유 거리에는 평소 인구의 두 배에 이르는 군중들이 몰려왔다.

왕세자의 병상을 염려하면서도 루이 16세와 마리 앙투아네트 왕비는 어쩔 수 없이 전야제에 치러지는 퍼레이드 행사에 참석해야만 한다.

퍼레이드가 지나가는 길에는 집 창문들마다 구경꾼으로 가득 했다. 사람들은 지붕까지 기어 올라가 바로 아래를 지나는 행렬에 박수와 환호성을 보냈다. 민중을 대표하는 제3신분 대의원들의 한 무리가 걸어온다. 무리 안에는 시예스가 있고, 미라보의 살찐 몸도 보인다.

제3신분 뒤를 귀족 대의원들이 따른다. 그리고 고위성직자들의 무리가 걸어온다. 창문에서 휘파람과 조소가 그들 위로 쏟아져 내린다.

그리고 마지막으로 왕과 왕비의 두 대의 마차. 문양을 장식한 궁정 마차에 탄 국왕 루이 16세의 모습을 보고,

"국왕 만세"

하는 목소리가 일어났다. 그러나 왕비 마리 앙투아네트의 마차가 지나갈 때 사람들은 차가운 침묵을 지켰다. 목걸이사건과 그 후 퍼져나간 소문으로 민중들은 이 왕비만큼은 용서할 수 없었다. 군중들의 차가운 시선을 느끼면서도 마리 앙투아네트는 그 아름다운 얼굴을 들어 똑바로 앞을 바라보고 있다. 그녀는 위엄과 품위를 결코 잃지 않으려고 애쓰고 있었다.

6월 2일 밤, 뫼동 궁에서 왕세자의 작은 생명의 불씨가 꺼졌다. 폐결핵과 카리에스로 뼈는 완전히 썩고 휘어져 있었다. 왕자의 죽음을 애도하며 노트르담 대성당에서 종소리가 슬프게 울려 퍼졌다. 그러나 사람들 귀에는 그 소리가 이제 몰락해가는 국왕 일가의 운명을 탄식하는 소리처럼 들렸다.

베르사유 궁전의 성당에서 검은 베일을 쓴 마리 앙투아네트는 두 시녀와 함께 딱딱한 기도석에서 기도하고 있었다. 그녀는 지금까지 독실한 신자는 아니었다. 아니, 그 마음과 사치스러운 생활에, 진정한 신앙심이 나타난 때는 거의 없었다.

그러나 지금, 그녀는 어디에도 기댈 곳이 없으며 무력하다는 것을 뼈저리게 느꼈다. 공허함, 슬픔, 그리고 자식을 잃은 괴로움이 마리 앙투아네

트를 깊은 좌절에 빠뜨렸다.

(가엾은 내 아이. 그렇게 말라가면서 고통스럽게 죽어가다니. 난 정말 나쁜 엄마였어. 내 즐거움에 정신이 팔려 그 아이의 건강을 돌보지 않다니.)

후회와 자책이 마리 앙투아네트의 가슴을 날카로운 이빨로 물어뜯었다.

(하느님. 그 아이에게 왜 이런 고통을 주셨나이까. 그 애는 왕위를 이을 운명이면서도 아무런 즐거움도 못 느껴본 채 죽어갔습니다.)

눈을 감고 그녀는 아들의 사랑스러운 얼굴을 떠올렸다. 아니다. 그 애가 오래 살지 못한 건 오히려 다행일지도 모른다. 이 나라 왕족이 앞으로 어떻게 될지, 아무도 알 수 없지 않은가. 이 나라 민심은 국왕에게서 완벽하게 멀어졌고, 혁명가들의 선동에 넘어가 베르사유의 권위를 인정하려 하지 않는다.

(난 이제 왕비가 아니어도 좋아. 평화롭게 남편과 아이들하고만 살 수 있으면 돼. 주님, 그런 미래를 우리 가족들에게 내려주소서.)

꼭 쥔 손에 얼굴을 세게 누르고 마리 앙투아네트는 제단에 걸린 십자가에 빌었다…….

"왕비마마."

등 뒤에서 시녀가 조용히 왕비에게 속삭였다.

"폐하께서 기다리고 계십니다."

루이 16세의 집무실에 모인 네케르와 몽모랭(Armand Marc de Montmorin Saint-Hérem, 1745~1792)의 얼굴에 피로에 지친 기색이 역력했다.

"부르셨습니까?"

왕비가 집무실에 들어가자 다시 재무총감이 된 네케르와 외무장관 몽모랭은 정중하게 고개를 숙였다.

"왕비마마. 삼부회 성직자들이 제3신분 대의원들과 손을 잡았습니다."

몽모랭이 근심어린 표정으로 보고했다.

"뭐라고요? 성직자들이요?"

"네."

"그럼 귀족들이 완전히 고립되었다는 말이군요."

"송구스럽습니다만…… 그렇습니다."

삼부회는 귀족 대의원, 성직자 대의원, 그리고 제3신분(le tiers état, 평민) 대의원, 이 삼부로 구성되어 있었다. 세 부류 중 귀족 그룹은 성직자 그룹의 배신으로 고립되었다. 귀족들의 이익과 권익이 부정당할 가능성이 커졌다.

"아까부터 유력귀족들이 궁전에 모여들어 국왕폐하께 강력한 조치를 취해달라고 청원하고 있습니다."

"강력한 조치란 뭘 뜻하죠?"

"제3신분이 요구하는 국민의회 설치를 저지하기 위해, 이를테면 국왕폐하의 명령으로 군대를 동원해, 국민회의가 열리게 될 므뉘 플레지르 관(館)(Hôtel des Menus Plaisirs)을 폐쇄한다거나 하는 방식을 말합니다."

루이 16세의 얼굴에는 당혹스런 빛이 분명하게 드러났다. 사람 좋은 그는 어떤 종류의 다툼이든 피하고 싶어 했다. 온당하고 평온하게, 피를 흘리지 않고 해결할 수만 있다면 무엇보다 그것을 선택하려는 게 그였다.

"군대를 동원한다고."

"용병부대는 폐하께 충성을 맹세했습니다."

"총칼로 억누르면 민중들이 반감을 일으키지 않을까?"

"그들은 이미 반감을 갖고 있습니다."

그렇게 대답한 것은 네케르도 아니었고 더군다나 몽모랭도 아니었다. 차가운 분노로 이글거리는 눈을 한 왕비 마리 앙투아네트였다.

"그들은 우리가 한 발 물러서면 오십 보를 물러서라고 요구할 겁니다. 때로는 국왕으로서 엄중한 태도를 취하셔야 합니다."

1789년 6월 20일 오전 7시 30분, 부슬비가 베르사유의 푸른 잎사귀를 적시고 있었다.

삼부회의 장소로 지정된 므뉘 플레지르 앞으로 총검을 든 근위병들이 흩어졌다. 그들은 입구 철문을 일렬로 감싸고는 총으로 겨냥한 채 대기하고 있었다.

오전 8시—회의에 출석하기 위해 비에 젖은 채 므뉘 플레지르로 모인 제3신분 대의원들은 병사들로 인해 입장할 수 없었다.

"왜 못 들어가게 하는 거지? 우리에겐 들어갈 권리가 있어."

"회의는 연기되었고, 안은 내부수리 때문에 폐쇄되었습니다."

대장은 바싹 다가서는 대의원들에게 곤란한 듯이 변명했다. 그는 일개 개인으로서는 제3신분 대의원들에게 동조했지만 상사의 명령인 이상 어쩔 수 없었다.

"말도 안 돼."

"귀족들과 국왕 측의 음모다. 성직자 그룹이 우리 편에 동조했다고 태세를 재정비할 속셈이야."

"적들의 술책에 넘어가지 마라."

분노의 외침은 드디어,

"의회 장소를 바꿔라. 우리들만으로 국민의회를 구성하자."

라는 합창으로 바뀌었다.

"맞소!" 누군가가 큰 소리를 질렀다. "베르사유 궁전 안에 있는 실내 테니스코트(Jeu de Paume)로 갑시다. 그곳은 비어 있을 거요."

"브라보! 만세!"

제3신분 대의원들이 실내 테니스코트로 모였다는 보고는 베르사유에서 약8킬로미터 떨어진 마르쿠(Marcoux) 별궁에서 돌아온 국왕과 왕비의 귀에 이미 들어갔다.

"그런 개인적인 집회를 어떻게 삼부회라고 인정할 수 있겠습니까? 그들이 제멋대로 국민의회라 불러도 우리는 무시하면 되는 겁니다."

마리 앙투아네트의 미간에 분노의 빛이 어렸지만, 네케르 재무총감이 그녀를 제지했다.

"폐하."

어찌할 바를 모르고 허둥대는 루이 16세에게,

"이제는 시대의 흐름을 거스를 수 없을 것 같습니다. 폐하께서 군주제 개혁을 단행하셔야 할 때입니다."

강경파와 아내에게 떠밀릴 것 같았던 루이 16세가, 이번에는 네케르를 비롯한 타협파의 의견 쪽으로 기울었다. 그러나 금세 다시 아내의 주장에 솔깃해지면서 좀처럼 결단을 내리지 못했다.

테니스코트에 집결한 제3신분 대의원들은 저명한 천문학자인 바이이(Jean Sylvain Bailly, 1736~1793)를 초대 의장으로 선출했다. 찬성하는 박수가 멈추자, 바이이는 큰 소리로 선서문을 낭송했다.

"국민의회는…… 헌법을 제정하고 사회 질서를 회복함은 물론 진정한 왕정의 원칙을 옹호하기 위해 소집되었다. 따라서 그 무엇도 심의 속행을 방해할 수 없다."

선서 낭독이 끝나자 열광한 대의원들은 손을 뻗어 모자를 돌리면서 환호성을 질렀다.

"프랑스 만세!"

"국민의회 만세!"

함성이 회장에 울려 퍼졌고 심포니처럼 반향을 일으켰다. 기념할 만한 이 광경을 화가 다비드(Jacques-Louis David, 1748~1825)가 상세히 묘사하고 있다. 정면 책상 위에 장 바이이가 오른 손을 들어 선서문을 낭독하고, 환호성을 지르는 대의원들 중에는 프랑스혁명으로 유명해진 미라보와 로베스피에르, 바르나브(Antoine-Pierre-Joseph-Marie Barnave, 1761~1793)의 얼굴도 보인다. 그 그림 속에 단 한 사람, 우울하게 앉아 있는 이가 시예스였다……

사흘 후인 6월 23일.

아내 마리 앙투아네트와 강경파 귀족들의 의견에 떠밀린 루이 16세는 결국 이 국민의회를 무시하기 위해 포고를 냈다.

1. 내일부터 삼부회는 지정된 장소에 신분별로 나뉘어 심의를 진행한다.

2. 국왕의 승인을 받지 아니한 의결은 모두 무효화한다.

이는 성직자 그룹을 흡수한 제3신분 세력을 약화시키기 위한 분리 작전이었고, 제3신분이 멋대로 만든 국민의회를 인정하지 않는다는 선언이기도 했다.

국왕과의 정면 대결을 피했던 제3신분 대의원들은 더 이상 진실을 회피할 수 없게 되었다. 이런 도전장이나 다름없는 포고를 발표한 것을 보면 국왕은 그들을 무시하고 귀족 편을 들고 있는 게 명약관화했다.

"우리도 응수합시다."

그들은 각오를 다졌다. 드디어 국왕과 대결하기로 결심한 것이다. 예사롭지 않은 사태에 표정이 굳어진 네케르는 루이 16세에게 더 이상 강경책을 펴지 말라고 권고했다.

그러나 마리 앙투아네트와 강경파는 그런 국왕에게 어디까지나 국왕으로서의 위엄을 보여줘야 한다고 주장했다.

"한 발 물러서면 그들은 더욱 많은 것을 요구할 게 뻔합니다. 지금이야말로 국왕의 존엄성을 인정하도록 주장하셔야 합니다."

"그럼 어찌 해야겠소."

"외국인 용병부대를 이용해 국민의회를 해산하세요. 외국인 용병부대는 저희 왕실에 충성을 맹세했습니다. 페르센 백작을 기억하시죠? 외국인 용병부대 사령관입니다. 그 라면 명령대로 국민의회를 무력화해줄 겁니다."

그녀는 마치 친동생과도 같은 감정을 품었던 스웨덴 청년의 얼굴을 마음속에 떠올렸다. 아무도 믿을 수 없고 아무에게도 기댈 수 없게 된 지금, 페르센만이 그녀와 국왕을 지켜줄 것만 같았다.

"그러나……."

마음 약한 국왕은 힘없이 고개를 저었다.

"우리 국민들을 향해 외국인 용병부대에게 총을 겨누라고 할 수는 없잖소."

"온정을 보이는 것도 적당히 하셔야죠. 폐하께서는 아이들의 운명이 염려되지 않으십니까?"

"그렇다면 제3신분 대의원들이 군주제를 타도할 거라는 뜻인가? 나를 왕위에서 끌어내리려고……."

루이 16세는 처음으로 불안에 휩싸여 아내를 돌아보았다.

"네." 마리 앙투아네트는 고개를 끄덕였다.

"지금 그들은 노골적으로 말을 하지는 않습니다만, 언젠가 이 나라를 국왕 없는 나라로 만들려 들겠지요. ……전 정치에 대해선 아무 것도 모르지만 말할 수 없이 슬픈 예감이 들 때가 있습니다. 이대로 가다가는 폐하나 저—아니, 우리 아이들까지도 그들 손에 넘어가 고통스러운 인생을 보내게 될 것이라는……."

"그런 일은 없을 거야."

루이 16세는 끓어오르는 공포심을 떨쳐버리려는 듯 손사래를 쳤다.

"우리는 아직 프랑스의 사랑을 받고 있소. 프랑스 국민들의 사랑을 받고 있다고."

"저도 그렇게 생각했었지요. 우리가 파리를 처음 방문했을 때 열광적으로 손을 흔들어준 시민들, 길가에서 환호성을 보내주던 농민들—하지만 시대는 변했어요. 우리가 알지 못하는 사이에요. 정신을 차려보니 아름다운 집 내부를 흰개미가 모두 잠식해버리고 난 다음처럼 말이죠."

마리 앙투아네트는 남편의 손 위에 가만히 자신의 손을 얹었다.

"저는 언제까지나 폐하와 아이들 곁을 지키겠습니다. 하지만 그러기 위해서는 폐하께서 좀 더 강해지셔야 합니다……. 제가 지키고 싶은 것은 폐하와 아이들의 운명이니까요……."

지금까지 그저 매일 환락과 사치에만 마음을 빼앗겼던 아내가 이렇게 당당하게 말하는 것을 루이 16세는 본 적이 없었다. 그는 결혼하고 나서 처음으로 아내와 마음을 나누었다는 느낌을 받았다.

"강해져야……겠지. 하지만 세상에는 강해질 수 없는 사내도 있는 법이요, 마리 앙투아네트. 나도 그런 남자 중 하나고, 그런 남자가 국왕이 되어버렸어."

그러나 국왕은 아내를 위해 강경하게 나가려고 결심했다. 외국인 용병 부대를 소집해 국민의회 개최를 금지한다는 포고를 내려 했을 때, 그는 생각지도 못한 저항에 부딪쳤다. 제3신분이 아닌 성직자 그룹이 반대한 것이다. 이 그룹조차 제3신분과 타협하지 않으면 의회를 열 수 없다고 통고했다.

루이 16세는 다시 마음이 약해졌다. 그는 어쩔 수 없이 국민의회를 승인해야만 했다.

"강해지셔야 합니다."

마리 앙투아네트는 국왕집무실에서 어쩔 줄을 모르고 서성거릴 뿐인 남편에게 소리쳤다.

"왜 외국인 용병부대를 쓰지 않으십니까. 여기 근위병들도 더 이상 믿을 수 없습니다. 그들은 폐하 명령을 어기고 민중들에게 동조하려고 듭니다."

루이 16세는 아내의 목소리에 겁먹은 얼굴을 들고 중얼거렸다.

"믿을 수 없소. 내가 그들에게 대체 뭘 했다고. 이 나라 민중들은 항상 국왕을 따라주지 않았소? 그 민중들이 왜 지금, 내게…… 거스르려 하겠소?"

"지금은 이유를 따져 묻는 것보다 일단 빨리 방법을 강구해야 합니다……. 폐하께서 망설이신다면 제가 페르센을 만나 얘기하겠습니다."

이때만큼 남편이 믿음직하지 못한 때가 없었다. 파리에서는 국왕이 무력으로 국민의회를 해산하려 한다는 소문이 떠돌자 시민들은 팔레 루아얄(Palais Royal) 정원에 속속 모여들었다.

"시민군을 구성하자."

"눈에는 눈 이에는 이."

그렇게 소리치는 지도자들 연설에 환호성을 지르며 저마다 무기를 들고자 했다. 그런데도 남편은 아직도 외국인 용병부대를 출동시키는 것조차 망설이다니.

"그렇게 되면 나는 내 손으로 민중들의 피를 흘리게 만들 텐데……."

"그들은 이미 우리에게 발톱을 드러냈습니다. 안 되겠어요, 페르센을 불러오겠습니다."

마리 앙투아네트는 옷자락을 펄럭이며 집무실을 나갔다. 그리고 밖에서 대기 중인 시녀에게 명령했다.

"당장 페르센 백작을 불러 와요."

페르센 백작이 창백한 얼굴로 집무실 앞에 나타났을 때, 왕비는 시녀들과 입구에 서서 예사롭지 않은 기운을 풍기며 그를 맞이했다. 페르센은 이렇게 마음이 흐트러진 왕비를 본 적이 없었다.

"백작. 이미 알고 계시지요. 저희 근위병들까지 지금은 시민들에게 합류해버렸습니다. 이제 기댈 수 있는 사람이라곤…… 슬프게도 외국인 용병들밖에 없습니다."

왕비는 고통을 억누르며 말했다.

"그런데도 폐하께서는 아직도 망설이고 계십니다. 그러나 전 당신이 이 혼란을 진압해주셨으면 좋겠습니다. 당신만큼은 지금 저와 남편에게 충실하다고 믿고 싶으니까요."

페르센은 눈물에 젖은 마리 앙투아네트의 시선을 마주보고, 조용히 대답했다.

"트리아농 궁에서…… 말씀드렸지요. 언제까지나 왕비님께 충심을 다하겠다고……"

"기억하고말고요. 다시 그 말씀을 들을 수 있어 제가 얼마나 기쁜지 모르겠어요."

그녀도 가만히 백작의 푸른 눈을 들여다보았다. 이 청년을 총애한 것이 결코 틀리지 않았다는 생각이 가슴 깊은 곳에서 솟아올랐다.

그녀는 말했다.

"그럼 집무실에서 저와 함께 국왕폐하를 설득해 주세요."

국왕 명령으로 외국인 용병 부대가 아침 안개가 피어오르는 파리 곳곳을 섬령하기 시작했다. 말하자면 계엄령과 같은 실력행사였다. 파리와 베르사유 주변 곳곳에서 총을 든 외국인 병사가 길목마다 지켜섰다.

이것이 국민의회에 대한 위협임은 누가 보더라도 명백했다. 시민들은 국왕과 그 측근이 드디어 가면을 벗고 본심을 드러냈다고 여겼다.

"우리는 군대의 철수를 요구한다. 이는 제3신분에 대한 부당한 탄압이다."

이때, 온당한 개혁주의를 주장했던 오노레 미라보가 의회에서 한 격렬한 항의연설은 너무나 유명하다. 미라보뿐만 아니라 베르사유 궁전에서도 국왕의 이 강경책에 눈살을 찌푸리는 자들이 있었다. 재무총감 네케르가 대표적이었다. 네케르가 속한 그룹은 누가 사람 좋은 국왕을 부추겨 실력행사를 하게 만들었는지 알고 있었다.

"제3신분 대의원들은 물론 시민들 모두 분노로 들끓고 있습니다. 더 이상 그들을 자극하시면 안 됩니다."

침울한 네케르의 말에 루이 16세는 다시 불안한 표정을 지으며 군대 철수를 명령해야 하나 고민했다. 그러나 왕비와 강경파 귀족그룹에게,

"그럼 누가 이 베르사유를 지킵니까. 그들은 우리를 위협하기 위해 시민군을 결성하고 있습니다."

라고 압박을 당하면 네케르와의 약속을 바로 뒤집곤 했다.

시민군 결성 보고는 거짓이 아니었다. 6월 29일, 제3신분 대의원들은 처음에 국왕의 실력행사에 대항하기 위해 파리 60지구 주민들 중에서 만이천 명의 시민군을 모집할 계획을 세웠다. 그리고 이 모병 계획은 점차 규모가 확대되면서 사만팔천 명의 시민군을 동원하기로 결정했다.

국왕과 민중이 서로 무기를 들고 전투를 벌인다. 피가 피를 부른다. 오랫동안 지속되었던 부르봉 왕조의 왕과 민중을 이어주었던 결속이 완전히 끊어지려는 찰나였다. 루이 16세는 사태가 이렇게까지 급격히 악화되고 폭풍우가 이렇게까지 빨리 몰아치리라고는 예상하지 못했다. 매사에 좋은 게 좋은 거라는 태도의 그는 마치 파도에 휩쓸리는 나무토막처럼 네케르가 충고하면 네케르를 따르고, 왕비를 위시한 강경파가 선동하면 그 말을 따랐다. 그의 우유부단함이 오히려 국민들의 오해를 사고 분노에 기름을 부었다.

국왕은 이 악화된 사태를 타개하고자 7월 11일, 네케르를 파면했다. 사태를 수습하지 못한 책임을 네케르에게 모두 떠넘긴 것이다.

이 조치는 오히려 문제를 더욱 심각하게 만들었다. 왕실의 재정과 관련 있는 금융업자들은 네케르 파면을 통해 왕실이 그들에게 빌린 부채를 갚지 않으려는 속셈이 아닌가 하는 불안에 휩쓸려 거래소를 정지시킨 다음, 그들 역시 항의의 의지를 표명하기 위해 시민군에 합류했다.

사실 네케르는 국왕과 민중이 타협하기 위해 없어서는 안 될 인물이었다. 그러한 네케르가 파면되었다는 소식이 파리에 퍼지자 시민들은 이를 국왕의 명백한 선전포고로 받아들였다.

팔레 루아얄에서 한 청년이 주먹을 하늘로 쳐들며 큰 소리로 외쳤다.

"네케르 파면은 우리들에 대한 도전입니다. 국왕파는 이번에야말로 외국인 용병부대를 이용해 우리를 학살하려 들겁니다. 이제 우리는 스스로를 지키기 위해 무기를 들어야 합니다. 여러분, 무기를 듭시다!"

그를 둘러싼 군중들이 그 말에 호응했다.

"우리에게 무기를!"

"우리에게 무기를!"

그 목소리는 파도처럼 퍼져 대교향악과 같은 합창으로 바뀌어 갔다.

루이 16세는 진이 빠진 듯 의자에 걸터앉아 고개를 숙이고 있었다.

"이젠 내가 뭘 어떻게 하면 좋을지 모르겠소."

신음소리처럼 그의 입술에서 비통한 목소리가 비집고 나왔다.

"힘을 내셔야지요."

마리 앙투아네트는 남편 곁에 서서 그의 머리를 부드럽게 쓰다듬으며 위로했다.

"폐하께서는 하셔야 할 일을 모두 하셨습니다."

"이 지위를 지키는 것도 이젠 지쳤소."

"좀 쉬시지요. 내일이면 분명 좋은 소식이 들려올 겁니다. 지혜로운 생각도 떠오를 테고요."

그러나 그렇게 위로하는 마리 앙투아네트조차 내일이 되면 사태가 더욱 나빠질 것이라는 사실을 알고 있었다. 일단 둑을 뚫고 흘러나온 강물은 멈출 수 없는 법이다.

아이를 달래듯 남편의 머리를 쓰다듬으며 마리 앙투아네트는 처음 그를 만났던 날을 떠올렸다. 콩피에뉴 숲에서 루이 15세와 함께 그녀의 도착을 기다리던 때의 그. 밤새 운 사람처럼 퉁퉁 눈이 부어 있던 청년. 꿈에 그리던 인생의 동반자와는 전혀 달랐던 사람 좋은 그. 그런 그에게 신은 감당할 수 없는 무거운 운명을 내려준 것이다.

"난 이제…… 지쳤어……."

"가엾으신 분……."

마리 앙투아네트의 입에서 나온 한숨과 탄식에는 남편을 진심으로 동정하는 마음이 담겨 있었다.

"괜찮을 겁니다. 제가 폐하를 지켜드릴게요."

"당신이 나를?"

"네. 무슨 일이 있어도 당신과 아이들을 지킬 거예요. 우리, 오스트리아로 가요. 제 오라버니의 나라가 우리를 기꺼이 받아줄 겁니다."

"프랑스를 버리라는 말이지……."

반란이 아니라 혁명

"정말 난 행복한 사람이야."

토끼 아주머니는 두 손을 허리에 대고 오를레앙 호텔(Hôtel Orléans)이라는 아름다운 금빛 글자가 새겨진 간판을 만족스러운 눈으로 바라보았다.

"대체 그 말을 몇 번째 하는 거에요."

창문에서 고개를 내민 마르그리트가 놀리자 아주머니는 말했다.

"파리로 돌아 온데다가 호텔까지 고쳤잖아. 뭘 더 바라겠어. 이런 호텔이면 떳떳하게 부자 손님들을 불러 모을 수 있겠다……."

토끼 아주머니와 마르그리트가 도망갔던 마르세유에서 이 꽃의 도시로 돌아온 게 한 달 전이었다. 목걸이사건에 대한 관심도 시들해졌겠다, 두 사람이 의심받을 일은 이제 없으리라고 판단이 서자 압류되었던 호텔로 돌아왔다. 그리웠던 이 호텔로.

오랫동안 사람 손이 닿지 않았던 호텔은 완전히 황폐해졌지만, 토끼 아주머니와 마르그리트는 호텔을 수리할 만큼의 돈을 갖고 있었다. 그 사건으로 챙긴 몫은 아직도 충분히 남아 있었다.

목수를 불러 방을 고치고, 벽지도 새로 발랐다. 창틀과 천정도 다시 칠

했다. 그러자 옛날과는 몰라볼 정도로 건물이 달라졌다. 시몬느와 브리짓과 이본느, 그 옛날 동료들은 아주머니와 마르그리트가 건강한 모습으로 다시 돌아오자 눈물을 흘리며 기뻐해 주었다.

"앞으로 너희를 굶기는 일은 없을 거야."

토끼 아주머니는 자신에 찬 목소리로 그녀들에게 말했다.

"내가 너희들한테 정말 신세를 많이 졌구나."

마르그리트는 옛날처럼 길거리에 서서 손님을 받을 필요가 없어졌다. 아주머니를 대신해 손님을 받고 손님들 요구에 따라 여자들을 불러 모으는 일을 했다. 토끼 아주머니는 이제 하루 종일 좋아하는 타로 점을 볼 수 있게 되었다.

"저게 무슨 소리야?"

7월 12일 오후, 점심식사를 하던 아주머니와 마르그리트와 여자들 귀에 멀리서 수많은 사람들이 소란을 피우는 목소리가 들려왔다. 목소리는 멀리서 이쪽을 향해 다가오며 해일처럼 점차 높아지고 커졌다.

"무기를 들어라, 무기를!"

"그놈들을 타도하자!"

"국민의회를 지켜라!"

여자들은 포크와 나이프를 움직이다 말고 의자에서 일어났다.

"폭동이야."

시몬느가 소리쳤다.

"이쪽으로 오고 있어."

"창문을 닫아. 문을 잠그고." 당황한 토끼 아주머니는 비명에 가까운 소리를 질렀다. "이 호텔이 망가지면 안 돼."

"잠깐. 내가 밖에 나가 볼게."

마르그리트는 냅킨을 테이블 위에 팽개치고 모두가 말리는 데도 밖으로 뛰쳐나갔다.

가까이서 경종이 울려 퍼졌다. 해일 같은 함성이 분명 이쪽으로 다가오고 있다. 그리고 그 방향을 향해 사람들이 뛰어간다.

"제3신분 만세!"

"네케르 파면 반대!"

사람들에 섞여 그녀 역시 쿠르라렌으로 달려가자 센 강을 따라 몇 백명의 남녀가 저마다 낡은 총과 삽과 몽둥이를 들고 루이 15세 광장을 향해 걷고 있었다.

"군주제를 타도하자."

"오스트리아 계집을 프랑스에서 몰아내자."

행렬에는 사람들이 속속 모여들었다.

사람들이 밀치고 떠미는 틈을 헤집고 마르그리트도 점차 부피를 불려가는 군중 속으로 들어갔다.

무슨 일이 일어나고 무슨 일이 시작되고 있는지, 그녀도 몰랐다. 그러나 이 군중들이 행진하는 이유 중 하나가 마리 앙투아네트를 프랑스에서 몰아내기 위해서라는 걸 알고, 억누르기 힘든 호기심과 흥미가 끓어올랐다.

"루이 15세 광장에 외국인 용병들이 모여 있답니다. 그들을 쫓아냅시다."

군중들 선두에 선 남자가 손을 위로 쳐들어 소리쳤다.

"마르그리트! 마르그리트!"

행렬 속에서 그녀의 이름을 부르는 목소리가 들렸다. 여공 작업복을 입은 사람들 속에서 잊을 수 없는 아녜스 수녀의 얼굴이 이쪽을 바라보고 있는 게 보였다.

"이쪽으로 와. 같이 행진하자."

수녀는 손짓을 하면서 마르그리트를 자기 옆으로 불렀다.

"민중들이 드디어 일어섰어. 부정과 악에 대항해 사람들이 떨쳐 일어선 거야. 기념할 만한 날이지."

아녜스 수녀는 평소와 달리 흥분한 것 같았다. 그녀는 마르그리트의 손을 꼭 잡았다.

"언젠가 만날 줄 알았어. 기억나니? 라 모트 부인을 구출해 달라고 네 동료에게서 편지가 왔던 걸. 난 약속을 지켰어."

마르그리트는 고개를 끄덕였다. 그녀는 이 독특한 사고방식의 수녀만큼은 믿을 수 있다고 늘 생각했었다.

"그리고 있지, 그 다음에 발신자 이름 없는 편지로 누군가 돈을 보내줬어. 고맙다는 뜻이라면서. 누가 그걸 보내준 거지?"

"난 아니에요."

"남자 글씨던데…. 물론 난 그 돈을 공장 여공들에게 다 나눠줬어. 다들 기뻐하더라고."

마르그리트는 미소를 지으며 그 돈을 보낸 건 그 유명한 칼리오스트로라고 말하려다 그만두었다. 속을 알 수 없는 칼리오스트로 박사는 지금쯤 어디에 있을까? 비예트 부부와 비올롱과 알바레도 모두 행방을 감추었다. 어쩌면 파리에 숨죽여 살고 있는지도 모른다.

"난 오늘 이 날이 너무나 기뻐."

수녀는 마르그리트의 손을 꼭 쥐었다.

"정말 오랫동안 우린 잘못된 사회에서 살아왔으니까, 그 잘못을 잘못이라고 당당하게 말하지 못했던 거지. 하느님께서 그런 사회를 용납하실 리 없다고 생각하면서도 그 잘못을 교회가 받아들이는 모습을 보고 정말 슬폈어. 하지만 그 위선도 오늘 민낯을 드러낼 거야."

행렬은 센 강가에서 루이 15세 광장을 향해 오른쪽으로 꺾었다. 그리고 오른쪽으로 꺾은 순간, 그들은 멈춰서야 했다.

총을 겨눈 외국인 용병부대가 두 줄로 이쪽을 막으려는 듯이 대기하고 있었다.

"해산하라!"

외국인 용병부대의 지휘관이 손을 나팔처럼 벌려 입가에 대고 소리쳤다.

"불온한 행동은 용서할 수 없다. 국왕폐하께서 당장 해산하라고 명령하셨다."

군중들 일부가 돌을 주워 총을 쥔 병사들에게 던지기 시작했다.

"용병주제에. 여긴 프랑스 땅이야. 너희 나라로 돌아가. 돌아가라고!"

욕설과 성난 목소리가 뒤섞이고 정렬한 외국인 용병부대 발밑에 돌이 굴러갔다.

"위협사격 준비!"

사관이 소리쳤다. 그 명령에 따라 일제히 병사들이 총을 겨눴다.

"발사!"

날카로운 총성이 울려 퍼졌다. 그리고 루이 15세 광장을 둘러싼 집들 지붕에서 비둘기가 날아올랐다.

돌을 던지려던 군중들은 당황해 뒤로 물러섰다. 적과 아군 사이에 깊은 침묵의 골이 생겼다.

"한 번 더 제군들이 경솔한 행동을 했을 시에는 진짜로 쏘겠다."

의기양양한 사관의 목소리가 침묵을 뚫고 이쪽으로 날아왔다.

"철수하자."

군중들 선두에 섰던 당당한 풍채의 키 작은 남자가 주위 사람들이 모여 그를 어깨 위로 올려 높이자, 연설을 시작했다.

"나는 제3신분 대표 미라보요. 나는 오늘 우리가 조용히 물러서는 게 좋을 것이라 봅니다. 적들은 무기를 가졌고, 우리에겐 무기가 없기 때문이요. 쓸모없는 유혈과 희생은 피합시다. 그 대신, 우리는 시민군을 결성할 것을 약속하겠소. 그 시민군에 입대할 의향이 있는 자는 내일 7시에 팔레 루아얄로 집결하시오."

그리고 그는 주먹을 들어 올려 외쳤다.

"제3신분, 만세!"

사람들은 그를 따라 목소리를 높였다.

"제3신분, 만세!"

아녜스 수녀는 아까보다 한층 더 강하게 마르그리트의 손을 쥐고 재빨리 말했다.

"어쩜, 드디어! 이 새로운 십자군에 너도 들어와야 해. 내일 7시에 팔레 루아얄로 오렴."

7월 13일. 보슬비가 개자 흐린 하늘이 파리를 뒤덮었다.

전날부터 파리 전역이 흥분의 도가니에 휩싸였다. 루이 15세 광장에서 일시적으로 퇴각해야 했지만 군중들과 제3신분 대의원들은 전날의 과오를 되풀이하지 않기 위해 대규모 조직으로 시민군을 결성했다.

시민들이 속속 팔레 루아얄로 모여들었다. 비루한 모습을 한 남자가 있는가 하면, 유복한 상인으로 보이는 사람도 있었다. 비틀거리는 노인이 있는가 하면, 앳된 얼굴의 소년도 섞여 있었다. 개중에는 검과 낡은 총을 들고 나온 사람도 있었지만, 대부분은 무방비였다.

그러면서도 광장을 뒤덮은 그들은 단상에 오른 제3신분 대의원들을 보고 의기충천하여 환호성을 질렀다.

"제군들. 이 시민군 결성과 열의는 반드시 새로운 프랑스를 만들 초석이 될 것이오. 새로운 프랑스의 기운을 더욱 북돋을 것이오."

단상의 대의원은 돌아가면서 군중들에게 미사여구로 장식한 열변을 토했지만, 내심 불안에 휩싸여 있었다. 무기도 없고 훈련도 하지 않은 이 군중들은 오합지졸에 불과하기 때문이었다. 국왕의 외국인 용병부대와 격돌한다면 수많은 희생자를 낼 테고 유혈의 참사를 피할 수 없을 것이다.

(무기, 무기가 필요해.)

이것이 시민군 지도자들의 가장 큰 고민이었고, 절실한 바람이었다.

(병기고에는 소총이 수만 정 들어 있다고 들었어.)

(병기고를 습격하자.)

이때 지도자들은 그르넬(Grenelle) 거리 뒤편에 있는 병기고 건물을 일제히 떠올렸다.

그러나 무기를 빼앗는다고 하더라도 무기에 넣을 화약은 어떻게 조달할 것인가. 병기고에 있는 총과 대포는 모두 안 쓰는 낡은 것들이라 화약이 없으면 종이호랑이에 지나지 않는다.

면밀한 행동계획을 짰다. 우선 내일 아침, 경비가 삼엄하지 않은 틈을 타 병기고를 습격한다. 그리고 성공하면 그대로 바스티유 요새로 쳐들어가자. 그 요새에는 상당한 양의 화약이 숨겨져 있다는 소문이다.

그러나 7월 13일, 지도자들은 광장에 모인 군중들에게 이 계획을 알리지 않았다. 국왕파에 정보가 들어갈 것을 우려했기 때문이다.

"내일 우리는 행동을 개시할 것입니다."

이날은 이렇게 결기선언만 하고 해산했다.

7월 14일.

드디어 결전의 날이 밝았다. 날씨는 쾌청했다. 이때 결집한 군중들은 오륙천 명이었는데 그들이 "파리 해방, 프랑스 만세" "제3신분 승리"를 합창하며 센 강 강변에서 그르넬 거리로 행진할 무렵에는 칠팔천 명으로 불었다.

"오늘 7월 14일을 사람들은 평생 기억할 거야."

아녜스 수녀는 마르그리트와 나란히 서서 긍지와 기쁨으로 얼굴을 반짝이며 말했다.

"7월 14일. 혁명기념일. 착취당하는 민중들이 압제에 맞서 일어선 날. 하느님도 이 새로운 십자군의 행진을 축복하고 계셔."

그녀는 지금 신앙과 행동이 일치하는 행복을 맛보고 있었다. 그녀 주위를 지금 마르그리트만이 아니라 생 탕투안의 슬럼가에 살면서 공장에서 일하는 여공들도 둘러싸고 있었다. 이 사람들과 정의를 향해 나란히 행진하는 기쁨. 이 순수한 수녀는 이때, 군중들을 이끌고 예루살렘에 입성한 예수의 모습을 떠올리고 있었다.

(수녀원장님은 내 마음을 모르실 거야.)

그녀는 수녀로서 일탈행위를 보이는 그녀에게 눈살을 찌푸리며 질책했던 수녀원장과 나이 든 수녀들에 대해 생각했다. 그러나 세상과 고립된 수녀원에서 기도만 바치는 것이 그리스도교 신자가 걸어야 할 길이라고는 도저히 믿을 수 없었다. 사회를 개혁하고 가난한 자들과 연대하지 않는 신앙이란 휴지조각에 불과하다는 생각조차 들었다.

"우리는 지금 예수님을 향해 걸어가고 있는 거야. 예수 그리스도는 그림에 나와 있는 모습이 다가 아니니까. 예수 그리스도란 우리가 목표로 하고 행동함으로써 만들어가는 존재인 거야."

그녀는 마르그리트에게 그렇게 말했다. 그러나 마르그리트는 그런 고상한 이야기를 더 이상 귀 기울여 듣지 않았다.

뜨거운 피가 몸속에서 끓어오르고 있다. 그녀는 본능적으로 이제부터 시작될 폭력적인 싸움을 예감하고 있었다. 행진하는 남녀 얼굴이 점차 흥분상태에 빠졌고, 그 흥분이 극에 달해 폭발할 것이다. 마르그리트는 그게 너무나 즐거웠다.

그르넬 거리를 뒤덮은 군중들은 웅장한 병기고 건물 방향으로 마치 둑과 둑 사이를 흐르는 강물처럼 흘러들어갔다. 남녀노소 할 것 없이 서로 부딪치고 손을 잡고 어깨동무를 하며 병기고 앞 광장을 가득 메웠다.

눈앞에는 5미터 폭의 해자(垓字)로 둘러싸인 회색의 장중한 건물이 위협적으로 서 있었다. 여기에도 총을 겨누는 병사들 몇몇이 입구를 지키고 있었지만, 수많은 군중들과 성난 함성이 몰려오자 모두 공포에 떨며 숨었다.

드디어 정문으로 사람들이 밀려들어갔다. 비명과 외침이 문 주위에서 일어났다.

"저항하지 않으면 공격해선 안 된다."

시민군 지도자는 검과 몽둥이를 쳐들어 병사들을 둘러싼 남자들에게 큰소리로 외쳤다.

"우리의 목적은 여기를 점령하는 게 아니다. 총과 대포를 달라고 요구하자."

얼굴이 새파랗게 질려 견장이 뜯긴 병기고 대장은 군중들 앞에 끌려나오자 군중의 요구를 받아들였다.

승리의 함성이 울려 퍼지고 사람들은 병기고 입구, 혹은 해자 너머 내부로 몰려갔다. 수많은 사람들은 총들을 꺼내오고 몇몇 남자들은 대포를 끌고 나왔다. 그 대포 위에 올라탄 여자가 울면서 천을 찢는 목소리로 외쳤다.

"프랑스 만세! 인민 만세!"

"자, 가자! 바스티유로!"

"바스티유로!"

"바스티유에는 탄약과 화약이 있다."

그때까지 무장하지 않았던 남자들이 대부분 어깨에 총을 멨다. 밧줄에 매인 대포가 대열 앞에 섰다.

"우리는 이제 군대다. 질서 있게 행진해야 한다."

지도자들은 흥분하는 군중들을 가라앉히는데 진땀을 뺐다. 그러나 처음으로 승리의 쾌감을 맛본 남자들은 명령을 듣지 않고 내달리기 시작했다. 그들은 그르넬 거리를 뛰어가 문을 닫은 가게들을 총대로 두들기고 창문을 깨며 약탈을 시작했다. 빵집과 술집이 습격을 당했다. 빼앗은 빵을 씹고 포도주를 입에 털어 넣은 젊은이들과 소년들이 춤추며 뛰어다녔다.

"이겼다."

"바스티유로 가자."

그리고 더 이상 제어가 되지 않는 무질서한 무장집단이 탁류처럼 그 뒤로 흘러들어갔다.

"대열을 갖춰라!"

"약탈해선 안 된다!"

집단 속에서 지도자들이 비명처럼 외쳤지만, 그 목소리는 이제 제지할 힘을 잃었다. 사람들은 민중의 힘, 민중의 승리에 취해 앞 다투어 전진할 뿐이었다.

그런 혼란이 겨우 가라앉은 것은 군중이 그르넬 거리에서 다시 센 강변으로 나갔을 때였다. 뜨거운 태양이 센 강물을 반짝거리게 했고, 그 저편에 노트르담 대성당 첨탑이 보였을 때, 그들은 다시 벗들과 조합동지들로 묶여 지도자들의 목소리에 귀 기울이게 되었다.

시간은 이미 아홉 시를 넘겼다. 그리고 사람들은 땀을 흘리며 노트르담 대성당 저편에 있는 바스티유를 향해 행진을 계속했다.

바스티유는 병기고와 달리 수비가 견고한 옛 요새이다. 1382년에 완성된 후 몇 번인가 포화를 맞아 이제는 정치범 수용소가 되었지만, 30미터 길이의 높은 성벽으로 둘러싸여 있고, 폭 25미터 해자가 막아서고 있다. 그리고 얼마나 많은 숫자의 수비병들이 저편에 있는지 알 수 없었다.

노트르담 대성당에 도착하자 지도자들은 군중들에게 거기서 잠시 대기하게 했다.

"우리는 지금부터 바스티유에 사람을 보내 이 옛 요새를 무혈로 넘겨주라고 요구하겠습니다."

이 연설을 들은 군중들은 일제히 함성을 질렀지만, 혈기왕성한 젊은이들은 지도자들이 저지하는 것도 듣지 않고 바스티유를 향해 달려갔다. 때는 10시 경으로, 7월 14일 파리의 하늘은 뜨겁고 푸르렀다.

오전 10시부터 오후 1시까지 바스티유 요새의 로네 사령관과 시민군 대표 사이에 몇 번 교섭이 오갔다. 로네(Bernard-René de Launay, 1740~1789)는 시민군에게 발포하지 않고 대포를 겨눈 총안에서 군대를 철수하겠다고 약속하면서도 항복만큼은 하지 않겠다고 여러 번 되풀이했다.

교섭이 좀처럼 진척되지 않자 병기고에서 이미 총과 대포를 확보한 군중들은 합류한 일부 프랑스 근위병들과 함께 생 탕투안 거리에서 바스티유를 향해 밀려들었다.

그들이 통과한 생 탕투안 거리는 그 일부가 화려한 리볼리(Rivoli) 거리로 개조되었지만 지금도 돌이 깔린 오래된 미롱(Miron) 거리에서는 당시의 분위기를 충분히 느낄 수 있다. 그 가늘고 낡은 길. 그러나 18세기 무렵, 이 부근은 파리에서 가장 번화한 동네였고 그 주변에는 귀족들 저택도 많이 모여 있었다.

정오가 지났을 무렵, 이 거리를 총을 들고 대포를 끄는 사람들이 끊임없이 걸어갔다. 오후 1시 반에는 그 수많은 시민군들이 요새를 완전히 포위했다.

2시가 되기 전, 길게 이어지던 교섭이 결렬되었다. 백기를 들고 로네 사령관과 재교섭하려던 시민군 사절을 향해 요새 안의 수비병이 총을 쏘았던 것이다.

시민군들은 약탈해 온 대포로 최초의 포격을 시작했다. 엄청난 폭발음을 내며 요새 일부가 무너졌다. 피어오르는 검은 연기와 화염에 흥분한 군중들은 25미터의 해자를 넘어가기 위해 바깥쪽 해자 도개교의 쇠사슬을 끊으려 했다. 한 남자가 그 사슬을 끊자 도개교가 삐걱대는 소리를 내며 내려왔고, 시민군은 함성을 지르며 그 다리를 건너 안뜰로 몰려갔다.

그러나 약 30명의 스위스 용병들과 84명의 프랑스 병사가 요새를 지키고 있었다. 총안(銃眼)에서 마치 콩을 볶는 듯한 사격소리가 날 때마다 군중들이 쓰러졌다. 시민군에 비해 스위스 용병들은 훨씬 사격술에 능했다.

동지가 쓰러지는 모습을 목격한 시민군들이 순간 혼비백산 흩어지는 듯했지만 다시 대포를 이용해 요새를 공격하기로 했다. 동지들의 시체가 90구 이상 운반되었고 부상당한 자들도 70명이 넘었기 때문이다.

오후 4시, 성벽 한쪽에서 한 스위스 용병이 총 끝에 손수건을 매달고 흔들었다. 항복의 표시였다. 시민군이 승리한 것이다.

우레와 같은 함성이 바스티유 요새 주변에서 일어났다. 모두의 얼굴에

땀과 먼지가 범벅이 되고 눈은 벌겋게 충혈 되었다.

"이겼어, 이겼다고!"

부상당한 남자들의 상처에 붕대를 감는 일을 하고 있던 아녜스 수녀는 안뜰에서 들려오는 폭풍우 같은 함성을 듣자 펄쩍 뛰며 소리를 질렀다.

"마르그리트. 우린 이겼어. 하느님, 이 승리를 축복하여 주시옵소서."

그때 마르그리트는 요새에서 차례로 끌려나오는 스위스 용병들의 모습을 남자들 어깨너머로 바라보고 있었다. 단추와 견장이 뜯기고 등이 떠밀려 나오는 포로들은 머리가 헝클어지고 공포에 질려 얼굴이 일그러져 있었다. 그 모습을 보자 마르그리트는 표현할 길 없는 쾌감을 느꼈다.

"죽여라, 죽여라."

"죽여 버려, 죽이라고."

그 목소리에 맞춰 마르그리트도 크게 외쳤다.

"죽여, 죽여 버려."

그러나 시민군 지휘관은 양손을 벌려 필사적으로 소리쳤다.

"재판 없이 처형해서는 안 된다. 재판 없이는 안 된다."

사령관 로네 역시 두 손을 뒤로 묶인 채 시민군들에게 둘러싸여 나타났다. 그 뺨에는 피가 흐르고 있다.

"죽여라, 죽여."

마르그리트는 사람들을 제치며 앞으로 나갔다. 그리고 로네 사령관이 억지로 웃음을 띠려고 애쓰는 모습을 보고 천을 찢는 날카로운 목소리로 소리쳤다.

"살인자!"

그녀는 그 갈색 머리의 피가 흐르는 얼굴에 침을 뱉었다. 그녀를 학대했던 빵집 안주인, 그녀를 노리개 취급한 젊은 청년, 그녀를 돈 주고 산 남자들, 토끼 아주머니를 채찍질한 형리— 그 모든 인간들에 대한 원한과 증오를 담아 로네 사령관 얼굴에 침을 뱉었다.

로네는 놀란 얼굴로 발길을 멈추고 마르그리트를 바라보았다. 그 눈에 비로소 공포와 불안한 빛을 보이며 그는 이렇게 중얼거렸다.

"이봐……, 대체……."

"린치는 안 됩니다. 절차대로 재판을 받게 합시다."

군중들에게 팔을 벌려 시민군 지휘관은 열심히 고개를 가로 저었다.

"공정한 재판이야말로 혁명에 필수적입니다."

군중 속에서 누군가가 반박했다. "이놈들이 지금까지 우리에게 공정한 재판을 받게 해줬느냐고."

"맞소, 맞소."

여자들 목소리가 호응했다. 그 여자들 중에 마르그리트도 섞여 있었다. 공정한 재판을 받지 못한 채 토끼 아주머니는 잡혀가 채찍질 당했고, 호텔은 차압당했다.

"그러니까 이번엔 우리가 벌을 주자는 거지."

포로가 된 스위스 용병들과 로네 사령관은 한데 모여 벌벌 떨고 있었다. 성난 함성과 절규 속에서 스스로를 지킬 수 없는 그들의 얼굴은 백지장처럼 새하얘졌다.

"시민군에는 시민군의 질서가 있소. 멋대로 행동하지 마시오."

지휘관은 권총을 꼭 쥐었다.

"만약 상관 명령에 따르지 않는다면……."

"상관이라니, 누구 말이지? 시민군이 만들어진 게 오늘인데 누가 널 상관이라고 정했어?"

한 청년이 비웃음을 띠며 지휘관 앞으로 나섰다.

"이놈 좀 보게? 이래라저래라 저 혼자 명령할 셈인가?"

그는 지휘관을 놀리듯 검지로 상대방 얼굴을 가리켰다.

"너도 시청 관리였잖아. 이제 와서 우리 편인 양 잘난 척하는데……."

지휘관은 두려움에 일그러진 얼굴로 권총을 위로 쳐들었다.

"가까이 오지 마. 더 이상 가까이 오면……."

"가까이 가면, 뭘 어쩌게?"

날카로운 총성이 울려 퍼졌다. 손가락질하던 청년의 몸이 한 바퀴 돌아 입을 크게 벌린 채 쓰러졌다. 몇 명의 남자들이 지휘관에게 달려들었다.

"안 돼, 안 돼!"

아녜스 수녀는 비명을 질렀다.

"다들 그만 둬요! 대체 무슨 짓이에요! 오늘 싸움은 끝났어요. 바스티 유에 있던 적들은 항복했잖아요. 같은 편끼리 싸우지 좀 말아요……."

그러나 흥분한 채 살기를 띤 군중들에게 수녀의 외침 따위가 들릴 리 없었다. 소용돌이처럼 몰려든 그들은 지휘관을 발로 차고 로네 사령관을 둘러쌌다. 사령관의 헝클어진 머리가 군중들 속으로 무너지며 사라졌고, 그 후 짐승 같은 신음소리가 그 소용돌이 속에서 들려왔다.

"아아, 하느님."

아녜스 수녀는 그 순간, 무언가를 보고 얼굴을 손에 파묻었다.

한 남자의 총검 끝에 피투성이가 된 로네 사령관 목이 찔린 것이었다. 남자는 총검을 높이 쳐들어 자신의 행위를 과시하듯 웃었다.

"하느님, 이게……." 얼굴을 감싼 손바닥 안에서 아녜스 수녀는 중얼거 렸다.

"이게 제가 바라던 그 혁명입니까."

그날 루이 16세는 숲에서 사냥을 하고나서 조금 피곤해진 몸과 식후의 졸음을 참으며 침실로 들어갔다. 시종 한 사람이 정중하게 침대 커튼을 젖히고 다른 시종 셋이 옷을 갈아입는 걸 도와주었다. 왕은 시종들에게 몸을 맡기며 작은 일기장에 깃털 펜으로 이렇게 썼다.

"7월 14일, 아무 일도 없었다."

그는 곧바로 잠에 떨어져 나즈막하게 코를 골았다. 침대 바로 옆에서 불침번을 보는 시종이 의자에 앉아 졸음과 싸우고 있었다.

그때 라 로슈푸코 리앙쿠르 공작(La Rochefoucauld, duc de Liancourt, 1747~1827)이 급히 방으로 들어왔다. 그는 시종이 제지하는 것도 듣지 않고 커튼을 열어젖히며 소리쳤다.

"폐하, 바스티유가 함락되었습니다. 사령관이 살해되고 군중들이 그의 목을 창에 꽂아 파리 거리를 행진하고 있습니다."

루이 16세는 잠이 덜 깬 상태였다. 그는 멀리 바라보는 눈으로 물었다.

"반란인가……?"

"아닙니다, 폐하." 공작은 머리를 세차게 저었다.

"반란이 아니라 혁명입니다."

위기가 닥쳐오다

파리에서 시민들이 봉기를 일으켰다. 그들은 병기고에서 무기를 약탈하고 바스티유 요새를 공격했다.

음울한 침묵이 베르사유 궁전을 감싸고 있다. 대리석 복도에는 근위병들과 좌우에 세워진 석상들만 묵묵히 서있을 뿐 귀족들은 그림자조차 보이지 않았고 크고 작은 방의 문들은 굳게 닫혀 있었다.

굳게 닫힌 방들 중 한 곳에서 루이 16세는 측근들과 형제자매들을 모아 의견을 물었다. 이날은 둔한 그조차 사태의 심각성을 느끼기 시작했다.

논의는 오래 계속되었다. 동생 아르투아 백작과, 국민의회를 위시한 시민들과 끝까지 대결하려는 랑베스 공작은 국왕 일가가 파리에서 2백 킬로미터 떨어진 메스(Metz)로 피신한 다음 그곳에서 정세가 회복될 때까지 기다리자고 주장했지만, 근위대 사령관인 브로이 장군이 반대했다.

"싸우지 좀 마시오."

루이 16세는 우울하게 고개를 저었다.

"나는 베르사유에 남을 생각이오. 그 대신 외국인 용병들을 파리에서 철수시키고, 네케르를 복귀시키라는 국민의회의 주장을 받아들일 작정이

오. 그러면 그들은 더 이상 나와 가족들에게 해를 입히지 않으리라 믿소."

"한 발 물러서면 의기양양해진 그들이 더욱 큰 요구를 해 올 것입니다."

랑베스 공작은 마리 앙투아네트와 같은 생각이라며 반박했지만,

"나는 베르사유에 남겠소"

라며 국왕은 평소와 달리 자신의 주장을 굽히지 않았다.

"다만, 위험하다고 판단해 이 베르사유에서 떠나겠다는 사람은 막지 않겠소."

그렇게 길고 긴 논의에 종지부를 찍었다. 그 논의가 끝난 저녁 무렵, 궁전 정원은 몰려든 군중들로 가득 찼다.

"귀족들은 궁전에서 나가라."

"국왕 만세."

그들의 그런 모순된 외침 소리가 궁전 창을 통해 실내에까지 들려왔다.

"우리도 메스로 가요. 거긴 국경에서도 가깝고 만일의 경우 오스트리아로 도주할 수 있지 않습니까?"

마리 앙투아네트는 남편의 팔에 매달리며 말했다.

"폐하와 아이들의 안전을 생각하소서."

"왕비."

루이 16세는 그녀의 어깨에 손을 얹고 위로하듯 대답했다.

"걱정은 고맙지만…… 이래 봬도 난 국왕이오. 루이 14세 때부터 지금까지 국왕이 지내야 할 곳은 여기 베르사유 아니겠소."

"그게 무슨 의미가 있겠습니까?"

"내가 평범한 인간이라는 걸 나도 잘 알고 있소. 하지만 아무리 평범하더라도 나는 내 의무를 다 할 것이오. 프랑스 국민들과 국왕은 서로 사랑해야만 하오. 그것이 바로 내게 주어진 의무요……."

루이 16세는 슬픈 눈으로 아내를 가만히 바라보았다.

그때까지 마음속으로 얕잡아 보았던 남편이 처음으로 자신의 의지를 분명히 밝혔다. 마리 앙투아네트는 놀라 남편의 얼굴을 올려다보았다. 그러나 그 얼굴에 꾸미거나 허세를 부리는 표정은 전혀 없었다.

(이 사람은…… 대체 어떤 사람일까?)

그런 남편의 모습을 보는 것은 결혼하고 나서 처음 있는 일이었다. 가만히 고통을 견디고 국왕으로서의 의무를 조용히 완수하려는 남편을…….

"하지만 당신이 원한다면 아르투아 백작과 다른 귀족들과 함께 베르사유를 떠나도 좋소. 난 여기 남겠지만."

"아닙니다."

마리 앙투아네트는 뺨에 눈물이 흐르는 것을 느끼며 남편을 끌어안았다.

"언제나 당신 곁을 지키겠다고 하지 않았습니까……."

비가 내린다. 그리고 베르사유에서 귀족들이 떠나간다. 이 베르사유 궁전에 국왕을 남긴 채.

루이 14세 이후, 이곳은 오랫동안 국왕과 귀족들의 결속의 상징이었다. 국왕과 귀족들이 한 몸임을 증명하는 곳이었다. 지금 그 결속을 내팽개치고 귀족들은 베르사유를 떠나 각자 안전한 해외로 도피한다.

마리 앙투아네트는 오랫동안 마음의 벗이었던 폴리냐크 부인이 남편과 시누이와 함께 베르사유를 떠나는 모습을 지켜볼 수밖에 없었다.

"영원히 안녕. 나의 가장 다정한 벗이여."

왕비는 떠나는 벗에게 서둘러 편지를 써서 건넸다. "안녕"이 아니라 "영원히 안녕"이라는 그 말에 그녀는 만감이 교차했을 것이다. 그녀는 이때

이 벗과 두 번 다시 만날 수 없을 것이라고 예감했던 것일까.

폴리냐크 부인뿐만이 아니다. 베르사유에서의 생활, 트리아농에서의 즐거웠던 삶, 항상 곁을 지켰던 아르투아 백작, 콩데(Condé) 공작, 부르봉 공작, 앙기엥 공작(duc d'Enghien)도 빗속을 뚫고 하나둘 떠나갔다. 한 대씩 멀어져가는 마차를 그녀는 궁전 창문을 통해 하염없이 바라보아야만 했다.

7월 15일, 바스티유 요새 함락 이튿날, 국민의회는 루이 16세에게 파리로 와 달라고 요청했다. 국왕에게 파리를 방문하게 함으로써 14일의 결기를 승인하게 하려는 의도였다.

표면적으로는 예의바른 요청이었지만, 무언가를 획책하고 있는 지도 모른다. 왕의 생명을 위협하는 일이 일어나지 말라는 보장은 없었다.

"가지 마시옵소서."

마리 앙투아네트는 다시 남편을 붙잡았다.

"이유를 둘러대 거절하시옵소서. 파리로 불러내는 게 그들이 노리는 바가 아닙니까. 두 번 다시 돌아오시지 못하시면 어쩌려고 이러십니까?"

"걱정할 것 없소."

루이 16세는 마리 앙투아네트의 머리를 쓰다듬으며 희미하게 웃었다.

"내가 프랑스 국민들을 믿지 않으면 그들도 나를 믿어주지 않을 것이오."

아내와 측근의 필사적인 반대에도 불구하고 그는 결심을 꺾지 않았다. 지금까지 무기력하게 보였던 그가 묵묵히 무언가를 결심하는 모습을, 사람들은 놀란 눈으로 바라보았다.

(국왕은 아직도 뭘 모르는 구나. 그러니 이런 상황에서도 파리에 가겠다고 하겠지.)

아니다, 그렇지 않았다. 7월 17일 당일 루이 16세는 아침 미사에서 신에게 매달리는 심정으로 기도를 올리고 있었기 때문이다. 그리고 미사가 끝나자 동생인 프로방스 백작을 불렀다.

"내가 파리에 간 다음 베르사유로 돌아오지 못하게 되거든,"

그는 눈을 감고 마치 괴로운 말을 한 단어, 한 단어, 내뱉듯 말했다.

"네가 나를 대신해주었으면 한다."

국왕은 그 후 허름한 사냥용 마차에 사관들 몇 명만 데리고 파리로 향했다. 장중한 행렬을 만들지 않았던 이유는 민중들의 반감을 자극하지 않으려는 배려였을 것이다.

파리의 성문에는 국민의회 초대의장이면서 이틀 전에 시장으로 임명된 바이이가 사람들과 함께 나와 있었다. 바이이는 파리시의 열쇠를 국왕에게 건네며 모두에게 들리도록 큰 소리로 말했다.

"두 세기 전, 앙리 4세는 민중을 굴복시켰지만, 이번엔 민중이 국왕을 굴복시켰습니다."

국왕은 고개를 끄덕일 뿐 아무 말도 하지 않았다.

국왕의 사냥용 마차는 시청을 향했다. 길 양쪽에는 국왕의 근위대가 아니라 병기고에서 약탈한 무기로 무장한 시민군, 그리고 곤봉과 낫을 든 시민들이 서 있었다.

"국왕 만세."

"바이이 만세."

그러나 그 환영의 환호성은 국왕에 대한 위협이었다. 국왕에게 군대가 있듯이 시민들에게도 시민군이 있다는 것을 국민의회는 루이 16세에게 분명히 드러내려 했던 것이다.

루이 16세는 아무 말도 하지 않았다. 그는 마차 안에서 눈을 감고 있었다. 눈을 감고 그는 무슨 말인가를 중얼거렸다. 그러나 이 비참한 심경의 땅딸막한 사내가 하느님께 기도를 올리는 목소리를 아무도 알아들을 수 없었다.

"주여, 저는 프랑스를 사랑하고 있습니다."

마차는 시청 문을 지나갔다. 그리고 군중들 앞에서 시장 바이이는 승리의 일장 연설을 했다.

"우리는 국왕폐하께 국민 방위군의 창설을 요청합니다."

루이 16세는 그것을 받아들였다. 바이이의 말대로 그는 한 손을 들어 그 요청을 승인하는 포즈를 취했다.

"우리는 국왕께 감사드리고 오늘 결정된 국민 방위군의 삼색휘장을 폐하께 헌정하고자 하는 바입니다."

바이이는 이 말과 함께 국왕에게 삼색 리본을 정중하게 내밀었다. 국왕은 이 굴욕적인 선물을 묵묵히 받았다.

국왕 루이 16세는 평소와 달리 무기력함을 벗고 파리를 찾아가 시민과 국민의회의 요청을 모두 받아들였다―.

이 일로 베르사유 궁전에는 미약하나마 희망이 찾아들었다. 국왕은 민중들과 궁전 사람들 사이에 화해가 성립되었다고 믿었다.

낙관적인 국왕은 모든 것이 원만하게 해결되었다고 믿었다. 우려했던 폭풍우는 멀리 가 버렸고, 앞으로 조용하고 따스한 봄 날씨가 계속되리라고 예상했다.

루이 16세만 그런 것은 아니었다. 그가 시장 바이이에게서 받은 삼색 리본을 가슴에 달고 만족스러운 표정으로 베르사유로 돌아왔을 때, 그 무사한 모습을 본 마리 앙투아네트조차 이런 농담을 던졌을 정도였다.

"어머, 제가 평민하고 결혼한 줄은 몰랐는데요?"

이는 결코 남편에 대한 모욕도 비웃는 말도 아니었다. 그녀는 남편의 귀환을 순순히 기뻐했고 무사한 모습에 가슴을 쓸어내리며 이런 가벼운 농담을 던진 것이었다.

아니다, 마리 앙투아네트는 처음으로 목격한 남편의 결의와 사내다움에 놀라 그를 다시 보게 된 것이다. 그때까지 무기력하고 우둔하다고 생각했던 남편에게 이런 용기와 남자다움이 숨겨져 있을 줄은 몰랐기 때문에 그녀는 더욱 기뻤다.

일양래복(一陽來福, 주역에 나오는 말로 불행이 지나가고 행운이 찾아온다는 뜻—역주), 가장 어두운 날 희망의 싹이 틔었다. 이렇게 국왕이 파리에 다녀온 후 칠팔 월의 여름 한 철 동안, 그녀는 다시 행복을 맛보았다. 남편과 그녀가 굳건히 이어져 있음을 느낄 수 있었다. 여자로서, 아내로서, 그리고 어머니로서 왕비 마리 앙투아네트는 표현할 길 없는 행복을, 따스한 빛을 피부로 느꼈다.

이 무렵 그녀는 다시 트리아농 궁에서 생활할 수 있었다. 그녀는 농가풍의 건물에서 농부 여자 차림으로 차가운 우유를 마시고 작은 동굴에 누워 정원을 흐르는 샘물 소리를 들었으며 밤에는 작은 연회를 즐기는 구김살 없는 나날을 보냈다.

트리아농의 여름. 바람은 연못 물위에 부드러운 파문을 일으키고, 그 파문 위를 백조들이 줄지어 헤엄쳐 간다. 트리아농의 여름. 바람은 숲속 잎사귀들을 펄럭거리며 나뭇잎 사이로 햇빛이 비추어 땅에 아름다운 모양을 만들고 주위에서는 작은 새들이 지저귄다. 트리아농의 여름. 그 너무나 짧은 여름의 빛……

이제는 안녕, 너무나 짧고 찬란했던 여름의 빛이여.

이제 우리는 깊은 어둠 속으로 침잠하려 하니.(보들레르의 『악의 꽃』 중에서–역주)

마리 앙투아네트는 몰랐다. 국왕 루이 16세도 깨닫지 못했다. 여름빛은 짧기 때문에 눈부시다는 것을. 오후의 햇빛은 점차 가을빛으로 물들어가고, 황량한 겨울로 한 발 한 발 다가간다는 것을.

폭풍우는 지나간 것이 아니었다. 그저 제자리걸음을 하고 있었을 뿐이다. 이 부부가 좀 더 주의 깊은 사람들이었다면 지평선 저쪽, 산 너머 먼 곳에서 천둥소리가 울리고 있다는 것을 깨달았을 것이다…….

파리에서 시민 봉기가 일어났다는 소식은 순식간에 프랑스 전역으로 퍼졌다. 리옹과 보르도에서 제3신분 대의원들이 위원회를 만들고 시민군을 결성했다. 디종과 몽펠리에, 브장송에서도 움직임이 일어났다.

그런 정치적 변혁만이 아니었다. 농촌지역에서는 일제히 농민봉기가 발발했다. 농민들은 베르사유에서 도망친 망명귀족들이 외국인 용병부대를 거느리고 그들을 습격할 것이라는 선동적인 소문을 두려워했다. 그들은 각지에서 영주들의 성을 습격하고 성에 보관되었던 귀족과 농민의 조세 및 부역(賦役) 계약서를 불태우고, 이를 말리는 귀족들을 감금했다. 혼란이 프랑스 각지에서 해일처럼 일어났다.

8월 4일, 국민의회는 이 농민봉기를 해결하기 위해 의제로 제출했다. 민중들의 폭동을 더 이상 탄압으로 누르지 못할 것이라 판단한 귀족들 중에, 현실적인 해결책을 내놓는 사람들이 생겨났다. 그들은 영주의 부역과 농민들의 권리를 막는 모든 조건들을 폐기하고, 다만 그 권리를 매매할 수 있다는 교묘한 대안을 제출했다. 이는 민중들 중에서도 부유한 사람들을 자기편으로 회유하려는 술책이었다.

그런 계교가 숨겨 있었다고는 하나, 이는 국왕을 중심으로 한 봉건제도가 근본적으로 폐지되는 계기가 되었다.

10월 5일 아침. 흐린 날이었다.

날은 흐렸지만 루이 16세는 측근들과 함께 사냥에 나섰다. 공방에서 자물쇠를 만들고 사냥을 하는 게 이 땅딸막한 사내의 몇 안 되는 취미였다.

가을 숲은 금빛 낙엽으로 덮이고 축축한 냄새가 났다. 두 시간이나 사냥을 했는데도 사냥감이 거의 없어 사람들이 따분한 듯 앉아 쉬었다.

"폐하."

곁에 있던 귀족 중 한 사람이 망원경으로 멀리 바라보며 말했다.

"근위대 사관처럼 보이는 자들이 말을 타고 이쪽으로 오고 있습니다만……"

과연 이제는 육안으로도 근위대 사관 제복을 입은 젊은이들이 말을 달려 숲으로 다가오는 게 보였다.

말에서 뛰어내린 젊은 사관이 거수경례를 했다.

"지금 곧 베르사유로 돌아가 주십시오."

"무슨 일인가?"

국왕은 총을 손에 쥔 채 당혹스러운 듯 물었다. 모처럼 사냥을 즐기고 있는데 하찮은 일로 방해를 받고 싶지 않았다.

"폭도들 수천 명이 파리에서 베르사유를 향해 행진하고 있습니다. 대부분은 가난한 여자들입니다만, 남자들도 섞여 있고 총과 대포로 무장했답니다. 빵을 달라고 입을 모아 외치고 있습니다."

"왕비는……."

"왕비마마가 제게 이 명령을 하달하셨습니다."

측근에게 총을 건네고 루이 16세는 뛰어가 마차에 올라탔다.

"베르사유로 전속력으로 달리게."

사냥할 때가 아니었다. 때마침 내리기 시작한 보슬비 속을 몇 대의 마차들이 숲을 뚫고 베르사유로 향하는 길로 나왔다.

오후 3시, 베르사유와 파리를 잇는 길은 남루한 옷을 입은 여자들의 행렬로 넘쳐나고 있었다. 그녀들은 손에 갈퀴와 쇠막대기와 몽둥이를 들고,

"빵을 달라, 빵을 달라"

하고 입을 모아 외치고 있었다.

국왕 일행의 마차는 그 여자들로 넘쳐나는 길을 피해 샛길로 궁전을 향했다. 마차가 궁전으로 진입하자마자 경종이 울렸다. 궁전 문이 닫히고 문과 건물 사이의 연병장(La Place d'Armes)에는 총검을 든 근위병들, 플랑드르 연대(Régiment de Flandre)가 열병해 있었다. 그들은 총을 겨눈 채 앞으로 군중들이 몰려올 전방의 길을 공포에 찬 눈으로 응시하고 있었다. "빵을 달라, 빵을 달라." 그 어두운 외침이 파도가 밀려오듯이 점차 커지며 들려온다. 비가 점점 세차게 내렸다.

궁전에서는 대책회의가 열렸는데 결국 결론은 나지 않았다. 국왕이 폭도들과 싸우는 동안, 왕비는 랑부예(Rambouillet) 궁전으로 도피시키자는 안이 나왔는데 남편과 떨어지지 않으려는 마리 앙투아네트가 반대했기 때문이다.

"궁전 주변은 이미 폭도들이 포위하고 있습니다."

그 보고를 듣지 않아도 왕과 왕비는, 멀리서 파도소리처럼 들려오는 군중들의 목소리로 사태의 심각성을 충분히 깨닫고 있었다.

저녁 무렵, 제3신분 대의원들이 나타나 군중들의 대표자를 만나달라고

알현을 요구했다. 군중들의 대표자란 다섯 명의 여자들이었다. 국왕은 그 요구를 받아들여 그녀들을 만나기로 했다.

남루한 복장을 한 여자들은 얼굴을 딱딱하게 굳히고 국왕 앞에 줄지어 섰다.

"이름은 뭐라고 하는가."

"루이종 사브리라고 합니다."

"당신은?"

"저는 수녀 아녜스입니다."

루이 16세는 자상하게 고개를 끄덕이고,

"내게 할 말이란 뭐지?"

하고 물었다.

"빵입니다. 물가가 너무 비싸서 빵을 살 수 없습니다." 아녜스 수녀는 모두를 대표해 대답했다. "폐하. 저희가 빵을 먹을 수 있게 해주시옵소서."

"명령을 내리도록 하겠소. 그리고 궁전에 있는 모든 빵을 여러분에게 나눠 드리겠소."

그 말을 듣고 루이종 사브리라는 젊은 여자는 너무나 감격한 나머지 바닥에 기절했다. 루이 16세가 직접 그녀를 부축하고 시종들에게 정신을 차릴 수 있도록 마실 것을 갖다 주라고 명령했다.

그러나 이 회견으로 사태가 수습된 것은 아니었다. 군중들은 점점 더 숫자를 불리며 수많은 남녀가 파리에서 베르사유를 향해 오고 있다는 보고가 날아왔던 것이다.

그들을 더욱 비탄에 빠지게 할 소식이 들어왔다.

군중들 뒤에는 라파에트(Marquis de Lafayette, 1757~1834) 후작을 사

령관으로 국민 방위군 2만 명이 베르사유를 향해 진군한다는 보고였다. 그들의 소임은 국왕을 파리로 연행하는 것이라 했다.

루이 16세도 이때는 경악한 모양이었다.

"라파예트 후작이 사령관이라고?"

"그렇습니다. 아시는 바와 같이 그는 미국 독립전쟁에 참전한 후 혁명파에 가담했습니다. 제3신분의 영웅이라며 거들먹거린다고 들었습니다."

측근은 그렇게 대답했다. 그러나 무엇이든 낙천적으로 받아들이는 국왕은 불안을 억누르려는 듯 이렇게 혼잣말을 했다.

"그도 집안이 대대로 귀족인데 설마 왕실에 함부로 굴진 않겠지……."

한밤중에 국민 방위군이 빗속을 뚫고 베르사유에 도착했다. 흠뻑 젖은 병사들을 광장에 남겨두고 라파예트는 혼자 궁전 안으로 들어왔다. 겁먹은 표정의 국왕에게 그는 무례하게 보일 만큼 허물없는 태도로, 앞으로는 베르사유 경비를 자기 부하들이 맡겠다고 설명했다. 교활하게도 국왕을 파리로 데리고 가겠다는 말은 한 마디도 꺼내지 않음으로써 낙천적인 국왕이 마음을 놓게 만들었다…….

마리 앙투아네트는 어둠 속에서 눈을 크게 떴다. 사태가 하루 만에 바뀌었다는 게 믿어지지 않았다. 그러나 그녀는 그들의 운명이 오늘을 기점으로 급변하게 될 것이라고 예상할 수 있었다. 앞으로는 좋아지는 일은 없을 것이고, 단지 악화일로로 치달을 뿐이라는 것도.

(지지 않을 거야.) 그녀는 그렇게 다짐했다.

(나와 남편과 아이들, 우리는 단단히 묶여 있어. 운명에 절대로 지지 않을 거야. 절대로…….)

눈을 붙여 보려고 애썼다. 그러나 오늘 하루, 너무나 많은 일이 있었다.

피로 때문에 왕비는 오히려 머리가 또렷해졌다.

새벽 4시, 겨우 잠들었다. 그리고 그녀는 마차를 타고 숲속을 달려 젊은 귀족들이 그녀를 쫓아오던 왕세자비 시절의 즐거웠던 꿈을 꾸었다. 초록빛 바다. 초록빛 바람. 그녀는 흰 옷에 챙이 넓은 모자를 썼다. 젊은 귀족들 눈이, 그녀에 대한 찬미와 동경의 빛으로 반짝이는 것을 느낀다…….

새벽의 찬 기운에 눈을 떴다. 멀리서 무언가 소리가 난다. 무슨 소릴까? 베갯머리에 있는 종을 울려 시녀를 불렀다.

"아무 것도 아닙니다. 어젯밤부터 궁전 정원에서 밤을 샌 여자들이 돌아다니는 소리일 겁니다."

"그래……."

다시 눈을 감고 까무룩 잠이 들었던 마리 앙투아네트는 퍼뜩 잠에서 깨어 몸을 일으켰다. 두 시녀가 새파랗게 질려 침실로 뛰어 들어왔다.

"큰일 났습니다. 군중들이 궁전 안으로 쳐들어왔습니다."

"뭐라고?"

비통한 외침소리가 멀리서 들려왔다. 여자들 목소리가 섞여 있었다.

"왕비를 사형시켜라."

"그 여자를 죽여라."

마리 앙투아네트는 서둘러 침대에서 내려섰다. 시녀들이 서둘러 양말을 신기고 준비를 하는 동안, 그 소란한 소리는 점점 더 다가왔다. 군중들이 혈안이 되어 궁전의 방들을 하나하나 열어 그녀를 찾고 있었다.

침실 벽에는 작은 문이 있다. 그 문은 화장대와 낮잠을 자는 침대가 놓인 작은 방으로 통한다. 그리고 국왕이 몰래 그녀의 침실에 들어오고 싶을 때에도 그 문을 썼다.

남편이 있는 건물로 가려면 이 작은 방을 지나가야 한다. 마리 앙투아네트는 울음소리를 내며 그곳을 달려가 계단을 뛰어 내려갔다. 그런데 국왕이 없었다. 국왕도 위험을 감지하고 일단 왕자를 데리고 아내 방으로 향했던 것이다.

물건들이 깨지는 소리. 고함 소리. 마리 앙투아네트는 공주를 끌어안고 남편의 침실에서 들려오는 끔찍한 소음을 듣고 있었다.

그녀는 핏기가 가신 입술을 떨며,

"아아, 주님"

하고 하느님께 빌었다. 제발 이 어린 아이들만이라도 폭력으로부터 지켜주소서.

(네 탓이란다. 이게 모두 네 탓이라고.)

어머니 마리아 테레지아 여제의 목소리가 귓속에 들리는 것 같았다.

"무사했구나."

남편이 왕자의 손을 끌고 나타났다.

"이제 괜찮소. 라파예트가 병사들을 데려와서 군중들에게 나가라고 명령하고 있으니까."

궁전 안의 방들에서 물건이 마구 깨지는 소리는 점차 가라앉았다. 폭풍우가 끝났는지 잠시 침묵이 흐른 후, 이번에는 궁전 밖에서 외침소리가 파도처럼 밀려왔다.

"당장 나와. 매춘부."

"나오라고. 발코니로. 국왕도 왕비도 다 나와."

누가 선창을 하는 걸까. 머리카락이 흐트러진 여자들일까. 아니면 삼부회 대표들일까.

사령관 라파예트가 나타났다. 그는 국왕에게 정중히 머리를 숙이고 왕비의 손에 얼굴을 갖다 댔다.

"어쩔 수 없는 사태로 혼란을 일으킨 점, 깊이 사죄드립니다."

루이 16세는 출동해준 데에 대해 고맙다고 그에게 말했다. 프랑스 왕인 남편이 반역자이며 배신자인 귀족을 예우하는 모습을 왕비는 슬픈 눈으로 바라보았다.

그 사이, 궁전 바로 아래에 모인 남녀의 외침소리는 더욱 커졌다. 라파예트는 발코니로 나가 그들에게 조용히 나가도록 명령했지만, 야유와 비웃음이 되돌아올 뿐이었다.

"왕비를 끌어내라, 왕비를 끌어내."

목소리는 이제 하나의 덩어리가 되었고 한 소리로 울려 퍼졌다.

"제가 발코니로 나가겠습니다."

고개를 숙였던 마리 앙투아네트는 얼굴을 들고 긴 머리를 뒤로 쓸어 넘기며 중얼거렸다.

아무도 막지 않았다. 라파예트는 물론 남편조차 아무 말도 하지 않았다. 등을 꼿꼿이 펴고 바른 자세로 왕비의 위엄을 온몸으로 보이며 그녀는 발코니로 향했다. 그 얼굴에는 어떤 결심이 분명하게 드러났다.

군중들은 긴 머리를 어깨에 늘어뜨리고 양손을 앞에서 쥔 채 발코니에 홀로 나타난 왕비를 보고 순간 침묵했다. 그 결의에 찬 얼굴을 보고 그들은 아무 말도 할 수 없었다. 누군가가 철판을 긁어내듯 날카로운 목소리로,

"총으로 쏴"

하고 외쳤지만 그 목소리는 공허했다. 그리고 그 대신,

"왕비 만세"

라는 소리가 일제히 일어났다. 고개를 숙이고 마리 앙투아네트는 발코니를 떠났다.

사태는 그것으로 끝나지 않았다. 파리로 국왕 가족을 데리고 가려는 라파예트 사령관은 군중들이,

"국왕은 파리로 가라"

"왕비는 파리로 가라"

라고 외치는 것을 막지 않았기 때문이다.

"폐하."

라파예트는 과장되게 허리를 숙여 말했다.

"본의는 아닙니다만, 파리로 가 주시지 않으시면 민중들의 저 목소리는 가라앉지 않을 것으로 사료되옵니다."

"그렇군."

루이 16세는 왕비를 바라보며 고개를 끄덕였다.

"왕비. 당신은…… 어떻게 생각하오."

"저는 폐하의 뜻에 따르겠습니다."

그녀는 이제 도저히 사태를 수습할 수 없을 것이라고 체념하였다. 라파예트의 서툰 연극도 빤히 들여다보였다.

발코니로 나간 국왕은 손을 들어 환성을 지르는 군중들을 제지하며 말했다.

"나는…… 아내와 아이들과 함께 파리로 가서 나의 보물들을, 충실하고 선량한 민중들의 사랑에 모두 맡기고자 하오."

커다란 환성이 폭풍우처럼 대지를 훑으며 지나갔고 그 목소리에 놀란 비둘기가 비 갠 하늘로 날아갔다.

그것은 패배였다. 완벽한 패배였다. 파리 왕림이라는 미명이 붙기는 했

지만 실제로는 싸움에 진 포로들이 포승줄에 묶여 적의 진영으로 끌려가는 것이나 다름없었다. 포로란 루이 16세와 그 가족이며 의기양양하게 그들을 데리고 개선하는 것은 라파예트와 그 휘하의 국민 방위군이었다.

절망에 빠진 국왕 가족이 마차를 탄 것은 오후 3시였다. 마차를 둘러싸고 국민 방위군이, 그 뒤를 귀족들의 마차가 따랐다. 전날 비는 완전히 개어 마치 하늘이 뚫린 것처럼 쾌청한 가을날이었다.

베르사유에서 파리까지, 대열이 헝클어지고 무질서한 행렬이 이어진다. 국왕 가족을 태운 마차, 라파예트가 지휘하는 국민 방위군, 국왕을 따라가는 귀족들의 마차. 여기까지는 그나마 나았다. 그 뒤를 의기충천한 군중들이, 왕실 창고에서 빼앗아 온 밀가루 포대를 실은 수레를 둘러 싼 채 행진하고 포도주에 취한 여자가 대포에 올라타 괴성을 지르면 남자들이 낄낄거리며 환성을 질렀다.

마차 안에서 마리 앙투아네트는 두 아이를 양팔로 안으며 이 굴욕을 견디고 있었다. 눈에 눈물이 흐르는 것을 참고 그녀는 왕비로서 기품을 지키고자 필사적으로 노력했다.

그러나 도중에 마차 창문에서 그녀는 끔찍한 장면을 보고야 말았다. 말을 탄 국민 방위군 중 한 사람이 창끝에, 피투성이가 된 두 사람의 모가지를 찔러 일부러 국왕의 가족들에게 보여주려고 천천히 앞으로 지나갔다.

두 사람의 목은 궁전을 지키던 근위병의 것이었다. 그들은 오늘 아침 군중들에게 살해당했다. 구토와 공포와 목젖까지 올라오는 비명을 가까스로 참으며 마리 앙투아네트는 창문에 몸을 기대다시피 하여 그 끔찍한 광경을 아이들이 보지 못하게 막았다.

일곱 시간 동안 잔혹한 행렬이 이어졌다. 샤이요(Chaillot) 문을 지나면 이제 파리다. 호기심 가득한 구경꾼들이 길 양편에 서 있다. 그들은 손을 흔들며,

"국왕 만세"

라고 외쳤다.

그러나 마리 앙투아네트는 더 이상 그 말을 믿을 수 없었다. 그 환호성 뒤에 무엇이 숨겨져 있는지 그녀는 알고 있었다. 내일이 되면 언제 그랬냐는 듯 "국왕을 죽여라"라고 외칠지도 모른다. 그녀의 가족들을 지켜줄 사람이 이제 아무도 없다는 걸 분명히 깨달았다. 이제 타인에게 기대서는 안 된다. 내 힘으로 국왕과 아이들을 지켜야만 한다……

이 때 왕자와 공주도 피곤에 지쳐 그녀의 몸에 기대 잠들었다. 두 아이들은 낮부터 아무 것도 먹지 못했다.

바이이 시장이 마중 나와 입술에 엷은 웃음을 띤 채 입에 발린 환영인사를 했다. 시청광장에도 군중들이 몰려들었지만, 국왕은 군중들을 향해 그야말로 선량한 얼굴로 손을 흔들었다. 맞은 다음에, 때린 사람이 손을 내밀면 그 손을 잡고 함께 노는 착한 아이—그런 아이가 바로 그였다.

그들이 오늘부터 살아야 할 튈르리 궁. 궁전은 이름뿐이었다. 오래전부터 왕실은 베르사유 궁전을 중심으로 지내왔기 때문에 이 건물은 겉모습만 그대로였지, 폐가나 마찬가지였다. 가구와 살림살이는 하나도 없었고 창문은 깨지고 벽과 천정도 칠이 벗겨져 있었다. 궁정지기와 시종, 그리고 부랑자에 가까운 예술가와 문필가들, 가난한 군인들이 멋대로 들어와 살았었기 때문에 그 지저분한 생활의 냄새가 여기저기 배어 있었다.

국왕과 가족들이 궁전에 도착한 것은 밤 10시가 지나서였다. 텅 빈 궁

전에서 그들은 망연히 휑뎅그렁한 방을 둘러보고 곰팡이 냄새를 맡으며 말 한 마디 없이 서로의 얼굴을 쳐다보았다.

"모든 게…… 좋아질 것이오." 국왕은 모두를 위로하듯이 중얼거렸다.

"내일이라도 바이이 시장에게 당장 수리 얘기를 꺼내도록 하지."

좋아질 거라니요, 그럴 리가요. 마리 앙투아네트는 그런 말을 꺼내려다 말을 삼켰다. 민중들은 한 발 양보하면 두 발, 세 발 물러설 것을 요구한다. 다투기 싫어하는 남편이 출발점에서 타협한 것이 이런 결과를 초래했다고 그녀는 혼자 생각하고 있었다.

본 적 없는 시종이 침실 준비가 다 됐다고 알리러 왔다. 왕자 침실은 창문조차 제대로 닫히지 않았다. 국왕과 왕비의 침실 벽도 모두 칠이 벗겨져 있었다.

아이들은 너무나 피곤했는지, 바로 잠들었다. 마리 앙투아네트는 창문 곁에 서서 깊은 어둠을 응시했다. 그때, 그녀의 귀에 어떤 음악이 들려왔다. 어렸을 때, 빈의 어머니의 궁전에서 궁중 음악가들이 연주하던 곡 중 하나가 왠지 귀에 다시 들려왔다. 불안과 공포, 무엇하나 없었던 소녀시절.

고수머리 소년이 그 음악가들 속에 섞여 있었다. 함께 놀이를 한 적도 있었다. 그 소년의 이름은 모차르트였다…….

어둠 속에서 센 강이 흐르는 소리가 들린다. 파리는 쥐 죽은 듯이 잠들어 있었다. 그녀는 아직 모른다. 결국 그녀의 남편과 그녀가 이 튈르리 궁에서 멀지 않은 곳에서 세상과 영원한 이별을 하게 될 것이라는 사실을…….

그러나 이 폐가나 마찬가지인 궁전에 연행되고 나서 마리 앙투아네트에게 미미한 희망이 싹텄다. 제3신분을 중심으로 형성된 국민의회 안에서 분열의 징조가 보이기 시작한 것이다.

제3신분 의원들 중에는 이번에 국왕을 베르사유에서 파리로 옮겨온 사건에 눈살을 찌푸리는 사람들이 있었다. 그들은 지식인으로 민중들의 권리와 자유를 위해 오늘날까지 싸워왔지만, 그 민중들이 자신들의 힘에 취해 피 비린내 나는 과격한 행동을 보이자 불안을 느끼기 시작한 것이다. 그들은 거기서 자신들이 계산하지 못했던 폭력과 피와 잔혹성을 목격하고는, 그 폭력을 막아야 한다고 여기게 되었다.

국민의회의 중추였던 지도자 시예스가 그 중 한 사람이었다. 시예스와 더불어 오늘날까지 함께 혁명의 추진력이 되었던 미라보 역시 위기감을 느끼게 되었다. 그들은 자기들이 꿈꾸었던 혁명이 예상치 못했던 속도로 폭주하는 것은 아닐까 불안에 휩싸이게 되었다.

(더 이상 민중들을 마음대로 봉기하게 만들어선 안 된다.)

미라보는 점차 그렇게 생각하게 되었다. 더 이상 민중들에게 피 냄새를 맡게 하고 피에 굶주리게 만들어서는 안 된다. 그들은 하나의 희생만으로 만족하지 못하게 될 것이다. 희생자를 끊임없이 만들어갈 것이다. 국왕 가족들도 분명 그 피의 축제에 끌려 나가게 될 것이다. 말로는 격렬한 혁명 사상을 설파한 그였지만, 그랬던 그조차 혁명이 자신들의 이미지를 넘어서 독주하는 데에 혐오감을 느꼈던 것이다.

텅 빈 튈르리 궁에도 그러한 국민의회의 의견대립에 관한 소식이 날아들어왔다. 어쩌면 그런 대립이 그들에게 유리한 조건으로 작용할 지도 모른다. 마리 앙투아네트도 그 정도쯤은 예상할 수 있었다.

"그 사람들이 결국엔 저희들끼리 싸우나 봅니다."

그녀는 의기양양하게 측근들에게 말했다.

"혁명이니 뭐니 해도 그들 역시 권력을 장악하고 싶어 한다는 걸 깨달았습니다."

"맞는 말씀이십니다. 그들이 싸우는 걸 잠잠히 지켜보는 게 제일입니다."

측근들은 이때 시간을 버는 게 최상의 전략이라는 의견을 내놓았다.

"미라보는 자신이 직접 나서서 국왕 폐하 가족 분들을 파리에서 루앙으로 피신시킬 계획까지 세우는 모양입니다."

"어머, 참 어이없군요. 저희한테 한 번 칼을 겨누었던 분이 이번엔 벗들을 배신하다니. 우린 그런 비겁한 분의 도움을 받을 만큼, 그렇게까지 막다른 곳에 몰리지는 않았습니다."

마리 앙투아네트에게는 그녀와 남편, 아이들에게 이런 고통을 맛보게 한 사내가 도피를 도와줄 것이라고는 도저히 믿을 수 없었다. 베르사유에서 충성을 맹세했던 귀족들조차도 왕을 버리고 해외로 도피한 지금, 누굴 믿을 수 있겠는가.

그러나 이때, 그녀는 도피라는 말을 처음 들어본 느낌이 들었다. 그래, 도피계획을 짜자. 남편과 아이들을 데리고 친정이자 오빠가 왕좌에 오른 오스트리아 근처로 도주하자. 왕비 마리 앙투아네트의 마음에 이 감정이 싹튼 것은 미라보가 혁명파에서 이탈했다는 말을 들었을 때였다.

(난 앞으로 정치적이 되어야 해.)

그녀는 마음속으로 다짐했다. 이 계획을 실현시키기 위해서는 모든 것을 비밀에 부치고 국민의회의 의혹을 받지 않게 하기 위해 그들과 우호적으로 지내야 한다. 그리고 그들을 속여야만 한다, 그런 생각을 했던 것이다.

스파이

수녀원장은 엄격한 얼굴로 아녜스 수녀에게 물었다.

"자매님, 자매님은 정말로 수녀인가요?"

"네."

순종과 복종의 자세로 두 손을 가슴에 모아 쥐고 아녜스 수녀는 눈을 바닥으로 내리깔았다.

"그런데 최근의 자매님의 태도가 수녀답다고는 느껴지지 않습니다."

"네."

"전 자매님이 이 수녀원에서 모든 의무를 다 소홀히 한다고는 생각지 않습니다. 오히려 다른 수녀들 이상으로 자신이 해야 할 일을 열심히 하고 있다는 건 잘 압니다. 그러나 자매님은 우리의 특별한 허락을 이용했습니다."

눈을 내리깐 채로 아녜스 수녀가 고개를 끄덕였다. 그녀는 수녀원장의 질책 한 마디 한 마디를 모두 인정하지 않을 수 없었다.

수녀원장은 낮은 목소리로 이야기를 계속했다. "자매님은 생 탕투안 공장에서 여공들과 함께 일하고 싶다고 했죠. 규칙에서 벗어난 그런 부탁을 들어준 것은 자매님이 여공들에게 하느님의 가르침을 포교할 것이라고 생각했기 때문입니다. 그런데…… 자매님은 자매님에 대한 우리의 허락을 악용했습니다."

"원장님."

아녜스 수녀는 처음으로 고개를 들어 떨리는 입술로 중얼거렸다.

"전 저 나름대로 그녀들에게 예수님의 가르침을 전하려고 했습니다."

"그건 그 사람들과 함께 무기를 들고 바스티유 요새로 쳐들어간 일을 뜻합니까? 베르사유에서 끔찍한 살인을 일으킨 군중들 틈에 섞여 있었던 것을 뜻합니까?"

"베르사유와 바스티유에서 부당한 유혈사건이 일어난 것은 저도 예상치 못한 일입니다. 그러나 원장님, 문제의 본질은 지금까지 인간으로서 자유가 허락되지 않았던 사람들에게 자유가 주어졌다는 것입니다. 예수님께서도 분명 그것을 원하실 것이라고 저는 믿고 있습니다."

"하지만 자매님은 수녀입니다."

"원장님. 수녀가 수녀원에 갇혀 아무 것도 하지 않는 시대는 끝났다고 생각합니다. 저는 수녀이기에 더욱 올바른 일에 뛰어들겠습니다."

아녜스 수녀는 수녀원장의 나이든 얼굴에 슬픔과 당혹스러운 빛이 떠오르는 것을 보았다. 그녀도 이 선량한 분에게 상처주고 싶지 않았다. 괴로웠다. 하지만 이 말을 억누를 수는 없었다.

"자매님. 잘 생각해 보세요. 자매님이 지지하는 국민의회는 오랫동안 국왕폐하도 인정해 주었던 교회 재산을 몰수하고, 자매님이 속한 수녀원도 해산시키려는 계획을 세우고 있습니다. 다시 말해 혁명은 그리스도교를 부정하고 있다는 뜻입니다."

그것은 거짓도, 과장도 아니었다. 이해 여름부터 국민의회는 프랑스의 엄청난 적자 재정에서 탈출하고자 교회재산의 국유화를 검토하고 있었다.

"그러나 제 생각에는 가난해야 할 교회가," 아녜스 수녀는 고개를 숙이고 대답했다.

"때로는 가난한 사람들을 잊은 건 아닌가 싶을 때가 있습니다."

"자매님, 자매님은 아직 조직이라는 것을 생각하기엔 너무 젊습니다. 결코 자매님의 이상을 부정할 마음은 없습니다만, 좀 더 깊은 사려와 분별력을 지녔으면 좋겠습니다."

아녜스 수녀는 그녀와 이 원장수녀 사이에—아니, 그녀와 수녀원 사이에 건널 수 없는 강이 존재한다는 것을 느꼈다. 옛 세대와 새로운 세대 사이를 가로지르는 강. 지금까지의 교회를 지키려는 자와 교회의 내부개혁을 꿈꾸는 자 사이를 가로지르는 강.

"그 말씀, 깊이 생각해 보겠습니다."

그녀는 체념과 같은 심정으로 고개를 숙였다.

그 후—.

마르그리트는 이상한 꿈을 꿀 때가 있었다. 꿈속에서 그녀는 군중들과 함께 베르사유 궁전의 계단을 올라가고 방마다 문을 열어보며 그 여자를 찾아다녔다.

"그년을 잡아."

곁에서 여자들이 소리쳤다.

"그년의 내장을 다 끄집어내는 거야."

모든 방들이 마르그리트가 태어나서 지금껏 본 적 없는 호화로운 벽화와 가구들로 꾸며져 있었다. 금으로 장식된 거울. 비단 커튼. 촛대. 포도주. 그러나 그런 현란한 방 어디에도 그 여자—마리 앙투아네트의 모습은 없었다.

"도망쳤군."

"잡아서 주리를 틀어야지."

여자들의 성난 목소리는 마르그리트를 흥분시켰다. 그녀는 커튼을 찢고 작은 방까지 미친 듯이 뒤지며 왕비를 찾는다…….

그런 꿈을 종종 꾼다. 잠이 깬 다음에도 그 꿈은 기억에 생생하다.

마르그리트는 파리에서 지내는 매일이 너무나 즐거웠다. 비바람 부는 날까지 거리에서 손님을 찾지 않아도 되기 때문이 아니다. 모든 게 송두리 채 바뀌었다. 어제까지 잘난 척 하던 인간들이 그 지위에서 끌려 내려오고 귀족들이 허둥지둥 도망가고 왕과 그 가족이 고삐에 매인 가축 마냥 베르사유에서 파리로 끌려왔다.

그런 통쾌한 광경을 파리에서는 매일 볼 수 있었다. 이제 겁에 질려 살지 않아도 된다. 이제 두려움에 떨거나, 비위를 맞추거나, 억지웃음을 짓지 않아도 된다. 그녀처럼 가난한 자들이 당당히 거리를 활보할 수 있는 날이 드디어 왔다. 즐겁지 않을 이유가 없었다.

호텔에서 토끼 아주머니 대신 카운터에 앉아 있는 게 마르그리트가 할 일이었다. 아녜스 수녀 덕분에 겨우 읽고 쓸 줄 알게 된 그녀는, 손님 장부를 만들고 방 시트와 물병을 갈고 수입과 지출 계산을 능숙하게 할 수 있게 되었다.

"너 없인 이렇게 편히 못 살지."

토끼 아주머니는 좋아하는 타로 점을 보면서 입버릇처럼 말했다.

"날 먹여 살려 준 건 아주머니잖아요. 당연히 해야죠. 이번엔 제가 일할 차례예요."

그러나 여기 모여드는 여자들도 토끼 아주머니도 손님들도, 이 사랑스러운 얼굴을 한 여자의 마음속에 어떤 불씨가 자라고 있는지 아무도 몰랐다. 한 번 고기를 맛본 짐승새끼가 피 맛을 잊지 못하듯, 그녀를 황홀하게 만든 것은 바스티유 공격으로 적의 사령관 목을 창으로 찔러 행진했던 광경이었다.

"너 정말 왕비랑 닮았네."

아무 것도 모르는 손님은 마르그리트를 놀렸다.

"자매라고 해도 좋겠어."

"웃기지 말아요. 누가 그런 여자랑 닮았다고……."

그녀는 이런 농담에 파르르 떨며 고개를 저었다. 스트라스부르에서 그 옛날, 왕세자비로 나타난 그 여자를 본 후, 마르그리트는 늘 그 여자를 미워했다…….

그러던 어느 날—.

삼색 리본을 가슴에 단 혁명지구위원 남자가 호텔에 나타났다. 그는 장부에 서명도 하지 않고 마르그리트의 과거에 대해 꼬치꼬치 캐물었다.

"제가 뭔가 잘못했나요?"

마르그리트가 불안하게 묻자,

"아니, 그게 아니라."

하고 남자는 고개를 젓고는,

"난 비예트의 친구야."

"비예트? 아, 그 사람 어떻게 지내요?"

"릴(Lille)에서 잘 지내고 있어. 릴에서 친해졌거든. 비예트가 너에 대해 얘기를 좀 해줬어. 네가 얼마나 왕비를 싫어하는지도 말이야."

목걸이 사건을 이 남자가 다 알고 있다는 생각에 마르그리트의 낯빛이 바뀌었다. 그러나 그는 태연한 얼굴로 말했다.

"난 지금 파리 지구위원인데 말이야. 지구위원으로서 네게 부탁이 있어서 왔어."

"부탁이요?"

"응. 튈르리 궁에서 국왕과 가족들이 뭔가를 꾸미고 있다는 정보가 들어왔어. 넌 물론 모르겠지만. 그런데 그 계획에 우리 편 사람들이 가담하고 있다는 혐의를 받는 자들이 있거든. 배신자 놈들 말이야……."

"배신자?"

"응. 미라보, 시예스, 그리고 시민군 사령관이었던 라파예트까지 아무래도 한 통속인 것 같아. 그래서 너한테 부탁하고 싶은 건……."

하고 지구위원이 목소리를 낮추었다.

지구위원의 부탁이란 이런 것이었다.

요즘 튈르리 궁에서는 수상한 낌새가 보인다. 왕실 일가가 망명귀족들과 몰래 연락을 주고받으며 '반격'을 준비하고 있는 모양이다. 그 반격에, 귀족들뿐만 아니라 놀랍게도 국민의회 거물들까지 가담한 것 같다.

그 거물들은 새로운 혁명가들에게 자기들 지위를 빼앗기지 않을까 두려워서 그러는 건지 이유는 명확하지 않지만, 여하튼 이번엔 왕실과 결탁하려 한다. 그 거물들 이름은 시예스, 미라보, 라파예트다.

위험은 그뿐만이 아니다. 이탈리아로 망명한 아르투아 백작이 프랑스 국내 동지들과 연락을 취해 기회가 닿으면 프랑스에서 쿠데타를 일으키려 하고 있다. 불이 활활 타오르기 전에 그 사람들을 모두 소탕해야 한다.

"우리 지도자이신 로베스피에르께서 그렇게 말씀하셨어."

지구위원은 자랑스러운 듯이 설명했다.

"그래서 말인데, 우리에게는 첩자가 필요해. 궁전 안에 몰래 숨어들어가 그들이 무엇을 하는지, 누가 찾아오는지 연락해줄 첩자 말이야. 거기서…… 비예트 얘기를 떠올렸지. 미올랑 감옥에 몰래 들어가 사드 후작이라는 사람을 빼냈을 때 같이 일했다며?"

마르그리트는 어려운 정치문제는 알 수 없었지만, 이 남자가 무슨 이야기를 하고 싶은지 겨우 이해할 수 있었다.

"그럼 저보고 첩자가 되어 달라는 말인가요?"

"바로 그거야. 이게 다 혁명을 위해서야. 나라를 위한 일이고. 다행히 그 궁전에서는 일손이 부족하거든. 프랑스 국민 중에서 그런 왕과 왕비의 빨래를 하고 복도 바닥을 닦고 싶은 사람이 누가 있겠어. 사람들이 안 하려고 드니까."

그러고 나서 지구위원은 마르그리트의 반응을 살폈다.

"어때, 한 번 해 보겠어?"

"좋아요."

그렇게 대답해 놓고 마르그리트는, 너무 쉽게 대답한 자신에게 놀랐다.

"정말이지? 거 참 고맙군. 이렇게 쉽게 승낙할 줄은 솔직히 상상도 못했어."

남자가 자잘한 부분에 대해 얘기를 하고 돌아간 다음 마르그리트는 쾌감이 끓어오르는 걸 느꼈다. 사드 후작을 구출했을 때의 말로 표현하지 못할 기쁨과도 어딘지 닮은 구석이 있었다.

그녀는 토끼 아주머니에게 한 달 쯤 일을 쉬게 해 달라고 했다.

"난데없이 왜?"

"제가 지구위원을 위해 일하면 이 호텔에도 해가 되진 않을 거예요."

토끼 아주머니는 아무 말도 하지 않고 트럼프를 뒤집고 있었다.

"뭐라구요?"

원장수녀는 아녜스 수녀의 말을 듣자, 평소의 억제된 태도를 버리고 그만 큰 소리를 냈다.

"여길 나가고 싶다고요?"

"원장님."

아녜스 수녀는 원장 앞에서 늘 그렇듯 눈을 아래로 내리깔고 조용히 대답했다.

"그날 이후 저도 깊이 생각해 봤습니다. 그날 이후 기도하면서 제가 가야 할 길에 대해 생각해 봤습니다. 결론은 원장님과 다른 분들에게 더 이상 거짓말을 해서는 안 되겠다는 것이었습니다."

"거짓말이라뇨?"

"제가 생각하는 그리스도교와 원장님께서 생각하시는 그리스도교 사이에는 커다란 간극이 있습니다. 이대로 제가 여기 남게 되면, 저 자신뿐만 아니라 모두에게 거짓말을 하는 결과가 됩니다."

그 말을 꺼냈을 때 아녜스 수녀는 만감이 교차하면서 눈에 눈물이 가득 고였다.

"모든 분께 폐를 끼치지 않기 위해서라도 전 여기를 나가는 게 좋을 것 같습니다."

"그 마음은 아마 일시적이겠지요. 여길 나가면 후회할 겁니다. 한 번 나가면 못 돌아오는 곳이라는 걸 알지 않습니까."

"네, 원장님. 어쩌면 후회할 지도 모르죠. 하지만 전 제가 가야 할 길을 한 번 걸어가 보고 싶습니다."

원장 수녀는 절망과 같은 한숨을 쉬었다.

"자매님. 열흘 간, 잘 생각해 보세요. 그리고 열흘이 지난 후 만약 생각이 바뀐다면 아무 일도 없었던 것처럼 수녀로서 평소대로 여기서 지내는 겁니다. 그러나……."

"하지만, 원장님……."

"그래도 여길 나갈 결심이 흔들리지 않는다면, 더 이상 아무 말도 하지 않겠습니다."

아녜스 수녀는 고개를 숙이고 원장실을 나왔다.

열흘간, 원장수녀의 명령대로 그녀는 자기가 어떻게 해야 하는지 반추했다. 가난했던 소녀시절. 양치기 딸로 태어난 그녀에게 글을 가르쳐 주고 학교에 다니게 해 준 것은 한 선량한 신부였다. 그리고 그녀는 자신의 의지로 수녀가 되었다. 생각해 보니 지금의 그녀를 있게 해 준 것은 모두 교회와 성직자들 덕분이었다. 그 사람들을 지금 그녀는 배신하려 하고 있다. 원장수녀와 원로 수녀들의 마음에 상처를 주고 있다. 아녜스 수녀는 그게 마음이 아팠다.

약속한 열흘이 지났다. 원장실에서 그녀는 눈을 내리깔고 쉰 목소리로 대답했다.

"제 생각은…… 바뀌지 않았습니다."

깊은 한숨을 쉬며 원장은 중얼거렸다.

"그래요……. 어쩔 수 없군요. 그럼 여기에 서명하세요."

다른 방에서 그녀는 이 수녀원에서 받은 모든 것들, 수녀복과 묵주와 구두를 반납했다.

이제 그녀는 아녜스 수녀가 아니라 평범한 한 여자, 이본느 아녜스가 되었다.

"그럼 이 문으로 나가면 됩니다."

원장수녀는 자상한 목소리로 말했다.

"우린 언제나 자매님을 위해 기도하겠습니다."

"고맙습니다."

눈물이 흘러내리는 것을 참으며 이본느 아녜스는 둔중한 문을 열었다. 밖에는 보슬비가 내리고 있었다. 그 보슬비 속에서 그녀는 축축한 땅 냄새가 나는 공기를 가슴 속으로 한껏 들이마셨다.

베르사유 궁전을 본 적 있는 마르그리트에게 궁전이란 이 세상에 둘도 없는 화려한 건축물이라고 생각했다. 매끈한 대리석이 깔린 복도와 기둥, 호화로운 그림으로 둘러싸인 홀, 금으로 테두리가 장식된 거울이 사방에 박힌 방. 동상들. 창문에서 보이는 거대한 정원. 그런 것들이 마르그리트가 처음 보고 알게 된 궁전의 내부였다.

그에 비하면 튈르리 궁은 과연 궁전이라고 할 수 있을까.

아니, 그곳은 마르그리트의 눈에도 궁전이라기보다는 거대한 유령의 집이었다. 회칠이 벗겨져 마치 피부병에 걸린 듯한 벽, 삐거덕거리는 창문. 아귀가 맞지 않는 문짝, 먼지와 정체를 알 수 없는 냄새가 밴 수많은 방들. 그런 것들의 집합체가 튈르리 궁이었다.

지구위원의 안내로 이 거대한 유령의 집에서 하녀로 일하게 된 마르그리트는 수석 시종(그것도 허울뿐이었다. 최근까지 파리에서 오물을 나르던 사내였으니까)의 지시로 궁전 건물에서 살게 되었다. 옛날부터 시종들이 쓰던 건물이었는데 지금은 비바람에 쓰러질 것 같은 오두막으로 변했다.

"투정 부리지 마라."

마르그리트와 마찬가지로 하녀인 여자가 그녀에게 말했다.

"그 멍청한 부부도 다 쓰러져가는 방에서 지내니까."

"멍청한 부부라뇨?"

"그것도 몰라? 왕과 그 여편네를 말하는 거지."

마르그리트는 고개를 끄덕였다. 그녀가 여기 온 이유는 일하기 위해서가 아니다. 지구위원이 원하는 정보를 꼼꼼히 조사하는 것이 목적이다.

"왕과 왕비는 매일 뭘 하며 지내요?"

"나름대로 바빠. 진기한 구경거리를 보러오는 사람들이 의외로 많거든."

그 여자가 말했다.

"나도 원래는 푸줏간 하녀였는데, 혁명 덕에 멍청한 부부 얼굴을 볼 수 있으니, 세상 참. 옛날 시청 말단 관리였던 것들이 지금은 시의회 의원이 되어가지고 어깨에 힘주고 이 궁전을 찾는 것도, 다 진기한 구경거리라서 찾아오는 거 아니겠어? 왕과 왕비가 어떤 얼굴을 하고 있는지, 마누라랑 자식들한테 들려주려고 용건도 없이 찾아오는 거야."

"그래서, 왕은 만나 주나요?"

"그야 당나귀보다 더 얌전한 게 왕이지. 싱글벙글 웃으며 얘기를 나누거든. 그런데 왕비는 좀, 달라."

같은 방을 쓰는 여자가 한 말은 사실이었다. 마르그리트 역시 만약 혁명이라는 게 일어나지 않았더라면 이렇게 쉽게 국왕이 사는 곳에서 일할 수 없었을 테고, 비록 일한다고 하더라도 이처럼 눈앞에서 왕과 왕비를 볼 수 없었을 것이다.

베르사유 궁전과 달리 여기서는 시종도, 시녀 숫자도 극소수로 제한되어 있었다. 딱딱했던 온갖 격식들도, 국왕과 왕비의 위엄을 나타내기 위한 법도와 예절도, 일체 인정되지 않았다.

마르그리트가 복도와 방을 청소할 때 종종 옆을 달려가는 공주와 왕자의 모습을 볼 수 있었는데, 그들은 그럴 때면 멈춰 서서,

"안녕하세요, 마드무아젤."

하고 마르그리트에게 인사를 건넸다.

아니, 왕자와 공주뿐만이 아니었다. 지금까지 얼굴을 들어 쳐다볼 수도 없었던 국왕이 바이이 파리 시장과 시의회 의원들에게 둘러싸여 복도를 걷는 모습을 볼 때도 있었고, 그 여자가 두세 명의 시녀들과 함께 정원을 산책하는 모습도 엿볼 수 있었다.

국왕은 시종들을 만나면 사람 좋은 미소를 띠며 살짝 고개를 숙였다. 이 뚱뚱한 남자에게는 조금도 거들먹거리는 데가 없었고 오히려 주변사람들 눈치를 보는 모습조차 볼 수 있었다.

그런데 왕비 마리 앙투아네트는 국왕과 정반대였다. 그녀는 베르사유 궁전에서와 다름없이 마르그리트와 다른 하녀들 옆을 지나갈 때도 그들을 무시했다. 마치 그 존재가 그곳에 없다고 여기는 것 같았다. 그녀는 너무나 우아한 발걸음으로 마치 미끄러지듯 시녀들과 지나갔지만, 그녀의 시선이 하녀들에게 향한 적은 한 번도 없었다.

그런 모습이 마르그리트의 적개심과 증오를 더욱 불타오르게 했다. 그녀는 옆을 지나간 왕비를 뒤에서 빤히 쳐다보며,

(잘난 척은. 그래, 이제 그 눈에서 곧 피눈물을 흘리게 해 주마.)

마음속으로 그렇게 맹세했다.

일주일이 지나자 마르그리트는 한 가지 알게 된 점이 있었다.

다양한 종류의 사람들이 국왕과 왕비를 알현하러 궁전을 찾아갔지만, 매일같이 조심스레 모습을 드러내는 남자가 있었다.

그 남자가 프랑스인이 아니라는 것은 남들보다 훨씬 키가 크다는 점과 북유럽 특유의 블론드 머리색뿐만 아니라, 종종 외국인 근위부대 장교제

복을 입고 있는 모습을 보고도 바로 알 수 있었다.

그가 오면 왕비 시녀가 마중을 나와 그를 왕비의 작은 접견실로 데리고 간다.

"저 남자는 누구야?"

창문을 닦으면서 마르그리트가 다른 하녀들에게 물었더니 이런 대답이 돌아왔다.

"저 남자가 페르센이야. 너 모르니? 왕비가 점찍은 남자."

"점찍은 남자라니?"

하녀들은 소리를 내며 웃었다. 그 야비한 웃음소리로 마르그리트도 그녀들이 말하는 뜻을 알아들었지만, 누구 하나 그 증거가 될 만한 장면을 목격한 사람은 없었다.

그날부터 마르그리트는 페르센에게 특별히 주의를 기울이게 되었다.

과연 왕비 마음에 들만큼 미모의 청년이었다. 그리고 모든 면에서 왕비의 남편과 대조적이었다. 국왕이 땅딸막한 뚱보인 반면 페르센은 조금 마르고 키가 컸다. 국왕이 사람 좋은 둥근 얼굴인 반면 그는 신경질적인 표정을 지어 보였다.

신기한 것은 그가 때때로 쥐도 새도 모르게 궁전에서 빠져나갔다는 점이다. 처음엔 마르그리트도 왕비와 그의 관계가 보통 사이가 아니라고 의심했지만, 국왕까지 그와 친밀하게 이야기를 나누곤 했다. 그렇다면 그와 왕비의 관계는 귀족과 국왕 부부, 그 이상도 이하도 아닐지 모른다. 마르그리트는 좀처럼 알 수 없었다.

마르그리트는 궁전을 나서서, 바로 근처 센 강변에서 그녀를 기다리는 지구위원을 만나러 갔다. 저녁 햇살이 비추는 강가에서 지구위원은 그녀가 모르는 다른 남자와 무슨 이야기인가를 주고받으며 서 있었다.

"페르센 말이지."

그녀에게서 그 이야기를 듣고도 놀라는 기색 없이, 다른 한 남자가 이렇게 말했다.

"그것 참 구미가 당기는 재료로군."

"그래, 페르센과 왕비의 정사에 대해 묘사해서, 그 오스트리아 여자가 얼마나 음탕하게 즐기고 있는지 선전해야겠군."

남자는 고개를 크게 끄덕이며 동의했다.

"그럼 역시, 그 남잔."

마르그리트는 깜짝 놀라 물었다.

"왕비와 그렇고 그런 사이인가요?"

"그건 모르지."

지구위원은 웃었다.

"다만 우리 목적은 국왕과 마리 앙투아네트에게 여전히 호의를 느끼는 서민들의 꿈을 부수는 거야. 그 목적을 위해서라면 그녀와 페르센 사이가 보통이 아니라고 선전하는 게 좋을 테고."

지구위원은 마르그리트의 노력에 고맙다는 말을 전하고 궁전 안에서 일어난 일들은 무엇이든 연락해 달라고 했다.

페르센은 매일같이 튈르리 궁으로 찾아왔다. 그리고 시녀의 안내로 왕비의 접견실로 사라졌다.

그러나 이 무렵, 다른 남자가 국왕과 측근들과 무언가를 상의하기 위해 종종 모습을 드러냈다. 키는 별로 크지 않고 얼굴이 추한 남자다. 얼굴이 추하게 느껴진 것은 그 얼굴이 온통 곰보로 가득했기 때문이기도 하다.

그 남자가 미라보였다. 비록 용모는 추했지만, 재기발랄하고 뛰어난 언변가임을, 약간의 몸짓과 대화내용으로도 충분히 알 수 있었다.

그는 왕을 비롯한 측근들과 함께 마르그리트가 일하는 복도를 걸으며, 거리낌 없이 대담한 말들을 내뱉었다.

"폐하, 죄송하오나 전 왕당파가 아닙니다. 아시다시피 제3신분 대표였고 현재에는 호민관을 맡고 있습니다. 다만, 한 가지 약속드리자면 전 베르사유에 폭도를 보내는 그런 과격한 수단만큼은 취하지 않겠습니다. 구체제는 분명 개혁할 필요가 있습니다만, 개혁이 지나치면 대중들은 폭주하기 마련입니다. 혁명을 억제하는 게 무엇보다 중요하다는 게 제 지론입니다."

입에 거품을 물고 대담하기 짝이 없는 발언을 내뱉는 미라보에게 오히려 왕이 당황한 표정으로 말했다.

"당신 같은 분이 그런 양식 있는 생각을 갖고 계시니, 마음이 든든하긴 하지요……"

"양식이오?" 미라보는 웃었다. "양식이라기보다, 인간관찰자로서의 제 입장입니다. 인간에게 지나치게 자유를 허락하면 어떤 괴물이 될지 아십니까? 전 프랑스국민이 혁명이라는 이름하에, 자유라는 이름하에, 한계를 뛰어넘지 않기를 바라는 사람입니다."

미라보 역시 왕과 그 측근들과 함께 밀실에 틀어박혀 오랫동안 밖으로 나오지 않았다.

마르그리트는 대체 뭐가 뭔지 알 수 없었다. 국민의회 대표였던 사람이 국왕과 마치 친한 친구처럼 어깨를 나란히 하고 복도를 지나가는 것만으로도 이해할 수 없었다.

"그래?"

지구위원은 마르그리트의 말을 듣자, 먹잇감을 찾아낸 매처럼 눈을 반짝였다.

"이걸로 미라보가 우리를 배신하려는 걸 알게 됐어."

"배신이요?"

"그래. 그놈과 시예스가 지금 자기들 권력을 지키려고 우리 민중을 억누르기 시작했거든. 그놈들은 물론 처음엔 혁명파였지. 하지만 지금은 달라. 우리의 힘을 두려워하니까. 이건 꼭 상부에 보고해야겠군. 잘했어, 마르그리트."

마르그리트는 지구위원의 말을 믿었다. 혁명을 떠들던 사람들도 일단 권력을 쥐고 나면, 자기들 지위를 지키기 급급해 민중을 저버리는 자들이 있다는 말을 그녀는 이해하게 되었다.

"그런 사람들을 이용해서 국왕과 왕비는 자기들 지위를 되찾으려는 거지."

지구위원은 그녀의 어깨에 손을 얹고 양파냄새가 나는 목소리로 속삭였다.

"앞으로가 볼만 할 거야. 국왕이 반드시 파리에서 도망치려고 할 테니까. 넌 그 꼬리를 잡는 거야."

계획

뛸르리 궁으로 옮겨온 후, 왕비 마리 앙투아네트의 머릿속에서 '탈출' 계획이 떠나본 적이 없었다. 외견상 평온함이 되돌아 온 것처럼 보이면서 제3신분 대표들의 내분이 왕실에 유리하게 움직이자 남편 루이 16세는 평소와 다름없이 낙관적인 기대를 품었지만, 왕비는 결코 무작정 안심할 수 없었다.

(아무도 믿어선 안 돼.)

그녀는 그렇게 다짐했다.

(미라보가 무슨 말을 하건, 라파예트가 거짓 희망으로 국왕의 가슴을 부풀게 하건, 신용해선 안 돼. 무엇보다 믿을 수 없는 게 민중이란 걸 뼈저리게 느꼈잖아.)

그래서 그녀는 가면을 쓰기로 결심했다. 매일, 궁전을 찾아오는 국민의회 의원들에게는 지금 생활을 기쁘게 받아들이는 척 할 것. 질문에는 이러한 새 삶과 새로운 사태를 이해한다는 답변을 할 것. 민중들에게는 웃음을 짓고 손을 흔들 것. 그녀는 이 시기, 적극적으로 그런 가면을 썼다.

그리고 언젠가 기회를 노려 파리에서 탈출할 것이다. 그것만이 현재 그녀가 마음에 품은 유일한 바람이자 희망이었다. 그러나 그 희망에 대한 이야기를 들은 루이 16세는 당황한 표정을 보였다.

"당신 마음을 모르는 바는 아닌데……, 그건 너무 위험부담이 크지 않을까? 이제 겨우 상처가 아물려고 하는데……"라며 오히려 그녀의 의견에 반대하는 것이었다.

답답한 남편. 이 사람에게 기댔다가는 아이들에게 어떤 미래가 기다릴지 알 수 없겠구나. 어머니로서 마리 앙투아네트는 또 다시 표현할 길 없는 불안에 휩싸였다. 혈혈단신 파리로 나가 바이이 시장과 담판을 지었던 그 남편은 대체 어디로 가버렸을까. 남편은 위험이 지나가면 태평하게 안심하는 사람이었다…….

지금 그녀가 이런 희망을 솔직히 털어놓고 기댈 수 있는 사람은 페르센밖에 없었다. 그녀는 언젠가, 저무는 태양이 비추는 트리아농의 뜰에서 이 스웨덴 귀족이 그녀에게 속삭였던 그 말을 잊지 않고 있었다.

"무슨 일이 있어도, 언제까지나, 왕비님께 충심을 다 하기로 결심했습니다."

그 말대로, 페르센은 지금 벼랑 끝에 선 그녀 곁을 지켜주고 있다. 그는 궁전으로 매일같이 찾아와 그녀를 위로하고 힘을 내게 해 주는 단 한 사람의 벗이었다.

페르센은 분명하게 말했다.

"저 역시…… 사태를 전혀 낙관할 수만은 없습니다. 왕비님께서 생각하시듯 이 잠깐의 평온함은 일시적인 것입니다. 불씨는 잿더미 아래서 꺼지지 않고 숨을 죽이고 있을 뿐, 언제 타오를지 알 수 없습니다."

"그럼 당신 역시 탈주에 찬성해주시는 거지요?"

"물론입니다."

"전 국왕과 아이들과 함께 우선 몽메디(Montmédy)로 도주할 생각입니다. 거긴 우리를 도와줄 부이예(Bouillet) 장군 군대가 관할하거든요."

"왕비님, 제게 탈주 준비를 전적으로 맡겨주십시오. 빈틈없이 준비해무슨 일이 있어도 성공시켜 보이겠습니다."

페르센은 북유럽인 특유의 근면 성실한 표정으로 왕비의 얼굴을 바라보며 정중하게 고개를 끄덕였다. 북유럽인의 성격을 그대로 보여주는 그를, 오스트리아에서 태어난 마리 앙투아네트는 미소를 띠고 바라볼 여유가 생겼다.

"하지만 이 계획을 결코 다른 사람이 알아서는 안 돼요."

라며 그녀는 다짐을 받았다.

"당신도 절대로 다른 사람에게 털어놓지 마세요. 믿을 수 있는 사람을제가 나중에 하나하나, 가르쳐 드릴 테니까요."

"잘 알고 있습니다."

"어리석은 전 트리아농에서 훌륭한 여배우는 되지 못했지만…… 이번만큼은 이 계획을 위해 최선을 다해 연기할 생각이에요."

마리 앙투아네트는 쓸쓸한 듯 웃었다.

"전 대의원들을 속이는 연극을 하고 있거든요."

페르센은 고개를 숙여 자신의 감정을 죽이고 있었다. 그는 베르사유 궁전과 트리아농 궁에서 왕비가 수많은 측근들에게 둘러싸여 지내던 날들을 똑똑히 눈앞에서 봐 왔는데, 그런 왕비가 지금 이 역경 속에서 믿을 사람이라고는 그 하나밖에 없었다. "내가 슬픈 이유는 온갖 불행에 대해 그분을 위로할 수 없고, 그 분에게 걸맞은 행복을 드릴 수 없어서입니다"라고 페르센은 그날 밤 여동생에게 보내는 편지에 썼다.

"어리석었던 전 트리아농에서는 서툰 여배우였지만, …… 탈주 계획을 위해 이번만큼은 최선을 다해 연극을 할 생각입니다."—라고 페르센에게 털어놓았지만, 실제로 그녀는 그 이듬해까지 베르사유 궁전의 왕비와 동일인물인가 싶을 만큼 소박한 생활을 했다. 그 무엇에 대해서도 발언하지 않고, 오로지 왕자와 공주를 위한 교육에 전념하는 소박한 어머니로서 살았다.

그러나 그녀의 명연기가 가장 빛을 발휘한 것은 그해 여름, 바스티유 습격을 기념해 열린 전국연맹제 축제날이었다.

후일 파리축제라 불리게 될 이 혁명기념일, 제1회 축전은 육군사관학교가 있는 샹 드 마르스(Champs de Mars) 광장에서 열렸다. 전날부터 몰려든 군중들은 밤비가 내리는데도 밤새 밖에서 기다렸는데, 모여든 군중 수만 해도 약 30만 명이었다고 한다. 파리의 남녀노소가 앞을 다투어 그 식장을 설치하는 자원봉사자가 되었다.

오전 10시, 국왕 루이 16세와 왕비 마리 앙투아네트를 위한 백합을 그린 자리가 중앙에 설치되었고, 각 지역을 상징하는 83개의 깃발이 펄럭이는 식장에 축포가 울리자 수많은 비둘기들이 푸른 하늘 위로 날아갔다. 의원들과 국민 방위군 1만 5천 명의 행진이 시작되었다. 오후 3시, 왕과 왕비가 나와 오툉(Autun)의 탈레랑(Talleyrand, 1754~1838) 주교가 올리는 장엄한 미사가 거행된 후, 라파예트 사령관이 국민 방위군 이름으로 선서를 했다.

루이 16세 역시 자리에서 제단으로 손을 뻗어,

"짐은 헌법을 유지하고 법을 시행하게 할 것이며, 국가로부터 위임받은 모든 권한을 동원할 것을 국민들에게 맹세한다"고 선서했다.

국왕이 자리에 앉자 마리 앙투아네트는 왕자를 팔에 안고 높이 치켜

올렸다. 그 순간이었다. 우레와 같은 함성과 박수가 관객석 구석구석 울려퍼지고, 그 박수는

"왕비 만세"

"왕비 만세"

라는 합창에 섞여 오랫동안 이어졌다.

그리고 그 환호성에 화답하듯이 그녀는 다시 흰 장갑을 낀 손을 들었다. 관객석은 이제 열광과 흥분 속에서,

"왕비 만세. 왕비 만세"

하고 소리치는 합창의 도가니로 변했다.

그러나 그녀는 눈을 감고 있었다. 그 환호성으로부터 그날, 바로 그 군중들이 베르사유 궁전을 포위하고는

"저 여자를 죽여라"

"파리로 끌고 가자"

하고 소리치던 그 함성을 떠올렸던 것이다. "왕비 만세"라는 목소리가 내일이 되면 "저 여자를 죽여라" 하는 고함으로 바뀌지 않으리라는 보장이 없다. 그녀는 이미 군중들을, 민중들을 전혀 믿지 않았다. 그녀는 그저 연극을─그들에게 웃음을 짓고 손을 올려 인사하는 연기를 하고 있을 뿐이었다. 머릿속을 떠나지 않았던 것은 단 하나, 이 사람들에게서 탈출해 안전한 곳에 숨어 재기를 시도하는 것뿐이었다.

(속아서는 안 돼.)

그녀는 스스로에게 다짐했다.

민중들에게 속아서는 안 된다. 이것이 이 무렵 그녀가 스스로에게 한 맹세였다. 이 무렵, 그녀는 항상 이렇게 자신을 추슬렀다.

(어떤 일이 벌어지더라도, 나는 내가 가진 기품과 우아함을 잃지 않도

록 해야겠다.)

그것만이 혁명이 가진 난폭함, 폭력성에 대항할 수 있는 그녀의 무기였다. 난폭함에는 우아함을, 폭력성에는 기품을—결코 그것만큼은 잃지 않겠다고 맹세했던 것이다.

국왕 루이 16세는 아내의 이런 맹세를 전혀 깨닫지 못했다.

연맹제 축제가 끝나고 튈르리 궁으로 돌아가는 마차 안에서 그는 안심한 듯이 이렇게 말했다.

"아무튼 우리는 인민들의 호의를 되찾은 것 같군."

그리고 그는 이마에 밴 땀을 커다란 손수건으로 닦았다.

이렇게—,

파리 시민들과 국민의회에 영합하는 듯한 모습을 보이면서도 마리 앙투아네트는 페르센의 도움으로 탈주 준비를 조금씩 마쳤다.

그러나 그것은 엄청난 일이었다. 우선 이 계획에 아직 동의해주지 않는 국왕을 설득해야만 했다. 둘째, 탈주할 때, 누구누구를 데리고 갈지 생각해야만 한다. 물론 국왕 부부와 두 아이들 외에, 국왕의 여동생인 엘리자베트 공주도 데리고 가야 하지만, 이들을 시중 들 시녀와 경호원, 길안내를 누구에게 맡길지를 신중히 고려해야만 한다.

더욱 중요한 것은 경계가 엄중한 튈르리 궁전에서 일행들이 어떻게 도주할 것인가 하는 점이다. 궁전 출구란 출구는 모두 국민의회의 명령으로 감시를 받고 있다. 그 감시의 눈을 어떻게 피하고 속일지가 가장 큰 문제였다.

또한 당장의 목적지인 몽메디까지 누구에게도 들키지 않고 도착하기 위해서는 어떤 방법을 써야할 것인가. 그것 역시 숙고를 거듭해야만 했다.

마리 앙투아네트는 페르센으로부터 그런 문제들을 하나하나 듣자,

"알고는 있지만, 그 모든 것을 해결해 주실 줄 믿고 있습니다……."

이런 말로 그를 곤란하게 만들었다. 나고 자라길 남에게 모두 맡기는 성격인 그녀는 이런 계획의 구체적인 방안을 페르센에게 모두 맡겼을 뿐만 아니라, 종종 억지를 써서 그를 힘들게 했다.

"시녀는 네 사람이 필요합니다. 저와 엘리자베트 공주와 두 아이들 시중을 들려면요……."

"아니오, 두 사람 이상은 안 됩니다. 한 사람만 늘어나도 탈주가 힘들어집니다. 감시인의 눈을 피하는 것도 힘들어지고요."

남편이라면 억지가 통할 텐데, 북유럽인 특유의 고집스러움을 가진 페르센에게는 통하지 않았다.

"당신은 내 말은 하나도 들어주지 않는군요……."

마리 앙투아네트는 그렇게 불평을 털어놓았지만, 이상하게도 이 청년의 명령은 결국 모두 듣게 되었다. 그 명령에 따르면서 그녀는 왜 그런지 알수 없었다. 그러나 그녀에게는 분명 페르센 이외에는 달리 기댈 수 있는 사람이 아무도 없었다.

페르센은 마리 앙투아네트의 기대에 걸맞게 빈틈없이 준비를 착실히 갖추어갔다. 그는 왕비가 희망하는 탈출지인 몽메디를 포함해, 알사스 군관구 사령관인 부이예 장군을 확실하게 이쪽 편으로 끌어들였다.

"그런가요?"

그 기쁜 소식을 페르센에게서 들은 마리 앙투아네트는,

"저도 오늘 좋은 소식을 전해드릴 수 있답니다."

"무엇인가요?"

"국왕폐하가 우리의 계획에 드디어 동의해 주셨습니다."

할 수만 있다면 일을 원만하게 처리하고 싶어 하는 루이 16세를 결국 움직인 것은, 그가 성직자 기본법에 서명해야만 했기 때문이다. 그 법률로 인해, 그때까지 귀족들과 마찬가지로 모든 특권을 누리던 교회와 성직자들은 국왕이 아니라 철저히 국민의회의 지배하에 놓이게 되었다.

가톨릭 신자인 루이 16세는 이 새 법률이 다름 아닌 하느님과 교회를 모독하는 것처럼 느껴졌다. 그는 신앙심이 깊었으므로 교회를 모욕하는 법률에 서명해야만 한다는 상황이 견딜 수 없었다. 한 발 물러서면 두 발 후퇴하길 요구한다는 국민의회의 방식을, 루이 16세는 이때 처음으로 느꼈다. 이대로 가다가는 아내가 말한 대로 그들 부부와 아이들도 결국 왕실의 지위에서 끌려 내려갈 것이다. 그가 아내의 탈출계획에 귀를 기울이게 된 것은 이때부터였다.

"두 가지 문제는 해결되었습니다." 페르센은 고개를 끄덕였다. "하지만 해결해야 할 일들이 아직도 산적해 있습니다."

"저도 알아요. 그리고 그 점에 대해서는 제가 얼마나 당신에게 기대고 있는지……."

왕비는 일어서서 창밖을 바라보았다. 궁전에서 센 강에 이르는 수풀과 샘물들은 황폐하기는 했지만, 그 숲속에서 감시병들은 부동자세로 서 있었다. 이는 왕실 가족을 지키기 위한 감시병이 아니라, 왕실 가족이 도망치지 않도록 배치된 병사들이었다.

"저 감시병들의 눈을 속이는 건 쉬운 일이 아니겠군요."

마리 앙투아네트는 마치 남의 일인 양 그렇게 말했다.

왕비는 무슨 일이든 남에게 모두 떠넘겼다.

그러나 페르센은 어떻게 이 튈르리 궁에서 국왕 가족과 엘리자베트 공주와 시녀들을 탈출시킬지, 그 방법을 궁리하느라 머릿속이 복잡했다.

그는 같은 편으로 끌어들인 부이예 장군과 궁전 설계도를 펼쳐놓고 오랫동안 의논했다.

"감시가 약한 안뜰은 여기야."

부이예 장군은 도면의 한 곳을 가리키며 중얼거렸다.

"이 안뜰에는 한밤중에도 마차로 꽉 차 있어. 다시 말해서 안뜰에 내려오기만 하면 마차와 마차 사이에 몸을 숨겨 탈주할 수 있다는 거지."

"하지만…… 안뜰까지 가는 도중 몇 군데에는 감시병들이 서 있습니다." 페르센은 고개를 비스듬히 기울였다. "그들 눈을 속이려면……."

"트릭을 쓰는 수밖에. 그 트릭은 자네가 생각해 보게."

"국왕 가족들을 변장시키는 겁니까?"

"하지만 왕자와 공주가 있어서 변장을 해도 바로 들킬 거야."

"그럼 비밀통로를 만들 수밖에 없겠군요."

부이예 장군은 페르센의 제안에 고개를 끄덕였다. 그러나 어떤 방법으로 비밀통로를 만들 수 있을까.

"자넨 참 알 수 없는 사람이로군."

장군은 웃으며 페르센에게 물었다.

"내가 국왕에게 충성을 맹세한 것은 프랑스 귀족이기 때문이야……. 자넨 스웨덴인 아닌가. 스웨덴인이 위험을 무릅쓰고 국왕과 왕비를 탈출시키려는 건 무슨 이유지?"

"그건……."

얼굴을 붉히며 페르센은 변명했다.

"제가 프랑스인이 아니라는 이유로, 오히려 아무에게도 의심을 사지 않기 때문입니다."

"그래?"

장군의 미소가 비웃음으로 바뀌면서,

"의심을 사지 않는다고. 자네와 왕비 사이도 말이지⋯⋯."

페르센은 이 빈정거림에 침묵했다. 그는 마음에 숨겨둔 왕비에 대한 감정을 타인이 멋대로 지적하고 비아냥거리는 게 불쾌했다. 그에게 왕비 마리 앙투아네트는 평생 손가락 하나 댈 수 없는 고귀한 존재였으나, 그러면 그럴수록 그 사모하는 마음은, 어떤 여자를 안아도 지울 수 없었다⋯⋯.

"나는 그저⋯⋯ 그토록 고귀한 분에게 이런 운명이 닥친 게 마음이 아플 따름입니다."

그는 중얼거렸다.

그러던 어느 날—.

평소처럼 궁전으로 왕비를 찾아온 페르센은 긴 복도 바닥을 닦는 몇몇 시종들 곁을 지났다.

그때, 그는 그를 가만히 뒤에서 바라보는 시선을 등으로 느끼고, 뒤를 돌아보았다.

어떤 하녀가 움직이던 손을 멈추고 그를 가만히 바라보고 있었다.

(이럴 수가⋯⋯)

마음속으로 외쳤다.

얼굴 각도에 따라서 그 하녀는 왕비 마리 앙투아네트를 꼭 닮았다. 물론 왕비와 같은 기품과 위엄은 그 용모에서 전혀 느낄 수 없었다. 그 대신, 야성적인 강인함이 눈과 이마에 드러나 있었다. 그러나 얼굴 윤곽과 이목구비는 왕비를 닮았다.

"실례지만, 이름이⋯⋯."

페르센은 그녀에게 다가갔다.

하녀는 고개를 똑바로 들고 낮은 목소리로 대답했다.

"마르그리트요."

"그래, 고마워."

재빨리 걷기 시작한 페르센은 영감을 받은 것처럼 묘책이 떠올랐다.

"저 하녀에게 왕비의 옷을 입혀서…… 탈출을 결행하는 날 밤에 감시병의 눈을 속일 수 있지 않을까?"

말하자면 미끼를 쓰는 이 방법은, 페르센이 지금까지 생각해낸 것들 중 최고의 묘안처럼 느껴졌다.

그러던 어느 날, 궁전에 커다란 옷장이 들어왔다. 그것은 국왕의 누이인 엘리자베트 공주가 주문한 것이었는데, 아름다운 채색으로 장식되어 있기는 했지만, 그 외에는 별다를 게 없는 평범한 옷장이었다. 경비병들도 의심하지 않았고, 국민의회가 몰래 심어둔 시종들도 크게 신경 쓰지 않았다.

그러나 그 옷장에는 비밀이 숨겨져 있었다. 그 안을 빠져나와 밖으로 나갈 수 있도록 되어 있었다.

옷장은 공주의 방에 놓았다. 그리고 며칠이 지난 후, 그 속에 한 남자가 몸을 숨기고, 뒤쪽 벽면에 몰래 비밀의 문을 만들었다.

"우린 저 옷장을 통해 계단으로 나가는 거죠?"

마리 앙투아네트는 페르센에게 물었다.

"그렇습니다. 계단은 마차로 들어찬 안뜰로 통합니다."

페르센은 고개를 끄덕이고는 "안뜰에서 마차 뒤로 숨어 밖으로 나가십시오. 밖에는 허름한 삯마차가 한 대 기다리고 있을 겁니다. 그리고…… 제가 마부로 변장해 기다리고 있겠습니다."

"처음부터 끝까지, 당신 계획은 아주 완벽하군요."

왕비는 모험을 하는 소녀마냥 들뜬 목소리를 냈다. 그녀의 마음속에 아직도 어린 소녀가 남아 있는 것 같았다.

"우리가 연기처럼 사라지면 궁전사람들이 깜짝 놀라겠지요?"

"하지만 아무리 조심해도 모자람이 없습니다."

고지식한 페르센은 왕비의 낙관적인 목소리에 약간 미간을 찌푸렸다.

"궁전 사람들이 눈치를 채서 쫓아오기 전에 시간을 벌어둬야 합니다. 폐하와 왕비마마가 도주하셨다는 걸 당분간 아무도 모르게 해야 합니다. 적어도 파리를 빠져나가실 때까지는……. 모두가 아무것도 몰랐으면 합니다."

"하지만……, 그건 불가능해요."

마리 앙투아네트는 실망한 듯이 말했다.

"전 거기까진 생각하지 못했네요."

"그 부분에 대해서는 생각해 둔 묘책이 하나 있습니다. 왕비님을 아주 닮은 여자가 왕비님 방에 있게 하면 되는 겁니다."

"날 닮은 여자요? 그런 여자를 어떻게 바로 구해요?"

자존심이 약간 상한 듯 마리 앙투아네트는 고개를 옆으로 돌렸다. 닮은 여자가 있다는 말을 유쾌하게 받아들일 여자는 아무도 없다.

"제가 우연히 이 궁전 안에서 그런 여잘 발견했습니다."

페르센은 이때 처음으로 뺨에 미소를 띠어 보였다.

"궁전 안에서요? 누구요?"

"하녀입니다."

왕비는 소리를 내어 웃었다. 그녀는 궁전 안의 하인들을 단 한 번도 주의 깊게 본 적이 없었는데, 하녀가 그녀를 아주 닮았고 그녀가 왕비의 대역을 한다는 페르센의 생각을 무척이나 흥미진진하게 여겼다…….

센 강에 면한 복도를 청소하던 마르그리트에게 갑자기 종종걸음으로 다가온 시녀가 말했다.

"왕비님이 지나가십니다."

마르그리트는 허둥지둥 복도 구석에 뻣뻣하게 섰다.

튈르리 궁으로 보내진 다음 그녀가 이렇게 가까이서 왕비를 보는 건 처음이었다.

왕비는 세 명의 시녀와 함께 작은 목소리로 무언가를 속삭이며 복도 이쪽을 향해 걸어왔다. 머리를 숙인 마르그리트에게 옷자락이 스치는 소리가 들려왔다.

그녀의 앞을 엷은 복숭아빛 드레스가 지나간다. 드레스 아래로 자그마한 비단 구두가 보인다. 그리고 그 구두가 갑자기 그녀의 눈앞에 섰다.

깜짝 놀라 마르그리트는 얼굴을 들었다.

왕비가 미소를 짓고 있다. 호기심에 넘치는 눈빛으로 마르그리트를 바라보고 있다. 몇 초 가볍게 고개를 숙이고는 바로 미끄러지듯 지나갔다.

스트라스부르에서 잠깐 본 이후 마르그리트는 늘 적의와 증오를 마음속 깊이 품고 있던 여자와 이렇게 얼굴을 마주한 것은 이날이 처음이었다. 그리고 마르그리트가 그 여자에 대해 왜 그런 적의를 품고 있는지 그녀 스스로도 알 수 없었다.

아마도 그것은 부유한 자에 대한 가난한 자의 질투였다. 행복한 자에 대한 불행한 자의 증오였다. 충만한 자에 대한 굶주린 자의 선망과 원한이었다. 마르그리트는 그 여자가 행복해 보일수록 자신의 처지와 얼마나 다른지 사무치게 느끼고, 말할 수 없는 적의를 느끼는 것이었다.

지금, 그 여자가 그녀를 깔보듯 웃으며 지나갔다.

(네가 언제까지 그 자리에 있을 줄 알아?)

그녀는 복도를 지나가는 왕비의 뒷모습을 바라보며 속으로 중얼거렸다.

(덕분에 세상이 참 많이 바뀌었거든…….)

탈주 계획은 그 동안 더디기는 하나 착실히 진행되고 있었다.

페르센은 부이예 장군과 암호로 편지를 주고받았고, 탈주 목적지인 몽 메디까지의 길을 정찰했다. 우선 파리의 생마르탱 문(Porte Saint-Matin, 현재의 스탈린그라드광장 주변)을 통과해 샬롱 간선도로에 들어간다. 봉 디(Bondy)를 지나 모(Meaux)로 향한다. 마른(Marne) 강을 건너 생장(Saint Jean)에 도착한다. 프로망티에르(Fromentières) 역참을 지나면 안전할지도 모른다. 아니다, 더욱 조심할 필요가 있다. 이 주역 주민들이 만약 왕과 왕비의 초상화를 통해 마차 안 사람들이 누군지 알아채버리면 어떻게 할 것인가.

물론 국왕 가족들은 자신들을 어떤 시골귀족이라고 둘러댈 것이다. 코 르프라는 러시아 군인의 미망인을 끌어들여 페르센은 국왕 가족들을 위 해 그녀의 이름으로 여권을 신청하게 했다. 따라서 목적지에 당도할 때까 지, 마리 앙투아네트는 코르프 부인이며 국왕은 부인의 시종이 될 것이다.

탈주의 날은 6월 6일로 정했다. 이는 왕실 가족이 국민의회의 승인을 얻은 왕실비 2백만 리브르를 받기로 된 날이기 때문이다.

그러나 이 계획도 바로 왕실 사정으로 바뀌었다. 왕실비 지불이 며칠 후로 연기되었기 때문이다. 게다가 따라갈 시녀 사정이 결행일을 20일까 지 늦추게 만들었다.

페르센은 마리 앙투아네트와 국왕에게 이렇게 보고를 해야만 했다.

"결국……, 6월 20일 오후 11시부터 오전 0시 사이에 궁전을 탈출하게 되었습니다. 마음을 굳혀 주십시오."

"알겠어요."

"10시 반에는 마차 한 대에 왕자님과 공주님, 그분들을 돌봐줄 시녀 투르젤 부인(Mme de Tourzel)과 브뤼니에 부인을 태우겠습니다. 그 마차에 마부로 변장해서 저도 타겠습니다. 30분 늦게 11시에는 다른 마차로 폐하와 왕비님과 엘리자베트 공주님이 타시고, 왕자님과 공주님도 이 마차로 옮기겠습니다. 마부는 근위대였던 말덴이라는 자와 제가 타겠습니다."

국왕은 불안한 듯 물었다.

"그 남자는 신용할 수 있을까?"

"부이예 장군의 벗인 다그 후작이 특별히 뽑은 근위병 출신입니다."

"페르센 백작."

마리 앙투아네트는 말했다.

"당신은 마지막까지 우리와 함께 가주실 거죠?"

"그렇게 언제까지나 기대선 안 되지."

갑자기 이때 루이 16세가 옆에서 끼어들었다.

"나는 백작에게 도중에 헤어지자고 부탁할 생각이야. 더 이상 백작에게 폐를 끼치고 싶지 않거든. 지금까지 우리를 위해 힘써준 것만으로도 형언할 수 없을 만큼 고마운 일이지 않은가."

왕비는 놀란 눈으로 남편을 바라보았다. 예의바른 말투이긴 하지만 국왕의 본심은 페르센을 목적지까지 데려 가고 싶지 않은 것 같았다. 그렇지 않다면야 갑자기 이런 말을 꺼낼 이유가 없지 않은가.

"하지만 그럼 도중에 누가 우리 마차를 끌고 가나요?"

"왕비마마."

국왕의 마음을 민감하게 알아챈 페르센은 고개를 가로저었다.

"폐하의 말씀처럼 중간에 저는 돌아오는 게 나을 것 같습니다. 그리고 탈출 후의 상황을 연락해 주십시오."

마리 앙투아네트는 페르센의 눈짓에 더 이상 그에 대해서는 말을 꺼내지 않았다. 그 대신, 화제를 바꾸어 물었다.

"전…… 그 하녀를 봤어요. 절 닮았다는 그 하녀요. 제 대역을 해 줄 것 같나요?"

페르센은 고개를 저었다.

"아니오. 아직 말하지 않았습니다. 말은 하지 않고 모르는 사이에 그 여자가 대역을 하게 만들 생각입니다."

"왜죠?"

"신분이 낮은 여자들은 입이 가벼우니까요."

페르센은 웃었다.

"최대한 조심해야지요."

탈출의 밤

탈출 결행일이 하루하루 다가왔다. 그 동안 페르센은 자신이 제안한 탈출안과 국왕 부부의 제멋대로인 핑계거리 사이에 끼어 계획을 여러 번이나 바꾸어야 했다.

탈출에 필요한 경비까지 페르센이 대부분을 부담했다. 그는 자신이 소유한 토지를 저당 잡혀 돈을 빌렸고, 그 돈으로 탈출용 12두 마차(berline)를 제작했다. 그 특별 마차 안에, 그는 사모하는 왕비의 의상뿐만 아니라 은식기와 음식은 물론, 포도주 술통과 국왕부부의 변기까지 실었다. 탈출 여행 동안에도 왕과 왕비를 불편하지 않게 하려는 페르센의 마음이 담겨 있었는데, 그 때문에 마차는 엄청나게 크고 호화로운 것이 되어버렸다.

(온 세상이 그분을 배신하더라도)

이때 페르센은 스스로 다짐했다.

(나는 그분을 충심을 다해 지키겠다.)

역경에 처한 왕비, 역경을 견뎌내는 왕비. 그런 그녀가 오로지 그에게만 의지하고, 그에게만 구원의 손길을 기다리고 있음을 느꼈을 때, 페르센의 마음은 격앙되었다. 폭풍우가 휘몰아치는 곳에 핀 한 떨기 장미를 홀로 지키고 있다는 희열과 긍지가 이 스웨덴 청년귀족에게 힘과 용기를 주었다.

그러나 탈출하는 6월 20일이 며칠 앞으로 다가온 어느 날 오후 그는 큰 실수를 저질렀다.

그날 역시 평소처럼 궁전에 나타나 자연스러움을 가장하고 왕비와 이야기를 나눈 후 궁전을 나서 돌아가는 길에, 그는 몇몇 남녀 하인들과 마주쳤다. 하인들은 각자 청소도구를 정리하러 가는 도중이었다.

"너희들 중 누가 제일 높지?"

그는 관대한 귀족이 자기 저택 하인들에게 말을 걸듯이 그들에게 말을 걸었다.

"저입니다."

"왕비님 침실 청소를 맡는 것도 너희들인가?"

"그렇습니다."

"왕비님 침실과 거실을 담당할 사람이 필요하시다고 하는데."

페르센은 마르그리트에게 시선을 향했다.

"그래, 네가 좋겠구나. 내일 투르젤 부인이 직접 말씀하실 테니 그 말에 따르도록 하여라."

그렇게 명령하고 빠른 걸음으로 사라졌다.

"희한한 일도 다 있군."

하인들은 의심에 찬 표정을 지었다. 하인들에게 명령하는 일을 담당하는 궁녀가 따로 있는데, 궁전을 찾아오는 일개 귀족이 할 말이 아니었기 때문이다.

그러나 그 말에 따라 마르그리트는 투르젤 부인의 방을 찾아갔다. 그

부인은 왕자 교육을 담당하는 시녀였다.

"분명 왕비님께서 명령하셨습니다. 왕비님은 왕비님의 거실과 침실 청소를 담당할 사람을 찾고 계세요."

부인은 엄숙하게 말했다.

"여긴 베르사유 궁전과 달리 오랫동안 방치된 궁전이라서 하루 한 번 청소하는 것만으로 지독한 먼지를 다 치울 수 없으니까요. 왕비님이 주무시기 전에 거실과 침실을 다시 한 번 치워줘요. 그 대신, 특별 수당을 주겠습니다."

마르그리트는 직감으로 뭔가가 있다는 낌새를 알아챘다. 그 뭔가를 아직 알 수는 없지만, 이 명령에는 숨겨진 무언가가 있다는 예감이 들었다.

지구위원에게 바로 보고하니 그는,

"으음"

하고 턱을 쓰다듬으며 대답했다.

"참 왕비란 사치스런 거군. 그래도 우리에겐 그게 더 유리하겠어. 침실에 수상한 게 없나 잘 살펴볼 수 있을 테니까."

그날부터 마르그리트는 낮에는 일하지 않고 밤이 되면 왕비 거실과 침실을 다시 치우는 일을 하게 되었다.

낮에 한 번 청소를 해도, 거실은 물론 낮에 쓰지 않는 침실조차 창문에서 먼지가 들어와 쌓였다. 튈르리 궁전 창문은 몇 해나 방치된 상태라 아귀가 맞지 않았다.

6월 20일, 결행의 날

그러나 이날이 국왕과 왕비에게 운명을 건 날임을 궁전 안에 아는 사람은 극소수였다. 그 극소수의 사람들은 국왕과 왕비, 공주, 페르센, 왕제인 프로방스 백작 부부였다.

프로방스 백작—왕의 아우는 국왕의 탈출계획을 쌍수를 들고 찬성했지만, 내심 형 부부가 탈출에 실패하고 그들만 망명할 수 있기를 빌었다. 그렇게만 된다면 그는 탈출한 곳에서 왕당파의 상징이 될 테고, 무능한 형을 대신해 프랑스 국왕을 선언할 기회가 생기기 때문이었다.

그러나 그는 그런 본심을 드러내지 않았다. 사람 좋은 형에게는 입에 발린 소리를 해대면서 몰래 단독으로 탈출계획을 세웠다. 그는 형 부부처럼 으리으리한 마차를 타지 않고, 시종도 거의 데리고 있지 않은 채 아내와 도망갈 생각이었다. 도망치면서 왕족으로서의 체면과 쾌적한 여행 따위에 연연하지 않았던 게 이 남자의 영리한 점이었다.

6월 20일. 그날은 평소와 다름없었다. 하늘은 푸르렀고 튈르리 궁에서는 총을 받든 근위병들이 마차를 타고 들어오는 귀족들과 대의원들을 맞아들였다. 국왕은 사람 좋은 얼굴로 대의원들과 만나고 귀족들을 알현했다. 궁전 앞 센 강에는 야채와 가축과 포도주를 실은 배가 오가고 인부들 목소리로 시끌벅적했다.

그러나 단 하나, 평소와 달랐던 것은, 이날만큼은 페르센을 궁전에서 찾아볼 수 없었던 점이다.

또 하나, 투르젤 부인이 마르그리트에게 이렇게 명령했다.

"오늘 왕비님 방을 치우는 건 11시 반에 해 줘요. 라파예트 장군이 평소보다 밤늦게 궁전을 찾아온다니까, 왕비님께서 주무시는 건 12시가 넘어야 하니까요."

수상하다, 마르그리트는 그렇게 느꼈다. 누가 오든, 왕비가 12시를 넘겨 취침하든, 침실과 거실 청소 시간과는 상관없을 것이었다.

그런데—.

왜 하필 11시 반에 하라고 명령할까.

(뭔가 있어.)

이전처럼 마르그리트는 의구심을 느꼈다. 그녀는 결코 어리석지 않았다. 오랫동안의 고생으로 다져진 그녀의 마음은 어떤 점에서는 교육 받은 귀부인들 보다 더 현명했기 때문이다.

그러나 오전에도 오후에도 아무런 변화가 없었다. 매일 똑같은 형태의 행사와 시간은 흘러갔고, 왕과 왕비에게서도 특별히 달라진 부분이 없었다.

정원에는 감시병들이 돌아다니고 있다. 개미 한 마리 그들 눈을 피해 도망칠 수 없을 것 같았다.

밤이 찾아들었다. 왕실가족은 식사를 마치고 평소처럼 응접실에 모여 가족끼리 단란하게 지냈다. 시녀와 시종들은 모두 돌아갔다.

응접실에는 왕과 왕비, 프로방스 백작 부부가 모였다. 왕자와 공주는 각자 방에서 잠들어 있다.

국왕은 하품을 하면서 왕비와 프로방스 백작의 트럼프놀이를 바라보고 있다. 그는 내기도 놀음도 좋아하지 않아 왕비의 놀이에는 끼어들지 않고, 늘 옆에서 구경만 했다.

9시 30분에 라파예트 장군이 나타났다. 국왕의 안부를 묻는 명목이었지만, 실은 국민의회의 명령에 따라 하루에 한 번 감시하러 들르는 것이었다.

국왕은 하품을 멈추고 라파예트 장군 옆에 앉았다. 왕비와 프로방스 백작은 그대로 트럼프 놀이를 계속했다.

마르그리트는 10시에 숙소에서 어둠에 싸인 정원을 지나 궁전으로 들어 갔다. 근위병에게 통행허가증을 보이자 근위병이 말했다.

"매일 고생이 많군."

"그러게."

그녀는 웃고는

"왜 그런 여자 침실을 하루에 두 번이나 청소를 해야 하는지, 참."

이라고 중얼거리며 두세 발걸음 걸은 후 물었다.

"오늘 밤, 뭔가 달라진 점은 없었어?"

"아니. 왜?"

"그냥. 그럼 됐어."

역시 그녀의 불안함은 괜한 걱정 때문일까 싶어 그녀는 궁전 대기소로 들어갔다. 그곳을 통해 왕비 침실로 들어갈 수 있었다.

창문을 통해 밖을 내다보았다. 달빛이 비치는 안뜰에 마차가 몇 대나 서 있었다. 그러나 모든 게 고요했고 아무런 기척도 나지 않았다. 궁전 밖에 삯마차가 한 대 멈추어 마부가 얌전히 기다리고 있을 뿐이었다.

응접실에서는 변함없이 트럼프가 계속되고 있었다.

"좀 실례할게요."

10시가 넘었을 때, 왕비는 트럼프를 탁자 위에 올려놓고 의자에서 일어선 다음, 라파예트 장군에게 인사하고 응접실에서 나갔다.

아무도 의심하지 않았다…….

10시 반—.

가족들이 단란하게 모여 있던 응접실을 나온 왕비는 사람 그림자 하나 없는 복도를 미끄러지듯 걸었다. 심장이 마치 북처럼 뛰는 걸 또렷이 알 수 있었다.

궁전을 순찰하는 경비병들 발소리는 들리지 않는다. 왕비는 복도 한쪽으로 몸을 감추듯 걸으며 공주와 왕자의 침실로 향했다. 문을 살짝 노크

하고 그녀는 손잡이를 돌렸다.

눈을 뜬 공주 마리 테레즈의 목소리가 문짝 너머로 들려왔다.

"누군가 문을 두드려요."

공주의 시중을 드는 브뤼니에 부인이 일어나 입구에 선 왕비를 보고는,

"어머." 하고 작게 소리를 냈다. "벌써요?"

"딸아이 옷을 갈아입히세요."

"지금…… 당장이오?"

"그래요. 빨리."

사정을 알고 있던 브뤼니에 부인은 이 말을 듣고는 서둘러 공주의 침대로 달려갔다.

왕비는 그 침대 곁을 지나 옆방 왕자의 침실 문을 열었다. 그곳에는 투르젤 부인이 의자에 앉아 뜨개질을 하고 있었다.

"쉿."

왕비는 입술에 손가락을 대고 아들 곁에 얼굴을 갖다 댔다.

왕자는 갈색 고수머리를 이마에 늘어뜨리고 잠들어 있었다. 그 순진한 뺨을 손가락으로 찔렀다.

"일어나요. 군인 아저씨 보고 싶지 않아? 군인 아저씨를 보러 가자."

말귀를 알아들은 왕자는 침대에서 기어 내려온다. 그는 어머니가 갑자기 와준 데다가 군인을 볼 수 있다는 말에 기뻤지만, 투르젤 부인이 서둘러 공주 옷을 입히려고 하자,

"싫어"

하고 외쳤다.

"여자 옷은 안 입을 거야."

시간이 없었다.

"연극을 하는 거야." 왕비는 아들을 달랬다. "그래서 여자 옷을 입는 거야."

두 아이를 데리고 왕비는 다시 복도로 나왔다. 투르젤 부인이 그 뒤를 좇는다.

그녀는 자신의 거실에 그들을 들어오게 했다. 거기에는 선반이 있었는데, 그곳이 비밀통로로 나갈 수 있는 입구였다. 엘리자베트 공주의 방에 탈출용 옷장을 배치한 페르센이 생각해낸 것이었다.

"여기를 통해 나가는 거예요."

왕비는 그 선반을 당겼다. 어두운 출구가 크게 입을 벌리고 있었다. 그리고 거기에 한 남자가 서 있었다.

"모시러 왔습니다." 남자는 작은 목소리로,

"근위대병이었던 말덴입니다. 동료 두 사람이 마부로 함께 모시겠습니다."

"페르센 백작은요?"

"밖에서 기다리고 계십니다."

왕비는 고개를 끄덕이고 아이들을 그녀와 투르젤 부인 사이에 서게 한 다음 그 통로에서 나선형 계단으로 내려섰다. 말덴이 선두에 서서 양초로 비추어 발밑을 가리켰다.

"어디 가요?"

아무 것도 모르는 공주가 어머니에게 물었다.

"연극을 할 거야."

동생인 왕자가 기세 좋게 대답했다.

"그렇죠? 마담 투르젤."

이 아이들이 목적지까지 무사히 갈 수 있기를…… 마리 앙투아네트는 필사적으로 기도했다.

계단을 내려와 다시 복도로 나와 가구 없는 방을 통과한 다음 안뜰로 나섰다. 마차가 여러 대 서 있었고 등불이 돌길과 말 엉덩이를 비추고 있었다.

"조용히 해야 해."

왕비는 아이들에게 주의를 주었다.

"모두를 속이는 거니까. 연극하러 가는 거야. 그러니까 아무에게도 들키지 않게 조용히 나가야 해."

아이들은 이 계획을 기뻐했다. 마부들 목소리가 갑자기 멈추었다. 왕비는 공주와 왕자를 껴안아 숨을 죽였다.

"우리 고향에서는 토끼를 잡을 땐 덫을 놓지 않아."

"고향이 어디야?"

"아르데슈야. 산이 많은 곳이지."

자, 빨리, 왕비는 투르젤 부인에게 눈짓을 보냈다. 그리고 아이들에게 뺨을 부비고 이마에 십자를 그으며,

"바로 쫓아갈 거니까, 알았지?"

하고 속삭였다.

말덴의 도움으로 투르젤 부인과 브뤼니에 부인의 손에 끌려 공주와 왕자는 마차 뒤쪽에서 어둠속으로 빨려 들어갔다.

(하느님,) 마리 앙투아네트는 그 모습을 바라보며 생각했다. (저 아이들이 무사하도록 지켜주소서.)

응접실에서는 루이 16세가 라파예트 장군의 장광설을 듣고 있었다. 프로방스 백작부부와 엘리자베트 공주는 변함없이 자연스럽게 트럼프 놀이

를 하고 있었다.

"실례했어요."

아무렇지도 않은 얼굴로 돌아온 왕비는 장군이 눈치 채지 못하게 남편 쪽을 보며 눈짓을 보냈다. 그것은 아이들이 어쨌든 궁전 밖으로 빠져나갔다는 신호였다.

11시가 되었다. 트럼프를 내려놓고 프로방스 백작 부부가 의자에서 일어서고,

"형님,"

하고 국왕에게 고개를 숙였다.

"그럼 저희들은 물러가도록 하겠습니다."

"저도, 물러가 쉬겠습니다" 하고 엘리자베트 공주 역시 뒤따라 일어났다.

뚱뚱한 몸을 기우뚱 의자에서 일으켜 국왕은 동생 부부와 여동생의 뺨에 입을 맞추었다. 그리고 왕비의 손에 얼굴을 갖다 대고,

"안녕히 주무시오"

하고 말했다. 그러나 라파예트 장군은 왠지 오늘따라 자리에서 일어나려고 하지 않는다. 어쩔 수 없이 텅 빈 응접실에서 국왕은 다시 의자에 앉았다.

"우린 지롱드 당에 반대합니다."

"지롱드 당이라고? 그건 자코뱅 클럽이 아닌가? 대체 난 그 둘을 구분조차 하지 못하겠네."

국왕은 그렇게 묻고 말았다. 그러나 본심으로는 빨리 이 장군이 나가주지 않을까, 그 생각에 집중하고 있었다. 그렇지 않으면 탈출 기회를 영원히 놓치고 말 것이다.

"당연히 다르지요. 지롱드 당은 과격한 주장을 펍니다. 전면 공화제가

그들의 목적입니다."

"그럼, 국왕을 인정하지 않는 건가?"

"그렇습니다."

제아무리 느긋한 루이 16세라지만 이때만은 안절부절 못했다. 그는 일어서서 창밖을 향해 일부러 하품을 했다.

"그럼 저도 물러가겠습니다."

장군의 그 목소리에 국왕은 다행이다 싶어,

"아, 그런가? 내일 또 와 주길 기다리겠네."

내일. 내일이 오면 그는 여기 없을 것이다. 몽메디에서 밤을 지새울 것이라고 국왕은 생각했다.

11시 반.

회색 옷을 입고 베일을 쓰고 검은 모자를 쓴 여자가 혼자서 나선계단을 내려가고 있었다. 왕비 마리 앙투아네트이다.

계단을 내려간 그 순간―.

또 다른 여자가 방금 그녀가 빠져나간 침실로 들어왔다. 하녀 마르그리트였다.

촛대 불이 켜져 있고, 벗어 던져진 왕비의 실크 잠옷이 칠칠치 못하게 바닥에 떨어져 있다.

(뭔가 이상해.)

마르그리트는 창가로 뛰어갔다.

라파예트 장군이 안뜰에서 마차를 타고 있다. 아무 것도 변한 것은 없었다.

왕비는 카루젤 광장을 가로질러 루아얄 다리까지 혼자 걷는다. 센 강은 오늘 밤도 소리를 내며 흐르고, 이 깊은 밤, 파리는 등불을 끄고 잠들어 있다. 그 누구도 지금 이 돌길을 종종걸음으로 걷는 검은 모자의 여자가 왕비 마리 앙투아네트라는 사실을 모른다.

삯마차가 각등(角燈)에 불을 밝히고 조용히 대기하고 있다. 마부석에서는 회색 옷을 입은 남자가 채찍을 한 손에 들고 고요히 그녀를 기다리고 있었다.

"페르센 백작이죠."

마부는 마차에서 내려 공손히 고개를 숙였다.

"타시죠."

"아이들은요?"

"안에서 주무시고 계십니다."

"시녀들은요?"

"계획대로 다른 마차로 출발했습니다."

왕비는 안심한 듯이 숨을 내쉬었다.

"그럼 마차 안에서 폐하를 기다리겠습니다."

루이 16세는 이런 긴박한 상황에도 움직임이 둔하다. 이미 마차에 탄 마리 앙투아네트는 긴장감에 뛰는 가슴으로 창밖을 주시한 채 남편이 나타나길 기다리고 있었다.

그러나 그는 아직도 모습을 나타내지 않는다.

경비를 담당한 국민군 보초가 궁전 입구에서 이쪽을 바라보고 있다. 마리 앙투아네트와 엘리자베트 공주는 당황해 창문에서 얼굴을 뗐지만, 1초가 참을 수 없을 만큼 길게 느껴졌다.

이때 궁전에서 하인 모자를 쓴 남자가 한 사람 나타났다. 하인은 느릿

느릿한 발걸음으로 이쪽을 향해 다가오고 있다. 마리 앙투아네트와 엘리자베트 공주는 잠든 왕자와 공주를 안고 그가 눈치 채지 못하고 지나가주기를 빌었다.

그러나 남자는 마차 앞에 도착하자 마차 문에 손을 대고 안을 들여다보았다.

"나요. 아이들은 괜찮소?"

둔중한 그 목소리에 마리 앙투아네트는 겨우 그가 남편임을 알 수 있었다. 남편은 하인이 쓰는 모자를 벗어 손수건으로 땀을 닦았다.

"라파예트가 일어나 주질 않아서 혼이 났네. 그리고 침실 하인을 따돌리는 게 쉬워야 말이지."

"정말 걱정했습니다."

"페르센 백작. 뭐라고 감사의 뜻을 전해야 할지 모르겠네."

왕은 마부석을 향해 고맙다고 했다.

마부석의 페르센은,

"쉿"

하고 왕과 왕비의 말을 막았다.

"저편에서 마차가 오고 있습니다. 라파예트 장군 같습니다."

왕과 왕비와 엘리자베트 공주 세 사람은 서로 손을 꼭 쥐고 라파예트의 마차가 지나가기를 숨죽이고 기다렸다. 침묵이 길게 이어졌다.

"출발하겠습니다."

페르센의 목소리에 마차는 천천히 움직이기 시작했다. 보초가 이쪽을 바라보고 있다.

한밤중이다. 사람들 그림자조차 보이지 않는다. 그러나 이런 시각에 마차가 여자를 둘이나 태우고 있는 모습을 순라들이 발견하기라도 한다면 의심을 살 것이다. 위험은 앞으로 몇 시간이나 이어질 것이다.

게다가―.

페르센 백작은 마차를 모는 게 익숙지 않았다. 더군다나 그는 파리 뒷골목을 잘 알지 못했다.

"대체 어딜 가는 거지?"

루이 16세는 그들이 탄 마차가 생 마르탱 문을 향하지 않고 다른 방향으로 가고 있는 것을 알고 고개를 갸우뚱했다. 크리시 거리를 나서자 마차는 멈추고는 페르센이 내려 건너편 집 문을 두드리고 누군가와 애기를 나누었다.

겨우 돌아온 그는,

"기다리게 해서 죄송합니다"

라고 사과했다.

"전에 말씀드렸던 특별 마차가 출발해서 샬롱 간선도로 입구에서 우리를 기다리고 있는지 확인 차 들렀습니다."

페르센이 왕과 왕비를 위해 만든 특별마차에도 식료품과 포도주, 그리고 변기가 준비되어 있었다.

이렇게 돌고 돌아 시간을 허비했다. 11시 반에 출발해 파리를 이미 빠져나가야만 했는데, 마차는 파리 시내를 어슬렁거렸다.

생 마르탱 문에 도착한 게 거의 오전 1시 반이었다. 세관 건물 안에서 사람들이 떠들썩했다. 축하연회라도 벌이고 있는 모양이었다.

샬롱 간선도로가 시작되는 여기서 왕과 왕비를 태울 특별마차가 대기하고 있어야 했는데, 주위에서는 그 모습이 보이지 않았다. 세관으로부터 들려오는 사람들의 시끄러운 목소리가 밤의 간선도로를 더욱 공허하게 만들었다. 풀벌레가 운다. 나무들이 간선도로 양쪽에 노인들처럼 음울하게 서 있다.

페르센은 마차에서 내려 찾으러 갔다. 여기서도 불안에 휩싸인 긴 침묵의 시간이 흘렀다.

마차 밖에서 풀벌레가 울고 있었다. 벌레소리는 점차 커졌지만, 세관에서 웃음소리가 크게 들려오면, 뚝 멈추었다. 세관에서 누가 밖으로 나오면 어쩌지.

"백작은 어딜 갔죠?"

숨이 막힐 것 같아 엘리자베트 공주가 중얼거린다.

"내가…… 보고 오지."

루이 16세도 마차에서 내려 모습을 감추었다. 마차 안에 두 아이들과 남겨진 두 여자는 꼼짝도 하지 않고 귀를 기울인다. 발소리가 들렸다. 국왕이다.

"어떻게 된 영문인지…… 보이지 않는군."

"무슨 일이 생긴 건 아닐까요?"

그러나 마침내 돌아온 페르센이 사정을 설명했다. 특별마차는 그곳이 아니라 다른 곳에서 대기하고 있었다.

이미 두 시간 가까이 예정보다 늦어졌다…….

이제 한 시간만 더 있으면 여름 새벽이 밝아올 것이다.

냉기가 잠든 왕비와 엘리자베트 공주의 눈을 뜨게 만들었다. 피로가 온몸 구석구석에 웅크리고 있다. 국왕은 창문에 기대 살짝 코까지 골고 있었다. 이 남자에게는 마치 불안함이 전혀 없는 것 같았다.

"조금만 더 가면 봉디 역참입니다. 거기서 말을 갈고, 전 거기서…… 여러분과 헤어지겠습니다."

페르센 백작은 마부석에서 왕비와 공주에게 설명했다.

"잊으시면 안 되니 다시 한 번 말씀드리겠습니다. 왕비마마는 드 코르프 부인이라는 이름이십니다. 국왕폐하는 코르프 부인의 시종이고 공주마마는 시녀이십니다. 이 역할을 결코 잊으셔서는 안 됩니다."

"잘 알고 있습니다."

"그리고 샬롱 다음인 퐁 드 솜벨(Pont-de-Sommevesle)에 도착하시면 우리 편인 부이예 장군 경기병이 40명, 폐하를 기다리고 있을 것입니다. 그 대장은 잘 아시는 왕국 용기병 연대장인 슈아죌 공작과 고글라 남작입니다."

"알겠습니다."

"헤어지는 게 괴롭습니다만, 그 편이 파리 정세를 알려드리는 데에도 도움이 될 것 같습니다. 무탈하게 도착하시길 진심으로……"

거기까지만 말하고 페르센은 더 이상 입을 열지 못했다. 왕비는 그의 눈에 빛나는 눈물을 보았다.

페르센이 위험을 무릅쓰고 왜 이렇게까지 도와주는지, 그 마음을 그녀는 너무나 잘 알고 있었다. 그건 단순한 충성심이 아니었다. 왕당파 귀족들의 충성에는 자신들의 특권을 지키려는 이기심이 섞여 있었지만, 스웨덴인인 페르센은 왕실을 목숨 걸고 지킨들 아무런 이득이 되지 않는다.

그런데도—.

이렇게 사무치는 헌신, 이렇게 사무치는 열의로 따라와 준 그의 마음속 깊은 곳에는 그녀에 대한 무조건적인 사랑이 있음을 마리 앙투아네트는 느끼지 않을 수 없었다.

엘리자베트 공주에게 들키지 않게 왕비는 페르센의 얼굴을 바라보았다. 페르센도 가만히 그녀를 바라보았다. 그리고 그 옆에서 국왕만이 가볍게 코를 골며 잠들어 있다.

"폐하, 봉디(Bondy)에 도착했습니다."

바깥 공기는 서늘했다. 역참의 검은 윤곽과 그 앞에서 붉은 촛대가 움직이고 있는 게 보였다.

눈을 비비며 크게 하품을 하면서,

"미안하오"

하고 국왕은 모두에게 사과했다.

워, 워, 워, 말은 콧바람을 내뱉으며 역참 앞에 섰다. 여기서 말을 바꾸기로 했다.

"폐하, 이제 헤어질 시간입니다."

작은 목소리로 페르센이 인사를 하자 국왕은 그를 포옹하고 고맙다고 했다.

"왕비마마, 공주마마. 성공을 기원하겠습니다."

마리 앙투아네트는 페르센이 몸을 숙여 그녀가 내민 손에 얼굴을 갖다 대자 그 손을,

"백작"

하고 만감이 교차하듯 꼭 잡고는,

"머지않아 당신과 다시 만날 수 있기를…… 그것만이 내 유일한 희망……"

재빨리 그렇게 말했다. 유일한 희망. 그랬다. 그녀는 아내로서 남편을 사랑했지만, 여자로서 지금 페르센에게 한없는 사랑을 느끼고 있었다.

국왕, 왕비, 공주를 태운 마차는 페르센을 대신한 마부 말덴이 몰아 봉디를 출발했다. 페르센은 밝아오는 지평선으로 그 마차가 사라질 때까지, 언제까지나 가만히 바라보고 있었다.

날이 밝는다. 새벽하늘에 조금씩 금빛 햇빛이 비춘다. 여명의 아침 햇살이다. 앞으로 보주르(Vaujours)를 지나 마를르(Marle) 분지를 내려가 모(Meaux)를 통과하고 생장(Saint Jean)에 도착할 것이다. 여정은 아직도 멀었다.

오전 7시―.

튈르리 궁전에서 평소처럼 국왕을 깨우는 일을 하는 하인, 르무안은 커튼 너머로 왕을 불렀다.

"폐하. 폐하."

대답이 없다. 그는 생각했다.

(폐하도 남잔데. 왕비님 침실에서 하룻밤을 보내신 거겠지.)

그렇게 생각하며 기다리고 있자니, 하인 견습 소년이 타나났다.

"피에르, 왕비님 시녀에게 가서 물어보고 와. 폐하가 거기 계신지……."

그는 능글맞게 의미심장한 웃음을 지어보였다.

얼마 후, 견습 소년 피에르가 숨이 차 뛰어왔다.

"이상합니다. 왕비님 침실은 창문이 닫혀 있고…… 왕자님도 어디 계신지, 보이지 않는다고 합니다."

"뭐라고?"

경악한 르무안은 벌떡 일어섰다.

"아이고 하느님. 이를 어쩌면 좋아."

이 방 저 방을 샅샅이 뒤졌다. 왕비 침실은 굳게 닫혀 안쪽으로 열쇠가 걸려 있다. 침상의 뒷편으로 돌아가 본 하인 한 사람이 그곳 역시 텅비어 있음을 발견했다.

"도망쳤어."

이 큰 목소리는 금세 궁전 안에 퍼졌다. 경종이 울렸다. 사람들이 우왕좌왕했다.

궁전 경비를 담당한 국민방위대 대장은 부하를 정렬시켰다. 수석하인은 하인들을 모았다. 시종장은 시종들을 부르고 같은 질문을 반복했다. 소식을 들은 시장 바이이와 라파예트 장군도 뛰어왔다.

"이상하군."

라파예트 장군은 고개를 갸우뚱했다.

"난 평소처럼 폐하와 11시 반까지 응접실에서 얘기를 나눴는데. 그땐 아무런 변화도 느끼지 못했어."

국왕 침실 하인인 르무안 역시 지금은 창백한 얼굴로 바이이 시장에게 증언을 하고 있다.

"11시가 지나서 폐하가 옷을 갈아입으시는 걸 도왔습니다. 잠자리에 드시자 양쪽 커튼을 내리고 저는 옆방으로 물러나 저도 옷을 갈아입었습죠."

그렇다면 르무안이 옆방으로 간 순간, 국왕은 침대에서 내려와 침실에서 나갔다는 말이다.

"시장님."

하고 수석하인이 겁에 질린 얼굴로 보고했다.

"하녀 한 사람이 이상한 말을 하는데요."

"무슨 말이냐."

"하녀 이름은 마르그리트라고 하는데, 어젯밤에 투르젤 부인이 그녀에게 11시 반에 침실을 치우라고 특별지시를 내렸다는데요."

"투르젤 부인이."

"마르그리트는 왕비님 거실과 침실에 11시 반에 들어갔습니다."

"그때 왕비님은 안 계셨나?"

"네"

이런, 뒤통수를 쳤군. 라파예트는 그때 깨달았다. 그는 방금 전 궁전경비 대장에게 다음과 같은 보고를 들은 참이었다.

"안뜰 경비를 맡은 보초가 11시 반 이후에도 왕비님 침실 창문에 왕비님처럼 보이는 분이 서 계신 걸 보고 안심했다고 했습니다."

그 모습은 왕비가 아니었다. 마르그리트라는 하녀였다. 그리고 왕비 편에서는 그 하녀를 왕비로 보이게 할 계획을 세웠던 것이다.

그렇다면 대체 그들은 어디로 탈주한 것일까.

이미 파리에는 국왕가족의 탈출 소식이 널리 퍼졌다. 시민들은 튈르리 궁에 모여들고 있다. 그리고 궁전을 둘러싸고,

"라파예트를 끌어내라."

"시장 바이이는 당장 나와라."

왕실 가족을 엄중히 감시해야 할 라파예트 장군과 시장의 책임을 따지며 비난했다.

"네놈들이 도망치게 한 거야."

"당장 국왕을 잡아 와."

파리 여기저기서 종소리가 울려 퍼지기 시작했다. 마치 비상사태가 일어난 것 같았다. 비를 예감하게 하는 바람이 불기 시작해 무척이나 무더웠다.

국왕 가족들은 대체 어디로 도망간 걸까. 군중들은 국민의회를 둘러싸고 진상을 캐물었다.

아침 해가 떠올랐다. 햇살은 센느-생-드니(Seine-Saint-Denis) 전원

을 장밋빛으로 물들이고, 그 전원 풍경 속을 한 대의 마차가 내달려 모 (Meaux)로 향했다.

클레 근처에서 그 마차는 미리 와 서 있는 또 한 대의 마차 옆에 멈추었다.

"무사하셨군요······."

그 마차에서 왕자를 담당하는 투르젤 부인과 공주를 담당하는 브뤼니에 부인이 얼굴을 내민다. 그녀들은 각각 왕자와 공주를 껴안고 기쁨을 만끽한다.

그 후 두 대의 마차가 마른(Marne) 분지를 향해 질주했다. 태양은 이미 높이 떠오르고 평소와 다름없는 무더운 날이 시작되었다.

"파리는 지금쯤 한바탕 소동이 일어났겠지."

국왕은 기쁜 듯 아내와 누이에게 말했다.

"우리가 침실에 없다는 걸 눈치 챘겠죠."

"추격대가 파리를 출발했을까요?"

"그럴 리 없지. 무엇보다 추격대를 어느 방향으로 보내면 좋을지 그들은 알 수 없을 테니까."

왕비와 공주는 안심한 듯 고개를 끄덕였다.

"배고파요."

왕자는 어머니에게 졸랐다.

"그러겠지."

루이 16세는 말했다.

"나도 배가 고프네."

페르센이 준비해 둔 식량상자 안에는 빵과 햄과 치즈와 파테, 그리고 포도주 병까지 들어 있었다. 대식가인 왕은 포도주 병을 따 냄새를 맡은

다음,

"나쁘지 않군. 페르센 백작은 프랑스 사람이 아닌데도 어떤 포도주가 좋은지는 알고 있나 보오"

하고 만족스러워했다.

공복이 채워지면서 포도주로 취기가 돌자 국왕과 왕비와 공주는 갑자기 긴장감이 풀렸다. 여기까지 도주하면서 추격대가 쫓는 모습이 보이지 않는다는 점이 그들을 안심시켰다.

"잠깐 마차를 세우게."

국왕은 마부에게 그렇게 말을 해 마차를 세운 다음,

"볼일이 좀 있어서."

그렇게 중얼거리며 길 옆 풀밭에서 방뇨를 시작했다.

"날씨도 좋고…… 기분 좋다."

그렇게 익살을 떨었다.

아이들은 배가 불렀는지 잠들어 있었다. 태양빛에 밝게 빛나는 전원풍경과 포플러 가로수에 둘러싸인 마을과 교회를 바라보며 마리 앙투아네트는,

(이제 모든 게 좋아질 거야)

그런 희망과 확신이 점차 가슴에 차오르는 것을 느꼈다. 굴욕적이었던 튈르리 궁에서의 생활은 끝났다. 몽메디에 도착하면 왕당파와 연락을 취해 그곳을 근거지로 파리에 대항할 것이다. 내 고향 오스트리아도 지원해 줄 것이다. 그렇게만 된다면, 추웠던 겨울이 지나고 봄이 올 것이다.

라파예트 장군은 격앙된 군중들을 앞에 두고 연설을 했다.

"국왕은 혁명의 적들 손에 유괴됐소. 나는 모든 책임을 지고 국왕과 가

족들을 적들 손에서 되찾아 올 것을 약속하는 바이오."

"연설 따윈 집어치워."

군중들 속에서 그런 소리가 날아왔다.

"왜 추격하지 않는 거야."

"추격대는 지금 출발준비를 하는 중이오."

비웃음이 궁전을 둘러싼 사람들 속에서 들끓었다.

"우물쭈물하는 사이에 놈들은 해외로 도망쳐버릴 걸."

그 비웃음은 맞는 말이었다. 장군은 아직 추격대를 어느 방향으로 보낼지 판단할 수 없었다.

그러나 이때, 그의 부관 로뫼프(Romeuf)의 심부름꾼이 장화소리를 내면서 서둘러 방으로 들어왔다.

"각하. 국왕 가족들의 도주경로를 파악했습니다."

"뭐라고?"

라파예트는 순간 모든 걸 잊고 발코니에서 뒤를 돌아보았다.

"어떤 마부가 오늘 페르센 백작 지시로 마차를 봉디를 향해 달리라고 지시했다 합니다. 페르센 백작은 아시다시피 왕비 마리 앙투아네트와……."

거기까지만 듣고 장군은 이미 몸을 돌려 발코니 아래쪽을 향해 소리 질렀다.

"여러분. 우리는 국왕 일행의 도주경로를 발견했습니다. 이제 우리가 승리한 것이나 다름없습니다."

군중들은 모자를 던져 올려 환호성을 질렀다.

완벽하게 마음을 놓은 루이 16세와 가족들은 마차를 전속력으로 달리게 하지 않았다.

완만하고 부드러운 구릉과 초원은 왕자와 공주를 기쁘게 했다.

"허리가 아프네요. 우리, 저 들판에 가서 꽃을 따면서 좀 쉬어요."

엘리자베트 공주의 제안을 왕과 왕비, 특히 공주와 왕자가 크게 기뻐하며 받아들였다.

들판에는 여름 풀꽃들이 아름답게 피어 있었다. 왕실 가족이 순진하게 그 꽃을 따고 있는 동안, 마차는 들판을 돌아 반대편에서 기다리기로 했다.

"마치 꿈만 같군. 누구에게도 감시를 받지 않는 게 얼마만인지."

국왕은 중얼거렸다.

"페르센 백작은 무사히 돌아갔을까요?"

엘리자베트 공주가 그렇게 말하자,

"음, 페르센 말이지"

그렇게 국왕은 고개를 끄덕였을 뿐, 더 이상 아무 말도 하지 않았다.

왕비 마리 앙투아네트는 꽃들 속에서 페르센을 떠올렸다. 헤어졌을 때 보였던 페르센의 쓸쓸한 옆모습을 떠올렸다.

운명의 갈림길

샬롱(Châlon)으로—, 샬롱으로—.

들놀이를 끝낸 국왕 가족을 태우고 마차는 샬롱을 향해 다시 출발했다. 국왕도 그 가족들도 완벽하게 안심했다. 샬롱이 바로 코앞으로 다가왔다. 샬롱을 지나면 다음 역참인 퐁 드 솜벨에서 부이예 장군 부대가 호위를 위해 대기하고 있다. 위험지대는 이미 돌파했다.

"코르프 남작부인."

루이 16세는 마리 앙투아네트에게 만족스러운 웃음을 지어보이며,

"커피 한 잔 드시겠습니까?"

"주세요, 뒤랑 집사."

마리 앙투아네트도 웃으며 고개를 끄덕였다.

페르센의 지혜로 왕비는 코르프 남작부인, 왕은 집사인 뒤랑, 엘리자베트 공주는 부인 시녀 역을 맡았다.

"하지만 샬롱을 지나면 우린 이 연극 역할을 바꾸도록 해요. 전 투르젤 부인에게 남작부인 역할을 양보하고 아이들 가정교사 역할을 맡을래요."

"그것 참 재미있겠군."

국왕은 기분이 좋은 듯 휴대연료로 데운 커피를 아내와 누이에게 건넸다. 아이들은 피곤한지 때때로 눈을 떴다가 다시 잠들었다.

"좀 덥네."

땀을 흘리는 아이들을 바라보다가,

"벌써 두 시야"

하고 국왕이 중얼거렸다.

그때 마차가 격렬하게 흔들렸다. 왕비와 공주는 비명을 지르며 아이들 위로 몸을 감쌌다. 마차가 뛰어올라 기우뚱거리다 겨우 멈추었다.

"무슨 일이냐."

창문을 통해 국왕이 소리쳤다.

"바퀴가 도로 표석에 부딪쳤습니다."

마부가 마차에서 뛰어내려와,

"이런. 차축이 어긋나 버렸어."

수리하는데 시간이 오래 지체되었다. 샬롱이 목전인데도 한 시간을 이 때문에 허비했다.

이렇게 국왕의 마차가 방심하고 시간을 낭비하는 동안, 파리 국민방위군 사령관 라파예트 장군의 명령을 받은 제2사단, 제7대대장 바이용 대위는 전속력으로 샬롱을 향해 질주하고 있었다.

가는 곳마다 그는 호화로운 두 대의 마차가 그곳을 통과했는지 물었고 대답을 통해 더욱 확신을 굳히게 되자, 촌장들에게 국민의회의 명령을 전달하고는 말에 박차를 가했다. 국왕을 기쁘게 했던 보쥬르의 풍경도 그의 눈에는 들어오지 않는다. 전방에 마차가 보이지 않는지, 오로지 그것만이 그의 목적이었다.

그러나 샬롱에서 50리 정도 가기 전인 샹트리스에 도착했을 때, 말도 그도 완전히 기력을 소진하고 말았다.

"특별 마차를"

그는 숨이 턱까지 차면서 외쳤다.

"보지 못했는가."

샹트리스 역장은 대위의 창백한 얼굴과 그 고함소리에 놀랐다.

"봤습죠. 두 시간 전에 지나갔습니다."

"부탁이 있네. 난 국민의회의 명령을 받은 부이용 대위일세. 전령을 보내주게. 그 마차는 국왕 가족들이 타고 있고, 반드시 그 도주를 막아야 한다고."

영문도 모른 채 역장은 눈을 둥그렇게 뜨고 먼지를 뒤집어쓴 군인을 바라보고 있었다.

"시간이 없어. 국왕 일가가 샬롱을 통과하면 큰일 난다고. 그렇게 되면 너희들도 유죄판결을 받게 된다는 걸 모르겠나!"

유죄판결을 받다니—.

그 협박에 역장은 전령으로 아들 그자비에(Xavier)를 말에 태워 샬롱으로 보내기로 했다. 대위가 휘갈겨 쓴 메모를 들고 그자비에는 서둘러 말 등에 뛰어올랐다.

오후 4시.

여전히 덥다. 하지만 이제 안전하다. 위험은 지나간 것이다. 샬롱 마을에 들어왔다. 피로에 지친 말을 바꾸는 동안, 호화로운 마차에 호기심이 발동한 사람들이 모여들었다. 그들은 마차에서 나오려 하지 않는 손님들을 보려고 안을 살폈다. 한 대에는 귀족 같은 훌륭한 옷차림의 어른이 셋,

그리고 아이가 둘, 다른 한 대에는 나이든 여자가 둘, 딱딱한 표정으로 자세 바르게 앉아 있었다.

"망명귀족 일가래."

누군가가 그렇게 말하자 모두들 이해한 얼굴을 했다. 그러나 누구 하나 이 일곱 명이 국왕 일가와 시녀들이라고는 생각지도 못했다.

겨우 말을 바꾼 마차가 움직이기 시작하고 구경꾼들에서 멀어져 퐁 드 솜벨을 향해 먼지를 날리며 사라져갔다.

"이제,"

하고 국왕은 창문에서 얼굴을 내밀었다.

"슬슬 부이예 장군 병사들이 마중 나올 텐데."

덥고 긴 간선도로 앞쪽을 바라보며 중얼거렸다.

커다란 먹구름이 간선도로 앞쪽 하늘에서 피어올랐다. 바짝 마른 길에는 먼지가 쌓여 있었고, 양쪽에 늘어선 포플러 나뭇잎도 축 늘어졌다. 농가, 목장, 교회. 어디에서나 볼 수 있는 풍경이 계속된다.

"마중 나온다던 병사들이 보이나요?"

엘리자베트 공주의 질문에,

"이상하군. 안 보여."

둔중한 국왕도 의심쩍다는 표정을 짓고,

"대체 어떻게 된 셈이지?"

하고 고개를 갸우뚱했다.

"페르센 백작은 분명 이 지점에서 우리를 호위할 병사들과 슈아죌 공작, 고글라 남작을 만날 수 있을 거라 했는데요."

"페르센 백작이 지시를 잘못 내린 게 아닐까."

"설마요."

마리 앙투아네트는 신경질적으로 미간을 좁히며 고개를 저었다. 그렇게 나 면밀하게 계획을 세워준 페르센이 그런 실수를 하리라고는 생각할 수 없었다. 아니, 그에 대해 약간의 비판도 용인할 수 없을 것 같았다.

맞이하는 병사들을 찾지 못한 채, 마차는 생트메누(Sainte-Menehould) 를 향해 달리기 시작했다. 도중에 말이 쓰러지거나 오르베발 역참에서 바 꿀 말이 없거나 하는 문제가 생기기는 했으나, 아무튼 무사히 지나갔다.

추격대가 쫓아오는 낌새는 여전히 없었다.

샹트리스 역장 아들 그자비에는 통통한 몸을 말 위에 태우고 샬롱까지 정신없이 달렸다.

이미 여름날도 저물어 샬롱 광장에는 석양이 아직 비추고 있었지만 인 적은 없었다.

역장 부이에와 대장장이 구스타브가 한 잔 걸치고 있던 선술집 문이 활 짝 열리며, 땀으로 흠뻑 젖은 그자비에가 뛰어 들어오는 모습이 보였다.

"이런, 그자비에잖아."

"큰일 났어요."

그자비에는 손에 꽉 쥔 바이용 대위의 명령서를 역장에게 내밀었다.

"무슨 일이야."

"구, 국왕이…… 도망을 가서."

"국왕이라고. 숨 좀 천천히 쉬어 봐, 그자비에."

웃으면서 그 명령서를 훑어 읽은 역장 부이에도 망연자실했다.

"이거…… 큰일이군."

"자 얼른, 생트메누에 알려요."

"그 두 대의 특별마차야."

부이에가 외쳤다.

"여기서 20분이나 멈춰 섰는데. 우린 그 주변을 에워싸 안까지 들여다 보았는데…… 귀족이라곤 생각해도…… 설마 국왕일 줄은."

"몇 시간 전이죠?"

"한 시간 반쯤 전이었을까. 아무튼 이거 큰일이군."

부이에는 술병의 술을 남겨둔 채 선술집을 뛰쳐나왔다. 그자비에를 대신해 이번에는 그 명령서를 생트메누 역장인 드루에(Drouet)에게 알리는 게 이 남자의 의무였다.

광장에 매어둔 말에 올라타자, 그 역시 그자비에와 마찬가지로 채찍 대신에 나뭇가지로 말 엉덩이를 마구 내리쳤다.

"그게 국왕이었다니. 그게 왕비였다니."

그는 말 위에서 혼잣말을 했다.

"그게 국왕이었구나. 그러고 보니 국왕을 닮았어."

그러나 모든 게 뒷북이었다. 이때 국왕이 탄 마차는 이미 생트메누에 들어가려던 참이었다.

소나기구름이 파리의 하늘을 무겁고 축축하게 누르고 있었다. 습기로 젖은 바람이 가게 간판에 부딪쳐 덜커덩덜커덩 소리를 냈다. 그러나 비는 아직 내리지 않았다.

튈르리 궁을 둘러싼 군중들은 꼼짝도 않고 그 후의 동향을 알고 싶어 했다. 그러나 궁전 내부는 정적에 싸여 있었고 누구 하나 밖으로 나오는 이가 없었다.

"대체 어떻게 돼 가는 거야?"

참지 못해 군중들은 소리치기 시작했다.

"국왕과 그 화냥년을 아직도 잡지 못했나? 뭘 꾸물대는 거야."

"어떻게 돌아가고 있는지 말해."

겨우 창문이 열리고 발코니에 파리 시장인 바이이가 모습을 드러내 한 손을 들어올렸다. 군중들의 환성이 멈추자,

"우리는 국왕 일가의 도주 경로와 방향을 파악했소."

라고 당혹스러운 듯이 보고했다.

"그 말은 이미 했잖아." 날카로운 목소리가 군중들 속에서 들려왔다.

"대체 체포를 했다는 거야, 말았다는 거야."

"체포는 아직 못 했소."

"그럼 이미 해외로 도피했는지도 모른다는 말이잖아."

"아니, 아직 프랑스령 안에 있을 것이오."

"무슨 근거로? 증거라도 있어?"

"아무튼 우리 추격대가 뒤를 바짝 쫓고 있소."

불평불만을 나타내는 휘파람이 여기저기서 들려왔다.

"국왕 죽여라. 매음녀 죽여라."

"옳소, 그들은 결국 우리를 버리고 도망갔다."

바이이 시장은 발코니에서 황망히 모습을 감추었다.

격앙되고 흥분한 군중들은 튈르리 궁에서 열을 지어 비구름 뒤덮인 파리 시내를 행진했다.

"국왕과 가족들 목을 매달자."

"오스트리아 계집을 죽이자."

길가 가게 앞에서 아녜스는 파도처럼 밀려드는 군중들을 바라보고 있었다. 그들의 얼굴은 땀으로 뒤덮였고, 저마다 소리 높여 외치고 있었다.

목을 매달아라, 죽여라. 아녜스는 그 목소리를 이미 여러 번 들었다. 억

압받는 사람들의 고통을 그녀는 충분히 이해하고 있었다. 그러나 그들의 증오가 검은 불꽃처럼 타올라 피와 학살을 부르는 함성으로 바뀌었을 때, 아녜스는 심한 곤혹감을 느꼈다.

(아니야.)

그녀는 세차게 고개를 저었다.

(내가 꿈꾸던 인간의 자유는 이런 게 아니었어.)

그녀는 머릿속으로는 혁명이 투쟁임을 알고 있었다. 투쟁인 이상, 적에 대한 감상과 동정과 관대한 용서를 바라서는 안 될 때도 있다는 것을 알고 있었다. 위험인물이라면 비록 개인적으로 증오하지 않더라도 마지막까지 쓰러트려야 함을 이해하고 있었다.

그러나 그것은 머릿속에서만 일어나는 일이지, 그녀의 마음에는 피와 처형과 모략을 혐오하는 부분이 너무나 컸다.

거리를 행진하는 군중들의 땀에 젖은 흉포한 얼굴. 그 고함소리. 아녜스는 눈길을 돌려,

(하느님)

하고 마음속으로 속삭였다.

(제게도 이 사람들 속에 들어가라고 명령하시는 건가요…….)

"정말 죄송합니다."

지구위원은 삼부회 대의원이며 국민의회의 유력 지도자인 로베스피에르에게 사과했다.

"마르그리트라는 하녀가 왕비 측에 역으로 이용당하리라고는 생각하지 못했습니다. 우린 그녀를 첩자로 심어놓기 위해 튈르리 궁 하녀로 들어가게 했습니다만……."

지구위원은 이 실패의 책임이 자신에게 돌아오지나 않을까 조마조마했다. 구두공이었던 그는 바스티유 공격 이후 혁명위원회로부터 지구위원으로 임명되어 출세했다고 생각했는데, 마르그리트의 실수로 인해 그 자리를 놓치고 싶지는 않았다.

"그렇다면,"

로베스피에르는 고개를 끄덕이며 말했다.

"그 마르그리트 때문에 국왕 일가가 도주에 성공할 수 있었단 말인가."

"그녀는 모르고 덫에 걸린 셈입니다만,"

"그렇다면,"

하고 로베스피에르는 예상치 못한 말을 했다.

"그녀를 표창해야겠군."

"네?" 지구위원은 놀라 물었다. "표창이요? 이유는요?"

"자네,"

하고 로베스피에르는 웃으며 지구위원의 어깨를 두드렸다.

"오늘의 파리 거리를 봐. 시민들이 줄지어 거리를 행렬하고 있지 않은가. 국왕을 죽여라, 왕비 목을 매달아라, 하고 말이야."

"네."

"이 증오심은 국왕이 도주했기 때문에 생겨난 거야. 만약 선량한 국왕이 도주하지 않았더라면 대중들 속에 국왕 일가에 대한 동정심이 뿌리 깊게 남아 있었을 지도 몰라. 그런데 이번 사건 덕분에 대중들은 국왕을 증오하게 되었어. 그건…… 우리에겐 고마운 일 아닌가."

깜짝 놀라 눈을 둥그렇게 뜬 지구위원에게 로베스피에르는 거만하게 말했다.

"쓸모가 있는 건 뭐든지 이용하고, 쓸모가 없으면 버리는 거야. 그게 정치라는 걸세. 마르그리트를 표창하게."

바렌(Varenne) 간선도로—.

바렌 도로는 31킬로미터에 불과한 간선도로이다. 클레르몽이라는 마을에서 바렌까지 작은 마을을 지나, 숲으로 뒤덮인 아르곤 구릉을 따라 뻗은 시골길이다.

이미 시간은 밤 아홉 시였다. 길고 긴 여정이 이제 겨우 끝나려 하고 있었다. 바렌에는 부이예 장군이 파견한 호위부대가 분명 대기하고 있을 것이기 때문이다.

"허리며 등이며, 온몸이 뻣뻣하지 않은 데가 없군."

뚱뚱한 국왕은 목을 양쪽으로 기울이며 지긋지긋하다는 듯 아내와 누이에게 말을 걸었다.

"오늘은 궁전에서 외교사절단을 접견할 때보다 더 피곤하군."

"바렌에 도착하시면 뜨거운 물로 목욕하고 침대에서 주무실 수 있겠죠."

엘리자베트 공주가 달랬다.

"오늘 밤엔 저도 푹 잘 수 있을 것 같아요."

"네 지병인 불면증도 어쩌면 이걸로 낫겠군."

국왕은 싱글벙글 누이에게 농을 던졌다.

"정말 많은 일이 있었지. 베르사유에서 튈르리……. 여자인 네가 불면증에 걸리는 것도 어쩌면 당연한 일이지. 그래도 오늘부턴 우린 두 발 뻗고 잘 수 있을 거야."

"하지만,"

하고 옆에서 마리 앙투아네트가 끼어들었다.

"아무 것도 안 하시면 두 발 뻗고 주무실 수 없을 겁니다. 폐하께선 망명귀족들에게 격문을 보내시고 왕당파와 연락을 취하셔야……."

"물론이오. 내겐 아직 충실한 신하들이 많아. 우리를 따르는 민중들도 있고."

"민중들에게 기대를 해서는 안 됩니다. 베르사유에서 우릴 둘러싼 민중들의 얼굴을 전 평생 잊지 못할 겁니다."

"주여. 저 사람들을 용서하여 주십시오." 국왕은 중얼거렸다. "저 사람들은 자기네가 무슨 일을 하는지 알지 못합니다."(누가복음 제23장 34절)

검은 숲이 왼쪽으로 끝없이 이어졌다. 도로는 어둠에 완전히 뒤덮여 있었는데, 숲은 그 어둠 속에서도 검게 또렷이 모습을 드러냈다.

"얼마나 가야 바렌에 도착하죠?"

"글쎄."

국왕은 다이아몬드가 박힌 회중시계를 주머니에서 꺼냈다. 대장장이일과 세공에 빠져 있던 그에게 그 시계는 자랑거리였다.

"이제 한 시간도 안 걸릴 거야."

"뒤에서 마차가 잘 쫓아오나요? 좀 피곤하군요."

왕비는 한숨을 쉬었다.

"그렇겠지. 좀 자 두시오."

마리 앙투아네트는 눈을 감는다. 그리고 앞으로는 모든 게 잘 될 것이라고 애써 믿어보려 한다.

"우리, 바렌으로 가면 그 다음엔…… 아마 행복이 기다리고 있겠죠."

행복……, 왕비로서 모든 명예와 부를 가졌던 이 여자가 이런 말을 꺼내는 건 기이한 일이었지만 선량한 국왕은,

"안심해도 좋아. 괜찮을 거야"

하고 고개를 끄덕였다.

10시.

바렌 마을은 캄캄했다. 모든 집들이 문을 꼭꼭 닫은 채 잠들어 있다. 마을을 흐르는 엘 강의 물소리와 어딘가에서 개 짖는 소리만 들린다. 달빛에 비친 간선도로 저편에 교회와 수도원 건물이 시야를 막아서듯 서 있다.

두 대의 마차가 주위를 경계하면서 마을 입구에 나타났다. 집 벽에 마차 그림자가 천천히 움직이며 마부는 조용히 말을 세웠다. 마차 창문을 열고 장식 끈이 달린 모자를 쓴 통통한 남자가 불안하게 얼굴을 내밀고,

"없나?"

하고 작은 목소리로 물었다.

"아무도 없습니다." 마부는 피곤에 찌든 목소리로 대답했다. "고양이까지 다 잠들었는데요."

통통한 남자— 국왕은 당혹스러운 듯이 마차에서 내려 뒤를 따라오는 다른 마차 문을 두드린다. 그곳에는 두 여자, 그리고 페르센 백작과 부이예 장군이 불러 모은 세 명의 근위대 출신이 타고 있었다.

"여전히 장군 호위병들이 보이지 않는군. 게다가 말이 피곤해서 더는 못 간다고 마부가 그러는데. 말을 여기서 갈아줘야 할 것 같아."

국왕 명령으로 세 남자는 어쩔 수 없이 잠들었던 눈을 비비며 고요한 마을 안을 정처 없이 걷기 시작했다.

그 한 사람인 무스티에라는 남자가 등불을 밝힌 집을 겨우 발견했다. 문을 조용히 두드렸으나 대답이 없었다. 문을 밀자, 안에서,

"무슨 일이야."

"길 좀 가르쳐주셨으면 합니다만."

"안 돼."

쌀쌀맞은 대답이 돌아왔다.

"말을 좀 바꾸고 싶은데요, 어디로 가면 될까요."

"이 시간에 누가 깨어 있겠어."

"그럼 여관까지만 안내해주세요. 거기면 말을 빌려줄지도 모르니까."

"그럴 순 없지, 우리도 이제 잘 준비를 하고 있는데."

오후 11시.

생트메누의 역장 드루에(Drouet)는 바이용 대위의 편지를 들고 선술집 주인 기욤과 바렌 마을에 겨우 도착했다. 그들은 국왕 일가와 그 일행을 태운 마차가 마을의 다른 쪽에서 바꿀 말을 찾을 때까지 대기하고 있는 줄은 꿈에도 모르고 교회와 수도원 방향에서 마을로 들어왔다.

"이봐."

드루에는 선술집 주인 기욤에게 작은 소리로 말했다.

"저 마차인 것 같은데."

두 사람은 말을 세우고 숨을 죽였다. 마차에는 사람이 없는 것처럼 조용하다.

"의심을 사면 안 돼. 저 옆을 천천히 지나가는 거야."

"어딜 갈 건데."

"우선 촌장한테 가야지. 마을을 봉쇄하고 저 마차가 도망가지 않게 해야 해."

두 사람은 말 속도를 늦춰 천천히 두 대의 마차 옆을 통과해 갔다. 가슴이 북처럼 울렸다. 자기네 같은 시골뜨기가 지금 프랑스 국왕과 그 가족

. 155 .

들을 잡는 거사를 치르려고 하는 것이다—그렇게 생각하니 이 남자들은 큰 소리로 뭐든 외치고 싶은 기분에 휩싸였다.

근위병 출신 무스티에는 까다로운 얼굴로 거절만 하는 이 집 주인을 구슬러 집밖으로 데리고 나오는데 겨우 성공했다. 잠잘 때 쓰는 긴 모자에 잠옷을 입은 주인은 돈을 주겠다는 말에 마지못해 '그랑 세나클'(Grand Cénacle)이라는 여관까지 안내하기로 동의했다.

그 주인을 태우고, 불평을 늘어놓는 마부에게 웃돈을 얹어주고 두 대의 마차는 천천히 움직이기 시작했다. 마차는 앞쪽 교회를 향해 다가가고 있었다.

"주여."

마리 앙투아네트는 아이들을 양팔로 껴안으면서,

"하루빨리 이 여행을 마치게 해주옵소서."

마음속으로 그렇게 기도했다. 심신의 피로로 그녀는 쓰러질 것 같았다. 방금까지 이 바렌에서 호위부대와 만날 수 있으리라 믿었다. 그러나 지금 호위부대는 자취조차 찾을 수 없다.

(부이예 장군이 우리를 배신한 걸까. 아니야, 그럴 리 없어.)

그녀는 페르센과 함께 힘껏 탈출을 도와줬던 부이예 장군이 지금에 와서 그들을 저버릴 리 없다고 믿고 있다. 분명 뭔가 착오가 생긴 것이다. 그러나 대체 무슨 착오가 생겼을까. 그 때문에 불안과 정신적 피로가 떠나지 않았다. 한시라도 빨리 뜨거운 물에 목욕하고 침대에 몸을 누이고 싶었다.

교회 앞에서 붉은 등불을 누군가가 흔들고 있었다.

"멈춰라"

하는 소리가 들리고,

"여권을 보여주시오."

이 야심한 시각에 한 남자가 두 명의 국민 방위군과 함께 길 한 가운데에 서서 마차가 지나가는 길을 막아서고 있다.

"워, 워, 워."

두 대의 마차 마부들은 허둥지둥 고삐를 잡아당겼다.

등불을 위로 내밀면서 깡마른 새우등의 남자가 창문에서 얼굴을 들이밀었다.

"어디 가시오."

"프랑크푸르트입니다."

"이름은?"

"코르프 부인과 자녀 둘, 그리고 하인들입니다."

국왕이 쉰 목소리로 대답을 했다. 어느새 몇몇 남자들이 마차를 에워쌌다.

"여권 좀 보여줘야겠소."

마리 앙투아네트는 냉정함을 가장하고 여권을 손에 감아 쥔 주머니에서 꺼냈다.

"좀 기다리시오."

남자는 여권을 들고 교회 근처 여관으로 모습을 감추었다.

"빨리 좀 해주세요."

왕비는 창문에서 그 남자들에게 소리쳤다.

"우린 갈 길을 서두르고 있거든요."

그러나 남자들은 불쾌한 얼굴로 입을 다물었다.

여권을 다 살펴본 남자 등 뒤에 생트메누 역장 드루에와 선술집 주인

기욤(Guillaume)이 서 있었다.

"국왕 가족임에 틀림없어."

드루에가 강한 어조로 말했다.

"하지만," 여권을 조사한 남자들은 "이 서류는 완벽한데."라거나

"완벽하고 자시고는 문제가 안 돼. 만약 저 사람들을 놓쳤다가는 우리가 벌을 받게 된다고."라는 말들을 주고 받고 있었다.

그 중 한 남자가 어깨를 움츠린 채 의자에서 일어섰다. 정말 저 사람이 국왕일까, 뚱뚱하고 위엄이 없는 저 남자가 왕일까.

"내리시오."

"왜죠? 저흰 서두르고 있는데요."

"촌장이 지금 용무로 마을에 없소. 내일 아침에 돌아올 텐데, 촌장 허가도 없이 당신들을 마을에서 내보낼 수 없소."

"저흰 한시라도 빨리 프랑크푸르트로 가야만 합니다만……."

국왕은 열심히 설득하려 들었지만, 마차를 둘러싼 남자들은 그 지역 사람들 특유의 표정 없는 얼굴로 침묵을 지켰다.

"그냥 가요. 말할 필요도 없죠."

엘리자베트 공주는 화난 목소리로 말했다. 그러자 역장 드루에는,

"그랬다가는 범죄를 저지르게 됩니다,"

하고 위협하는 목소리로 말했다.

국왕은 포기한 듯 아내와 누이에게,

"어쩔 수 없어. 어쩔 수 없어."

하고 되풀이했다…….

남자들은 피곤에 찌든 아이들과 함께 국왕의 가족을 소스(Jean-Baptiste Sauce)라는 남자의 집으로 데리고 갔다. 식료품 가게를 경영하면

서 소송대리인(procureur—syndic)을 맡기도 하는 그 사람은 방금 전 여권을 조사한 바로 그 남자였다.

"1791년 6월 21일 마리 앙투아네트는 36년이라는 생애와 프랑스 왕비로서의 17년이라는 세월을 통해 난생 처음으로 프랑스 농부의 집 안으로 들어갔다." 라고 그 유명한 스테판 츠바이크(Stefan Zweig, 1881~1942, 오스트리아 태생의 소설가, 극작가—역주)는 마리 앙투아네트 전기에서 썼다.

1791년 6월 21일, 이제 시간은 자정에 가까웠다. 이 순간부터 그녀와 그 가족의 운명은 격변에 휩쓸려 간다. 그러나 바렌 마을을 둘러싼 깊은 어둠과 마찬가지로, 그녀는 자기 운명의 어둠 속에 있었다. 앞으로 무슨 일이 있을지, 남편은 물론 그녀도 알 수 없었다.

파국

자정을 넘긴 시각이었지만 바렌 마을사람들은 이날 밤, 모두가 잠에서 깼다. 크리스마스이브 말고는 이 마을에서 이런 일은 한 번도 일어난 적이 없었다. 그들은 허둥지둥 옷을 꿰입고 캄캄한 거리로 나왔다.

"왕이 잡혔대—."

"왕과 왕비가 지금 소스네 식료품점에 갇혀 있대."

부유한 자, 힘 있는 자의 불행을 구경하는 것은 누구에게나 즐거운 일이다. 달빛이 비추는 밤길을, 마을사람들이 마치 진기한 구경거리라도 보러 가듯이 달려간다.

임금님은 왕관을 벗고,

갈색 옷을 입고 계신다

왕비님은 벌벌 떨면서

살려달라고 애원하고 계신다

소스의 식료품점 앞에는 설탕에 몰려든 개미들처럼 마을 사람들이 까

맣게 몰려들었다. 국민 방위군이 집 창문에서 안쪽을 들여다보려는 그들에게 으름장을 놓았고 마을 의원들이 엄숙한 얼굴로 집안에 들어왔다.

"봤어."

한 여자가 흥분해서 주위를 둘러싼 사람들에게 말했다.

"저게 왕인가? 빵을 먹던데. 어라? 작고 뚱뚱한 사람인데."

"왕비는?"

"의자에 주저앉아서 눈을 감고 있어. 졸리나 보지."

곧 판사가 나타났다. 데스테(Jacques Destez)라는 이름의 남자로 이 마을에서 유일하게 왕을 알현한 사람이다. 데스테는 이 코르프 부인과 시종, 시녀라 자칭하는 일행이 국왕부부인지 여부를 직접보고 확인하기 위해 나타났다.

데스테가 소스의 집에 들어가자, 복도에 모여들었던 의원들은 일제히 침묵했다. 그리고 데스테의 일거수일투족에 주목했다.

데스테는 방으로 들어갔다. 눈앞에 의자에 앉아 빵을 뜯으며 포도주를 마시는 한 남자가 있었다. 그 옆에 자세 바르게 앉아 베일로 얼굴을 감추고는 꼼짝 않고 가만히 앉아 있는 기품 있는 여성이 그 모습을 바라보고 있었다.

"폐하."

데스테는 말을 걸었다.

남자는 고개를 끄덕였다. 복도에 모여들었던 마을 의원들 사이에서 웅성거림이 일었다.

이때 이 집 주위를 에워싼 마을사람들이 허둥지둥 길을 터 주었다. 30여명의 경기병들이 말을 타고 이쪽을 향해 달려오고 있었기 때문이다.

지휘관처럼 보이는 장교는 말에서 내리자 서둘러 식료품점으로 뛰어들어 왔다. 부하 병사들은 국왕 일가가 탔던 두 대의 마차에 올라간 젊은이들을 쫓아내고, 그 주위를 경호했다.

"폐하."

장교는 복도를 걸으며 큰 소리로 외쳤다.

"슈아죌(Choiseul) 공작입니다. 경기병 서른 명을 데리고 모시러 왔습니다."

남편 옆에서 꼼짝도 않던 왕비 마리 앙투아네트는 이 목소리를 듣자 비로소 기쁜 듯

"앗,"

하고 외쳤다.

드디어 구원병이 찾아온 것이다. 마을에 들를 때마다 그토록 찾아 헤맸던 호위병들이 결국 나타난 것이다.

"공작."

그녀는 그렇게 외치고 의자에서 일어나 공손하게 몸을 숙인 장교에게 손을 내밀었다.

"폐하. 명령을 내려주십시오."

"여길 빠져나갈 수 있게 해 주겠나."

"그렇게 결심하고 왔습니다."

"우리를 지킬 병사들은 몇 명인가?"

"서른 명입니다."

국왕 얼굴에도 왕비 얼굴에도 불안의 빛이 떠올랐다.

"서른 명이라고?"

루이 16세는 복도에 서 있는 바렌 마을의 의원들에게 들리지 않게 소리

를 죽이고,

"하지만 적들은 칠팔백 명은 모아올 텐데."

"그럴 지도 모릅니다."

"그럼 나는 둘째 치고 왕비와 아이들이 위험에 처할 지도 모르겠군, 안 그런가?"

"그땐 전원이 전사할 각오가 되어 있습니다."

루이 16세는 아내 얼굴을 보았다. 그는 스스로 결단을 내리기에는 너무나 유약했다. 마리 앙투아네트는 손으로 베일을 걷어 올리고,

"아이들에게……, 무슨 일이 생기기라도 하면,"

하고 불안하게 중얼거렸다.

돌이켜 보면 이 한순간이 국왕과 왕비와 아이들의 운명을 결정지었다. 만약 국왕이 조금이나마 결의를 굳혔더라면, 마리 앙투아네트가 아이들의 위험을 무시했더라면, 그들의 운명은 다른 방향으로 흘러갔을지도 모른다.

그러나―,

그러나 남편은 마리 앙투아네트를 더 이상 괴롭히고 싶지 않았다. 그는 너무나 자상한 남편이었다.

"새벽까지 결정을 미루도록 하지."

그는 낮은 목소리로,

"아무튼 서른 명의 경기병으로는 지나치게 열세야. 내 생각엔 새벽까지 부이예 장군 호위병이 바렌에 도착할 것이오. 그때 정면 돌파를 하더라도 늦지는 않을 거야."

그의 입에서 이 타협안이 나왔을 때, 모든 희망이 사라졌다. 페르센 백작이 그렇게나 면밀히 계획했던 국왕 일가의 탈출 계획은 여기서 막을 내

렸다.

밤이 깊어졌다. 깊이 잠든 왕자와 공주 말고는, 국왕, 왕비, 엘리자베트 공주를 비롯해 모든 어른들은 한숨도 자지 못했다. 국왕 부부는 슈아죌 공작과 함께 의자에 앉아 부이예 장군 휘하의 부대가 이 마을에 그들을 맞이하러 오는 발소리를 묵묵히 기다렸다.

다섯 시—.

"저건,"

하고 국왕은 말발굽소리를 들었는지 기쁜 듯 외쳤다.

"들리는가?"

밤의 장막이 조금씩 걷히기 시작했다. 멀리서 말발굽소리가 들린다. 그 울림은 분명히 이쪽을 향해 다가오고 있다.

마리 앙투아네트는 의자에서 일어나 창문에 이마를 댔다. 저편에 있는 집들의 윤곽이 어렴풋이 보이기 시작했다. 길에는 온통 국민 방위군들이 서 있다.

말발굽소리가 점점 커진다. 말에 탄 두 사관들의 모습이 겨우 어슴푸레한 길에 나타난다. 국민 방위군들이 그들의 앞에 서서 명령을 듣고 서둘러 길을 비킨다. 부이예 장군의 부하들이 아니었다. 그것은 왕의 적인 사관들이었다.

두 사관은 라파예트 장군의 명령을 받고 국왕 일가를 추적해온 바이용 대위와 그와 나중에 합류한 라파예트 장군의 부관 로뫼프(Romeuf)이다.

땀범벅이 된 말을 국민 방위군에 맡기고 그들은 먼지투성이 장화를 울리며 국왕이 있는 이 층으로 뛰어 올라갔다. 군복이 심하게 더러워졌는데도, 옷매무새를 여미는 것조차 잊고 있었다.

"폐하……, 돌아와 주십시오, 파, 파리로."

바이용은 횡설수설 말했다.

"국민의회의 영장을 가지고 왔습니다."

"라파예트 장군이 보낸 건가?"

"아닙니다, 국민의회에서 보낸 명령장입니다."

국왕은 입을 다물었다. 왕비는 창가로 다가가 두 사람을 완전히 묵살하고 있었다.

"폐하. 저희를 살려주십시오. 저희는 빈손으로 파리로 돌아갈 수는 없습니다. 저희 아내와 아이들을 지켜주십시오."

"나도," 하고 마리 앙투아네트는 이 때 처음으로 말을 꺼냈다.

"아이를 지켜야 하는 어머니입니다."

부이예 장군 부대는 대체 어찌 된 일일까. 그만이 국왕과 왕비의 희망이었다.

아침이 되었다. 일단 집으로 각자 되돌아갔던 주민들은 다시 식료품점 앞에 모여들었다. 장사꾼까지 나타나 아침 빵을 팔고 있었다. 국왕들은 그들 군중들의 외침소리를 들었다.

"뭘 꾸물대는 거냐."

"빨리 마차에 태워 파리로 데리고 가라."

대중들의 욕지거리와 성난 함성들에 마리 앙투아네트는 이미 익숙해져 있었다. 그녀 마음에는 훨씬 이전에 민중들에 대한 믿음은 사라지고 없었다. 어제는 그녀에게 손을 흔들며 환호성을 질렀던 민중들이 오늘은 짐승처럼 고함을 지른다. 신념도 사상도 없고, 그저 상황과 정세에 따라 언제든지 변하는 게 민중들이라고 그녀는 믿게 되었다.

그 욕지거리 속에서 국왕 부부와 엘리자베트 공주, 두 사람의 시녀들이 모두 완강하게 침묵을 지키고 있다. 바이용 대위가,

"폐하, 부탁드립니다"

하고 거의 울상으로 애원한다……

이 시각—.

국왕 일가의 탈주를 돕기 위해 부이예 장군이 직접 지휘하는 부대가 바렌 마을을 향해 모래바람을 일으키며 질주하고 있었다. 이제 한 시간이면 그들은 국왕 가족들을 바렌 사람들에게서 구해 두 대의 마차에 태워 탈출하게 할 수 있을 것이다.

"말에 채찍을 쳐라."

장군은 병사들에게 명령을 내렸다. 말 위의 병사들은 그 명령을 듣자 말배를 세차게 걷어차 전속력으로 바렌을 향해 달렸다.

식료품점을 둘러싼 군중들의 함성은 더욱 더 커졌다.

"폐하, 들어주십시오. 저 목소리가 들리지 않으십니까."

로뫼프와 바이용 대위는 거의 매달리다시피 애원하였다.

"만약 이대로 두시면, 저 사람들이 이 집으로 몰려들어올지도 모릅니다. 그렇게 되면 저희도 신변을 보장할 수 없습니다."

국왕은 옆을 향해 아무런 대답도 하지 않았다.

"그렇다면 폐하. 폐하께서 직접 나서서 저 사람들을 좀 가라앉혀 주십시오."

루이 16세는 마지못해 의자에서 일어나 창문을 열었다. 수백 명의 남녀 얼굴이 그를 바라보며, 큰 소리로 합창했다.

"떠나라, 떠나라, 파리로 떠나라."

"그렇지 않으면, 우리 손으로 목을 매달겠다."

국왕과 왕비 모두 베르사유 궁전을 둘러쌌던 민중들을 떠올렸다. 그 민중들도 같은 말을, 같은 목소리로 외쳤다.

"11시까지만."

하고 국왕은 결국 뒤를 돌아 바이용 대위에게 힘없는 목소리로 말했다.

"안 됩니다. 그때까지 저들이 기다려주지 않을 겁니다."

협박과 탄원과 창문 밖에서 폭풍우처럼 들이치는 사람들의 함성에, 국왕은 더 이상 저항할 수 없었다.

"그럼…… 식사라도 좀 하게 해 주게."

식사하는 동안 부이예 장군 부하들이 한시라도 빨리 도착해주기를 마리 앙투아네트는 빌고 또 빌었다.

입을 다문 채, 가능한 한 천천히 국왕부부, 엘리자베트 공주, 그리고 두 시녀는 아침식사를 했다. 시간을 끄는 것 말고는 구원 받을 가능성은 이제 사라지고 말았다.

국왕은 식사가 끝나자 조는 시늉을 했다. 두 시녀 중 투르젤 부인은 갑자기 기절하는 척했다. 이런 눈물겨운 노력들로 그들은 일 분 일 초라도 시간을 벌려 했다.

바렌 마을까지 이제 30킬로미터.

시각은 이미 7시 반. 엘 강의 아침안개가 걷히고 귤색의 밝은 빛이 비추며 여름의 하루가 시작되려 하고 있다. 부이예 장군과 기병대는 지금, 국왕을 구출하고자 엘 강을 향해 한마음으로 말을 달리고 있다…….

의사가 불려와 투르젤 부인을 진찰했다.

"웬걸,"

그는 비꼬는 듯이,

"병이 아닙니다. 피로로 구토증세가 났을 뿐인 걸요. 파리까진 거뜬히 가실 수 있을 거예요. 정신 차리게 포도주를 마시고 기운을 내면 됩니다."

마지막 노력도 이렇게 허무하게 끝났다.

"왕비."

루이 16세는 아내의 눈을 가만히 들여다보았다. 그의 눈에 눈물이 어른거렸다.

"왕비……, 날 용서해 주시오."

"아닙니다. 최선을 다 하셨습니다……."

마리 앙투아네트 역시 눈에 눈물을 담아 남편을 바라보았다. 믿음직한 데라고는 없고 모든 게 서툰 남편. 하지만 한없이 선량하고 자상한 남편. 그녀는 그를 사랑하고 있었다. 페르센에게 마음이 끌리고는 있었지만, 그래도 이 남편을 사랑하고 있었다.

"그럼 제군들 손에 우리의 운명을 맡기겠소."

왕은 바이용 대위에게 말했다.

좁은 복도에 서 있던 마을 의원들이 허둥지둥 계단을 내려가 길을 가득 메운 마을 주민들에게 승리를 선언했다. 폭풍우와 같은 환호성이 그 주민들의 입에서 터져 나왔다.

"저희가 폐를 끼쳤군요."

왕비는 부드럽게 식료품점 아내에게 고맙다는 말을 했다. 아무리 비참해지더라도, 언제 어디서건 우아함을 잃지 않을 것―그것 말고는 더 이상 그녀가 민중들에 대항해 싸울 무기가 없었다. 그리고 그녀가 이 즈음에 매일 결심하던 것이기도 했다.

국왕, 왕비, 엘리자베트 공주, 왕자와 공주. 그리고 두 시녀—그들은 군중들의 고함 속에서 식료품점을 나와 슈아죌 공작의 부하들이 지키는 마차까지 걸어갔다. 마부석에는 근위대 출신 기병들이 충격에 휩싸인 얼굴로 앉아 있었다.

"공작."

국왕은 이 마을에서 단 한 사람의 아군이었던 슈아죌 공작에게 인사를 했다.

"나는…… 운이 없었나 보오."

"폐하."

"그대의 충성은 결코 잊지 않겠소."

슈아죌 공작은 그 순간 1649년에 처형된 영국의 찰스 1세를 바라보는 심정이었다고 후일 술회한다.

마차가 움직이기 시작했다. 마차 안에서 왕과 왕비와 공주와 두 시녀, 그 모두가 고개를 숙인 채 아무 말도 하지 않았다. 평소에는 쾌활한 국왕의 얼굴에, 피로와 고통의 빛이 짙게 배어나와 있었다. 왕비도 필사적으로 견디고 있다는 걸 분명히 알 수 있었다.

부이예 장군은 한 손을 들어 기병대를 멈춰 세웠다. 바렌 마을 입구에 겨우 도착했다.

그러나 이때, 뒤쪽에서 한 사관이 말을 달려 재빠르게 보고했다.

"각하. 오른쪽에서…… 모래 먼지가 날립니다."

장군은 망원경을 눈에 댔다. 그리고 그는 모래 먼지 속에서 두 대의 마차와 이를 감싼 국민방위대와 군중들을 발견했다.

(국왕 일가다……)

부이예장군은 경악한 나머지 그 행렬을 응시하면서,

(너무 늦었구나)

하고 힘없이 중얼거렸다.

(20분만 빨리 도착했더라면.)

20분만 빨리 도착했더라면 그의 휘하는 슈아죌 공작의 기병과 합류해 국왕 일가를 구출할 수 있었을 지도 모른다. 그 20분이 루이 16세와 그 아내의 운명을 결정적으로 바꾸었다…….

굴욕과 인내의 귀환이었다. 마차를 에워싼 국민방위군과 군중들은 그들을 '지키기' 위해서가 아니라 그들을 위협하고 욕하고 조소하기 위해 따라오는 것 같았다.

"운명을 받아들여야 하오."

왕은 혼잣말처럼 계속 중얼거렸다.

"그게 하느님께서 내려주신 운명이라면……"

한밤중인 두 시, 샬롱에 도착했다. 여기서 처음으로 국왕 일가에게 침대가 주어졌다. 그러나 피로가 쌓였어도 잠이 오지 않았다. 앞으로 어떤 운명이 그들을 기다릴지 알 수 없었기에 그들은 어둠 속에서 더욱 눈을 크게 뜨고, 온갖 불길한 생각들에 괴로워하면서 뒤척였다.

날이 밝았다. 오늘 하루의 더위를 예고하듯, 숨이 찰 것 같은 날씨다. 잠들지 못하는 밤을 보내고 마차에 타려던 국왕에게 한 국민방위군이,

"퉤엣"

하고 침을 뱉었다.

침은 이 살찐 남자의 뺨을 더럽혔다.

슬픈 듯, 그러나 아무 말 없이 국왕은 손수건을 꺼내 그 침을 닦았다.

그에게는 이제 화를 낼 기력조차 없었다…….

가는 도시 가는 마을마다, 호기심에 찬 군중들이 몰려온다. 가는 도시 가는 마을마다 그 군중들이 욕설과 비웃음을 국왕 일가에게 쏟아 붓는다.

"배신자."

"죽어버려."

"우리는 용서하지 않을 거야."

국왕은 마차 안에서 눈을 감고 있었다. 왕비는 군중들 손에 찢긴 드레스를 손으로 감추었다.

(페르센)

그녀는 마음속으로 이 세상에서 사랑하는, 남편이 아닌 또 한 사람을 불렀다.

(당신은 무사한가요. 당신은 지금 무얼 하시나요. 우린 결국 잡혔습니다…….)

바렌에서 파리까지, 왕실의 굴욕적인 귀환에는 사흘이 걸렸다. 길 양쪽에 몰려든 사람들의 욕하는 소리, 조소, 그리고 엄청난 더위에 괴로워하며 일가를 태운 마차는 먼지에 뒤섞인 채 연행되어 갔다.

그들은 아직 국왕 일가라는 그 이름을 상실하지는 않았으나, 그야말로 죄수나 다름없었다. 국왕 일가라는 명예도 존경도 특권도 모두 박탈당했을 뿐만 아니라, 민중들의 증오의 눈에 시달리는 죄수였던 것이다. 만약 국민 방위대가 충실히 의무를 수행하여 군중들을 쫓아내지 않았다면, 국왕 일가는 분명 길거리 어딘가에서 끌려 내려와 린치를 당하고 학살되었을 것이다.

왕비 마리 앙투아네트는 그 굴욕적인 귀환 내내 혼자 의연한 태도를 보였다. 그때 그녀의 마음을 나타내는 발언이 기록으로 남아 있다.

"우리는 마지막까지, 마음을 꿋꿋하게 가져야 합니다."

비참함 속에서도 잃어버리지 않았던 마리 앙투아네트의 결의를 이보다 더 잘 보여주는 말은 없다.

"마지막까지, 마음을 꿋꿋하게"—민중들의 욕설과 증오의 외침 속에서 자세를 바르게 하고 정면을 향해 우아함을 잃지 않으며 왕비로서의 위엄을 사수하는 것—그것만이 그녀의 무기였다. 비록 단두대라 할지라도 아름답고, 단아할 것, 그것이 마리 앙투아네트의 자존심이었다.

굴욕적인 귀환의 모양새를 하나하나 상세히 적을 필요는 없을 것이다. 다만 하나의 에피소드.

왕실 일가가 겨우 샬롱에 도착했을 때였다. 그곳에는 세 명의 국민의회 대의원들이 기다리고 있었다. 그리고 그 중에서 과격파 자코뱅 당의 페티옹(Pétion)과 변호사 출신 바르나브(Barnave)가 국왕 일가를 감시하기 위한 목적으로 같은 마차에 올라탔다.

숨 막힐 것 같은, 그리고 서로를 경계의 눈초리로 바라보던 이 동승자들은 시간이 지나면서 서로를 관찰하게 된다. 페티옹과 바르나브가 왕실 일가를 직접 본 것은 이때가 처음이었다.

그런데 그들 눈에 왕실 사람들은 어디서나 볼 수 있는 가족들과 전혀 다를 바가 없었다. 그들은 우선 자기들에 비해 국왕이 너무나 땀과 먼지 투성이 옷을 입고 있는 데에 놀랐다.

그뿐만이 아니다. 어린 왕자가 소변을 보고 싶다고 하자, 국왕 루이 16세는 몸소 아들의 바지춤을 풀고 실내 변기를 잡아 주었다.

이렇게 되자 그들은 친밀하게 대화를 나누기 시작했다. 왕비는 두 의원들에게 아이들 교육에 대해 말했다.

"왕자의 귀에 아첨하는 말이 들어가게 해서는 안 되며, 진실만을 말해야 한다고 생각합니다."

지친 엘리자베트 공주가 결국 페티옹 팔에 기대어 잠들어버렸다. 페티옹은 그녀가 그에게 마음이 있는 건 아닐까, 라고 생각했다.

"만약 우리가 둘이서만 있었더라면 그녀는 내 품에 뛰어 들어와 자연스러운 충동에 몸을 맡겼을 것이다."

이 유치한 고백은 우스꽝스럽기 짝이 없다. 사람들 시중을 받는 것을 당연히 여기는 공주는 이 때도 아무 생각 없이 순진하게 몸을 의원에게 맡겼겠지만, 이 남자는 그것만으로 착각에 빠졌던 것이다.

그러나 이 보잘 것 없는 일화를 통해서도 왕실에서 자란 자들의 무의식적인 행위가 일반인들에게 얼마나 큰 오해를 불러오는지 알 수 있다. 아마 마리 앙투아네트의 경우에도, 그녀의 악의 없는 태도와 발언 역시 잘못 받아들여지고, 널리 선전되었을 것이다.

두 의원 앞에서는 아무렇지도 않게 행동했지만 그러나 이 스무 시간이 왕비의 마음에 얼마나 많은 고통을 안겨주었는지는 다음 일로도 알 수 있다.

파리로 귀환했을 때, 모자를 벗은 그녀의 머리는 예순 살 여인의 머리처럼 새하얗게 변해 있었다. 그녀는 이때 겨우 서른여섯 살이었다.

이 무렵의 그녀의 초상화는 찬란하게 빛났던 왕비의 모습은 자취를 감추고, 노파와 같은 용모로 그려져 있다…….

군중들로 가득 찬 파리의 루이 15세 광장(현재의 콩코르드 광장)을 지나, 모두에게 주목 받으며 먼지투성이 마차가 튈르리 궁으로 향해 나아갔다.

덧없는 여행이었다.

튈르리 궁에 들어갔을 때, 마리 앙투아네트는 복도에 줄지어 선 시종과 하인들을 보며 이런 생각을 했다.

절망을 위한 여정. 그렇게 말하는 편이 옳을 것이다. 바렌까지 스물 몇 시간은 그래도 도망이라는 희망으로 가득 찬 여행이었다. 마차에 흔들리며 마중 나오는 자들이 없다는 불안함은 느꼈지만, 그러나 그 저편에는 자유라는 희망이 있었다. 그 희망이 지금, 뿌리째 뽑히고 말았다. 이제 그들은 스스로 운명을 개척할 수 없다. 앞으로 운명은 타인이 주는 것이다.

대리석 복도에 줄지어 선 시종과 하인들 얼굴은 도망 전과 무엇 하나 바뀌지 않았다. 그러나 그 눈에는 그녀에 대한 증오와 경멸의 빛이 비치고 있음을 마리 앙투아네트는 느꼈다.

그녀는 시선을 피했다. 피한 시선 끝에, 정원에 서서 이쪽을 보는 몇몇 하인들의 모습이 비쳤다.

그 중 한 사람은─.

본 적이 있는 얼굴이다. 기억이 났다. 언젠가 페르센이 가르쳐준 여자다. 바로 왕비의 거실과 침실을 청소하러 왔던 마르그리트라는 여자다. 그 마르그리트가 가만히 그녀를 응시하는 것을 깨달았다.

국민의회 의원 페티옹과 바르나브가 대기하고 있던 동료 무스투아르(Moustoir) 가까이에 국왕을 데리고 갔다. 국민방위군 총사령관 라파예트 장군도 모습을 나타냈다.

왕은 변명하고 있다. 비굴하다 싶을 만큼 변명을 늘어놓는다.

"프랑스 국민 모두가 나를 어떻게 생각하는지 잘 알았소. 앞으로는 그 생각에 따르도록 노력하고자 하오."

"그렇습니다." 라파예트 장군은 엄한 목소리로 "민중에게서 멀어지시면 안 됩니다. 만약 그런 일이 두 번 다시 일어나면 저로서도……."

"장군, 폐하가 누군가에게 유괴됐었다고 말합시다."

바르나브가 왕을 거들기 위해 말했다.

그날 밤, 마리 앙투아네트는 사랑하는 페르센 백작에게 편지를 썼다.

"나는 살아 있어요. 그 후 당신이 어떻게 됐는지, 걱정이 되어 견딜 수가 없어요……우리는 감시를 받고 있습니다."

그녀는 페르센이 어디 있는지 알 수 없었다. 그러나 그녀를 위해 면밀히 계획을 세우고 노력해준 그 청년의 정성에도 불구하고 마지막 기회가 허망하게 끝났다는 것이 더욱 슬펐다. 페르센이 실망할 것을 생각하면 그 실패를 아무리 자책해도 끝이 없었다.

그는 어디에 있을까.

허탈해진 그녀는 주위를 둘러보았다. 탈주 전에 이 궁전에 매일같이 모습을 드러냈던 페르센은 물론 나타나지 않는다.

파리에 숨어 있을까. 아니면 이탈리아에 있을까.

그녀는 이제 페르센 이외에는 의지할 사람이 없었다. 국민의회 의원들에게 둘러싸여 비굴하게 고개를 끄덕이는 남편. 그 남편은 도저히 힘이 되어줄 수 있는 상대가 아니다.

(그를 대신해 나 혼자라도 어떻게든 해야 해.)

그녀는 그들에게 동정의 시선을 보여주었던 바르나브의 뒷모습을 바라보며,

(이 사내를 우리 편으로 만들자)

하는 생각이 머리를 스쳤다.

굴욕적인 귀환 동안, 같은 마차에서 마치 친구처럼 서로 이야기를 나누었던 두 의원들 중 페티온은 과격파라는 것을 감지했다. 군주제를 프랑스 개혁에 가장 큰 걸림돌로 여긴다는 것이 그의 대화에 묻어나왔다. 그러나 그녀의 눈에 바르나브는 온건하게 보였다. 여성에 대한 자상함과 조심성도 갖춘 것처럼 느껴졌다.

(이 바르나브를 우리 편으로 만들어야겠어.)

여자로서의 직감이 작용했다.

아무 것도 모르는 바르나브는 뒤를 돌아보았다가 왕비의 시선을 느끼자,

"피곤하셨죠"

하고 그녀를 위로했다.

튈르리 궁

벨기에 브뤼셀의 외곽에는 파리의 숲과 마찬가지로 시민들이 산책할 수 있는 커다란 숲이 있다. 숲속에는 작은 레스토랑이 있는가 하면, 술과 음료를 마실 수 있는 휴게소도 있다. 가을 햇빛이 숲을 금빛으로 물들였다. 마차를 타고 놀러온 부유한 가족이, 낙엽 위에 시트를 깔고 포도주 병과 접시를 올려놓고 밝은 웃음소리를 내며 점심을 먹고 있었다.

평화로운 풍경이다.

세련된 한 남자가 근처 의자에 앉아 편지를 읽고 있다. 낙엽이 그의 어깨에 팔랑거리며 내려앉는다. 남자의 얼굴은 우울해 보였다. 아름다운 이마와 눈에 우수에 젖은 그림자가 보였다. 한숨을 쉬면서 그는 손에 든 편지를 다시 읽었다.

"튈르리 궁에서 우리는 더 이상 왕도 왕비도 아닌, 자유롭지 못한 죄수가 되어버렸습니다. 우리가 어떤 대우를 받는지 당신은 상상도 할 수 없겠지요. 예를 들어 내 침실 문밖에는 국민 방위군 장교가 휴대침대 위에서 잠을 잡니다. 그들은 심야에 교대로, 내가 잠을 자고 있는지 아닌지, 문을 열어 확인합니다. 두 번 다시 탈주를 용인하지 않겠다는 의지의 표현입니다.

남편을 찾아오는 친구들도 줄어들었습니다. 다들 세상의 눈이 두려워 이 궁에 발을 들여놓지 않습니다. 첩자로 의심을 받을까봐 무서운 것이지요. 가엽게도 남편은 매일 혼자, 1775년부터 1791년까지 몇 번 외출했는지 기억을 더듬으며 계산하는 눈물겨운 놀이를 하고 있습니다. 사냥도, 취미인 대장장이 세공도 금지되었기 때문입니다. 그는 기쁜 듯이 말하더군요.

'난 16년 동안 몇 번 외출을 했는지, 드디어 알아냈어. 2,636회였어.'

아이처럼 기뻐하는 얼굴을 보고 나는 솔직히 표현할 길 없는 슬픔을 느꼈습니다. 남편에겐 자신이 처한 절망적인 입장을 구원할 방법이 없는 것이구나―새삼스레 생각했습니다. 하지만 그는 선량한 사람입니다. 자상한 사람입니다. 그 선량함과 자상함 때문에 적들에게 이용당하고 있습니다.

나는 당신 말고는 의논할 친구가 없습니다. 그리고 나는 앞으로 남편 대신에 싸워야 한다고 생각합니다. 아마 나는 패배할 것입니다. 패배할 것임을 알면서도 싸워야 합니다.

나는 지금, 바르나브라는 국민의회 의원을 어쨌든 우리 편으로 만드는 데 성공한 것 같습니다.

그는 전에 보낸 편지에도 썼지만, 탈주가 실패했을 때, 우리 마차에 동승해 파리까지 함께 온 온건한 입헌파 의원입니다. 적어도 군주제를 뿌리째 뒤엎으려는 자코뱅당과는 다릅니다. 자코뱅당이 힘을 얻으면 그들은 우리를 처형시키라고 외치고 실행에 옮길 것입니다. 과격파에게 권력을 쥐어주지 않게 하기 위해서는 적이라 할지라도 입헌파 사람들을 우리 편으로 만들고자 합니다. 바르나브는 그런 점에서 우리에게 최고의 도구입니다.

당신이 준비해준 모든 계획에 실패해버린 것에 대해 용서해 주세요.

트리아농에서 있었던 일이 모두 꿈처럼 느껴집니다. 그 숲, 그 깨끗한 시내, 바람에 울리는 잎. 작은 새들, 안녕 페르센. 다음 편지는 불에 쬐어야 잉크가 보이는 약을 써서 쓸지도 모릅니다. 검열을 받을 위험이 있기 때문입니다."

남자는—페르센은 그 편지를 다시 한 번 끝까지 읽고 눈을 감은 채 꼼짝도 하지 않았다. 그리고 그 눈에서는 한 줄기 눈물이 흘렀다.

그의 눈에도 트리아농의 아름다운 정원, 아름다운 시골집이 아른거렸다. 그리고 그 정원을 왕비와 함께 산책했던 날들이 떠올랐다.

(패배할 걸 알면서도 싸워야만 합니다.)

왕비의 이 한 줄이 그의 가슴을 안타깝게 짓눌렀다.

상황은 그야말로 절망적이었다. 두 번 다시 왕비와 그 일가를 궁전에서 탈출시킬 수 없을 것이다. 국민의회는 실패를 되풀이하지 않기 위해 모든 수단을 동원해서 감시를 더욱 철저히 할 것이다.

왕과 왕비를 구출하기 위해서는—.

페르센에게도 묘안이 떠오르지 않는다. 그러나 어떻게든 해야 하는데, 그런데 그의 머리에 그럴 만한 묘책이 떠오르지 않는다.

비가 내리고 있었다.

뒷골목 술집에서 술 취한 사내가 빗속에 모습을 드러내고 비틀거리며 물웅덩이가 생긴 길을 걷기 시작했다.

그때, 마차 한 대가 저편에서 빠르게 달려오고 있었는데—,

"위험해"

마부가 당황해 고삐를 잡아당겼지만, 이미 늦었다. 말발굽에 부딪쳐 술주정꾼은 땅에 내동댕이쳐졌다. 깜짝 놀란 마부는 마차에서 뛰어내리려고 섰다가, 주위에 아무도 없다는 것을 확인하자 마음을 바꿔 사내를 길가에 내버려둔 채 말 등에 채찍을 내리쳤다.

"제길."

넘어진 사내는 일어서려다가 통증에 신음을 내며 두 발을 벌린 채 비를 맞고 있었다. 잠시 후 다음 마차가 나타났다. 길 한 가운데 넘어져 있는 사내를 발견하자 마차는 서둘러 멈췄다.

"왜 그러나?"

안에 타고 있던 청년이 마부에게 물었다.

"술주정뱅이인가 봅니다, 백작님. 이런, 다쳤나본데요."

"다쳤어?"

페르센은 문을 열어 비가 내리는 길에 내려서서 물었다.

"이봐, 괜찮나……?"

그리고는

"피가 나는데. 마차에 부딪쳤나? 이 마차에 타요. 내가 묵는 곳이 바로 근처니까."

그는 마부에게 그 진흙투성이의 사내를 자기 옆에 태우게 했다.

"나리, 괜찮습니다요."

사내는 놀라고 황송해서 몸을 움츠렸지만, 마차는 움직이기 시작했다.

지금 묵고 있는 숙소로 돌아가 어이없어 하는 주인에게 페르센은

"돈을 더 얹어줄 테니까, 치료 좀 해주시오"

하고 지시했다. 별반 다친 데는 없었다. 얼굴에 약을 바르고 팔에 붕대를 맨 사내가,

"나리, 이렇게까지 해 주시다니……."

그렇게 몇 번이나 머리를 조아릴 따름이었다.

"다행이군. 그럼 조심해서 가게."

"나리. 뭐든 신세를 갚게 해 주십쇼. 이대로는 맘이 편하지 않습니다요."

술주정꾼은 의외로 예의를 지킬 줄 알았다.

"신세는 안 갚아도 되네."

"그렇습니까? 하지만 제가 필요한 일이라면 언제든 불러주십시오……."

그리고 그는 히죽 웃고는 목소리를 낮추어,

"살인만 아니면 뭐든 합죠."

페르센은 보통내기로 보이지 않는 그 사내의 얼굴을 가만히 바라보다가 흥미를 억누르지 못한 투로 물었다.

"이름은?"

"비예트라고 합니다요."

"발음을 들어보니 자넨 벨기에 사람은 아니군. 프랑스인 같은데."

"맞습니다요, 나리. 실은 사정이 있어서 프랑스에는 돌아갈 수 없는 몸이라서……."

"무슨 짓을 했지?"

사내는 웃으며 대답을 하지 않았다.

"어때,"

하고 페르센은 그에게 2층으로 올라가는 층계를 턱으로 가리키며,

"내 방에서 한 잔 하지 않겠어? 자네 얘기를 자세히 듣고 싶군."

"어유, 당치도 않습니다요. 할 만한 좋은 얘기는 하나도 없습니다. 털수록 먼지밖에 안 나오고……."

"그 먼지 얘기를 듣고 싶다는 말이야."

그의 방에 비예트를 데리고 간 페르센은 의자에 그를 앉히고, 두 개의 잔에 고급 백포도주를 가득 부었다.

"자, 그럼,"

페르센은 책상다리를 했다.

"자네 몸을 털면 난다는 그 먼지 중 하나만 우선 얘기해 보게."

"나리는 경찰이신가요?"

"무슨 말을 그렇게. 얘기해 주면 어느 정도 사례는 할 셈이네만, 자네를 감옥에 끌고 갈 생각은 추호도 없어."

"그러십니까."

사내는 겨우 안심한 듯이 페르센이 따라준 술을 한 모금 마셨다.

"그럼 하나만 얘기합죠. 이건 비밀입니다. 나리는 사드 후작을 아십니까."

"만난 적은 없어. 다만 이름은 익히 들어 알고 있지."

"사드 후작을 감옥에서 빼낸 건, 저와 저의 패거리들입죠……."

페르센은 이 비예트라는 사내가 마음에 들었다. 악당이긴 해도 그에게선 졸렬한 사악함 같은 것을 전혀 느낄 수 없었기 때문이었다.

악당에는 두 종류, 남자다운 악당과 비열하기 그지없는 악당이 있다. 전자는 자기를 고용한 사람을 절대로 배신하지 않지만, 후자는 자기의 이익을 위해서, 혹은 자기가 위험해지면 철면피처럼 같은 패거리까지 쉽게 저버린다.

페르센의 눈에는 비예트가 악당이기는 해도 인의를 지킬 줄 아는 남자로 보였다.

(이 자는…… 믿을 수 있을 지도 모르겠군.)

그는 그런 생각을 하며 상대방을 관찰했다. 어쩌면 비예트가 어려움에 처한 그를 도와줄 지도 모른다.

"사드 후작을…… 감옥에서 탈출시킨 건……,"

하고 그는 비예트의 눈을 바라보며 물었다.

"돈을 위해서인가, 사상을 위해서인가?"

"사상을 위해서……란 말은 무슨 뜻인갑쇼?"

"무슨 말인가 하면, 자넨 사드 후작과 같은 사고방식을 가졌냐고 묻는 거야."

비예트는 소리를 내고 웃었다.

"나리, 저를 놀리시면 안 되죠. 저 같은 출신이 사상이고 뭐고 있을 리가 있겠습니까?" 하고 그는 진지하게 대답했다. "첫째는 돈벌이를 위해서고, 또 하나는 이 세상에서 잘난 척하는 자들 코를 납작하게 눌러주기 위해섭니다."

"그렇군. 그럼 만약 내가 돈을 주겠다고 하면……,"

"살인만큼은 절대로 안 됩니다. 그리고 힘없는 사람을 괴롭히는 것도 싫고……,"

"힘없는 사람을 괴롭히는 건 아니야. 오히려 지금 힘없는 분을 도와주려는 거야."

"누군가요, 그 분은."

페르센은 목까지 올라온 말을 삼키고,

"그분 이름을 말하기 전에 한 가지만 맹세해 줘. 비록 자네가 이 일을 하겠다고 받아들이지 않는다 하더라도, 그 분을 구해내려는 걸 절대로 입 밖에 내면 안 돼. 그게 방금 자네를 도운 나에 대한 보답이라고 생각해 줘."

"알겠습니다. 약속하지요."

"그럼 그 분의 이름을 말하지. 바로 프랑스 왕비, 마리 앙투아네트야."

그 이름을 들은 순간, 비예트는 마치 벼락이라도 맞은 듯 눈을 크고 둥글게 떴다. 그는 입을 멍하니 벌려 페르센을 바라보았다.

"마리 앙투아네트."

"그래. 그 이름을 들으니 좀 겁나나?"

"아닙니다, 나리. 그게 아닙니다. 실은…… 뭐라 말씀드려야 할지. 나리는 그 다이아몬드 목걸이사건을 아십니까……?"

"물론."

"실은 이 몸이 그 사건에도 한 몫 했습죠. 그야 이런 무일푼이 지혜와 계획이 필요한 그런 일을 꾸밀 순 없습죠. 한 사람, 아주 똑똑한 거물이 있었습니다만,"

"그가 누군가."

"나리, 그것만큼은 좀 봐주쇼. 그런 인의를 저버리는 일을 어떻게 하겠습니까."

그 말을 듣는 순간, 이 자는 믿어도 되겠다는 확신이 더욱 굳어졌다. 같은 패의 이름은 입이 찢어지더라도 불지 않는 게 악당들의 룰이다.

"그러니까, 그 왕비님과 다시 엮이나 싶어서……, "

"좋았어. 그럼 이렇게 하지. 가령 왕비님을 구출하는데 우리가 성공한다면 말이지—, 그 목걸이 사건은 영원히 불문에 부치겠다고 나도 약속하겠어. 물론 그게 이 거래의 조건은 아니야. 사례도 두둑이 할 생각이야."

"알겠습니다. 다만 이럴 때 그 거물만 있어주면 묘안이 바로 떠오를 텐데…… 어디 있는지 알 수가 있어야죠……."

"그럼 나와 자네가 같이 계획을 짜야겠군."

"뭘 어떻게 할깝쇼?"

페르센은 여행가방에서 작은 가죽주머니를 꺼내 안에 든 금화를 책상 위에 쏟았다.

"이걸 갖고 파리로 가 주게. 이젠 파리로 돌아가더라도 자네 뒤를 캐려는 경찰은 없을 거야. 정부가 완전히 뒤집혀서 혁명 전 사건과 범죄는 대부분 너그럽게 넘어가는 세상이니까. 그리고 자네가 수족처럼 쓸 수 있는 신용할 만한 사람들을 좀 모아 줘. 하지만 이 일의 목적을 그 사람들에게 결코 털어놓지 말아 줬으면 해."

비예트는 얌전히 고개를 끄덕이고 테이블 위의 금화를 가죽주머니에 넣었다.

"나도 나중에 파리로 가겠어. 거기서 만나도록 하지."

그는 깃털펜을 들어 서로 연락할 장소를 적은 다음 비예트에게 건넸다.

"나리, 하나만 물어도 되겠습니까? 나리는 프랑스인이십니까?"

비예트의 물음에 페르센은 고개를 저었다.

"아니, 난 스웨덴 사람이야."

"스웨덴 분이 왜 이렇게 위험을 무릅쓰고 프랑스 왕비를 돕는지요?"

"그건……"

페르센은 비예트를 바라보며 입술에 어렴풋한 미소를 띠었다.

"그건…… 지금 그 분이 너무 가여우셔서, 그 분을 도우려는 사람이 세상에 하나도 없기 때문이라서 그래……."

오랜만에 밟아보는 파리.

겉모습은 아무것도 변한 게 없다. 센 강은 유유히 흐르고 노트르담 대성당은 센 강 너머에서 가을 햇빛을 받고 있다. 강변에선 변함없이 뱃짐을 내리는 장사꾼들이 소리치고 있다.

그러나 튈르리 궁 주변에는 병사들이 엄중히 경계하고 있었다. 여기저기서 총검을 번뜩이며 서 있는 근위병들이 출입하는 마차를 하나하나 세우고 안을 들여다본다.

국왕과 왕비는 마치 절해의 고도에 있는 것이나 다름없었다. 개미 한 마리 얼씬거리지 못할 것 같았다.

페르센은 마리 앙투아네트의 편지를 떠올렸다. 그녀의 탈주를 계획하는 건 불가능해 보였다.

그 궁전으로 그녀를 찾아갈 수도 없다. 그가 이번 탈주사건에 어떤 형태로든 관여했음은 국민의회도 희미하게나마 포착하고 있었다.

첫째, 어떤 방법으로든 마리 앙투아네트와 연락을 취할 수단을 찾아내야 한다. 그가 파리에 있다는 걸 알려야 한다. 둘째, 동지들을 모아야 한다. 왕당파 중에서도 왕과 왕비를 순수한 마음으로 염려하고 입이 무거운 자들을 결집하는 것이다.

페르센은 평범한 방법으로는 왕비를 구출할 수 없으리라는 것을 통감했다. 평범한 방법이란 현재 마리 앙투아네트가 부질없이 기대하고 있는 것처럼, 국민의회에 손을 써서 왕실 일가의 안전을 보증할 최소한의 법령을 마련하는 것이다. 그러나 페르센은 국민의회가 결국 왕실 폐지와, 어쩌면 국왕과 왕비의 처형까지 밀고나갈 지도 모른다는 생각을 하고 있다. 일단 움직이기 시작한 수레바퀴는 약간의 저항으로 막을 수 있는 게 아니다. 그러니 역시 비상수단을 써서 그녀와 그 남편을 구출해야만 한다.

(하지만 어떻게?)

그는 머리를 감쌌다. 묘안이 전혀 떠오르지 않는다. 비예트는 아직 만나지 않았고, 또 만날 시기도 아니다. 그 사내를 이용할 방법이 떠오를 때까지는 잠시 접어둬야 한다. 시간을 허투루 써서는 안 되겠기에 그는 사람들 눈을 피해 파리에 사는 구 귀족들 중에서 왕에게 여전히 충성심이 있을 법한 두세 명을 타진해 보았다. 하지만 모든 것은 변해버렸다. 그들에겐 과거의 자긍심도, 오만할 정도의 자존심도 사라지고 없었다.

"백작. 마음은 이해하오만…… 우리도 도저히 어쩔 수 없소. 시대가 변했소."

그들은 고개를 숙인 채 중얼거렸다.

"우리에겐 이제 힘이 없다오. 군주제를 부활시킬 희망은 완전히 사라졌소. 아르투아 백작이 뭔가를 계획 중이라는 소문은 들었소만—쿠데타는 불가능할 거요."

그렇게 말하는 자가 있는가 하면,

"미안하지만 우릴 좀 내버려 두게. 내게도 가족이 있어. 가족들에게 재앙이 미칠 지도 모를 일을 위해 나설 순 없네."

하고 단번에 면회를 거절하는 자도 있었다.

세상이 얼마나 허망한지, 인간의 마음이 얼마나 믿음직하지 못한지, 페르센은 다시 한 번 맛보아야만 했다.

(이전의 프랑스는 이제 끝이구나.)

그는 피곤한 다리를 끌고 호텔로 돌아와 마음 깊은 곳으로부터 탄식했다.

(베르사유의 영광이 빛나던 그 프랑스는……)

아무런 묘안도 떠오르지 않은 채, 페르센은 비예트를 만났다. 생 탕투안의 허름한 술집이었다.

"나리도 참 용기 있는 분이십니다요."

비예트는 술 취한 눈으로 페르센을 바라보았다.

"파리에 돌아와서 알게 된 겁니다만, 나리가 바로 왕비의 탈주 계획을 한 장본인이라 들었습니다."

"그렇긴 하지."

"그리고 지금 체포장이 나왔다는 말을 들었습죠. 그런데도 이 위험한 파리에까지 오셨잖습니까."

"위험한 김에 하나만 부탁 하지. 내겐 아직 묘안이 떠오르지 않아. 하지만 어떻게든 튈리리 궁에 숨어들어가 왕비님을 뵈어야겠어. 그걸 좀 도와줬으면 해."

"궁전엘요? 그건 너무 어렵지 않겠습니까? 저렇게 경계가 삼엄한데."

"충분히 잘 알고 있지. 그래서 자네한테 부탁하는 거야. 실은 왕비님께 하지 말아달라고 꼭 부탁해야 할 일이 있어."

"하지 말아달라고 부탁할 일이라굽쇼?"

파리에 와서 몰래 구 귀족들을 만나러 다니면서 페르센은 놀랄 만한 소문을 들었다.

그것은 마리 앙투아네트가 경계가 삼엄한 궁전에서 비밀리에 오스트리아 국왕이자 그녀의 오라버인 레오폴드 2세에게 연락을 취하고 있다는 사실이었다. "프랑스 국왕과 그 일가의 자유와 명예를 위해, 또한 이 나라의 혁명이 극단에 치닫지 않도록" 각국과 동맹을 맺어 프랑스로 진격해 달라고 부탁했다는 소문을.

만약 그 소문이 사실이라면—.

그것은 왕비 스스로 자신의 목을 죄는 행위이다. 만일 그 소식이 국민의회나 국민들에게 알려진다면, 그들의 증오는 국왕 일가에게 집중될 것이며, 그렇게 되면 분명 온건파도 그들을 구하지 못하게 될 것이다.

"나는 꼭 왕비님을 뵈어야 해."

이유는 털어놓지 않은 채 페르센은 비예트에게 부탁했다.

"그렇습니까."

비예트는 팔짱을 끼고,

"좋습니다. 합죠. 하지만 나리가 냄새를 좀 풍기셔야 합니다만."

"냄새?"

"네. 나리 말씀대로, 저도 파리에서 여차하면 도움이 될 만한 사람들을 좀 모아봤는데…… 그 중에 궁전 오물을 나르는 사내가 있습니다. 그자가 감시가 심한 궁전에 드나들 수 있는 유일한 자인데, 나리가 오물을 넣는 통에 숨어 들어가시면……"

"오물이라니?"

페르센이 깜짝 놀라 소리를 내자, 비예트는 히죽 웃었다.

"그야 왕실 일가와 거기서 일하는 하인들의 배설물을 말합죠……"

"그걸 넣는 통에 내가 들어간다고 말이지."

"왕비님을 위해서라면 뭐든 하시겠다고……"

"그야 그렇지만……"

베르사유에서도 멋쟁이로 통했던 페르센이다. 그랬던 그가 거름수레의 거름통에 들어간다니.

(이게 다 사랑을 위해서야. 이게 다 아름다운 그분을 위해서라고.)

페르센은 그렇게 스스로를 타일렀다. 사랑은 남자로 하여금 어떤 위험한 일이든, 그리고 어떤 우스꽝스러운 일이든 하게 만든다.

며칠 후, 튈르리 궁 북쪽 입구를—다시 말해 상인들이 출입하는 뒷문을 거름수레에 탄 두 남자가 통과했다.

"날씨 참 좋구만요."

사내들은 땀을 닦으며 감시병들에게 통행증을 보이고 쾌활하게 인사했

지만, 병사들은 얼굴을 찌푸리며,

"으, 지독한 냄새. 얼른 가 버려, 얼른."

하고 손사래를 쳤다.

"지독한 냄새라뇨, 이건 아직 빈 통인뎁쇼."

남자들은 등 뒤를 가리키며,

"그야 나갈 땐 꽉 차겠지만요."

"그냥 빨리 가라니까."

"그것 참 대우 한 번 고약할세. 우리가 없으면 이 궁은 더 냄새날 텐데. 이것만큼은 임금님이나 왕비님이나 우리와 마찬가지 아니겠소."

비료수레는 안뜰을 지나, 병사들 눈이 닿지 않는 건물 뒤로 모습을 감추었다.

"나리, 지금입니다요."

통을 열고 안에서 찌푸린 표정의 페르센이 얼굴을 내밀었다.

"고맙네. 하지만 정말이지 참을 수 없을 만큼 고약한 냄새군."

페르센은 두 남자에게 금화를 쥐어주고 건물 계단을 올라갔다.

인기척이 없는 복도를 지나 주의 깊게 주위를 둘러보고는 서둘러 변장용 콧수염을 주머니에서 꺼내 코 밑에 붙였다.

태연한 얼굴로 복도를 꺾어 그곳에 서 있는 국민 방위군에게,

"국민의회에서 온 악셀이다. 왕비님을 알현하기로 약속했네"

라고 말했다. 이렇게 페르센은 유유히 출입금지 장소로 들어가 사라졌다.

왕비 마리 앙투아네트는 그때 거실에서 편지를 쓰고 있었다. 베르사유의 화려한 거실과 달리 벽에 칠은 벗겨지고 창틀이 어긋난 방이었지만, 그곳만이 그녀가 감시의 눈을 피할 수 있는 곳이었다. 깃털펜을 놓고 창문으

로 시선을 향한 그녀는 이때 등 뒤에서 인기척을 느꼈다.

"앗!"

그만 목소리가 크게 터져 나왔다.

"페르센 백작……."

"조용히."

웃으며 페르센은 손가락을 입술에 댔다.

"어떻게 여길."

그녀는 의자에서 일어나 손을 뻗었다. 그 손에 정중히 입맞춤을 한 페르센의 몸에서 이상한 냄새가 풍겨왔다.

"어머."

"죄송합니다. 향수를 뿌리지 못했습니다. 실은 전……."

하고 말하려다 말을 계속할 수 없어 페르센은 입을 다물었다. 아무 것도 모르는 왕비는 페르센이 복통을 일으켰나 싶었지만, 왕비도 모르는 척하고는 "정말 기뻐요. 그래도 이런 위험한 일을 하다니……. 당신은 정말……."

"꼭 만나 뵈어야겠다는 생각을 했습니다. 시간도 별로 없으니 짧게 말씀 드리겠습니다."

마리 앙투아네트와 페르센은 끊임없이 힐끔힐끔 문 쪽을 쳐다보며 지금 상황에 대해 말하기 시작했다.

"전 바르나브 의원을 우리 편으로 끌어들일 수 있었습니다."

왕비가 자랑스러운 듯 말했다. 바르나브는 현재 왕의 폐위와 재판을 요구하는 오를레앙 파와 자코뱅 당을 달래려 애쓰고 있다. 덕분에 군주제를 인정하려는 온건파의 힘은 점차 힘을 얻고 있었다.

"알고 있습니다."

페르센은 미간을 찌푸렸다.

"그건 참 긍정적인 소식입니다. 하지만 파리에선 지금 이런 소문이 돌고 있습니다. 왕비님께서 오스트리아에 계신 오라버님과 연락을 취하고, 프랑스와 전쟁을 벌일 연합군을 만들려고 하고 있다고."

"제가요……, 아뇨, 전 그렇게까지 손을 쓰진 않았습니다."

마리 앙투아네트는 고개를 저었다.

"그건 제 요청이 아니라 오라버니의 의지입니다."

"왕비님. 만약 그런 사태가 벌어지면 민중들의 증오가 폐하 일가에 집중하게 됩니다. 그렇게 되면 바르나브도 막지 못할 테고, 폐하를 폐위시켜 재판에 넘기라는 자코뱅 당의 주장이 지지를 받게 됩니다."

"하지만……,"

하고 마리 앙투아네트는 반박했다.

"우리가 이 프랑스에서 국왕과 왕비인 이상, 오라버니는 전쟁을 선포하지는 않을 겁니다. 그러니 프랑스도 전쟁을 피하기 위해서는 우리를 건드리지 않을 것이라 봅니다만……."

"맞는 말씀이십니다. 하지만……,"

페르센은 거기서 입을 다물고 그 말을 해야 할지 말지 망설이다 말을 꺼냈다.

"그러나 그건 오스트리아의 오라버님께서 건재하실 경우의 일입니다."

"건재하실 경우라뇨? 무슨 뜻인가요? 페르센."

"오라버니께서는…… 현재 건강 상태가 좋지 않으십니다."

"아아."

왕비는 경악의 눈으로 페르센을 바라보았다.

"오라버니가 병이 드셨나요?"

마리 앙투아네트는 불안을 눈에 가득 담고 물었다.

"아직 위독하지는 않으십니다. 하지만 오스트리아 정부는 건강이 좋지 못한 오라버니를 위해서라도 실제로 프랑스에 군대를 진군시키지는 않을 것입니다. 국민의회도 그걸 결국 알게 되겠죠."

"아아."

왕비는 신음하는 목소리를 냈다.

"내 마지막 희망도…… 꺾여버렸군요."

"아닙니다."

페르센은 조용히 고개를 저었다.

"희망을 버리시면 안 됩니다. 전 모든 지혜를 짜내 방도를 마련하고 무슨 일이 있어도 왕비님과 가족 여러분을 구출하기 위해 파리로 숨어들었습니다. 아직 어떤 방책도 떠오르지 않았지만, 그래도 괴로우실 땐 이 페르센이 있음을 잊지 말아 주십시오. 왕비님께서 고통스러우실 땐 이 페르센 역시 고통스럽다는 것을……"

그렇게 말했을 때, 페르센의 뺨에 눈물이 하염없이 흘렀다.

방은 조용했다. 왕비의 거실 벽난로 위에 놓인 탁상시계 소리만 규칙적으로 울리고 있었다. 그리고 왕비 역시 페르센과 마찬가지로 눈물을 흘리고 있었다.

"우리가 좀 더 일찍 만났더라면……"

갑자기 왕비 입에서 세찬 물줄기처럼 생각지도 못했던 말들이 쏟아져 나왔다.

"제가 왕비가 아니었더라면. 제가 그냥 평범한 귀족의 딸이었더라면. 그리고 좀 더 일찍 당신을 만났더라면……"

"더 이상 말씀하시면 안 됩니다, 더 이상은……"

눈물에 젖은 얼굴을 들어 페르센은 세차게 고개를 저었다.

"말씀하셔선…… 안 됩니다."

"아닙니다. 한 번만 말하게 해 주세요. 두 번 다시 제 입으로 이 말을 하지 않을 테니까요. 제가 비록 말은 하지 않더라도 앞으로 어떤 운명을 맞이하건 이 마음만큼은, 제 가슴속에서 지워지지 않는 불꽃처럼 담아둘 테니."

그녀는 양손을 뻗어 페르센의 손을 잡았다.

"하느님은 우리에게 왜 이런 운명을 안겨주셨을까요. 황혼이 질 무렵 트리아농에서 함께 정원을 거닐었을 때, 강물에 잔물결이 일고 노을이 숲을 물들이던 그때, ……저는…… 그때부터 당신을…… 사랑했습니다."

고개를 숙이고 왕비의 손을 꼭 잡은 채 페르센은 그녀의 목소리를 듣고 있다. 작은 새의 필사적인 소리와 같은 프랑스 왕비의 사랑의 외침을, 지금 그는 듣고 있다.

"전 당신 역시 저를 사랑해주시고 있음을 알고 있었습니다. 어떤 역경 속에서도, 이렇게 모든 벗들에게 버림을 받더라도, 그 사랑만은 결코 사라지지 않을 것이라 믿고 있습니다. 바렌에서 잡혀 파리로 돌아오는 길, 제가 무더위와 굴욕과 절망을 견뎌낼 수 있었던 것은 페르센 백작, 당신을 이 가슴 속에 끊임없이 떠올렸기 때문입니다."

"왕비님."

페르센은 눈을 깜박거렸다. 눈을 깜박일 때마다 새로운 눈물이 흘러 뺨을 타고 내렸다.

"왕비님께는 폐하와 자녀분이 계십니다. 저도 남자입니다. 남자인 이상, 저도 당신을 빼앗고 싶다는 생각을 몇 번이나 했는지……, 하지만 그럴 때마다 그 마음을 억눌렀던 것은 폐하와 자녀분들이 얼마나 비탄에 잠기실까, 그 얼굴들이 눈에 선했기 때문입니다."

평생 말해서는 안 될 고백, 평생 입에 담아서는 안 될 말이 드디어 페르센의 입에서 새어나왔다.

"그러나 제 사랑은 결코 이루지 못할 사랑이기에, 왕비마마, 저 또한 평생 이 가슴에 묻어두고 살아가겠습니다. 그리고 당신을 위해서라면 이 목숨도 기꺼이 바치겠습니다."

마리 앙투아네트 역시 눈을 감고 페르센의 목소리를 듣고 있었다. 그리고 입으로는 이렇게 말하고 있었다.

"저 역시 모든 희망이 사라지더라도, 이 목숨이 다 하더라도, 이 세상에서 그대를 만나고 그대를 알게 된 것만으로, 그것만으로 충분하다고 여기겠습니다."

두 사람은 서로 눈을 감은 채, 꼭 잡은 손가락만으로 서로의 존재를 확인했다. 두 사람에게는 시간이 영원히 얼어버린 것만 같았다. 꼼짝도 하지 않고, 한 쌍의 동상처럼 그들은 오랫동안, 그 자세를 바꾸지 않았다.

"자."

마리 앙투아네트는 그녀의 발밑에 무릎을 꿇은 연인에게 부드럽고 슬프게 웃음을 지었다.

"여기서 나가셔야 합니다. 병사들이 의심하면 안 되니까요."

페르센은 일어서서 고개를 숙이고는, 만감이 교차하는 표정으로 뒤를 돌아 방을 나갔다.

(그 분이 나만을 의지하며 살고 계신다.)

페르센은 터질 듯한 환희로 가득 찬 가슴을 안고 파리의 거리를 걸었다. 조심스레 변장용 콧수염을 붙였기 때문에 누구도 이 청년이 당국에서 찾는 스웨덴 백작임을 알지 못했다.

파리의 거리는 오늘도 데모대가 행진을 하고 있었다.

"입헌파를 타도하고 공화제를 만들자."

"군주제와 손을 잡은 입헌파를 타도하자."

그렇게 쓴 플래카드를 들고 데모대는 기세등등하게 사거리에 모여 있었다. 플래카드에 쓰인 이 말들은 이 나라의 정치상황이 여전히 혼란스럽고 정돈되지 않았음을 보여주고 있었다. 바렌에서 국왕 일가가 연행되었는데도 아직 국민의회의 각 파벌은 의견이 모아지지 않았다. 국민의회 안에는 다양한 파벌이 생겼고, 그 파벌들이 자기들 세력을 넓히기 위해 추한 싸움을 벌이고 있었다.

우선, 어떻게든 혁명을 밀고나가 군주제를 폐지하고 프랑스를 공화제로 만들려는, 로베스피에르(Maximilien-François-Marie-Isidore de Robespierre, 1758~1794)가 이끄는 자코뱅 클럽이 있었다. 북프랑스 출신 법률가였던 이 남자에게는 추억이 하나 있었다. 소년시절, 루이 16세 대관식이 랭스(Reims)에서 열렸는데 우등생이었던 그가 선발되어 젊은 국왕 앞에서 축사를 낭독했다. 그 옛날, 면전에서 축하 시를 낭독한 그가 지금은 국왕을 타도하려는 사람들의 선봉장으로 나섰다. 그의 배후에는 농민들과 장인이라는 지지층이 포진해 있었다.

자코뱅 클럽에 대항해 보수파—다시 말해 입헌파는 바르나브, 뒤포르(Dufort), 라메트(Lameth)와 같은 의원들이 대표적이었는데 그들은 군주제를 폐지해서는 안 된다고 주장했다. 그들은 혁명을 지지하기는 했지만, 혁명의 물결이 과격해지는 것을 두려워했다. 과격함은 프랑스에 무질서와 혼란을 야기할 것이라는 게 그들의 주장이었다. 이들 입헌파는 퓌양 클럽(Feuillants Club)이라는 파벌을 구성했다.

이 대립되는 두 파벌 이외에 보르도 지방 출신들 의원으로 구성된 지롱드 당이 있었다. 그들은 마담 롤랑(Jeanne Manon Roland, 1754~1793)이라는 재색을 겸비한 부인의 살롱에 출입하다가 서서히 그룹을 형성하기에 이르렀다. 또한 자코뱅 클럽에 가까운 과격파로서 민중운동에서 탄생한 코르들리에 클럽(Cordeliers Club)이라는 모임도 있었다. 지도자는 당통(George Jacques Danton, 1759~1794)과 마라(Jean-Paul Marat, 1743~1793)였다. 이런 수많은 파벌들이 각자 다른 의견을 주장한다. 그 주장을 둘러싼 싸움이 지금 파리를 행진하는 데모대들의 싸움으로도 번지고 있었다.

사거리에 서서,

"군주제와 손을 잡으려는 입헌파를 타도하라"

하고 기세 좋게 외치는 데모대를 향해, 다른 방향에서 나타난 다른 데모대가 나타나 부딪쳤다. 다른 데모대는,

"프랑스에 질서를."

"극단은 혼란을 초래한다. 단결과 일치"

라는 플래카드를 들고 있다. 이 데모대는 입헌파를 지지하는 자들임에 틀림없었다.

페르센이 보는 앞에서 이 두 데모대는 처음엔 서로 노려보고 욕을 하다가 결국 남자들이 멱살을 잡으면서 주먹질이 시작되었다.

"안 돼, 폭력은 안 돼요."

어떤 젊은 여자가 열심히 외쳤지만, 난투가 더욱 심해지면서 누군가 돌을 던지기 시작했다.

"안 돼요."

그렇게 외치던 여자는 돌을 맞고 머리를 감싼 채 땅에 쭈그리고 앉았

다. 얼마 후 급보를 듣고 달려온 국민 방위군에게 몇 명의 사내들이 잡혀 갔다. 페르센은 쭈그리고 앉은 여자에게 다가갔다.

"괜찮습니까?"

머리에서 나는 피가 뺨까지 흘러내렸다.

"내 팔을 붙잡아요."

그는 그녀를 일으키고 바로 근처 카페로 데리고 갔다. 카페에서 그녀는 손등에 묻은 피를 닦고 상처를 손수건으로 눌렀다. 그리고 페르센이 내미는 뜨거운 커피 한 잔을 마셨다. 허름한 옷을 입었지만 그녀의 얼굴은 어딘지 지적이고 청초해보였다.

"정말 고맙습니다."

여자는 정중히 인사를 했다.

"아뇨, 상처는 아프지 않나요?"

"덕분에 괜찮아졌어요."

"당신은 입헌파입니까? 자코뱅 당에 반대하는 그룹에 있으셨죠."

"네," 하고 그녀는 고개를 끄덕였다. "저는 여공이에요. 여공이 된지는 별로 안 됐습니다만……, 그 전에는…… 수녀였습니다."

별로 부끄러워하는 기색도 없이 여자는 솔직히 자신의 과거를 털어놓았다.

"아녜스라고 합니다."

"전 스웨덴 사람입니다."

페르센은 국적만 말하고 이름은 밝히지 않았다.

"입헌파면, 당신은 과격파 의견에는 반대합니까?"

"네. 물론 혁명에는 찬성했었죠. 프랑스에서 위선과 착취와 빈곤이 지속되는 한, 진정한 그리스도의 가르침은 실현되지 못할 테니까요. 그 때문에 수녀도 그만둔 거고요. 하지만 혁명이라는 이름하에 살육과 폭력이 당당히 자행되는 걸 보고, 전 그것도 하나의 적폐라고 생각지 않을 수 없었어요. 아무리 선이라 하더라도 그것이 한계를 넘어서면 악이 된다고, 전 그렇게 생각해요. 그래서 자코뱅 당에는 찬성할 수 없습니다."

페르센은 이 아녜스라는 여성이 그가 지금까지 접해왔던 수많은 귀족 여성들과 달리, 분명하고도 꾸밈없이 의견을 말하는 것을 보고 감탄했다.

"그럼, 당신은 입헌파로서 군주제를 폐지하는 데엔 반대하는 거군요."

그는 왠지 이 여자가 군주제가 필요하다고 말해주는 것 같아 무심코 그런 질문을 던졌다.

"아뇨," 하고 그녀는 페르센을 가만히 바라보았다. "언젠가 군주제도 사라져야 한다고 생각해요."

"이유는 무엇입니까?"

"비록 국왕과 왕비에게 죄가 없더라도 국왕을 중심으로 만들어지는 조직은 역시 악에 속하니까요."

"그럼, 국왕과 왕비는 어떻게 해야 합니까? 역시 일부 과격파들이 말하듯이 언젠가 재판에 회부해서 단죄해야 한다고……."

"아뇨, 그렇게 생각지 않아요. 은퇴하셔야 한다고 생각해요. 역사의 물결에 거스를 수는 없으니까요."

"하지만 과격파가 만약 국민의회를 장악하면 국왕과 왕비는 재판에 회부될 겁니다. 그리고……."

"그리고 처형될 테죠."

그녀는 고개를 끄덕였다. 그리고 다시 페르센을 가만히 바라보았다.

"당신은 왕당파인가요?"

"아니오, 전 스웨덴 사람입니다."

페르센은 고개를 저었다.

"저는 프랑스의 정치와는 상관이 없습니다. 그래서 묻는 건데, 당신은 역시 국왕과 왕비에게 죄가 있다고 생각하십니까?"

"그렇게 생각해요. 개인적으로는 두 분 다 너무나 순진하셨겠지요. 태생, 자라난 과정, 그리고 환경 탓에 그분들은 백성들이 빈곤과 기아에 허덕이고, 굶주림으로 인해 기쁨도 희망도 없이 살아가는, 그런 프랑스의 실상을 알지 못하셨죠. 하지만 순진하다는 게 곧 무죄임을 뜻하는 건 아니에요. 그분들은 국왕이고 왕비시니, 하나의 상징이시죠. 혁명이 타도해야 할 상징이었습니다. 상징인 이상 역시 죄가 있다고, 전 생각해요."

"그렇다면……."

페르센은 커피를 마시며 물었다.

"그 죄를 어떻게 보상해야 합니까? 죽음으로 보상해야 합니까?"

"아뇨. 그래서 두 분이 자진해서 왕위를 버려야 한다고 말씀 드린 거예요. 그리고 앞으로는 우리와 마찬가지로 한 개인으로서 살아가시면 된다고 생각해요."

만약 왕비가, 왕비가 아닌 한 개인이 될 수 있다면—페르센 역시 그렇게 되기를 절실하게 바라고 있었다. 그와 그녀와의 사랑을 가로막는 것—그것은 그녀가 왕비라는 사실이었다.

"이름이 아녜스라고 하셨죠."

페르센은 의자에 고쳐 앉았다.

"그럼 당신은 왕과 왕비를 단죄하고 처형하는 것에는 반대하는군요."

"그렇죠. 그건 지나친 게 아닐까요? 그 사람들을 죽이는 게 과연 이 혁명에 꼭 필요할까요? 상징은 근본적으로 제거해야 한다고 일부 과격파들은 말합니다. 하지만 그 방법은 인간을 정치적인 면에서만 바라보고 하나의 인격으로서는 바라보지 않는 태도입니다. 인간을 단순히 정치의 도구로만 여기고 인격으로 간주하지 않는 혁명이란, 그리스도교 신자인 제겐 정말 끔찍한 것으로 여겨져요."

"하지만……,"

페르센은 숙였던 고개를 들고 말했다.

"만약 왕과 왕비가 사형에 처해지게 된다면 어쩌실 셈입니까?"

"그렇게 되지 않게 하려고 저도 입헌파에 들어간 거예요."

"알겠습니다."

페르센은 고개를 끄덕였다.

"그럼 만약 이 스웨덴인인 제가 만일, 왕과 왕비를 사형에서 구하기 위해 어떤 일을 한다면, 당신은 공감해주실 건가요?"

이때 처음으로 아녜스의 얼굴이 놀라운 빛을 띠었다.

"스웨덴인인 당신이…… 왜 그런 일을 하나요?"

"한다고는 안 했습니다. 만약이라는 가정하의 얘깁니다."

입을 다물고 그녀는 페르센의 얼굴을 바라보고 있었다. 침묵이 잠시 계속되었다.

"당신은……"

하고 갑자기 그녀는 무언가를 이해했다는 듯이 입을 열었다.

"당신은…… 페르센 백작인가요?"

"아닙니다."

"아뇨, 당신은 페르센 백작이 맞아요. 파리에선 당신이 왕실 일가의 바렌 도주를 도모한 공범이라고 소문이 파다하거든요."

"전 그런 사건에는 관여하지 않았습니다."

페르센은 미소를 띤 채 계속 부정했다.

"만약 제가 페르센이라면 그런 저와 카페에서 이렇게 이야기를 나누는 당신도 비난을 받을 테죠."

"알겠어요. 그럼 대답하죠. 만약 당신이 왕과 왕비를 사형에서 구하기 위해 무언가를 꾸민다면—저는 이런 조건이라면 돕겠어요."

아녜스도 뺨에 미소를 띠고 천천히 이렇게 말했다.

"어떤 조건입니까?"

"그게 군주제를 다시 부활시키기 위해서가 아니라……, 오로지 왕과 왕비의 개인적인 목숨을 구하기 위한 것이라면. 그리고 그 후 두 사람이 조용히 살 것이라고 한다면……."

"저도 그러길 바라는 사람 중 하나입니다."

페르센은 의자에서 일어나 그녀와 악수를 했다. 그리고 그녀가 일하는 공장 이름을 물었다.

아녜스를 만난 일이 페르센에게는 일종의 기쁨을 안겨주었다.

그것은 혁명을 환영하는 파리 서민들 중에도, 만일 왕과 왕비의 처형이 발표된다면 탐탁지 않게 여길 사람들이 있다는 뜻이었다.

"그렇게까지 할 필요가……"

라는 아녜스의 말이 그런 사람들의 감정을 나타내는 것만 같았다. 그 사람들은 선량한 그리스도교인이며 이번 혁명에는 찬성하지만 학살과 폭력에는 동의할 수 없는 서민들처럼 느껴졌다.

(왕과 왕비의 구명운동을 위해 그런 사람들을 모아보면 어떨까.)

페르센의 머리에 이런 생각이 하늘의 계시처럼 번뜩였다.

"비예트와 아녜스에게 그런 조직을 몰래 만들게 하자."

그에게는 그 생각이 멋진 아이디어처럼 느껴졌다.

"그게 좋기는 하지만, 그렇게 쉽게 될까요?"

페르센의 말을 들은 비예트는 떨떠름한 얼굴을 했다.

"전 서민들 따윈 믿지 않습니다요. 서민은 언제나 강한 세력에 놀아날 뿐이니까요."

"하지만 왕과 왕비에게 잔혹한 짓을 저지르는 것에 반대하는 자들도 있을 텐데."

"그리 말씀하신다면, 어디 한 번 해볼깝쇼."

비예트는 내키지 않으면서도 승낙했다. 악당이면서도 의리만큼은 지키는 사내였다.

페르센은 그 후 두 번 다시 튈르리 궁에는 찾아가지 않았다. 그는 마음 속으로 오로지 왕비가 오스트리아 황제인 그녀의 오빠에게 구원병을 요청하지 않기를 빌었다. 그것은 과격파에게 그녀와 그녀의 남편을 국가의 배신자로 낙인찍게 할 구실이 될 뿐이기 때문이었다.

유폐

오스트리아 황제 레오폴드 2세(Peter Leopold Josef Anton Joachim Pius Gottard, 1747~1792) - 마리 앙투아네트의 오라버니.

페르센의 충고에도 불구하고, 마리 앙투아네트는 지금 그들의 운명을 구원해줄 사람은 오라버니밖에 없다고 믿게 되었다. 오라버니가 유럽 국가들과 동맹을 맺고 혁명의 프랑스를 위협해 주기를. 그렇게만 된다면 프랑스인들은 지레 겁을 먹고 결국 오스트리아 왕녀였던 그녀에게 조정을 부탁할 것이다. 그렇게 된다면 그녀와 그녀의 가족의 힘을 프랑스국민들에게 재인식시킬 수 있다. 국민들은 왕실의 가치를 수긍할 수밖에 없을 것이다. 그렇다, 마리 앙투아네트는 그 자그마한 머리로 생각했다. 듬직하지 못한 남편에게 기댈 수 없는 이상, 그녀가 아이들과 남편을 구할 방도를 찾아내야만 했다.

그녀는 몰래 편지를 쓰고 또 썼으며, 그 계획을 위해 지혜를 짜냈다. 필사적인 그 모습에서는 노는 데 정신이 팔렸던 트리아농 시절의 모습을 찾아볼 수 없었다. 여동생의 희망을 받아들여 오스트리아 황제 레오폴드 2세는 프랑스의 버릇을 고쳐줄 유럽 연합군을 결성하도록 각국에 요청했다. 우선 그는 프로이센 국왕과 손을 잡고 유명한 필니츠선언(Declaration of Pillnitz)을 발표했다. 그것은 말하자면 프랑스와 전쟁을 개시했을 때, 양국이 군사동맹을 맺겠다고 선고한 것이었다.

위기에 직면한 프랑스에서는 말 그대로 소란이 들끓었다. 만약 유럽 열강들을 상대로 싸우게 되면, 오랜 재정파탄으로 피폐해진 프랑스에는 전비도 전력도 없었다. 패배할 가능성이 크다. 그러나 그들에게는 각국보다 먼저 혁명을 일궈냈다는 자부심이 있다. 자신감이 있다. 그 자신감과 긍지만이 유일한 무기라고도 할 수 있었다. 특히 전쟁도 불사하겠다고 강경론을 주장한 것은 과격파 중에서도 지롱드 당이었다.

"우리는 자유를 위해 싸울 준비가 되어 있으며, 다시 쇠사슬에 묶이기보다 자유를 위해 죽고, 이 지상에서 사라질 준비가 되어 있다." 지롱드 당의 지도자는 국민의회에서 이런 명연설을 남겼다.

전쟁을 회피해야 하는가, 아니면 끝까지 싸워야 하는가. 마리 앙투아네트는 이 소란스러운 정세가 자신들에게 유리하다고 판단했다. 만일 전쟁이 일어나면 프랑스는 패배할 것이다. 패배한다면 재건의 열쇠를 쥔 사람은 유일하게, 오스트리아에서 태어난 그녀밖에 없을 것이다. 그녀의 손으로 남편은 프랑스 국왕의 지위를 보증 받게 될 것이고, 아이들의 안전 역시 보장할 수 있을 것이다.

그러나 1792년 3월—.

마리 앙투아네트가 의지했던 오라버니 레오폴드 2세는 스웨덴의 스톡홀름에서 연극을 보던 도중 저격을 당했다. 그리고 중상을 입은 그는 보름 후에 숨을 거두었다. 마리 앙투아네트는 큰 충격에 휩싸였다. 그러나 그녀에게 다행스러운 것은 오라버니 뒤를 이은 그녀의 조카인 프란츠 2세 역시 아버지의 정책을 이어받아 프랑스의 군주제를 유지하려는 태도를 보인 것이다.

　주전파(主戰派)인 지롱드 당은 입법의회(국민의회는 1791년부터 이름을 입법의회로 변경했다)를 장악하고 국왕에게 선전포고를 강요했다.

　"서명하시죠."

　마리 앙투아네트는 남편에게 말했다.

　"이건 우리에게 기회입니다."

　이렇게 오스트리아와 프랑스의 전쟁이 시작되었다. 마리 앙투아네트가 패하길 바라마지 않는 전쟁이었다. 그 희망대로 10만 명의 프랑스군은 3만 5천 명의 오스트리아군에게 각 전선에서 패하여 뿔뿔이 도주했다. 패배 뉴스가 매일 같이 튈르리 궁에 전해지자, 국왕과 왕비는 겉으로는 우려하는 표정을 보였지만, 단 둘이 있을 때는 서로 기뻐 웃음을 지었다. 그뿐만 아니라 입헌파에 동조했던 프랑스군 사령관 라파예트는 몰래 적과 내통해 자코뱅 당을 해산시키고 국민 방위군을 폐지하는 조건으로 화친을 타진하기 시작했다.

　"희망의 빛이," 마리 앙투아네트는 남편에게 속삭였다. "드디어 비치기 시작했어요."

　의회를 제압한 지롱드 당과 그 외 과격파는 국왕복권의 움직임을 파악하고 서둘러 대책을 세우기 시작했다. 라파예트 장군이 전선 장병들을 결집하고 오스트리아의 원조로 반란행위를 일으킬 지도 모른다. 그런 소문이 파리에 퍼지자 의회는 즉각 2만 명의 국민 방위군을 결집시켜 수도 방위를 수행할 결정을 내렸다. 7월 14일 혁명기념일을 앞두고 각지에서 소집령을 받은 국민 방위군이 파리로, 파리로 모여들었다.

　이때, 마르세유에서 상경한 국민방위군들은 그 유명한 '라 마르세이에즈'의, "가자 조국의 아들들아"를 합창하면서 샹 드 마르스의 캠프에 모습을 나타냈다. 이 노래는 후일 프랑스 국가가 될 만큼 사람들 마음속에 깊이 각인되었다.

"또 소란스러워졌군."

토끼 아주머니는 창밖을 바라보며 한숨을 쉬었다. 창밖에서는 과격파에 가담한 데모대가 연일 행진하고 있었다.

"조국을 지켜라."

"배신자 라파예트의 목을 쳐라."

"헌법을 개정하라."

토끼 아주머니는 그런 어려운 얘기는 이해할 수 없다. 그녀는 그저 안심하고 하루하루를 보낼 수 있는 생활이 그리울 뿐이다.

"왜 다들 저렇게 외쳐대야만 하는지, 원."

마르그리트는 토끼 아주머니에게 말했다.

"다 국왕과 왕비가 나빠서 그런 거예요. 그 두 사람이 궁전에서 몹쓸 사람들을 부추겨서 그런 거죠."

토끼 아주머니와 달리 마르그리트는 파리 분위기 속에서 다시 피 냄새를 맡았다. 7월의 무더운 하늘은 소나기라도 쏟아질 기세로 한껏 찌푸리고 있고, 데모대가 끊임없이 행진하고 있다.

(다시 뭔가가 일어날 거야.)

순간, 그녀의 등줄기를 타고 격렬한 쾌감과 같은 무언가가 지나갔다. 파리 공기에서 피 냄새가 난다. 예감은 그녀에게 추억을 새록새록 기억나게 했다. 현기증이 날 만한 흥분의 기억을…….

그녀는 거리로 나갔다.

무더운 날이었다.

"8월 10일이다."

"8월 10일에 모든 시민은 봉기하라."

한 남자가 재빨리 데모대에 그렇게 알리고 모습을 감추었다. 데모대 지도자는 고개를 끄덕이고 이를 전원에게 작은 목소리로 알렸다.

(8월 10일에 다시 시작될 거야.)

마르그리트는 바스티유 요새를 목표로 밀물처럼 몰려갔던 행렬과 전투를 떠올렸다. 그 때의 더위, 그 때의 아비규환, 총성, 쓰러지는 사람들, 흐르는 피. 그것이 또 다시 8월 10일에 시작될 것이다. 그녀는 데모대의 한 사람에게 물었다.

"8월 10일에 누구를 해치울 건데?"

"누군 누구야, 국왕이지."

"그럼 튈르리 궁으로 가는 거야?"

"넌 어느 편이야? 입헌파 첩자는 아니겠지?"

"나도 왕과 왕비가 끔찍하게 싫은 사람이야."

"좋았어. 그럼 생 탕투안으로 와."

8월 8일, 입헌의회는 라파예트 장군의 파면을 의제로 올렸으나 의외로 입헌파 세력이 강하여 지롱드 당, 자코뱅 당의 제안이 거부당했다. 과격파는 결국 봉기를 결행했다. 각 지역에서는 '봉기 코뮌'이라는 그룹이 결성되었다.

8월 10일 아침. 생 탕투안과 생 마르소(Saint-Marceau)의 빈민가에서 사람들이 쏟아져 나와,

"튈르리로."

"국왕을 타도하자."

라는 구호를 외치며 센 강을 따라 궁전을 향해 행진했다.

그 속에 마르그리트도 상기한 얼굴로 섞여 있었다.

8월 10일 시민봉기—.

이전의 쾌락을 다시 한 번 맛보고 싶은 마르그리트와 마찬가지로, 내일로 다가온 시민봉기를 남몰래 기다리는 사람들이 파리에 있었다.

페르센과 비예트, 그리고 수녀였던 아녜스, 이 세 사람이다.

"이건 절호의 기회입니다요."

비예트는 밀담 장소가 된 술집에서 페르센과 아녜스에게 제안했다.

"10일에 자코뱅 파에 선동된 사람들이 튈르리 궁으로 데모행진을 하면 분명 궁전을 지키는 병사들 사이에 소동이 일어날 거 아닙니까. 그 동안 우리가 데모대에 섞여 궁전 안으로 들어가서는 그 혼란을 틈타서 국왕과 왕비를 빼낸다, 이건 어떤가요?"

비예트의 제안은 위험천만한 내용이었다. 그러나 팔짱을 끼고 기다리기보다는 이 봉기를 역으로 이용하는 것도 고려해볼 가치가 있는 방법이었다.

"그래."

페르센은 눈을 감고 생각에 빠졌다. 매일의 고뇌가 이 남자의 얼굴을 더욱 창백하게 만들었다.

(그분을 구하기 위해서라면…….)

평범한 방법으로는 사랑하는 그 분을 구할 수 없다. 성공 아니면 실패, 둘 중 하나다.

"자네들이 모은 사람들은 몇 명인가?"

"50명 정도입니다요. 카트린느 위르곤이라는 여자가 지도자입죠."

"그 여자는 어떤 사람이지?"

"믿을 만한 사람이에요. 꼽추에다 옛날에 여공으로 일했던 적도 있습니다요."

"아녜스, 자넨 어떻게 생각하나?"

"저도 찬성이에요. 입헌파 의원들 중에도 분명 도와줄 사람이 있을 거예요."

"그래."

페르센은 궁전 설계도를 펼쳐 비예트와 아녜스의 의견을 물으며 작전을 짰다.

이전 실패를 거울삼아 국왕 일가를 튈르리 궁에서 탈출시킬 때에는 가족을 서로 떼어내기로 했다. 다시 말해 국왕과 왕비를 직공과 그 아내 차림으로 분장시켜 봉기에 참가한 카트린느 위르곤의 무리 오십여 명에 섞이게 하고, 공주와 왕자는 아녜스의 아이들인 것처럼 꾸며 혼란을 틈타 궁전에서 도주하게 만든다. 그리고 양쪽 모두 가급적 소박한 마차로 오스트리아와 프랑스의 전투지역까지 데리고 간다. 전화(戰禍)로 마을이 불타버린 지역의 피난민처럼 꾸며 오스트리아군 진영으로 도망친다. 위험하기는 하지만 그 외에 탈출방법이 없었다.

"이걸 왕비님께 보여드리게."

페르센은 왕비에게서 받은 편지를 비예트에게 건넸다.

"모든 걸 이 페르센이 꾸민 것이라고 왕비님께 말씀 드려. 이 편지를 갖고 가면 믿어주실 거야."

선술집에서 세 사람이 헤어질 무렵, 파리는 고요했다. 어느 교회에선가 자정을 알리는 종소리가 울렸다. 그것은 8월 10일이 되었음을 알리는 종소리이기도 했다……

8월 10일. 쾌청했다. 오전 9시, 이미 군중은 튈르리 궁 가까이, 궁전 부속 마장에 결집해 있었다. 숫자는 2만 명. 남자들은 곡괭이와 부엌칼, 곤봉 같은 무기를 들었고 개중에는 삽을 든 여자들도 있었다. 무기를 들지 않은 자들은 각자 플래카드를 들고 지도자의 명령을 기다리고 있었다.

무덥다. 사람들의 체온과 태양 빛에 실신하는 자들도 나왔다. 마르그리트는 그들 속에 섞여 눈을 번득이며 구름 한 점 없는 푸른 하늘을 바라보았다.

(그것이 시작될 거야…….)

그것. 몸을 관통하는 흥분. 피. 피 냄새. 사람들이 살해당하고, 잘난 척하던 인간들이 끌려간다. 가증스런 여자, 마리 앙투아네트. 끔찍한 짓을 당해도 싸지. 우린 너 때문에 여태껏 학대받으며 살아왔어. 이젠 네가 학대받을 차례야.

아녜스는 비예트와 함께 오십 명의 동지와 데모대 속에 자연스럽게 섞였다. 비예트의 친구인 카트린느 위르곤은 쉰이 넘은 여자였지만, 사려 깊고 온화해 보였다. 그녀는 옛날에 앓았던 병 때문에 등이 굽었다. 하지만 동료들이 그녀에게 보이는 신뢰감은 절대적인 것이었다.

"잘 알겠지?"

비예트는 모두에게 신호를 보냈다. 어제 페르센과 짜낸 작전은 이미 사람들에게 모두 전달된 상태였다. 데모대가 강물처럼 움직이기 시작했다.

"문을 열어라."

"궁전을 개방하라."

군중 속에는 이미 국왕을 저버린 국민 방위군도 섞여 있었다. 그들은 근위대가 지키는 철책을 잡고 흔들며 국왕을 만나겠다고 외쳤다. 대표자 3명이 안으로 들어갈 수 있도록 겨우 허락을 받고 국왕과 교섭을 벌였다. 돌아온 그들은 철문을 여는데 성공했다고 큰 소리로 군중들에게 보고했다. 큰 소리로 구호를 외치며 데모대는 산사태처럼 궁전 안으로 쏟아져 들어갔다.

마리 앙투아네트는 그 무시무시한 소리를 들으며, 베르사유 궁전에서의 아침, 그리고 바렌에서 파리까지 돌아오는 길에 그녀의 마차를 에워쌌던 군중들의 목소리를 떠올렸다. 대중들이 이럴 때 얼마나 흉포해지는지, 얼마나 피에 굶주리는지, 그녀는 이미 알고 있었다. 남편은 시민들을 달래기 위해 데모대 대표자들과 만나고 있었다. 그녀는 두 아이를 껴안고 남편의 침실 뒤에 숨어 있었다. "왕비는 흐느껴 울고 있었다"고 그날의 모습이 기록으로 남아 있다.

대기실이라 불리는 큰방을 메운 데모대 속에서 비예트와 아녜스가 열심히 왕비를 찾아내려고 앞으로 나아갔다.

"왕비는 어디 있어. 왕비는 어디 있어."

데모대는 큰방 안에서 구호를 되풀이했다.

"왕비는 어디 있어. 왕비는 어디 있어."

드디어 군중들은 대기실 쪽에서 그 옆에 있는 국왕 침실을 향해 쳐들어갔다. 그들에 섞여 있던 대의원 한 사람이 회의실 문을 열어, 그곳에서 왕비와 왕자와 공주가 몇몇 시녀와 숨어 있는 것을 발견했다.

"여기 있다."

망설이던 사람들이 그녀들 앞에 서서 호기심과 증오에 찬 시선으로 마리 앙투아네트를 바라보았다.

"철면피"

라고 한 여자가 외치자 왕비는 가만히 그녀를 바라보며,

"제가……, 당신에게 뭔가 잘못을 저질렀나요?"

하고 대답했다.

그 사람들에 섞여 비예트와 아녜스도 왕비와 그 아이들을 마주하고 있었다. 겁에 질린 아이들을 필사적으로 끌어안고 있는 마리 앙투아네트에게 두 사람은 어떻게든 그들의 존재를 드러내고 싶었다. 페르센의 편지를 건네주고 싶었다. 그러나 뒤에서 몰려드는 데모대에 떠밀려 그들은 왕비가 있는 곳에서 점점 더 멀어질 수밖에 없었다.

"안 되겠어."

인파에 밀려 비예트는 아녜스에게 외쳤다.

"도저히 안 되겠다. 다시 오자."

그들은 허망하게 그곳을 떠났다. 그들은 데모가 이튿날도 열린다는 것을 알고 있었다. 다음날이야말로 어떻게든 새로운 수단을 강구해야만 한다.

작전이 실패했다는 말을 듣고 페르센은 절망했다. 축 처진 그를 아녜스는 위로하면서 말했다.

"한 가지 방법이 더 남아있어요."

"한 가지 더? 무슨 방법이지?"

"궁중에선 국왕과 왕비가 매일 미사를 드려요. 그 성당에서 향(香)을 담당하는 신부 한 사람에게, 우리 계획을 쓴 편지를 건네주는 겁니다. 그걸 왕비에게 몰래 전해달라고 하는 거죠."

"그걸 해줄 만한 신부를 알고 있나?"

"네. 수녀원에 있을 때 알던 고마르 신부요."

"지금 그는 어디 있지?"

"제가 있던 수녀원 바로 근처 성당입니다. 그 사제관에서 일을 한 적이 있어요."

아녜스의 생각을 따르는 것 이외에는 달리 묘안이 없었다. 페르센은 그들의 계획을 상세히 적은 편지를 써서 그녀에게 주었다.

그날 밤, 아녜스는 여공 차림으로 그 옛날 그녀가 일하던 앙리 거리의 성당을 향했다. 수녀 옷을 벗은 아녜스를 가만히 바라보며 이야기를 듣던 나이든 신부는 잠시 아무 말도 하지 않다가 조용히 대답했다.

"그래, 그러마."

이튿날 미사 때, 고마르 신부는 궁전 안 성당에 무릎을 꿇은 국왕과 왕비에게 어떻게든 말을 걸려고 했다. 그러나 성당 입구에는 감시하는 병사가 서 있어서 이유도 없이 접촉할 수는 없었다. 전날과 마찬가지로 오전 7시에 미사가 시작되었고, 궁전 밖에 모여든 사람들의 욕지거리가 성당의 스테인드글라스를 통해 들려왔다. 설교를 하지 않는 짧은 형식의 미사는 반시간이면 끝이 난다. 신부는 무릎을 꿇고 두 손을 벌려 라틴어 기도문을 외며 때때로 국왕 부부에게 시선을 보냈다. 제단에 있는 신부와 기도석에 앉은 국왕 부부 사이는 너무나 거리가 멀었다.

오로지 한 순간, 신부가 그들 곁에 다가갈 수 있는 시간은 성체라 불리는 희고 작은 빵을 두 사람 입에 넣을 때였다. 고마르 신부는 신성 모독을 각오하고 그 기회를 이용하기로 했다. 미사의 클라이맥스는 성체봉사를 할 때이다. 복사가 울리는 종소리를 신호로 왕과 왕비는 제단에 다가가 무릎을 꿇고 고마르 신부가 금색 성배를 손에 들어 제단에서 내려오기를 기다렸다.

"그리스도의 몸……"

신부는 작고 둥근 빵을 손끝으로 집어 국왕의 커다란 입에 넣었다. 그리고 다음으로 눈을 감고 입술을 연 왕비에게도 똑같이 하고는,

"고해실로 와 주십시오"

하고 재빨리 속삭였다.

왕비는 깜짝 놀라 눈을 떴다.

"미사가 끝나면 고해실로 와 주십시오."

고마르 신부는 같은 말을 빠르게 되풀이했다. 입구에 선 병사에게는 틀림없이 기도문을 외는 것처럼 보였을 것이다.

고해실이란 성당 구석에 있는 자그마한 장소로, 신자가 철망 너머 안쪽에 있는 신부에게 자신의 죄와 과오를 고백한 후 주님의 용서를 비는 자리다. 서로 작은 목소리로 말을 주고받기 때문에 얘기가 새어나갈 우려가 없다. 고마르 신부는 그 고해실에서 왕비에게 편지를 건네줄 작정이었다. 그는 미사가 끝나자 서둘러 제의를 벗고 아직 기도를 계속하고 있는 국왕 부부 곁을 지나 성당 입구 근처에 있는 고해실에 들어가 무릎을 꿇었다. 왕비가 자리에서 일어나 이쪽으로 공손히 다가왔다.

"성부와 성자와 성령의 이름으로, 아멘."

신부는 한 손을 들어 십자가를 그은 다음, 속삭이듯이 말했다.

"페르센 백작에게서 편지를 전해달라는 부탁을 받았습니다. 그는 오늘 왕비님과 폐하께서 궁전에 들어가는 군중에 섞여 탈출하시는 계획을 세우고 있습니다. 방법은 편지에 쓰여 있을 겁니다."

왕비 마리 앙투아네트는 침묵했다. 페르센의 충성심과 사랑이 그녀를 감동시켰던 것이다.

"얼른 무슨 말을 좀 해주십시오."

고마르 신부는 재촉했다.

"그렇지 않으면 의심을 받습니다."

"신부님."

왕비는 어렴풋한 목소리로 대답했다.

"저는 탈주하지 않겠습니다."

"뭐라고요?"

"전 이게 제 운명이라는 생각이 듭니다. 하느님께서 제게 주신 운명, 역사가 정한 운명—왠지 그런 것 같아요. 남편과 전 지금 그렇게 생각하고 있습니다. 우리가 국왕이고, 또 왕비라면, 훌륭히 고결하게 이 운명을 받아들이자고, 아름다움과 우아함을…… 잃지 않고……"

왕비가 눈물을 떨어뜨리고 있다는 것을 고마르 신부는 그 목소리로 분명히 알 수 있었다.

"부디 페르센 백작에게 이 말을 전해 주세요. 그리고 제가 얼마나 가슴 깊이 감사하고 있는지도……"

그녀는 일어서서 자기 자리로 돌아갔다. 마치 아무 일도 없었던 것처럼. 아무 말도 듣지 않았던 것처럼…….

이 날도, 이튿날도, 그 다음날도 데모대의 파상공격이 계속되었다. 파리 여기저기서 종소리가 울렸다.

"국왕을 타도하라."

"국왕과 왕비는 반혁명을 준비하고 있다."

파리에서는 선동가들 목소리에 발맞춰 무장한 천오백 명의 시민들이 대기하고 있다는 소문이 나돌았다. 의회는 국왕 일가의 생명과 안전을 지키기 위해 국민 방위군을 궁전 주위에 배치했지만, 그 병사들 자체가 민중들 편이었기 때문에 전적으로 믿을 수는 없는 노릇이었다. 오로지 국왕이 기댈 수 있었던 것은 구백 여명의 스위스 용병과 왕당파 입김이 작용하는 대대(大隊)뿐이었다. 소식을 듣고 국왕과 왕비를 지키기 위해 궁전으로 모여들어 온 귀족들도 삼백여 명은 되었다.

"시민들이 몰려든다."

오전 중에 이미 뉴스가 궁전에 전해졌다. 만일을 위해 세 개의 대포가 정원에 놓였다. 센 강변에서 개미떼처럼 모여 무장한 데모대가 다가오는 것이 궁전 창문에서 보였다.

"폐하."

의회 의원과 검사 레도르가 땀을 닦으며 나타나,

"여긴 이제 너무 위험한 것 같습니다. 부디 의회로 피난해 주십시오"

하고 진언을 올렸다.

"의회로?"

루이 16세는 늘 그렇듯 결단력 없는 얼굴에 주저함을 보이고 등 뒤에 있는 아내를 돌아보았다.

"싫습니다. 저희는,"

마리 앙투아네트는 고개를 저었다.

"저흰 이제 지시대로 움직이는 데에 신물이 났습니다. 패배할 것을 알지만, 옳고 그름과 도리는 분명히 하고 싶습니다. 병사들에게도 폭도들을 내쫓으라고 명령해 주세요."

"왕비마마. 파리의 전 시민이 행군해 옵니다."

의원과 검사는 깜짝 놀라 소리쳤다. 국왕은 양쪽의 낯빛을 살피며 어떻게 결론을 내려야 할지 아직도 결정을 못하고 있었다. 군중들은 이미 궁전을 개미새끼 한 마리 빠져나갈 틈이 없을 만큼 빽빽하게 에워싸고 있었다. 사방에서 구호가 파도처럼 창문에 부딪친다. 궁전은 마치 커다란 바다에 떠 있는 작은 배와 같았다.

그 군중들 속에―.

키 작은 한 남자가 섞여 있었다. 나폴레옹 보나파르트(Napoleon Bonaparte, 1769~1821), 그는 장차 나폴레옹 1세가 되어 이 궁전에서 프랑스 황제로 군림하게 될 남자였다. 그러나 이때 그는 그런 파란만장한 미래를 예상할 수조차 없었다. 그는 팔짱을 끼고 차갑게, 이렇게 생각하고 있었다.

(두세 발 대포를 쏘아대면 될 것을. 그렇게만 하면 이 시민들은 혼비백산 도망칠 텐데.)

천재 나폴레옹의 이 생각은 분명 틀리지 않았다. 그러나 루이 16세는 천재의 탄압정책보다 오히려 그들의 적과 손을 잡기를 선택했다.

"의회는 틀림없이 우리를 보호해 주겠나?"

"물론입니다."

"그런가. 그럼……, 우린 자네에게 운명을 맡기지."

국왕은 사람 좋은 미소를 띠우면서 의원의 손을 잡았다.

페르센은 아녜스를 통해 고마르 신부와 왕비의 대화를 모두 다 전해 들었다.

"그렇군. 왕비님께서 그렇게 말씀하셨군."

운명을 따르겠다는 그녀의 말은 페르센의 가슴을 짓눌렀다. 그녀는 그 운명이 죽음을 향하고 있음을 알고 있는 것일까. 왕과 왕비 앞에 놓인 운명의 길 저편에 처형대가 있다는 걸 알고 있는 걸까.

(각오를 하셨군.)

그분은 자신에게 닥쳐올 비극을, 용기를 가지고 받아들이려고 하고 있다. 페르센의 눈에 눈물이 번졌다. 밖에는 변함없이 데모대의 함성이 들린다. 데모대는 밀물처럼 센 강 강변을 건너 궁전 쪽으로 흘러들어간다.

"국왕이 의회로 도망갔다."

누군가가 큰 소리로 외쳤다.

"비겁자들."

"우리들 손으로 죽였어야 했는데."

군중들은 억울해 이를 갈았다.

(당신은 이 사람들의 폭력 속에서 죽어가시렵니까.)

페르센은 궁전을 향해 말하고 싶었다.

(그 폭력 속에서 당신은 우아함과 아름다움을 끝까지 잃지 않을 수 있으리라 생각하십니까······.)

"아아. 왕비님께서 스스로 탈출을 거부하셨군."

그는 마리 앙투아네트가 모든 운명을 받아들이려는 심정임을 알고 있었다.

(그렇게나 마음이 약해져버리신 걸까.)

그녀가 애처로워 가슴이 짓이겨지는 것만 같았다.

"하지만······ 난 포기하지 않겠어."

그는 아녜스에게 말했다.

"반드시 왕비님을 구출하고 말 거야."

"그건 불가능합니다요."

옆에서 그 말을 듣던 비예트가 어이없다는 듯이 고개를 저었다.

"의회는 왕실 일가를 개미 한 마리 얼씬할 틈이 없는 탕플(Temple) 탑에 가둬 둘 결의를 내렸습니다요."

"정말인가?"

"일요일인 어제 하루 종일, 왕실 일가를 어디로 옮길지 논의를 벌였다는뎁쇼. 그것도 왕과 왕비가 방청하는 앞에서. 처음엔 뤽상부르 왕궁이라는 말도 있었는데, 거긴 탈출하기 쉽다는 이유로 부결됐고, 그래서 탕플로 정해졌다고."

"탕플 탑."

탕플 탑은 그레브 광장에 면한, 둥근 우탑(隅塔)이 네 모서리를 둘러싸고 있는 정사각형의 탑으로, 지붕에는 낡고 커다란 풍향 깃발이 장식되어 있는 음울한 건물이다. 페르센은 그곳을 지날 때마다,

(여기가 옛날 수도원이었던 탕플 탑이구나)

하고 불쾌한 마음으로 올려다보곤 했었다. 실제로 이 탑은 한 동안, 수도원이 소유하고 있었으나, 오랫동안 방치되면서 부랑자들이 주거지로 쓰던 곳이다.

"그런 끔찍한 곳에……"

"더 이상 어쩔 수 없어요. 의회엔 국왕의 왕위 박탈까지 요구하는 의원들이 생겨났다는데요."

비예트의 말에 아녜스도 들려온 소식을 보고했다.

"왕과 그 가족들에게 허락된 건 시종 2명과 시녀 4명뿐이라고 합니다. 그리고 국왕 일가는 의회 결의가 가결되었기 때문에 내일 저녁 탕플 탑으로 이송된다고 합니다."

"탑 어디에 사시게 되나?"

"탑 문서관리인이 살던 작은 탑이요. 중앙 탑 벽 앞에 세워진 건물입니다. 제가 듣기엔 왕비님께선 그 탑으로 끌려가신다는 말을 들었을 때, 눈물을 흘리셨답니다……"

사실이었다. 오십 미터의 중앙 탑 벽은 두꺼웠고 그곳에는 두 개의 창문밖에 없었으며 모든 게 음울하고 어두운 중세의 분위기였다. 그녀가 사랑한 트리아농과 같은 생기는 전혀 느껴볼 수 없었고 오로지 압박감을 느끼게 하는 돌로 된 울타리, 돌로 된 벽, 그리고 돌로 된 방뿐이었다. 이런 감옥이나 다름없는 탑에 살게 되다니. 일찍이 프랑스 왕이며 왕비였던 자

가 죽을 때까지 이런 탑에서 생활해야 하다니.

죽을 때까지ㅡ.

어떤 죽음이 그들을 덮칠 지, 왕도 왕비도 알 수 없다. 의회는 앞으로 국왕을 재판한 후 그들을 어떻게 대우할지 결정할 것이다. 그들의 운명은 전적으로 타인의 손에 달려 있다. 타인이란 그들을 탐탁지 않게 생각하는 자들이다. 그런 그들이 그녀와 남편, 아이들을 여기서 해방시킬 리 없다. 언덕을 굴러 내리는 돌처럼, 그들의 운명이 나쁜 방향으로 굴러갈 것은 불을 보듯 뻔했다.

(무슨 일이 있어도 난 왕비임을 잊지 않겠어.)

마리 앙투아네트는 꺾일 것 같은 마음을 그렇게 다독였다.

(기품을 잃지 않고 우아하게, 아름답게 살자. 아이들에게도 그렇게 가르치자.)

이 탑에 살게 된 지 이틀이 지났다. 그리고 왕실 일가가 사는 탑 안으로, 바깥 공사장의 소음이 하루 종일 들려왔다.

의회는 왕실 일가의 탈주와 왕당파에 의한 만일의 습격에 대비해 주위의 작은 집들을 철거하고 나무들을 베어내어 높은 벽을 만들 계획이다. 모든 출구에는 경비병들 대기소가 설치되었고 각층 문에도 출입하는 자들을 검문하기 위해 횡목이 놓였다. 말 그대로 개미 한 마리 얼씬할 수 없을 만큼 엄중한 감시의 눈이 사방에서 번뜩이고 있었다.

여기 온지 엿새 째, 두 명의 관리가 와서는 왕실 일가가 아닌 자는 모두 나가라고 명령했다. 두 명의 시종과 네 명의 시녀를 의회가 용인했을 텐데도 그 조건조차 뒤집혔다. 이 요구를 왕과 왕비는 묵묵히 받아들였다. 그들은 항변한다 한들 아무 소용이 없을 것임을 알고 있었다. 그리고 항변하기에는 너무나 지쳐 있었다……

"이렇게 헤어지는 군요."

왕비는 그녀와 함께 해 준 충실한 벗인 랑발(Princesse de Lamballe) 부인과 아이들의 양육담당이었던 트루젤 부인에게 이별을 고했다. 랑발 공작부인은 이미 런던으로 망명한 상태였으나 왕비를 걱정해 일부러 파리까지 와 주었던 것이다. 트루젤 부인과는 그 힘겨웠던 바렌 탈주를 함께 했던 사이였다.

마리 앙투아네트는 머리카락 일부를 잘라 두 사람에게 주었다. 베르사유 시절의 아름다웠던 머리카락이 아니라 온갖 고통과 공포로 하얗게 변해버린 머리카락이었다.

이렇게 탑에 갇힌 지 일주일도 지나지 않아 왕실 일가는 단 한 사람의 시종 말고는 시중들 사람 하나 없이 왕과 왕비, 왕자, 공주, 그리고 엘리자베트 공주, 이 다섯만 남게 되었다.

"나쁘진 않군."

루이 16세는 우울한 아내와 누이를 위로하며 이렇게 말했다.

"이걸로 우린 방해꾼 없이 단란하게 가족들끼리 살 수 있게 되었잖아. 시끄러운 시녀와 시종이 없다 싶으니 얼마나 마음이 편한지."

마리 앙투아네트는 남편의 다정한 말에 눈물을 흘렸다.

"전 아이들을 잘 키울게요. 미래의 국왕으로 자라날 수 있게 교육을 게을리 하지 않을 거예요."

탑 안에서는 그래도 국왕에겐 네 개의 방이 주어졌고, 다른 네 방은 왕비, 엘리자베트 공주, 아이들에게 주어졌다. 처음엔 식사도 그리 나쁘지는 않았다. 책도 반입해 자유롭게 읽을 수 있었다.

당시의 그림 몇 장을 본 적이 있다. 하나는 탕플 탑 중심 건물의 그림인데 창문 쇠창살을 통해 왕실 일가가 바깥쪽을 바라보는 그림이다. 바깥쪽에는 외벽이 만들어지고 있는 중이라서 공사를 담당한 인부들과 경비병들 모습도 보인다. 또 하나는 탑 안에서 식사중인 왕실 일가가 그려져 있다. 국왕 루이 16세는 만족스러운 듯 의자에 앉아 급사가 내미는 닭고기 그릇을 바라보고 있는데, 왕비와 공주는 절망적인 표정으로 고개를 떨구고 있다. 그리고 탑 정원을 산책하는 일가 그림도 있다. 그들은 마치 아무 일도 없는 듯 얘기를 나누며 걷고 있다.

그러나 겉보기에 극진히 보호를 받는 것처럼 보이는 이 유폐생활은 고독 그 자체였을 것이다.

찾아오는 친구도 없이, 오로지 감시역할을 하는 파리시의회와 의회 의원들만 찾아온다. 외부 세계와는 완전히 단절되었기 때문에 지금 밖에선 무슨 일이 일어나고 있으며 그들의 운명이 어떻게 논의되고 있는지 알 수 없었다.

그렇다, 국왕과 왕비 마리 앙투아네트는 아무 것도 몰랐다. 8월 11일부터 행동을 일으킨 프로이센 군대가 프랑스 국경을 돌파하고 23일에는 전선기지인 롱위(Longwy)가 함락되었으며 방데(Vendée)에서는 농민봉기가 일어나 국내가 소란해진 사실을 왕실 일가는 알 수 없었다.

파리의 이러한 불안에 편승해 코르들리에 클럽의 당통이 주도권을 장악했다. 그는 반혁명파가 이번 기회를 노려 폭동을 일으키지 못하도록 무기 징발과 검거라는 비상수단을 동원했다. 프로이센 군대가 8월 30일, 베르됭(Verdun)을 포위했다는 소식이 들려오자 파리 시민들은 패닉 상태에 빠져 잘 알려진 9월 학살을 자행했다.

데모대는 반혁명 혐의가 있는 귀족과 시민들 집을 차례로 습격했다. 그리고 집안에서 시체를 끌고 나왔다. 그 데모대 안에는 마르그리트도 섞여 있었다…….

9월 학살, 그리고 4개월 뒤 루이 16세 처형

공공연한 살육. 린치.

모든 인간이 갖는 폭력에 대한 욕망이, 이날은 당당하게 인정을 받았다. 인정을 받았을 뿐만 아니라 그것을 정의라고 믿었다. 군중은 홍수처럼 반혁명 혐의를 지닌 인간들을 지목하고 나무에 매달았다. 귀족들의 집 철책을 넘어 그 정원을 짓밟았으며 굳게 닫힌 문을 두드렸다.

"어디 있어."

"숨어봐야 소용없다고."

온 방을 헤집고 계단을 뛰어올라 액자를 던지고 식기를 깨트리고 포도주를 마시고 창고 방에 숨어 있던 가족을 찾아내고는,

"여기 있다"

하고 외쳤다.

창백해진 주인이 저항하면 바로 너덧 명의 젊은이들이 달려들었다. 맞아서 실신한 주인의 발을 잡아 바닥에 끌고 다녔고, 한편 그 가족들을 에워싸서는

"반혁명 일가다"

"배신자"

"첩자야"

하고 욕설을 퍼붓는 여자들이 그들의 운명을 결정했다. 그 여자들 속에 마르그리트도 섞여 있었다. 표현할 길 없는 쾌락이 정수리까지 치솟는다. 그녀 역시 다른 여자들과 함께 끌려온 귀족 부인들에게 침을 뱉고 옷을 찢었다.

"여태껏 호사를 부렸으니 당해도 싸지."

"우린 굶어죽어 가는데 네년은 배터지게 먹으며 살았지."

부인은 아이들을 껴안고 살려달라고 애원한다. 눈물에 젖고 공포심에 일그러진 그 얼굴을 보자, 마르그리트를 비롯한 그녀들의 증오심은 더욱 불타올랐다.

(지금에 와서 살아보려고 애써봐야 소용없어)

발에 차이고 뺨을 맞은 부인은 땅에 쓰러져 기절했다.

"이번엔 어느 집으로 갈 거지?"

"그레브 광장으로 가자."

폭력의 쾌감을 실컷 맛본 군중들은 마치 쥐떼처럼 다음 먹이를 찾아 행진해 간다.

"프랑스 만세."

"혁명 만세."

저편에서 다른 데모대가 다가온다. 두 흐름은 광장에서 합류하고 서로 손을 잡고 어깨를 두드리면서 자신들의 승리를 축하했다.

"라포르스(La Force) 감옥으로 가자."

누군가가 그렇게 외치자, 일제히 환호성이 터져 나왔다.

마레 지구에 있는 이 감옥은 라포르스 공작의 저택이었으나 지금은 혁명파 혐의가 있는 남녀가 수용되어 있다는 것을 모두가 알고 있었다.

"거긴 마리 앙투아네트를 편든 것들이 있어."

"그것들을 죽여야 해."

라포르스 감옥에는 여자 수감자들을 수용하는 건물이 있었는데 탕플 탑에서 이송된 랑발 공작부인과 트루젤 부인도 거기서 지내고 있었다. 군중들은 루아 드 시실 거리(rue de Roi de Sicile)를 향해 달리기 시작했다. 감옥 형리들은 어찌할 바를 모른 채 그들이 문을 열고 담을 넘어 건물에 밀려들어 오는 걸 보고만 있었다. 모든 창문이란 창문에서 비명이 들려왔다. 반시간 후, 몇몇 시체가 끌려나왔다. 네 명의 여자가 한 여자의 두 팔과 두 발을 잡고 그들 역시 피투성이가 된 채 건물에서 나왔다.

"랑발 공작부인을 죽였다"

칼로 난자된 부인은 마치 도살장 고기처럼 피로 물들어 있었다.

"목을 따라, 목을."

"심장을 도려내라."

검은 덩어리가 땅에 내팽개쳐진 공작부인을 둘러쌌다. 드디어 그들 중 한 사람이 피투성이 속옷과 목을 두 손에 들고,

"이걸 봐라"

하고 소리쳤다.

한 남자는 그녀의 성기를 잘라내 손에 들었고 또 다른 남자는 그 음모를 코밑에 달아 모여든 사람들에게 자랑처럼 내보였다.

"자, 이걸 탕플 탑 왕비님께 보여드려야지."

"아니, 그 전에 팔레 루아얄로 가서 랑발 부인 친구들에게 이 목을 선물하자."

행렬은 둘로 나뉘어 한 쪽은 부인의 목을 그녀의 벗이었던 오를레앙 공

작 저택으로 가져갔다.

공작은 그때, 식사 중이었다. 피투성이 목이 그 식탁에 던져졌다.

그날 파리에서 일어난 이 지옥 같은 학살을, 탕플 탑의 국왕과 왕비는 모르고 있었다. 단 사흘 만에 2천 명이 살해당했는데도 불구하고……

일가는 점심 식사를 끝내고 휴식을 취하고 있었다. 왕과 왕비는 게임을 하고 놀고 있었고, 엘리자베트 공주와 왕자와 공주는 곁에서 그 게임을 바라보고 있었다.

"무슨 일이지?"

마리 앙투아네트는 게임을 중단하고 밖에서 들려오는 소음에 귀를 기울였다.

그것은 군중들이 몰려드는, 지축을 흔드는 소리였다. 베르사유 궁전에서, 튈르리 궁전에서, 그녀는 모래바람처럼 몰려드는 데모대의 발소리를 들었기 때문에 그런 소리를 너무나 잘 알고 있었다.

"데모야."

그녀의 눈이 공포로 크게 떠졌고, 그 얼굴에서 핏기가 가셨다.

"괜찮아. 여긴 절대 못 들어오게 의회가 금지했으니까."

루이 16세는 아내의 어깨를 껴안고 겁에 질린 여자와 아이들을 달랬다. 그러나 소란은 바깥 정원에서 이미 시작되고 있었다. 군중들의 침입을 막으려는 경찰과 데모대 사이에서 입씨름이 시작되었다. 탑에서 심부름을 하던 부부가 창문에서 이 소란을 바라보았다. 갑자기 그들 눈에 창에 꽂힌 피투성이 여자의 목이 보였다. 그 머리에서 아직 남아 있는 금발머리가 깃발처럼 펄럭거리며 움직이고 있었다.

마침 탑에 와 있던 의원들 중 한 사람이 이 군중들을 달래 그들의 승리를 축하하며, 이곳보다는 시내를 행진하는 게 좋겠다고 설득했다.

"대체 무슨 일인가?"

사람 좋은 국왕은 경찰에게 물었다.

"데모대가 당신보고 창문에 나와 보라고 하는데……"

비꼬는 투로 그 경찰이 대답했다.

"왕비님 친구였던 랑발 여사 목을 보이고 싶은 모양인뎁쇼, 보실래요?"

그 비웃는 목소리를 들었을 때, 왕비는 실신하여 바닥에 풀썩 쓰러졌다. 실신한 것이다.

의회도 파리시의회도, 미쳐 날뛰는 데모대의 학살을 막을 수가 없었다. 랑발 공작부인을 포함한 약 2천 명의 학살은, 결국 왕과 왕비에게도 같은 운명이 덮칠 것이라는 것을 암시했다.

탕플 탑에서 겨우 설득당한 군중들은 저마다 큰 소리를 외치며 마치 취객들처럼 거리를 돌아다녔다. 마르그리트 역시 그 중 한 사람이었다.

그녀는 방금 목격한 랑발 부인의 목과 피투성이 시체들에 구토 증세를 느끼면서도 동정심이나 연민은 전혀 일어나지 않았다. 오랫동안 사람들을 가혹하게 다뤄왔던 자들이 당연히 치러야 할 대가다, 그런 생각이 들었다.

어떤 여자가 마르그리트에게 포도주병을 건네주었기 때문에 그녀는 입에 대고 마신 후,

"다음엔 어디로 갈 거지?"

하고 물었다. 그 여자는,

"집에 가, 마르그리트"

하고 조용히 대답했다. 마르그리트는 깜짝 놀라 그 얼굴을 보고

"앗"

하고 소리쳤다. 아녜스였다. 그 수녀가 여공 옷을 입고 옆에 서 있었다.

"집에 가, 마르그리트. 이건 옳지 못해. 군중도 다들 잘못을 저지르고 있어. 이건 혁명이 아니야. 혁명이라는 이름을 빌려 자신들의 천박한 본능을 만족키고 있을 뿐이야."

"설교 따윈 집어치워."

마르그리트는 그녀의 소매를 잡은 아녜스의 팔을 세차게 뿌리쳤다.

"고상한 설교 따위 집어 치우라고. 당신한텐 하느님이 있잖아. 그럼 하느님한테 가지 그래. 수녀원에서 편히 지냈던 사람이 굶주림과 추위를 알게 뭐야. 우린 복수를 하는 거야. 정당한 복수라고."

그리고 깜짝 놀란 아녜스를 그곳에 내버려두고 마르그리트는 가버렸다.

악몽과도 같은 데모의 폭풍우가 파리를 덮친 다음, 다시 탕플 탑은 음울한 정적에 휩싸였다.

정적은 외부에서 온 게 아니었다. 정적은 그저 그곳에 사는 왕실 일가가 외딴 섬에 사는 로빈슨 크루소처럼 외부세계로부터 완전히 단절되어 있었기 때문에 생긴 것이었다. 그들은 프랑스에서 일어나는 일들을 무엇 하나 알지 못했고, 파리 의회에서 앞으로 그들을 어떻게 처리할지에 관해서도 들은 바가 없었다.

여기서는 베르사유와 튈르리 궁에서처럼 더 이상의 알현도 연회도 없다. 화사한 음악회도 오페라도 열리지 않는다. 오늘과 어제는 똑같은 회색 시간의 반복—그것만이 그들의 일상이다.

국왕과 왕비와 엘리자베트 공주는 아이들 교육을 직접 맡아 하기로 결심했다. 공부뿐만 아니라 왕자, 왕녀로서 필요한 궁정 예절, 예의, 어투,

그런 것들을 마리 앙투아네트는 엄격하게 가르쳤다. 그녀는 스스로에게도 그랬으나 이 아이들이 왕자와 왕녀로서의 우아함과 품위를 잃는 것을 용서하지 않았다.

잘 알려진 일화가 있다. 어느 날, 한 경비원이 왕자와 스쳐지나갔다. 왕자가 그대로 곁을 지나가는 모습을 보고 마리 앙투아네트는 아이를 엄격하게 다그쳤다고 한다.

"다시 한 번 저분 앞으로 가서 인사해요" 라고.

그녀는 외부세계와 차단된 이 탑 안에서 두 가지만은 알고 싶어 했다.

하나는 프랑스와 오스트리아의 교전 상황이었다. 우세한 오스트리아군이 반드시 프랑스를 격파하고 파리를 점령할 것이다. 그리고 그들은 조카인 오스트리아 황제의 손에 구출될 것이다. 그것만이 지금 마리 앙투아네트에게 한 줄기 희망이었으며, 그것만이 그녀에게 남겨진 최후의 도박이었다.

그러나 그녀의 희망과 달리 프로이센군은 9월에 발미(Valmy)에서 프랑스 군과 포격전을 벌인 후, 정전협정을 맺고 퇴각했다. 괴테가 "이날부터 세계사의 새로운 시대가 시작된다"고 했던 이 전투는 정오부터 개시되었으나 프랑스 군의 뜻밖의 완강한 저항에 적장 브륑슈비크(Brunswick)는 불필요한 희생을 피하기 위해 군대를 철수했던 것이다. 그녀는 요리사 튀르지에게 만약 오스트리아 군대가 파리 가까이에 진격해 오면 손가락을 입에 대 알려달라고 부탁했다고 한다. 그러나 튀르지가 그 신호를 보내는 날은 결코 오지 않았다…….

9월 말 탕플 탑 보강공사가 완성된 후 1층은 관리들의 회의실, 2층은 감시병들 대기실, 그리고 3층과 4층이 왕실 일가의 주거로 쓰였다. 3층에는 왕과 왕자가 지내고 4층에는 왕비와 공주 그리고 엘리자베트 공주가 살았다. 따분하고 공허한 날들이 매일 계속됐다. 특히 비가 내리는 날이 마리 앙투아네트에겐 죽도록 고통스러웠다. 그녀는 의자에 앉아 트리아농의 시냇물과 숲과 시골집을 떠올리며 자수를 놓았다. 그런 추억들은 마치 얇은 막 저편에 있는 것처럼 멀게만 느껴졌다. 그런 곳에서 그녀가 살았다는 것조차 지금은 믿기지 않는다. 때때로 찾아오는 관리들에게 그녀는 프랑스 정세를 물었다. 그럴 때면 탕플 탑의 책임자인 에베르(Hébert)는 일부러 차갑게 대답했다.

"왕비님께는 안 된 이야기지만, 우리 프랑스 군은 국경 부근에서 파죽지세로 진격하고 있습니다. 니스, 사부아, 라인 왼쪽 기슭은 우리 손에 함락되었고 제마프의 전투에서도 왕비님의 조국인 오스트리아는 패색이 짙어지고 있습니다."

그러나 그는 왕비에게 혁명정부의 경제정책이 실패하고 물가가 상승하고 있다는 말은 하지 않았다. 그리고 의회에서는 각 당이 서로 증오하고 대립하고 있다는 사실도 숨겼다.

이 시기—.

당시 프랑스에는 지롱드 당과 몽타뉴당(산악당, montagnard)이 양대 정당이었고 그 중간에 기회주의적인 의원들이 다수 존재했다. 부르주아 계급(제3신분)의 이익을 대표하는 지롱드(Gironde) 당은 몽타뉴의 로베스피에르나 당통과 같은 과격한 정책에 공포를 느꼈다. 지롱드 당은 9월 학살의 실마리를 준 게 그들이었다고 생각했지만, 정작 일반 서민들에게 인기가 있었던 것은 로베스피에르와 당통이었다.

몽타뉴의 지도자들은 국왕의 책임과 죄를 묻는 재판을 하루 빨리 열도록 요구했다. 그러나 지롱드 당 지도자들은 몽타뉴 당에 대항하기 위해, 또 그들을 지지하는 부르주아 계급의 보수적 감정을 고려하여, 국왕 재판은 시기상조라고 주장했다.

12월 7일 금요일, 아침 식사를 끝낸 국왕 부부는 왕자의 시종인 클레리에게서 생각지도 못한 말을 들었다.

"마누라가 말하기를……,"

그는 우물댔다. 국왕이 상냥하게 말했다.

"무슨 말이지? 말해 보게."

"뜬소문이겠지만……, 폐하를 재판한다는……, 머지않아서"

국왕은 놀란 듯이 아내를 돌아보았다. 마리 앙투아네트의 얼굴에서 핏기가 사라졌다.

"나를…… 무슨 자격으로 재판한다는 거지? 난 그 사람들에게 재판을 받고 감옥에 갇힌 거나 다름없지 않나, 이 탕플 탑이라는 감옥에……."

클레리는 자신이 내뱉은 말이 왕비에게 상처를 입혔다는 것을 알고 서둘러 모습을 감추었다.

그로부터 나흘 후 새벽, 왕비는 침대 안에서 평소와는 다른 어떤 공기를 느꼈다. 침대에서 벌떡 일어나 창가에서 아래를 내려다보자, 정원에 대포가 놓이고 그 주위에 감시병들이 서 있었고 아래층 국왕 거실 주변에서 몇몇 남자들의 발소리가 들려왔다. 잠시 후, 남편이 남자들에게 둘러싸여 탑을 나서는 모습이 보였다. 재판에 대한 소문은 사실이었다. 남편은 추운 듯 고개를 움츠리고 잎이 떨어진 나무들 사이로 새벽길을 걸어 마차에 태워진 채 사라졌다…….

그날부터 6주 동안, 그녀는 아래층에 내려가는 것이 금지되었다. 재판이 어떻게 진행되고 어떤 형식으로 이루어지는지 소식을 전혀 듣지 못했다.

(그는…… 나쁜 짓을 저지른 적이 한 번도 없는 사람이야. 그 사람은 프

. 232 .

랑스와 국민들을 사랑했어.)

남편이 선의 그 자체라는 것은 누구보다 아내인 마리 앙투아네트가 잘 알고 있었다. 다만 선의의 인간은 때론 무능력자와 동의어가 되기도 한다. 남편은 좋은 일을 할 수 없었던 그 만큼, 나쁜 일도 하지 못했다.

(그 사람은 무능하니까, 부디 그 이유로 무죄 판결이 내려졌으면.)

그것이 그녀의 바람이었다.

재판에서는 복잡한 논의가 길게 계속되었다. 재판정에서는 누구 하나 편들어주는 이 없이 국왕은 이마의 땀을 닦고 말이 막히면서 자꾸만 물을 마셨다. 그리고 피곤에 절어 탕플 탑으로 돌아갔다. 물론 그는 위층의 아내와 아이들을 만날 수 없었다. 그리고 다음날 아침에는 다시 가축처럼 끌려갔다.

결코 무죄 판결은 받지 못하리라는 것을 이 낙천적인 국왕도 어렴풋이 느끼고 있었다. 역사의 흐름은 반혁명과 봉건제도의 상징으로서 그를 반드시 희생양으로 삼아야만 하는 것이다. 그것이 역사이며 정치이다.

비록 그가 개인으로서는 국민에게 무해한 국왕이었다 하더라도, 국왕이었기 때문에 재판을 받아야 하며, 국왕이었기 때문에 유죄인 것이다. 국왕은 1792년 8월에 폐위되어 이 때에는 시민 루이 카페(citoyen Louis Capet)라는 지위였다.

"그 누구건 죄 없이 왕이 될 수 없다."(On ne peut régner innocemment).

그 무렵 바람처럼 등장한 생-쥐스트(Saint-Just, 1767~1794)라는 창백한 얼굴의 청년 정치가가 한 말이다. 그는 루이 16세의 개인성을 인정하지 않았다. 공화제에서는 과거에 왕이었던 자를 반드시 처형해야만 하고, 죽여야만 한다는 것이었다.

크리스마스가 왔다. 이 얼마나 황량하고 고독한 크리스마스일까. 루이

16세는 위층의 아내와 누이와 아이들과 식탁을 둘러싸고 크리스마스를 축하할 수조차 없었다.

"신부님만이라도 불러줄 수는 없는가?"

하고 그는 탕플 탑 책임자인 에베르에게 애원했다.

신부님이 불려오고 고해를 마친 후, 성체라 불리는 빵을 받았다. 그가 홀로 지낸 크리스마스는 그것이 전부였다.

창밖으로 회색의 어두운 하늘과 높은 담장과 벌거벗은 나무들이 보였다. 가엾은 아내와 아이들이 지금 무엇을 하고 있는지, 작은 소리라도 좋으니 듣고 싶었다. 그러나 두터운 바닥, 두터운 돌 벽은 얼음처럼 침묵하고 있었다. 루이 16세는 눈물을 흘렸다. 그는 더 이상 국왕이 아니다. 루이 카페(Louis Capet)라는 이름이 주어진 시민이다. 아니, 루이 카페는 시민이 아니다. 탕플 탑의 차가운 방에 갇혀 인간으로서의 모든 권리를 박탈당한 수감자에 불과했다.

홀로 맞은 크리스마스가 끝나고, 새해가 밝았다. 창문으로 보이는 파리의 회색 하늘. 경비를 맡은 국민 방위군이 얼어붙은 안뜰을 어슬렁거리고 있다. 눈을 즐겁게 해줄 것도, 마음을 위로해 줄 것도, 아무 것도 없다.

새해 1월 14일, 그에 관한 재판은 대단원을 맞이했다. 그는 평소처럼 탕플에서 끌려나와 센 강을 건너 국민공회에 끌려갔다. 변호인다운 변호인도 없이, 그는 혼자 횡설수설 해명을 해야 했다. 언변이 좋지 못하고 어눌한 그는 논객들의 가차 없는 전면공격에 우물거리며 멍하니 서 있었다.

1월 14일, 마지막 판결투표가 이루어졌다.

그는 유죄인가.

판결은 인민의 허락을 얻어야 하는가.

판결을 어떻게 할 것인가.

이 세 가지 질문에 의원들 하나하나 지명을 받고 대답했다. 그 동안, 그는 눈을 감고 있었다. 아무 말도 들리지 않았다. 아무리 발버둥 쳐도 운명은 이미 정해져 있다는 걸 알고 있었기 때문이다.

눈을 감고 그는 추억을 떠올리고 있었다. 아내를 처음 만난 날. 초록 숲 속에서 오스트리아 왕녀였던 젊은 아내가 마차를 타고 모습을 드러냈던 그날의 일을.

가련했던 그녀. 사랑스러웠던 왕세자비.

그는 또한 아이들의 잠든 얼굴을 떠올렸다. 장밋빛 뺨. 손을 뻗어 그의 키스를 조르는 공주와 왕자. 결국 그 아내와 아이들을 불행에 빠뜨렸다는 것이 고통스러웠다. 눈에 눈물이 번진 모습을 보고 의원 한 사람이 동료에게 속삭였다.

"선량한 남잔데. 선량해서 저 자는 우리와 싸우지를 못했어."

1월 16일, 693표 대 28표로 유죄가 판결되었다.

"그럼 그의 판결을 어떻게 할 것인가."

'사형'

'사형'

'사형'

'사형반대'

'사형'

361명의 의원이 사형을 찬성한다는 뜻을 표명했다. 과반수가 361표였으니, 단 한 표의 차로 그의 죽음이 결정되었다. 그 한 표를 던진 것은······.

20일, 이 표결을 바탕으로 루이 16세의 사형이 선고되었다. 형 집행은

24시간 이내에 이루어진다. 탕플 탑으로 돌아가자 촛불 빛에 비춰 아내에게 작은 글씨로 그는 유언을 썼다. 매일 빠짐없이 썼던 일기와 마찬가지 그 어린애 같은 글씨로.

"아내여, 용서해 주오. 나 때문에 당신이 감당해야 했던 고뇌, 함께 사는 동안 내가 주었을지도 모를 수많은 슬픔을 모두 용서해주기를. 그리고 만약 당신이 내게 무언가 과오를 저질렀다 하더라도 나는 결코 당신을 원망하고 있지 않음을 믿어주길 바라오."

쓰면서도 다시 눈물이 괴었다. 그는 아내의 결점과 유약함을 모두 용서할 수 있었다. 다른 한 통의 유서에는 아이들을 "선한 그리스도교도로, 정직한 인간으로 길러주기를 바란다"는 내용을 적었다. 유서를 다 쓰자 그는 의무를 다했다는 느낌이 들었다. 그때 문이 열렸다.

"시민 루이 카페."

어둠속에 시청 관리가 유령처럼 서 있었다.

"특별히 가족과의 면회를 허락합니다."

그 목소리에 시민 루이 카페는 망연자실해서 허름한 의자에서 일어섰다. 그리고 문 쪽으로 시선을 보냈다. 아내가 아들의 손을 잡고 서 있었다. 누이 엘리자베트 공주와 딸도 서 있었다.

"아아"

통통한 그는 양팔을 벌렸다. 활짝 벌린 두 팔에 네 사람이 뛰어들었다.

이때의 광경을 목격한 포르몽 신부(그는 국왕 처형 때 고해신부로 따라간다)는 후일, "그 어떤 펜으로도 그때의 광경을 표현하기 어렵다"고 썼다.

우는 목소리, 말이 되지 않는 말들, 모두가 필사적으로 남편을, 아버지를, 오라버니를 끌어안았고, 그는 한 사람 한 사람에게 뺨을 비볐다. 그리고 눈물이 다 말라갈 무렵, 그는 겨우 아내와 누이에게 재판에 대해 떠듬 떠듬 얘기했다.

"나는 뭐라 대답해야 좋을지 모르겠더군."

슬픈 듯 그렇게 중얼거리고 그는 고개를 떨궜다. 그리고 발아래의 왕자를 안고는,

"아들아, 아버지가 죽더라도 결코 나를 위해 복수를 하지 않겠다고 약속해다오. 자, 내 말을 반드시 지키겠다고 맹세해다오."

그렇게 타일렀다.

10시 15분, 면회 시간이 끝났다. 이제는 헤어져야만 한다.

"내일, 여덟 시에 만날 수 있을 거요."

국왕은 매달리는 마리 앙투아네트를 거짓말로 달랬다.

"여덟 시요? 아뇨, 일곱 시에 만나주세요."

"알았소. 약속하지."

시청 관리가 데리러 오자,

"아빠를 살려줘요"

하고 왕자는 울면서 소리쳤다.

그날 밤 마리 앙투아네트는 아들을 재운 후 옷도 갈아입지 않고 침대에 쓰러져 "추위와 고통으로 밤새 내내 떨고 있었다"고 한다.

아침이 왔다. 탕플 탑 창문으로 희뿌옇게 날이 밝아오기 시작했다. 마리 앙투아네트는 창문에 매달려 밖을 내려다보았다. 얼어붙은 뜰, 한 대의 마차를 둘러싸고 국민 방위군 소대가 입구 근처에서 사형수를 기다리고 있었다.

(일곱 시에 만날 수 있다)

어젯밤 남편과 그런 굳은 약속을 했는데도 남편은 나타나지 않는다. 그 대신 계단을 내려가는 여러 명의 발소리가 들리고, 삐걱 하고 갑자기 문

닫히는 소리가 난 후, 모든 게 고요해졌다.

그리고—,

여러 명의 남자들에 둘러싸여 남편이 탑에서 나가는 모습이 보였다. 마리 앙투아네트가 비명을 지르려던 순간, 국왕은 뒤를 돌아 이쪽을 바라보며 멈춰 선 후, 마차를 탔다. 호위병들의 나팔소리를 들으며…….

혁명 광장—. 지금은 화려한 콩코르드 광장이 된, 센 강 오른쪽 기슭에 있는 이 광장에서는 이제 처형장의 음산함을 찾아볼 수 없다.

그러나 이 해 1월 21일 월요일, 광장 구석에는 기묘한 형태의 사형대가 마련되었다. 후세의 우리가 기요틴이라 부르는 단두대이다. 단두대를 둘러싸고 국민 방위군 포병대 병사들이 정렬한 후, 사형수를 태운 마차가 도착하기를 기다리고 있었다. 이제 곧 마차가 올 것이다.

사관이 오른 손을 들자 북소리가 울렸다. 마차가 루아얄 거리에서 다리를 지나 광장에 들어왔을 때였다. 우레 같은 북소리 속에서 마차가 서서히 멈추어 서자 갈색 웃옷에 검은색 반바지를 입은 전 국왕, 시민 루이 카페의 살찐 몸이 내려왔다. 그는 눈이 부신 듯이 그가 이제 곧 올라서게 될 단두대를 올려다보았다.

(옛날에) 그는 떠올렸다. (베르사유 궁전에 기요틴 박사와 사형집행인인 상송이라는 자가 찾아 왔었지. 사형수에게 고통을 주지 않고 참수할 수 있는 기계 도면을 보여줬었는데…….)

그때, 본 적 있는 남자가 곁에 다가왔다.

"자네 이름이 분명……, 상송이었지."

"네 폐하."

상송은 고개를 숙이고 작은 목소리로 답했다.

"용서해 주십시오."

"아니야. 자네 책임이 아닐세……."

그리고 국왕은 손가락에서 반지를 뺐다.

"상송 군, 이 결혼반지를 아내에게 돌려줬으면 하네. 그리고 헤어지는 게 괴롭다고 전해주지 않겠나."

상송의 부하가 그의 손을 묶으려 하자,

"무슨 짓이야. 나를 묶겠다고? 그건 용서 못 해."

지금까지의 둔중했던 그에게서는 들을 수 없었던 의연한 목소리였다. 생각지 못했던 위엄에 놀라 사형집행인들은 멈칫했다.

북소리가 다시 격렬하게 울려 퍼졌다.

"그럼,"

상송은 전 국왕에게 손을 뻗었다. 그 손에 매달려 통통한 사형수는 천천히 단두대에 올라갔다.

"상송 군." 그는 중얼거렸다. "내가 약간의 지혜를 보탠 이 기요틴 아래에 내가 있게 될 줄은 몰랐네."

단두대에 오르자 사형수는 혼자 걸어갔다. 그리고 발밑을 메운 병사들을 향해 강한 목소리로 말했다.

"나는 내 죽음에 관여된 자들을 모두 용서하겠다. 내 피가 프랑스의 행복에 보탬이 되기를 빈다."

국왕은 몸을 숙여 머리를 구멍에 넣었다. 그리고 그 순간 끔찍한 한 마디의 비명소리가, 모든 사람들의 귀에 또렷이 들렸다.

영원한 사랑

처형은 끝났다. 어떤 생각 없는 한 청년이 너무나 흥분한 나머지 단두
대에 뛰어올라 피투성이의 전 국왕의 커다란 머리를 잡고 오른손으로 드
높이 올렸다.

그 순간―,

혁명광장 주위를 둘러싼 군중들에게서 흥분된 함성이 우레와 같이 일
었다. 그 함성에 튈르리 궁의 나무들에 앉았던 비둘기 떼가 날아올랐다.

(왕이 죽었다. 결국 혁명이 달성되었다.)

함성은 파도처럼 퍼진다. 의식이 최고조에 달한 것이다. 한 시대가 새로
운 다른 시대로 옮아가는 의식은, 국왕의 처형이라는 형태로 클라이맥스
장면을 연출했다. 청년의 손에 잡힌 머리 아래로 루이 16세의 얼굴은 눈
을 뜬 채, 이 술렁임을 듣고 춤추는 군중들을 응시하고 있었다.

페르센은 군중들에 섞여 사람들에게 밀리고 비틀거리며 이 모든 것을
견뎌내고 있었다.

(이제 아무 것도 할 수 있는 건 없어.)

가슴은 체념으로 가득 찼다. 한 사람이 아무리 혼신의 힘을 다해도 이

군중들을 이길 수는 없구나, 아니, 군중들이 아니라 군주제에서 혁명으로 흐르는 이 역사의 검은 흐름을 막을 수는 없구나, 그런 체념이 그를 슬프게 만들었다.

"멍청하기는, 멍청한 군중들."

그에게 부딪힌 어떤 큰 남자가 작게 중얼거리는 소리를, 그는 비틀거리며 들었다. 그 남자는 자기 입에서 새어나오는 말을 페르센이 알아들은 것을 알고 허둥대며 등을 돌려 군중들 속에서 빠져나가려고 했다. 페르센은 그의 뒤를 쫓으며 센 강으로 나왔다. 남자는 재빨리 노트르담 성당 쪽으로 걸어갔다.

그가 뒤따라오는 것을 알고 갑자기 발걸음을 멈춘 남자는 뒤를 돌아 그를 노려보았다.

"혹시라도……."

그 남자는 페르센에게 고함을 쳤다.

"내게 볼 일이 없으면 뒤따라오지 말아 주시오."

페르센은 예의 바르게 사과했다.

"부디 경계하지 말아 주십시오. 악의는 털끝만큼도 없습니다. 그저 아까 내뱉으신 말씀에…… 공감하는 사람으로서,"

"난 아무 말도 안 했네. 생트집 잡지 말게."

남자는 노골적으로 경계의 빛을 띠었으나, 페르센은 단도직입적으로 말했다.

"아니오. 당신은 이렇게 말씀하셨습니다. 어리석은 군중이라고……, 저 역시 그렇게 생각합니다. 그들은 선동가들에게 늘 휘둘리곤 합니다. 그리고 약자라는 이유로 자기들이 옳다고 생각합니다."

"너, 누구야. 날 함정에 빠뜨리려는 건가."

상대방 얼굴에 경악의 빛이 떠오른 것을 보고 페르센은,

"스웨덴 백작, 페르센이라는 사람입니다"

하고 조용히 이름을 밝혔다.

남자는 두세 발자국 뒤로 물러서서 페르센을 가만히 바라보았다. 그리고 겨우 그 입술에 웃음이 떠올랐다.

"페르센 백작이 틀림없군. 난 베르사유 궁전에서 자넬 본 적 있네. 난 자르지예 장군일세."

"네. 성함은 왕비님께 들은 적이 있습니다."

"왕비님께?"

자르지예 장군이라 소개한 남자는 기쁜 듯이 목소리를 높였다.

"정말 영광이군. 내 죽은 아내가 왕비님 시녀를 맡은 적이 있네."

페르센의 가슴에 갑자기 한 줄기 빛이 비쳤다. 이 파리 안에도 아직 왕과 왕비와의 추억을 소중히 여기는 사람이 남아 있다니.

"장군, 하고 싶은 말이 있습니다."

"내게······."

페르센은 주위를 둘러보고, 강변에 사람이 없는지 확인한 후 말했다.

"국왕께서 오늘 승하하셨습니다. 만약 저런 최후를 승하라고 말할 수 있다면요······."

"가슴 아픈 일일세."

"장군, 그러나 가슴 아픈 운명은 이제 곧 왕비님께도 닥치게 됩니다. 전 어떻게든 왕비님을 구출하고 싶습니다. 도와주시지 않겠습니까."

그렇게 말하며 페르센은 자르지예 장군의 눈을 가만히 바라보았다.

"왕비님을······. 그건 불가능해."

"불가능한 건 알고 있습니다. 이 시간, 왕비님은 절망의 끝에 서 계실

겁니다. 남편과 끔찍한 이별을 하셨으니까요. 왕비님께 적어도 희망의 빛이 되고 싶습니다."

"난 못하겠네."

장군은 고개를 저었다.

"도저히 해낼 자신이 없어."

"자신 없는 건, 저도 마찬가지입니다. 그러나 자신이 없어도 사랑과 충성심은 그걸 하게 만듭니다. 지금 이 프랑스에서는 사랑과 충성심은 낡은 것이 되어 사라져가고 있습니다. 전……, 비록 시대에 뒤떨어졌다는 말을 듣더라도 그 낡은 사고방식 속에서 살아가고 싶습니다."

자르지예 장군은 묵묵히 생각에 잠겼다. 이때 광장에서 포성이 들렸다. 왕이 처형되었음을 파리 전 시민들에게 알리는 포성이었다.

"장군. 저 포성은……."

페르센은 눈에 눈물을 머금은 채 덧붙였다.

"탕플 탑에 계신 그분에게도 들릴 테지요."

"알겠소……."

자르지예 장군은 신음에 가까운 목소리로 동의하는 소리를 냈다.

"페르센 백작, 나도 돕겠소."

페르센은 손을 내밀어 장군의 손을 꼭 잡았다.

"장군. 혹시 탕플 탑에 출입할 수 있는 사람을 알고 계시나요? 우리가 설득할 수 있는 그런 사람……."

"출입할 수 있는 사람? 그래, 한 사람 있소. 툴루즈 출신으로, 악보상을 하던 사람인데 지금은 혁명으로 쫓겨난 귀족들 재산관리국장을 하고 있는 프랑수아 툴랑이라는 남자요. 그 남자는 왕비님을 무척 동정하는 말을 한 적이 있거든. 그러면 도움을 줄지도 모르오."

"프랑수아 툴랑이라고요."

페르센은 그 툴랑이라는 이름을 머리에 똑똑히 새겨놓았다.

"만나게 해 주실 수 있을까요?"

"지금 당장?"

"지금 당장이요."

그렇게 말하고 그는 웃음을 띠었다.

오후, 페르센은 툴랑을 만났다. 두뇌회전이 빨라 보이는 남자로, 동행해준 자르지예 장군에게 페르센을 소개받자, 바로 목적을 꿰뚫어 본 듯이 빈정거리는 웃음을 얼굴에 나타냈다.

"페르센 백작은 아무래도 제게 위험한 다리를 건너자고 할 생각인 모양이군요."

"그렇습니다."

페르센은 조심스럽게 고개를 끄덕였다.

"당신에게 왕비님을 가엾게 여기는 마음이 있다면……, 하지만 강요할 생각은 없습니다."

"솔직히 얘기하죠. 본심으로는 강요해서라도 나를 같은 편으로 끌어들이고 싶겠죠?"

툴랑은 웃으며,

"걱정 마십시오. 힘이 되어 드리지요"

하고 뜻밖의 솔직함을 드러내 보였다.

(하느님께서 아직 우리를 버리지 않으셨구나.)

페르센은 만약 장군과 툴랑이 없었더라면 그 자리에 무릎을 꿇고 하느님께 감사의 기도라도 드리고 싶은 심정이었다.

"우선 이 계획이 성공하려면 어떻게든 탕플 탑의 왕비님과 연락을 취해야겠군요."

사무적으로 툴랑이 얘기를 하기 시작했다. 마치 회의라도 하는 것 같은 말투였다.

"그러려면 탑 안에 있는 누군가를 매수할 필요가 있습니다. 다행히 제가 악보상을 하던 때 고용했던 랑베르주라는 남자가 국민 방위군으로 탑에서 경비를 맡고 있습니다. 그에게 돈을 쥐어주면 어떻게든 될 지도 모르겠습니다."

"정말인가요?"

마치 비가 그친 숲에 햇빛이 비치듯, 페르센의 얼굴에 환희의 빛이 반짝였다.

"하지만 그것만으로는 역부족입니다."

툴랑은 기뻐서 지나치게 흥분하는 페르센을 가라앉히듯 말했다.

"탑 안 시종 한 사람, 그리고 시의회 의원 한 사람도 포섭하고 싶습니다."

"그걸 할 수 있을까요?"

"그러려면 왕비님께서 움직이셔야 합니다. 왕비님이 그들의 마음을 움직이시도록 연극을 해 주실 필요가 있습니다."

"연극?"

"그렇습니다. 왕비님의 아름다움으로 그들을 녹여야 합니다."

툴랑은 태연히 그렇게 말했다.

툴루즈(Toulouse) 출신의 툴랑은 두뇌회전이 빠를 뿐만 아니라 남프랑스 사람 특유의 쾌활함과 말하기 좋아하는 성질 외에 낙천성과 대담함도 갖고 있었다.

그 낙천적인 면이 자칫하면 우울해지기 쉬운 페르센의 마음에 얼마나 용기를 심어주었는지 모른다.

(이 남자와 힘을 합치면 이번엔 성공할 지도 모르겠다.)

페르센은 툴랑을 비예트에게 소개했다. 악당 비예트에게는 툴랑과 의기투합할 수 있는 무언가가 있을지도 모른다.

"나리, 저도 도움이 되고 싶습니다."

그는 큰 손으로 상대방 손을 꽉 쥐었다.

"도움이 되다마다. 자네 같은 남자를 찾고 있었네."

툴랑은 고개를 끄덕였다.

"면밀히 조사를 해 보니 탕플 탑엔 저녁에 매일, 한 남자가 탑 안 등불을 켜기 위해 기름을 갖고 온다는군. 난, 그에게 돈을 쥐어주고 작업복을 하루만 빌리기로 약속했어. 그래서…… 비예트가 그 남자로 변장해 탑 안에 들어갈 수 있을지도 모르겠어."

"정말로?"

뜻밖의 얘기에 페르센은 깜짝 놀라 물었다.

"그래도 평소와 다른 사람이 찾아오면 경비병이 의심하지 않을까?"

"그래서 전에 자네한테 말했지 않나. 경비병 중에 랑베르주라는, 내 가게에서 일하던 남자가 있다고. 그가 경비를 서는 날을 고르는 거야."

페르센은 툴랑의 지혜에 혀를 내둘렀다.

"그러면 되겠군."

"비예트, 해 주겠는가?"

"하다마다요."

비예트는 새로운 모험에 들뜬 표정을 지었다.

"저 같으면 타고난 노동자로 변장을 할 수 있읍죠."

"절대 비밀이야"

랑베르주가 경비를 서는 날은 바로 알 수 있었다. 그 날 비예트는 튈랑이 구한 작업복으로 갈아입고, 페르센의 편지를 들고 탑으로 갔다.

날은 추웠다. 파리 하늘은 흐릿한 회색구름이 무겁게 깔려 있었다. 저녁이 되자 안개까지 피어올랐다. 하지만 바로 이 날씨가 비예트에게 기회를 주었다.

경비병이 두 사람, 입구에 서 있었다. 비예트가 친구를 대신해 탑 램프에 불을 켜기 위해 왔다고 하자,

"그럼 좀 기다려. 대장에게 보고해야지"

하고 한 경비병이 말했다. 그러자 다른 경비병이,

"대장은 외출했는데"

하고 말린 다음,

"괜찮아. 걱정 할 것 없어"

하고 얼버무렸다. 비예트는 눈인사를 건네고는 탑 안으로 들어갔다. 어두운 복도와 텅 빈 경비병 대기소에서 램프 기름을 넣고 불을 붙인 후 4층으로 올라갔다. 그곳에 왕비가 있다는 말은 튈랑에게 들어서 알고 있었다.

"등불을 붙이러 왔습니다."

그가 방에 들어섰을 때, 입구에서 두 명의 감시인이 트럼프를 하고 있었다.

비예트는 모자를 눌러쓰고, 그대로 그곳을 통과했다. 오랫동안 나쁜 짓을 저질러온 탓에 배짱이 두둑한 것도 이럴 때는 한 몫 했다.

한 여성이 그곳에서 뜨개질을 하면서 커다란 책을 펼친 남자아이와 여자아이에게 때때로 눈길을 보냈다. 그 바로 옆에 머리카락이 은색으로 변한 여자가 무릎을 꿇고 기도하고 있었다. 여자들은 모르는 남자가 갑자기 방안에 들어온 것을 보고 불안한 표정으로 일어섰다.

"쉿."

비예트는 입술에 손가락을 대고 방문 앞 감시인의 기척에 신경을 곤두세우며 페르센이 써준 편지를 내밀었다. 그것을 받아든 은발의 여성이 뒤를 돌아 편지를 읽는 동안, 탁상 램프를 만지작거리며 기름을 넣는 시늉을 했다.

은발의 여자는 서둘러 답장을 적었다. 그리고 눈물에 젖은 채 비예트에게 답장을 건넸다.

"모든 게 여기 적혀 있습니다. 고마워요."

더 이상 대화할 수 없었다. 옆방에서 한 게임을 끝낸 감시인들이 기지개를 펴는 소리와,

"한 판 더 할까?"

하는 목소리가 갑자기 들려왔기 때문이다.

"그래, 머리색까지 은색으로 변하셨다고."

페르센은 비예트의 보고를 듣고 암담한 표정으로 고개를 숙였다. 눈물을 보이고 싶지 않았기 때문이다.

"그랬습니다요, 너무나 변하셔서 몰라볼 정도였습니다요."

"그분은 참을 수 없는 고통을 견디고 계시는 거야……."

편지를 펼치자 그리운 마리 앙투아네트의 필적으로 이렇게 쓰여 있었다.

"당신의 마음을 알고 얼마나 희망이 솟아났는지요. 하지만 그 때문에 당신이 위험을 감수할 생각을 하니 가슴이 아픕니다. 전 각오가 되어 있습니다."

그것뿐이었다. 그것뿐이었지만, 페르센은 그 편지를 몇 번이고 되풀이해서 읽고 눈물을 흘렸다.

"하지만 이걸로 그녀는 일말의 빛을 보게 된 거야."

튤랑은 페르센을 위로했다.

"게다가 좋은 소식이 있어. 자르지예 장군이 파리시의회 의원인 르피트르라는 남자를 끌어들였거든. 인상은 영 아닌데, 돈에 눈이 멀었어."

"그런 사람을 신용할 수 있을까?"

"돈의 힘을 빌리는 한은. 게다가 한 사람이라도 많이 끌어들이는 게 지금은 중요하니까."

자르지예 장군을 포함한 튤랑, 페르센, 비예트, 이 네 사람은 매일같이 왕비의 탈출계획을 면밀히 짰다.

"왕비 한 사람만 구하는 거면 얼마나 쉬울까 몰라."

"어른 둘에 아이 둘……, 아이는 정말 어려울 텐데."

"그분은…… 혼자 탈출하시는 건 허락하지 않으실 거야."

페르센은 튈르리 궁에서 왕실 일가를 탈출시키려고 했을 때 같은 어려움에 봉착했던 것을 떠올렸다.

"그분은 자신을 위해서가 아니라 자녀분을 위해 이 탈출에 동의하신 거니까……."

"그렇다면 이렇게 하는 수밖에 없겠군."

튤랑이 세운 계획은 이렇다. 우선 강력한 마취제를 준비한다. 그리고 그것을 왕비와 엘리자베트 공주에게 주어 탈출 당일, 그 약을 어떻게든 보초에게 먹이게 한다.

왕비와 엘리자베트 공주에게는 새로 가담한 시의회 의원인 르피트르와 비예트가 시청 관리 옷을 들고 가 그것을 입게 한다.

"그럼 왕자와 공주는?"

비예트가 여기서 명안을 제시했다.

"옛날, 제가 사드 후작을 탈출시켰을 땐 빨래 주머니에 들어가게 했는데, 이 방법은 어떨갑쇼?"

그의 설명을 듣고 튤랑은 같은 방법을 쓰기로 했다.

탈출 후 도주경로는—,

우선 마차로 노르망디를 뚫어 디에프(Dieppe)까지 달린 다음, 거기서 배를 타고 영국으로 건너간다.

"좋았어, 그럼 준비를 개시한다."

이렇게 대략적인 계획이 서자 남자들은 실행에 나섰다.

비예트가 다시 탑 램프에 불을 켜는 남자로 변장해 왕비들 방으로 들어갔다. 계획을 적은 편지가 건네지고 그녀는 다시 눈물을 흘리며 동의했다.

"아이들은 반드시 데리고 갈 수 있겠죠?"

페르센이 예상한 대로, 왕비는 그 점에 대해 다짐을 받으려 했다.

"아이들을 남겨두고 저 혼자 갈 바에야 여기 남는 편이 낫습니다."

비예트에게서 그 얘기를 전해들은 튤랑은 어이가 없다는 듯,

"거 참, 여자들은 이래서 못 당한다니까"

하고 중얼거렸다.

그녀도 감시인들의 상세한 일정표를 전해주었다. 그에 따르면 식사는 매일 밤, 9시에 날라 온다. 보초 교대도 같은 시각에 이루어진다.

"그러니 우리의 탈주는 9시 전이 좋을 것 같습니다. 그 시각엔 감시인도 경비병도 가장 긴장이 풀릴 때입니다. 그리고 바렌 탈주 실패를 교훈삼아 이번에는 속도가 빠른 경마차를 준비해주셨으면 합니다."

그녀는 그 편지 마지막에 이렇게 덧붙였다.

"다른 질문이긴 합니다만, 국왕의 사형을 결정한 표결 때, 샤르트르 공작이 찬성표를 던졌다는 건 사실입니까?"

계획과 준비는 이렇게 착실히 진척되었다.

(이번에야말로……)

페르센 가슴에는 지금까지 느끼지 못했던 자신감이 솟아올랐다.

툴랑의 듬직함이 그에게 그런 희망을 안겨주었다. 게다가 돈을 듬뿍 지불한 보람이 있는지, 처음엔 내키지 않아 하던 시의회 의원인 르피트르가 생각보다 도움이 되었다. 르피트르의 말에 따르면 탈주 후, 사건이 발각되고 추격대가 출발하기까지 적어도 세 시간은 걸릴 것이라고 한다.

다시 말해 탕플 탑에서 왕비들의 탈주가 알려지더라도, 보고서를 작성하고 의회에 타진하다보면 불필요한 시간을 끌게 된다. 따라서 의원들이 회의를 거듭하는 동안, 마차는 노르망디를 뚫고 지나갈 것이라고 르피트르는 모두에게 말했다.

게다가 르피트르는 파리시 여권 담당 책임자이기도 했다. 따라서 직접 그가 왕비를 비롯한 네 명의 여권을 만들 수도 있다. 모든 게 잘 진척되었고 이제 결행일이 오기를 기다리는 일만 남았을 때, 생각지도 못한 사건이 일어났다. 갑자기 파리가 비상경계 태세에 돌입한 것이다. 원인은 페르센과 툴랑의 계획이 발각되었기 때문이 아니었다. 왕당파에 가담한 뒤무리에(Dumouriez, 1739~1823)라는 군인이 오스트리아 군과 결탁해 벨기에에서 파리로 진격하며 왕정을 부활시키려는 시도를 했기 때문이다. 이 사건 때문에 프랑스 정부는 해외 자유통행을 금지했다. 다시 말해 여권 발행을 중지한 것이다.

"안 되겠군."

르피트르는 모두에게 설명했다.

"계획을 중지하거나, 연기해야 해."

"연기해도 소용없어."

툴랑이 고개를 저었다.

"연기하면 그 사이에 왕비는 재판에 회부되어 처형당할 거야. 뒤무리에의 반란 때문에 의회에선 왕비를 빨리 재판해야 한다는 목소리가 커졌어."

"그럼 할 수 있는 일은 하나뿐이군."

르피트르는 모두를 둘러보았다.

"왕비만 탈출시키는 거야. 다른 세 사람까지 이 삼엄한 경계태세에서 탈출시키는 건 불가능 해."

비상경계에 돌입한 프랑스에서는—특히 반란이 일어난 벨기에에 가까운 노르망디에선, 수상한 행동을 하는 자들에게 당국이 눈을 번뜩일 것이다. 르피트르의 생각도 일리가 있었다. 무거운 한숨이 모두에게서 새어나왔다. 페르센은 여기까지 와서 모든 것을 뒤집은 운명의 여신을 저주했다.

(도저히 어쩔 수 없구나.)

분명 어쩔 수 없는 일이었다. 왕비 한 사람만이라면 가능성이 있다는 르피트르의 말에 매달리는 수밖에 없었다.

"하지만……"

페르센은 다시 한숨을 쉬었다.

"그걸 그녀가 허락할지, 그게 문젠데……"

"꼭 받아들이시게 해야 해. 사정을 전부 적은 자네 편지를 비예트에게 갖고 가라고 하지. 자네가 해야 할 역할은 그거야."

툴랑이 그렇게 말하자 페르센은 깃털펜을 들었다. 열심히—아니 필사적으로 그는 왕비를 설득하려고 했다. 아무리 혁명정부라 해도 어린 왕자와 공주를 재판에 회부하지는 않을 것이다. 그리고 엘리자베트 공주까지 희생되지는 않을 것이다.

"부디 그 점은 안심하십시오. 우리가 전력을 다해 다음 탈주를 계획해 왕자와 공주들을 빼내겠습니다."

편지를 쓰면서 페르센은 이 편지를 읽고 절망에 빠질 왕비의 마음을 떠올렸다. 한줄기 희망을 준 다음 불가능해졌음을 알리는 것만큼 잔혹한 짓은 또 없다. 페르센은 은발이 된 그녀의 머리가 이 일로 더욱 희게 변할 것을 생각하니 두렵기까지 했다.

"난 도저히…… 못 쓰겠어."

툴랑은 세게 고개를 저었다.

"왕비만이라도 탈주하면 각지에 숨어 있는 왕당파에게 용기가 될 거야. 그리고 혁명정부에 타격을 줄 테고."

비예트는 저녁 무렵, 다시 노동자 옷을 입고 탕플 탑으로 들어갔다. 오늘도 왕비 방에서는 감시인이 트럼프를 하고 있었다.

그들이 눈치 채지 못하도록 편지를 건넨 비예트는 램프를 켜면서, 왕비가

"아아"

하고 소리치는 작은 목소리를 들었다. 그 외침에는 천을 찢는 것 같은 비통한 울림이 있었다. 그녀는 모든 꿈이 무너졌음을 지금 알게 된 것이다. 침묵이 이어졌다. 왕비는 편지를 엘리자베트 공주에게 건넸다.

"모든 게 꿈이었군요."

두 사람이 어렴풋한 목소리로 말을 주고받았다.

"우린 너무 아름다운 꿈을 꿨던 거예요."

두 사람의 슬픔을 생각하면 비예트는 그 얼굴을 똑바로 볼 수 없었다. 고개를 숙인 그에게 왕비는 답장을 건넸다. 페르센에게 보내는 편지였다.

"고맙다고 전해주세요. 저를 위해 마음을 다해 준 모든 분들께……."

그 말을 듣고 비예트는 그녀의 의지를 읽을 수 있었다. 혼자서는 탈출

할 수 없다는 거절의 마음을 느꼈다.

"우린 너무 아름다운 꿈을 꿨습니다. 그 꿈이 이제 끝났군요."

끊임없이 흘러내리는 눈물을 훔치며 페르센은 왕비의 편지를 읽었다. 눈물 때문에 글자가 흐릿하게 보였다.

"하지만 행복했습니다. 당신이 제게 완전한 헌신을 바치셨음을 또 다시 알게 된 것만으로도 행복했습니다. 용서해 주십시오. 저는 아이들과 헤어지는 일에 동의할 수 없습니다. 아이들을 위해 무언가를 하는 것만이 지금 유일하게 남은 제 삶의 지침입니다. 앞으로 제게 무슨 일이 일어날지 모르겠습니다. 저는 어쩌면 부당한 재판을 받고 부당한 형을 선고받을 지도 모릅니다. 그 일은 제 남편에게도 일어난 일입니다. 하지만 남편은 국왕으로서 그 운명을 용기를 가지고 받아들였습니다. 그는 처형 전날, 짧은 면회 시간을 이용해 우리의 아들에게 이렇게 말했습니다. 아버지를 죽인 자들에게 복수를 하지 말라고.

그 때의 남편 얼굴과 목소리를 떠올릴 때마다, 나는 그가 얼마나 훌륭하고 얼마나 따스한 사람인지를 알게 됩니다. 불행히도 많은 사람들이 그 훌륭함과 따스함을 모르고 있겠지만, 그의 죽음이 우리에게 이 모든 것을 보여주었습니다.

어떤 운명이 기다리고 있든, 저 역시 왕비로서 그것을 받아들이겠습니다. 국왕에게는 국왕에게 걸맞은 죽음이 있듯이, 왕비에게는 왕비에게 걸맞은 죽음이 있다고 스스로 다짐하겠습니다. 이성을 잃거나 하지는 않겠습니다. 목숨이 다하는 그 순간까지 제가 받은 교육, 기품, 우아함을 잃지 않으리라 결심합니다.

다만 페르센 백작, 당신이 제게 오랫동안 보여주었던 마음에 뭐라 대답하면 좋을지 적절한 말이 떠오르지 않습니다. 당신이란 존재는 때로는 메

마른 내 마음을 비처럼 적시고 어린잎처럼 반짝이게 해주었습니다. 아아, 제가 만약 왕비가 아니었더라면. 평범한 귀족 출신이었더라면…….

아름다운 추억들이 제 눈에 선합니다—이제 시간이 없어 펜을 놓아야 겠군요. Tutto a te mi guida……."

이 마지막 행을 다 읽었을 때, 페르센의 손이 떨렸다. 편지에 쓰인 이탈리아어가 날카로운 화살처럼 그의 심장을 꿰뚫었기 때문이다. "모든 것이 나를 당신에게로 이끕니다"라는 말이. 왕비가 보내는 이 마지막 사랑의 고백이 샘솟는 피처럼 선명하게 가슴을 물들였다.

"아아……."

페르센은 편지를 책상에 올려놓고 두 손을 꼭 모았다. 그리고 신에게 빌었다.

"나는 남편이 있는 그분을 사랑하는 죄를 범했습니다. 주여, 그러나 저는 그 죄를 부끄럽게 여기지 않습니다. 그리고 앞으로도 저는 후회하지 않겠습니다. 아니, 그분에 대한 영원한 사랑을 평생 간직하겠습니다. 그 어떤 사람도 자신의 연인에게 품어본 적 없는 그런 사랑을, 저는 그분에게 품습니다."

모든 것이 나를 당신에게 이끕니다.

페르센은 탕플 탑을 뇌리에 떠올렸다. 밤하늘에 떠오르는 음산하고 검은 탑. 그 탑의 어두운 방에 그분은 아직 살아계신다. 은발이 되어버릴 만큼 고통을 맛보면서.

가장 고통스러운 날

모든 꿈은 끝났다. 희망은 산산이 부서졌다. 남은 것이라곤 두텁고 검은 돌 벽과 어두침침한 하늘이 보이는 창문과, 그리고 단조로운 매일의 생활이었다. 하지만 과연 이것을 생활이라 부를 수 있을까. 완전히 자유를 빼앗기고 감시의 눈에 낱낱이 드러나는 이런 생활을. 찾아오는 친구 하나 없고 방에 들어오는 자라곤 관리나 감시인 뿐.

마리 앙투아네트와 엘리자베트 공주는 아이들에게 공부를 가르치는 것 외에는 태피스트리를 만들며 시간을 보냈다. 밤이 되자 둘이서 트럼프를 해보기로 했다. 감시인들이 옆방에서 늘 하는 것을 따라해 본 것이다.

트럼프가 끝나자 이제 자는 것 외에는 할 일이 없다. 엘리자베트 공주와 바로 옆에 붙은 침실에서 마리 앙투아네트는 잠들지 못하고 이런저런 생각에 뒤척였다. 남편에 대해. 페르센에 대해. 그리고 앞으로의 일에 대해.

남편이 판결을 받았을 때, 단 한 표의 차로 사형이 결정되었다는 말을 관리로부터 들었다. 그 한 표를 던진 것이 샤르트르 공작이라는 말도 들었다. 샤르트르 공작, 왕세자비였을 때 단 한 번 마음이 끌렸던 남자. 함께 숲속에서 말을 달리고 무도회에서 함께 춤을 추었던 사람. 그 사람이 지금은 의원이 되고 국왕의 죽음에 찬동의사를 표시한 것이다.

용서할 수 없었다. 인간으로서, 자기 한 몸을 지키려고 지조를 그렇게까지 꺾는 태도를 용서할 수 없었다. 지금에 와서 다시 한 번 그녀는 사람 마음이 얼마나 간사한지를 알게 되었다.

남편. 그는 얼마나 선량한 사람이었나. 만약 그가 국왕이 아니었다면 자상한 남편, 자상한 아버지로서 행복한 가정을 꾸렸을 텐데. 그 선량한 남편을 나는 얼마나 상처 입혔는가. 우습게 여기고 얕보고 때로는 마음속으로 귀찮게 여기기도 했다.

(용서받을 수 있을까……)

후회의 고통이 가슴을 죄어온다. 마음으로 그 사람을 볼 줄 몰랐던 젊은 시절의 나. 그 남편의 얼굴이 어둠속에 떠오른다.

"자책해선 안 되오. 당신은 내게 행복을 주었어. 지금은 무엇보다 의연한 태도로 내 누이와 아이들을 지켜주었으면 해."

남편은 그녀에게 그렇게 말한다.

"염려 마십시오. 어떤 일이 일어나든 전 당신의 아내이자 프랑스의 왕비였던 자로서의 기품을 잃지 않겠습니다……."

그녀는 눈물을 흘리며 중얼거린다.

"프랑스 왕비였던 자로서의 기품을 잃지 않겠습니다……"

그러던 어느 날 밤 10시 경, 갑자기 탕플 탑 책임자인 에베르가 감시인들을 데리고 왕비의 거실에 들어왔다.

"무슨 일이죠?"

엘리자베트 공주는 미간을 찌푸렸다.

"명령입니다. 가택수사를 벌이겠습니다."

"수색이라뇨, 무엇 때문이죠?"

"이건 명령입니다. 안됐지만, 어쩔 수 없습니다."

남자들은 옷장 문과 책상 서랍, 심지어는 책 안까지 철저히 찾기 시작했다.

"뭘 찾는 거지요?"

"당신들은 우리 허락 없이 외부자들과 연락을 했지요?"

에베르는 의자에 앉아 심문했다.

"어떻게 연락을 할 수 있겠어요."

엘리자베트는 비아냥거리며 말했다.

"우린 당신들 감시를 받고 있잖아요. 연락을 할 수 있었다면 그건 당신들 책임이겠죠."

에베르는 얼굴을 붉히고 입을 다물었다.

그러나 마리 앙투아네트는 그의 이 말에 그녀를 도와주려 했던 페르센과 그 친구들이 잡힌 건 아닐까 불안에 떨며 창백해진 얼굴로 방구석에서 있었다. 페르센의 편지는 애끊는 마음으로 태워 없앴다. 발각될 위험은 없다. 부디 빨리 도망치기를 빌 뿐이다.

"무슈 에베르."

빈손으로 돌아온 감시인들이,

"짐작되는 물건이 아무 것도 없는데요"

하고 보고하자,

"당연하죠"

하고 의기양양하게 공주는 웃었다.

"당신은 아이들까지 깨웠어요. 당신한텐 아이들에 대한 동정심조차 없나보죠."

"우리에게도 동정심을 좀 가져 주시죠"

그러자 에베르는 화를 내기 시작했다.

"당신들은 툴랑과 자르지예 장군과 공모해서 또 탈출을 시도했습니다. 부정해도 소용없어요, 체포된 그들이 전부 자백했으니까. 그런 짓만 저지르지 않으면 저희도 이런 가택수사를 벌이거나 하지 않습니다."

"그런 이름을 가진 분들을…… 저흰 모릅니다."

공주는 끝까지 잡아떼었다.

"부당한 생트집은 잡지 마세요."

"생트집인지 아닌지는,"

에베르는 코웃음을 쳤다.

"두고 보면 알겠죠."

그날 밤은 그것으로 끝이 났다. 하지만 에베르가 남긴 협박과도 같은 말이 탕플 탑에 갇힌 두 여자에게는 효과를 발휘했다. 어떤 처분을 받게 될지 예상할 수 없기에 더욱, 마리 앙투아네트도 엘리자베트 공주도 절망적인 마음으로 하루하루를 보냈다. 외부로부터 정보도 완전히 차단되어 그녀들은 지금 프랑스가 어떻게 돌아가는지도 몰랐다.

탕플 감옥 밖에서는 혁명이 더욱 격렬함을 더해가고 있었다. 유산계급의 옹호자인 지롱드 당 세력은 나날이 약해져가고, 그 대신 과격한 몽타뉴 파가 힘을 얻고 있었다. 지롱드 당과 몽타뉴 파를 중심으로 한 과격파는 끊임없이 암투를 벌였고, 그해 4월부터는 노골적인 양상을 띠기 시작했다. 잘못했다가는 프랑스에서 내전이 벌어질 지도 모를 형국이었다.

그러나 그런 소란스런 프랑스의 상황을, 탕플에 사는 전 왕비와 전 공주가 알 리 만무했다. 이 무렵 파리에서는 지롱드 당의 지도자를 배척하기 위한 데모가 진행되었다. 로베스피에르는 22명의 지롱드 당원의 체포를 요구했고, 이튿날부터 파리 중심부에서는 데모가 소용돌이쳤다. 이 데모의 추진자가 마라였다.

이런 정세를 전혀 모르는 마리 앙투아네트와 엘리자베트 공주가 저녁 식사를 끝내고 아이들을 침대에 재우려던 7월 3일 밤, 문을 격렬하게 두드리는 소리가 들렸다. 남자들이 구둣발소리를 내며 들어왔다. 그들은 파리 공안위원회의 쇼메트의 명령을 받고 들어왔다.

"우리는 전 루이 16세와 전 마리 앙투아네트 왕비 사이에 태어난 전 왕자 루이에게서 혈통에 대한 관념을 없애기 위해 그 가족들로부터 격리시키기로 결정했다."

한 남자가 명령서를 다 읽었을 때, 마리 앙투아네트는 절규했다.

"절대 안 됩니다."

그녀는 아들의 몸을 끌어안고 암사자처럼 필사적으로 아이를 지키려고 했다.

"우리에게서 이 아이를 떼어놓다니. 그건 절대로 안 돼요. 이 아이에게 무슨 죄가 있다고요."

"명령입니다."

남자들의 대표자가 냉정하게 내뱉었다.

"우리는 무슨 짓을 해서라도 데리고 가겠습니다."

"그래서 이 아이를 어쩌시려고요. 죽일 건가요?"

"아니오. 프랑스의 훌륭한 시민으로 자랄 수 있게 우리가 교육을 시킬 겁니다. 이 탕플 안 다른 곳에서요."

"무슨 교육을요. 어머니 손에서 떼어놓고 무슨 교육을 할 수 있다고요. 안 돼요, 절대로."

"최소한 모든 인간이 평등하다는 사고방식을 가르치는 교육을 할 겁니다. 이 프랑스에는 왕과 왕비처럼 특권을 가진 자는 존재하지 않으며, 존재해서도 안 된다는 걸 가르칠 겁니다."

"그런 교육을 당신들은 충분히 하지 않았습니까. 더 이상은 필요 없습니다."

세차게 고개를 젓는 왕비에게 남자들이 다가갔다. 공주가 그 중 한 사람에게 매달렸다.

"안 돼, 안 돼, 안 돼"

하고 비명 같은 울음소리를 내자,

"군인들을 부를 겁니다."라고

남자들은 위협했다.

"이래 봤자 소용 없어요. 쓸데없는 저항은 그만 두세요."

아마 그녀에게 가장 괴로웠을 이날 밤의 사건을 목격했던 엘리자베트 공주는 다음과 같은 기록을 남겼다.

"관리들은 폭력을 행사해서라도, 군인을 불러서라도 동생(왕자)을 데리고 가겠다고 위협했다. 관리들은 폭언과 욕설로 위협을 하고 우리는 방어와 눈물로 한 시간을 보냈다. 결국 어머니는 아들을 건네주기로 동의했다. 우리는 자고 있던 그 아이를 안아 올렸다. 그리고 옷을 갈아입히고 어머니는 두 번 다시 못 만나게 될 것을 아시는 듯 눈물을 쏟으며 관리들에게 동생을 맡겼다. 가엾은 그 아이는 우리 모두에게 부드럽게 키스를 하고 그들과 함께 울면서 나갔다."

어린 아들을 둘러싸고 관리들이 방을 나갔다. 남겨진 세 여자는 망연히 의자에 앉아 있었다. 훌쩍이는 것은 공주뿐, 남은 두 사람—마리 앙투아네트와 엘리자베트 공주는 일어설 힘도 없고 목소리도 나오지 않는지,

그저 허공의 한 점을 바라보고만 있었다. 아들만이 마리 앙투아네트의 삶을 지탱하는 힘이었다. 남편이 단두대에서 처형된 후 어린 왕자를 지키는 것만이 그녀가 살아갈 목표였다. 그 아이를 지금, 빼앗기고 말았다. 눈앞에서 사라지고 말았다.

믿을 수 없다. 이게 꿈이었으면. 이건 분명 꿈일 거야.

탈주 계획도 아들 없이는 갈 수 없다고 거부한 마리 앙투아네트이다. 그녀의 여생은—만약 여생이 허락된다면—이 아들을 키우고, 만약 기회가 닿으면 왕위를 잇게 하는 것만이 희망이었다.

"이제 가서 자야지……"

마리 앙투아네트는 울고 있는 공주를 보고, 쉰 목소리로 말했다.

"내일이 있잖아."

훌쩍이며 공주는 그 말에 따라 침실로 갔다.

"나쁜 일은…… 이게 마지막이에요."

엘리자베트 공주가 그렇게 중얼거렸다.

"네."

들릴까 말까 한 목소리로 마리 앙투아네트는 힘없이 대답한다. 그러나 마음속으로는 죽음을 바라고 있다. 진심으로 죽고만 싶었다. 죽어서 어머니와 남편이 사는 저 세상으로 가고 싶었다. 만약 자살을 용인하지 않는 가톨릭 신자만 아니었더라면, 창문을 열어 춥고 차갑게 펼쳐진 저 어둠 속으로 몸을 던지고 싶다…….

그 창문에 이튿날부터 그녀는 매일매일, 석상(石像)처럼 서 있었다고 한다. 아들이 탕플의 아래층—남편이 마지막에 쓰던 방에서 지낸다는 말을 관리에게서 들었기 때문이다. 어쩌면 산책할 때, 그 방에서 안뜰로 나가는 모습을 볼 수 있을지도 모른다. 어쩌면 아들의 목소리가 창문에서 들려올 지도 모른다. 그래서 마리 앙투아네트는 창가에 앉아 시선을 밖으로 향한다. 무엇하나 빠뜨리지 않고 들으려고 한다.

베르사유 궁전에서 신하들과 시녀들에 둘러싸여 대리석 복도를 미끄러지듯 걸어가던 왕비의 모습을, 이제 그곳에서는 찾을 수 없었다. 트리아농 궁에서 벗들과 웃으며 백조가 헤엄치는 연못 옆길을 걷는 모습은 없었다. 지쳐서 아무런 기력도 남아 있지 않은 한 사람의 가엾은 어미가 창가에 앉아 있을 뿐이다. 그녀는 때때로 혼잣말을 했다. 몽상 속에서 마리 앙투아네트는 아직도 그녀가 남편과 아이들과 함께 행복한 궁전에서 단란하게 살고 있는 모습을 꿈꾸었다.

"왕자는 오늘 라틴어 공부를 했나요? 안 돼죠. 라틴어는 하느님의 말씀이시기도 합니다."

"공주는 이제 그 곡을 칠 수 있나요? 손가락을 우아하게 움직일 수 있어야 합니다. 공주는 모두가 항상 주목하고 있다는 걸 잊어서는 안 됩니다."

"언제든 우아한 자세를 흐트러뜨리면 안 됩니다. 그게 우리의 긍지이니까요."

종이 울린다. 이 단란한 가족이 안개처럼 사라지고 그녀는 현실로 되돌아온다. 회색 벽. 창문에서 보이는 차가운 파리 하늘. 이제 손 안에는 아무 것도 남아 있지 않다.

그녀는 아무 것도 모른다. 외부세계로부터 완전히 차단되어 있어 탑 밖에서 무슨 일이 일어나는지 알 수 없다. 그러나 그걸 안다고 한들 그것이 아이를 빼앗긴 고독한 어머니에게 무슨 의미가 있을까.

그녀가 고독한 것과 마찬가지로 프랑스 역시 고립되었다. 프로이센과 오스트리아가 적이 되어버린 이 나라는 재정 위기를 구하기 위해 인접한 작은 국가—벨기에와 사부아 왕국을 '자유'라는 미명 하에 침략했기 때문에 지금까지 호의적이었던 국가들로부터 적대감정을 사고 말았다.

우선 영국이 프랑스와 국교를 단절시켰다. 영국에 이어 스페인과 이탈리아의 공국들, 가톨릭교황국까지 가세했다.

국내에서는 몽타뉴파가 지롱드파를 억압하고 배신자와 모략가를 처벌하기 위해 그 유명한 '공포정치'를 폈다. 로베스피에르와 마라가 그 지도자였다. 국내외의 이런 위기 상황에 대한 소식은 마리 앙투아네트의 귀에 들어오지 않았다. 그녀가 매일 생각하는 것이라곤 오로지 아들뿐이다. 어떤 대우를 받고 있을까. 밥은 잘 먹고 있을까. 제대로 자고는 있을까. 외로움에 울고 있지는 않을까.

"괜찮습니다, 카페 부인."

관리는 마리 앙투아네트에게 쓴웃음을 지으며 대답한다.

"아인 잘 지내고 있어요, 카페 부인."

카페 부인, 그것은 마리 앙투아네트에게 붙여진 새로운 이름이다. 지금은 아무도 그녀를 왕비님이라고 부르지 않는다. 관리가 한 말은 결코 거짓말이 아니었다. 아홉 살 난 왕자를 아버지가 지냈던 그 방에서 제화공이었던 시몽(Simon)이라는 남자가 돌보고 있었다. 그는 마라와 로베스피에르의 추천으로 이 아이의 교육을 담당하게 되었다. 아홉 살 난 아이는 어머니와 누나에게서 떨어져 지내는 외로움은 있었지만, 새로운 환경에 바로 적응했다. 그곳에선 엄격한 예의범절을 교육받거나 라틴어 공부를 하지 않아도 되었다. 아침저녁에 무릎을 꿇어 기도하라고 아무도 명령하지 않았다.

"모두가 평등해. 이젠 왕도 백성도 구분이 없는 거야. 하는 일이 달라도 인간은 모두 평등하거든."

시몽이 가르쳐주었다.

"네 아버지와 어머니는 모두에게 나쁜 짓을 했어. 그러니까 너의 진짜 아버지는 우리들인 거야."

아홉 살 난 아이는 그런 교육이 무슨 의미인지 전혀 이해하지 못했지만, 지금까지와는 달리 심하게 혼이 나지 않아도 된다는 걸 기쁘게 생각했다. 시몽이 데리고 안뜰에 데려가주면 국민 방위병이 철포를 만지게 해주고 노래를 가르쳐준다. 즐거웠다. 어떻게 하면 모두가 기뻐할지 이 아홉 살 난 아이는 금방 깨우쳤다. 아이란 어른이 생각하는 만큼 순진하지 않다. 이 아이는 왕자였던 자신이 어떤 말과 행동을 하면 시몽과 경찰과 국민 방위병들을 웃길 수 있을지 바로 이해했다. 그들을 웃게 하기 위해, 그들에게 아첨을 하기 위해, 아이는 시몽에게 배운 혁명가 '카르마뇰(La Carmagnole)'과 '사 이라'(Ah! ça ira)(Everything will be OK)를 큰 소리로 불렀다. 병사 한 사람이 건네준 상퀼로트(sans-culotte, 과격공화파)의 모자를 쓰고 사람들 앞에서 춤을 추었다. 그렇게 하면,

"재미있는 애군."

"얘야, 이걸 주마."

어른들이 그렇게 말해줄 것임을 잘 알고 있었기 때문이다. 그것 말고는 혼자서 살아나갈 방법이 달리 없음을, 아직 어리지만 충분히 느끼고 있던 것이다. 어느 날, 그는 탕플 탑을 찾아온 도종이라는 관리와 공놀이를 하며 놀고 있었다. 위층 어머니와 누나 그리고 고모가 사는 방에서는 의자 끄는 소리가 들렸다. 습관처럼 탑 책임자인 에베르가 직접 거실을 수색하고 있는 모양이었다. 이때 도종은 아이가 지긋지긋하다는 듯이 천정을 올려다보며,

"저 매춘부는 아직도 단두대로 끌려가지 않은 모양이네"

라고 말하는 것을 들었다. 아이는 도종을 기쁘게 하려고 어머니를 모독하는 그런 말을 했던 것이다.

노트르담 성당 창문의 스테인드글라스를 통해 무지갯빛이 차가운 중앙홀의 돌바닥을 내리비쳤다. 수녀였던 아녜스는 구석에 있는 기도대(祈禱臺)에서 무릎을 꿇고 멀리 제단을 향해 마음속으로 속삭였다.

(주여, 저에게 용기와 기쁨을 내려주소서. 이 미혹과 고통을 제게서 거두어주소서.)

그녀는 똑똑히 기억할 수 있었다. 혁명 광장을 뒤흔든 군중들의 고함소리를. 그리고 그 군중들이 지켜보는 앞에서 센 강 다리를 건너 국왕 루이 16세였던 카페를 태운 마차가 광장으로 들어오고 북소리가 울려 퍼졌던 것을. 마차에서 내린 카페가 단두대를 향해 한 발, 한 발 올라가던 모습을. 광장 전체가 고요에 싸이고 단두대의 칼날이 미끄러지는 소리와 함께 짐승의 포효와 같은 외침을 남기고 처형이 끝난 그 순간을.

(만약 혁명이 당신의 뜻에 따르는 것이라면……)

아녜스는 십자가에 못 박힌 예수님을 향해 호소했다.

(그날 이후에도 왜 이렇게 많은 피가 흘러야만 하나요. 혁명이라는 미명 하에 인간의 추악한 에고이즘과 폭력이 난무하는 까닭은 무엇인가요.)

그것은 몇 년이나 그녀를 괴롭힌 고민과 고통이었다. 시민들이 바스티유 요새를 습격한 이후, 그녀의 마음을 찢어놓는 모순이었다. 아녜스는 혁명이 정의라고 믿어왔다. 가난한 자가 비참함 속에서 희망을 잃어가고 있는데도 한 무리의 부유한 자, 귀족, 권력자, 종교가가 이를 묵살하고 그것이 곧 하느님의 율법이라 하는 사회조직을 참을 수 없었다. 그 조직은 예수님의 가르침과는 너무나 동떨어져 있었다.

그러나 현실에서 목격한 혁명은 파벌싸움과 첩보와 폭력과 피 냄새로 움직이고 있었다. 어제까지 동맹했던 자들이 오늘은 서로를 탐지하고 상대방을 단두대로 보낸다. 불신과 시기심이 죄 없는 자들을 죄인으로 만드는 일도 많았다.

(저는…… 모르겠습니다.)

한낮의 대성당 안은 텅 비어 있었다. 그녀는 고개를 숙인 채 기도대에서 일어나 센 강변에 있는 뜨거운 광장으로 나갔다.

사람들로 북적거리는 센 강변을 걷고 있으려니 한 남자가 그녀 앞을 슬쩍 지나가면서

"아녜스"

하고 속삭였다.

노동자 차림을 하고 있던 그는, 페르센을 통해 알게 된 비예트였다.

"쉿"

너무 기쁜 나머지 그만 소리치려는 아녜스에게 비예트는 손가락을 입에 대고 조용히 하라고 지시한 다음, 따라오라는 몸짓을 했다. 쫓아간 곳은 강변에 묶여 있는 한 척의 빈 배였다.

"여긴 괜찮을 거야. 난 지난 번 사건 때문에 수배 받는 몸이라서."

"지난 번 사건이라니?"

아무 것도 모르는 아녜스가 순진하게 묻자 비예트는 딱한 얼굴로 말했다.

"모르고 있었나? 탕플 탑에서 왕비님을 구출하려다 실패했는데. 다시 페르센 백작한테 부탁을 받아서 말이지."

"백작이? 그는 아직도 왕비님을 구출할 수 있다고 믿는 거야?"

"그런가 보더군."

비예트는 어깨를 움츠렸다.

"얼굴은 곱상하게 생겨가지고는 아주 쇠고집이야. 포기를 모르는 남자지. 지금은 벨기에로 도주 중인데 거기서도 탈출을 꾸미는 모양이더군."

"구해낼 수 있는 가능성이 있을까?"

"아니, 어려울 걸."

비예트는 고개를 저었다.

"아는 사람 중에 콩시에르주리(Conciergerie) 서기과에서 일하는 사람이 있는데……."

"콩시에르주리?"

"정치범들을 수용하는, 그 센 강 근처에 있는 검은 감옥 말이야. 그 남자 말로는…… 왕비가 머지않아 탕플에서 콩시에르주리로 이송된다고 하더군."

"어떻게 알아 낸 거야?"

"그게, 얼마 전에 자코뱅 당 의원 마라와 로베스피에르가 거길 시찰하러 가서 말이지. 둘이서 얘기하는 걸 그 자가 옆에서 우연히 들었다더군. 그때 마라가 왕비를 처형하기 전에 거기에 수감시켜야 한다고 말했다는 군."

"왕비를 처형한다고? 마라가?"

아녜스는 비예트가 미간을 찌푸릴 만큼 큰 소리를 냈다.

그러나 그것은 있을 수 있는 일이었다. 로베스피에르도 마라도, 온건파 지롱드 당을 전면 공격하는 급진파 몽타뉴 파와 코르들리에 클럽 위원들이다. 그 즈음 몽타뉴 파에 몰린 지롱드 당이 파리를 떠나 지방에서 세력을 확대하는 데 전념하고 있었다. 그 때문에 보르도, 마르세유, 리옹, 그리고 툴롱 등지에서 몽타뉴 파 정권에 대한 반란이 일어나기 시작했다. 툴롱 등지에서는 지롱드 당이 자신들의 사상조차 버리고 왕당파와 손을 잡고 있는 형국이었다.

그런 반격을 당하면서―.

급진파 의원인 로베스피에르와 마라가 일종의 독제체제와 탄압정책을 펴면서 전 국왕 루이 16세뿐만 아니라 마리 앙투아네트를 체제파, 반동파, 왕당파에 대한 본보기로 처형할 심산이라는 것은 충분히 예상할 수 있었다.

"콩시에르주리에 수감되면 이제 왕비님을 빼내는 건 불가능해지겠지."

비예트는 절망적인 목소리를 냈다.

"거긴 개미 한 마리도 못 빠져나올 만큼 감시가 삼엄한데……."

"가엾은 페르센."

아녜스는 그만 한숨을 쉬었다. 그녀는 페르센 백작이 마리 앙투아네트에게 품은 사랑을 알고 있었다. 그리고 그 사랑이 이 남자를 움직여 왕비 구출을 위해 대담하게 행동하게 만드는 것을 볼 때마다, 그에 대한 동정심이 더욱 깊어져만 갔다.

"혁명에 왜 국와과 왕비의 처형이 필요하지? 국왕이 반동주의자의 상징이기 때문에 말살시켜야 한다는 건, 자신들의 실정에서 민중들의 눈을 돌리게 하기 위한 구실에 불과하잖아."

아녜스는 떨리는 목소리로 비예트에게 말했다.

"백 번 양보하고 국왕을 처형하는 건 인정한다고 쳐. 그래도 왕비까지 죽여선 안 돼. 그건 대의명분을 위해서가 아니라 몽타뉴 파와 지롱드 당 파벌싸움의 결과일 뿐이야."

"이봐, 이봐."

비예트는 불편한 표정을 지었다.

"그런 어려운 얘기를 내게 한들 무슨 소용이 있겠어. 난 로베스피에르도 아니고 마라도 아니잖아. 불만이 있으면 마라를 찾아가라고."

"미안, 비예트."

아녜스는 자신이 실수했다는 것을 알아채고 쓴웃음을 지었다.

"앞으로 어떻게 할 생각이지?"

"나? 난 페르센 백작 지시로 아직 파리에 남아 있는 거야. 하루에 한번, 저녁엔 이 주위를 어슬렁거리니까, 용무가 있을 땐 이 빈 배에서 기다리면 돼."

아녜스는 센 강변에서 탕플 탑까지 걸었다. 세 개의 검은 탑이 오후 하늘에 도드라져 보였다. 삼색기 깃발이 그 탑에서 펄럭이며, 이 건물이 정부 소유임을 나타내고 있다. 어느 창에 마리 앙투아네트가 있는지 알 수 없다. 다만 안뜰에서 아이가 혁명가를 부르는 소리가 들려왔다. 여기에 아이가 살고 있을까? 아마 감시인의 아이일 것이라고 아녜스는 생각했다.

"난 로베스피에르도 아니고 마라도 아니잖아. 불만이 있으면 마라를 찾아가라고."

비예트의 말을 그녀는 기억했다. 그녀는 작은 다락방으로 들어가(그 다락방에서 그녀는 다른 여공과 둘이서 살고 있었다) 종이와 펜을 꺼내 편지를 썼다.

"마라님. 당신처럼 고명한 의사이며 국민공회 의원이고 '인민의 벗'(L'Ami du peuple)의 발행자이신 분이 저와 같은 자의 편지를 읽어주실지 모르겠습니다. 다만 읽어주신다면 제 질문에 부디 대답해주십시오. 혁명에 유혈은 불가결하다고 생각합니다만, 피를 흘리지 않으면 혁명을 이

룰 수 없다고 단정하는 것은 잘못되었다고 봅니다. 저희는 바스티유 공격 이후 오늘까지, 너무나 많은 유혈을 목격했습니다. 정당한 유혈뿐만 아니라 인간의 마음에 꽈리를 튼 비천한 가학적 욕망을 만족시키기 위한 유혈을. 우리는 그 때마다, 포악한 야수와 같은 얼굴을, 혹은 냉혹한 표정을 수없이 봐 왔습니다. 그리고 그 때마다, 그 얼굴들이 내뱉는 말은 하나같이 똑같았습니다. 정의를 위해서라고.

마라님. 당신은 그걸 정의를 위해서라고 생각하십니까. 혁명은 인간의 고결한 이상이었습니다. 부디 대답해주십시오. 그리고 만약 제가 반동이라면 저를 체포하십시오. 주소를 적어두겠습니다……"

당시의 코르들리에 거리는 현재의 뤽상부르(Luxembourg) 공원 근처에 있었는데 그 거리의 한 건물에 마라는 살고 있었다. 마차 한 대가 건물 앞에 멈췄고 거기서 어떤 여자가 내렸다. 이본느 아녜스였다. 마차가 다시 돌길에 말발굽소리를 내며 떠나자 주위를 둘러본 그녀는 마라 집의 초인종을 살짝 울렸다. 잠시 후, 음울한 표정의 여자가 문을 조금만 열고,

"누구시죠?"

하고 경계하는 눈빛으로 손님을 바라보았다.

"코르데(Charlotte Corday, 1768~1793)라고 해요." 아녜스는 가짜 이름을 댔다. "선생님을 만나 뵈러 왔는데요."

"무슈 마라는 지금 목욕 중이십니다. 아무도 만나지 않으실 겁니다."

"하지만,"

하고 아녜스는 주머니에서 편지를 꺼냈다.

"마라 선생님께서 이렇게 찾아오라고 말씀하셨는데요."

여자는 경멸하는 눈으로 아녜스를 내려다보고는 그대로 사라졌다. 그

리고 그녀를 대신해 금색 콧수염을 기른, 잘난 척하는 청년이 나타났다.

"들어와요. 선생님은 목욕 중이신데 그래도 좋다면 만나시겠답니다."

고맙다고 하고 그녀는 청년 뒤를 따라 건물 안으로 들어갔다.

"아까 그 여자 분은요?"

"시몬느 에브라 부인이요? 마라 선생님 시중을 드시는 분이세요. 아, 소개가 늦었네요, 전 선생님 비서입니다."

청년은 붙임성 있게 그녀를 계단 층계참으로 안내하고,

"선생님은 이 위쪽에 계십니다"

하고 손가락으로 가리켰다.

아녜스는 처음 만나는 청년이었지만, 만약 마르그리트가 그를 봤다면 놀라 소리쳤을 것이다. 마르그리트에게 남자에 대한 불신감을 심어주고 그 인생을 뒤틀리게 만든 그 청년이었기 때문이다.

계단을 올라가자 목욕물을 몸에 붓는 소리가 들렸다. 욕실과 화장실 사이에는 커튼이 달려 있었고 그 커튼 안에서,

"누구냐"

하는 목소리가 들렸다.

"코르데입니다. 선생님께 무례한 편지를 보낸……."

"아, 기억하고말고. 마드무아젤. 목욕 중이라 미안하군. 실은 이것도 의사로서 내가 고안한 유황요법이거든."

"어디……, 불편하신가요?"

"음. 난 피부가 약해서. 그런데 용건이……, 그렇지, 왜 혁명에 유혈이 필요한가, 라는 질문이었지."

"네. 하지만 전 의미 있는 유혈과 의미 없는 유혈을 구분합니다만."

아녜스는 때때로 흔들리는 욕실 커튼에서 눈길을 돌려 대답했다. 수녀

였던 그녀에게는 비록 모습이 보이지 않더라도 커튼 배후에 벌거벗은 남자가 있다는 것만으로도 유쾌한 일이 아니었다.

"큰 오해를 하고 있는 모양이군. 그건 혁명이 전쟁임을 이해하지 못해서 그러는 거야. 혁명은 전쟁이야. 전쟁인 이상, 적을 가차 없이 쓰러뜨려야 해."

"가차 없이⋯⋯란 무슨 뜻이죠?"

"모든 무기를 동원해야 한다는 말이야. 언론과 구호는 혁명의 중요한 무기지만, 우리는 칼과 총까지도 이용해야 해. 바스티유 공격 때를 떠올려 보게."

"선생님."

아녜스는 슬픈 듯 물었다. "제가 묻고 싶은 건 그런 게 아닙니다. 분명 무기를 사용하는 것도 혁명에는 필요할 테지요. 하지만 혁명에는 윤리적인 이상과 더불어 위엄과 품위도 동반되어야 한다고 생각합니다. 인간의 천박한 본능─, 폭력과 복수심을 채우기 위한 혁명이라면⋯⋯,"

"무슨 말을 하고 싶은 건지 모르겠군⋯⋯ 마드무아젤."

다시 욕실 속에서 물을 몸에 붓는 소리가 들렸다. 아녜스는 대답했다.

"예를 들어 어떤 사람이 귀족이었다는 이유만으로 아이건 여자건 구분 없이 인간적인 모욕을 주는 것은 비록 혁명이라 하더라도 용서받을 수 있는 게 아닙니다."

"그야 그렇지. 하지만 전쟁에서도 여자와 아이들이 말려들어 죽는 일이 허다하지 않은가."

"그렇다면⋯⋯, 예를 들어 탕플에 유폐된 전 왕비와 그 아이들은 어떻게 되나요?"

"그 사람들?"

깜짝 놀란 듯이 마라는 욕조에서 일어났다.

"그 사람들은 달라. 그들은 단순한 여자나 아이가 아니지."

"어떻게 다른가요?"

"그들은 반혁명의 상징이야. 전 국왕 루이 카페가 처형된 후에도 프랑스 국내에는 여전히 반동파와 왕당파들이 꿈틀대고 있어. 그건 카페 가족이 아직 살아 있어서 그런 거야."

아녜스는 욕실 안에 한 발을 디뎠다.

"그렇다면,"

하고 가장 알고 싶었던 것을 질문했다.

"선생님은 왕비였던 그 여성과 아이를 어떻게 처분해야 한다고 생각하십니까."

"단호한 처분이지. 이봐, 재앙의 씨앗은 하루빨리 잘라내야 해. 이런 때 지롱드 당의 온정주의는 금물이야."

"단두대 행이라고, 말씀하시는 건가요?"

"그래, 마리 앙투아네트와 그 애들은 단두대로 보내야 해."

"하지만 약한 여자와 아이입니다. 먼 시골 성에 감금하는 것만으로도,"

"개인의 감상주의가 끼어선 안 돼."

마라는 소리치며 허리에 타월을 두르고 욕실 커튼에서 얼굴만 내밀었다.

"지롱드 당과 같은 소리를 하는군."

"지롱드 당도 아니고 자코뱅 당도 아닙니다. 전 그저 정의의 이름을 빌어 사람들을 죽이는 건 혁명이 아니라고 생각합니다."

"정의를 수행하기 위해 죽이는 거야. 앞으로도 더욱 많은 반동파들의 피가……, 미안하지만 그 화장대에 있는 면도날 좀 집어주게."

아녜스는 그 말 대로 낡은 화장대에서 면도날을 들었다.

"난 원래 의사야. 몸 전체를 위해서는 썩은 다리는 잘라내야 한다는 걸 잘 알지. 썩은 다리는 단두대로 보낼 필요가 있어. 의사가 피를 두려워해서는 수술을 할 수 없지. 혁명 역시 피를 두려워해서는……"

만약, 이 한 사람을 죽이면 백 명의 목숨을 구할 수 있겠다고, 아녜스 마음에 그런 생각이 섞였다. 한 명과 백 명의 목숨. 마라의 목숨과 마리 앙투아네트 일가의 목숨.

"기이—."

마라는 손을 입가에 모아 비서를 불렀다.

"기이. 방금 처형 목록에서 단두대행은 몇 명이었지?"

"열한 명입니다."

조금 전에 아녜스를 욕실로 안내해 준 청년의 목소리가 계단 아래에서 들렸다.

열한 명. 마치 물건을 세듯 태연히 숫자를 말한다.

"일주일 후, 그 열한 명이 처형될 거야."

마라는 자랑스러운 듯 아녜스에게 말했다.

"이 사람들도 썩은 다리야."

"당신은요?"

"뭐라고?"

"당신 자신은 썩은 다리라고 생각지 않습니까? 하느님도 아닌 당신이, 타인의 생명을 쉽게 빼앗을 권리가 있나요?"

"이 집에서 나가게."

"싫어요."

"누가 와서, 이 시끄러운 여자를 끌고 가게."

아녜스는 커튼을 열었다. 놀라 욕실에서 몸을 일으킨 마라가 아녜스가 들고 있던 면도날을 보고 큰 소리를 치며 달려들었다. 그리고 짐승의 포효와도 같은 고함소리를 내며 두 손으로 아녜스를 붙잡고 목을 조르려 했다. 이때, 우연히 면도날이 깊숙이, 그의 가슴에 꽂혔다. 혁명가는 욕실 바닥에 쓰러져 버둥거렸다. 피가 가슴을 타고 흐르기 시작했다.

비명을 지르며 아녜스는 욕실에서 뛰어나왔다. 그녀는 자신이 무슨 짓을 했는지 이해하지 못했다. 층계참에서 비서 청년이 그 자리에 못 박힌 채 서 있다가, 바로 피투성이 그녀에게 달려들어 소리쳤다.

"살인자다. 선생님께서 피습되셨다."

사람들이 계단을 뛰어올라갔다. 아녜스는 그들에게 둘러싸여 매를 맞고 창백해진 얼굴로 기절했다.

"선생님께서 살해당하셨다."

욕실을 들여다본 청년은 망연히 손가락으로 가리키며 되풀이했다.

"살해당하셨다. 이 여자한테, 이 여자한테……."

모두가 아녜스를 둘러메고 시청으로 향했다.

재판

8월 1일의 무더운 밤.

탕플 탑 계단을 몇몇 남자들이 올라가 왕비였던 마리 앙투아네트의 방 앞에 섰다.

"마담 카페."

그들은 딱딱한 얼굴로 마리 앙투아네트를 불렀다.

"국민공회는 당신을 콩시에르주리로 이송하기로 결정했습니다. 그곳이 당신이 머지않아 재판 받을 특별법정에 가깝기 때문입니다."

마리 앙투아네트는 조용히 고개를 끄덕이고 시누이인 엘리자베트 공주와 딸 마리 테레즈 공주의 도움을 받아 옷을 갈아입었다. 그 표정에는 아무런 변화도 없었다. 무언가를 느끼기엔 너무나 큰 절망 속에 있었기 때문이다.

"실례합니다만 마담, 주머니를 좀 조사해봐야겠습니다."

한 남자가 무례하게 그녀의 검은 옷 주머니를 뒤졌다. 한 장의 손수건. 그리고 강심제가 든 작은 병. 그것이 갖고 있을 수 있도록 허락된 모든 것이었다.

"그럼 갑시다."

재촉을 받고 마리 앙투아네트는 시누이와 딸에게,

"용기를 가지고, 몸 건강히."

낮은 목소리로 그렇게 말하고 포옹한 다음 흐트러짐 없는 자세로 남자들에게 둘러싸여 방을 나섰다. 남겨진 공주는 고모의 단단한 포옹을 받으며 울고 있었다.

(저 분은) 엘리자베트 공주는 생각했다.

(이미 각오를 하셨구나. 자신의 운명을 받아들일 결심을 굳히셨구나.)

탕플을 나설 때, 몸을 숙이는 것을 잊은 앙투아네트는 입구 문틀에 머리를 부딪쳤다.

"괜찮습니까?"

한 남자가 걱정하며 묻자, 마리 앙투아네트는 조용히 대답했다.

"이젠 아픔 따윈 느끼지 않아요."

그러나 그녀는 마차를 타기 전, 탑의 삼 층을 가만히 바라보았다. 그 삼 층에는 아들이 지금 잠들어 있다…….

콩시에르주리.

센 강을 마주보며 지금도 서 있는 어둡고 오래된 탑이다. 파리 관광객 중에는 마리 앙투아네트가 지냈던 이 돌로 된 건물을 구경하는 사람들이 있는데, 그런 손님들에게 은발의 안내인이 축축한 복도와 회색 하늘만 보이는 안뜰을 안내하면서

"여기를 보세요. 이 방이 앙투아네트의……"

하고 설명해준다. 물론 자잘한 부분은 변했지만, 우리는 그곳에서 그녀가 걸었던 복도를, 그녀가 숨을 쉬었던 작은 방을 목격할 수 있다.

그 콩시에르주리에 오전 2시, 그녀는 연행되었다. 마리 앙투아네트가 여기에 올 것이라는 말을 들은 수위 아내와 하녀가 안뜰에 면한 방에 짚을 깐 침대, 변기를 겸한 등나무 의자, 테이블 등을 준비했다. 이 방에 끌려온 그녀의 드레스 자락은 헤지고 양쪽 겨드랑이는 실이 풀려 있었다. 탕플 탑에서는 그것을 꿰매줄 시녀가 없었기 때문이다. 벽에 회중시계를 걸고 마리 앙투아네트는 혼자서 드레스를 벗기 시작했다.

"고마워요. 하지만 지금은 혼자서 옷을 갈아입을 수 있어요."

그녀는 도와주려는 하녀에게 말했다.

작은 방 한가운데에는 칸막이가 있었다. 감시하는 두 국민 방위병이 반쪽 공간에서 포도주를 마시고 트럼프를 한다. 그리고 나머지 반쪽 공간이 마리 앙투아네트가 잠을 자고 옷을 갈아입는 곳이다. 재판이 시작될 때까지, 그녀는 책을 읽고 세공을 하면서 고독한 시간을 보냈다. 저녁 식사 후에는 경비병들이 놀음을 하는 것을 멍하니 지켜보았다. 반지를 돌리며 몽상에 빠져 있기도 했다. 때때로 침대 옆에 숨어 왕자의 초상과 그의 한 줌의 머리카락에 입을 맞추고 눈물을 흘리기도 했다. 탕플 탑에 갇혀 있는 왕자만이 그녀의 유일한 걱정거리였다. 잘 자고는 있는지. 병에 걸리지는 않았는지.

자신의 운명에 대해서는 아무런 생각이 없었다. 눈덩이가 골짜기 아래로 굴러가듯이, 자기가 어디로 떨어질지 그녀는 잘 알고 있었다. 지금에 와서 발버둥치고 저항해 봐야 아무런 소용이 없었다.

방은 뜰에 면해 있었고, 그 뜰 한편은 독방과 큰방에 들어가지 못한 여자 수감자들이 산책을 하는 곳이었다. 따분해질때면, 마리 앙투아네트는 창문에서 여자 수감자들이 걸어 다니는 것을 몰래 지켜보았다. 여자 수감자들도 그 창문 안쪽에 유명한 마리 앙투아네트가 갇혀 있다는 걸 알고 있었다. 어떤 여자 수감자가 항상 이쪽을 가만히 바라보고 있었다. 얼굴에는 기품이 있어 다른 여자들과는 왠지 달라 보였다.

"저 분은 누구죠?"

그녀는 어느 날, 시중을 들어주는 하녀 로잘리에게 물었다.

"저 수감자는……, 마라를 죽인 여자입니다."

"마라라뇨? 누구죠?"

마리 앙투아네트는 탕플 탑에 갇힌 다음 세상에서 일어난 일들에 대해 무엇 하나 알지 못했다. 그런 고독한 생활이 매일 계속되었다. 처음엔 호기심과 경계심이 섞인 시선을 보내던 콩시에르주리 사람들은 왕비가 조용히 자신의 운명을 받아들이는 데에 감명을 받았다. 그들은 조금씩 마리 앙투아네트의 고독을 위로하려 하기 시작했다. 방을 지키는 국민 방위병이 매일 꽃을 가져다주기도 했다. 수위 아내도 그녀를 위해 음료수를 사다 주었다. 그리고 콩시에르주리 감독인 미쇼니까지 그녀에게 탕플에 있는 아이들 소식을 몰래 얘기해주었다.

놀랍게도 미쇼니는 호기심에서 전 왕비를 보고 싶어 하는 사람들을 안내하기 시작했다. 유명한 마리 앙투아네트를 보기 위해, 그녀와 대화하기 위해 많은 사람들이 콩시에르주리를 찾아왔다. 신부가, 화가가, 왕비를 만나 죄의 고백을 듣고 초상화를 그린다. 탕플 탑에서는 생각할 수도 없는 은혜가 고독한 여자 마리 앙투아네트에게 주어졌다.

미쇼니의 은혜를 이용해 그녀를 구출하려는 자가 나타났다. 유명한 카네이션 사건이 바로 그것이다. 8월 28일, 수요일의 일이다.

미쇼니가 그날도 또 한 명의 '구경꾼'을 데리고 왔다. 키 작은 중년 남자로 옷 단추에 두 송이 카네이션을 끼우고 있었다. 미쇼니와 그 남자가 들어왔을 때, 마리 앙투아네트는 고개를 들어 그들을 보고는 눈에 놀라움의 빛이 언뜻 지나갔다. 궁전에서 자주 보고 알고 있었던 기사 중 한 사람이었다. 그의 이름은 루즈빌. 그가 무엇 때문에 왔는지 알 수 없었다. 루즈빌은 나가기 전에 가슴에 있는 두 송이 카네이션을 빼서 슬쩍 난로 옆에 떨어뜨렸다. 그리고 의미심장한 눈짓을 보냈다.

그가 미쇼니와 떠난 후, 마리 앙투아네트는 가만히 바닥의 카네이션을 바라보았다. 눈에 띠게 몸을 굽혀 주울 수는 없었다. 방 안에선 국민 방위병이 감시를 하고 있기 때문이다.

"저기,"

그녀는 방위병에게 말했다.

"다시 한 번 미쇼니 씨와 얘기하고 싶어요. 제 식사에 대해서."

전 왕비의 말을 믿은 방위병이 한눈을 파는 사이에 그녀는 두 송이 카네이션을 재빨리 주워, 그 속에 두 장의 편지가 들어 있는 것을 발견했다. 한 장의 편지에는 이렇게 쓰여 있었다.

"나는 당신을 잊지 않았습니다. 제 헌신을 표현할 방법을 항상 찾고 있습니다. 주위 사람들을 위해 3, 4백 루이, 필요하시다면 다음 금요일에 지참하겠습니다."

또 다른 종이에는 탈주계획이 자세히 쓰여 있었다. (그 내용은 지금까지 알려지지 않았다.)

너무나 놀란 나머지, 마리 앙투아네트는 아무 말도 할 수 없었다. 종이를 빨리 감추려는 손이 부들부들 떨렸다…….

루즈빌이 금요일에 오기로 약속하고 떠난 다음, 마리 앙투아네트는 카네이션에 감춰진 편지의 말들을 가만히 곱씹었다.

"주위 사람들을 위해 3, 4백 루이, 필요하시다면 다음 금요일에 지참하겠습니다."

이 말은 그녀를 감시하는 국민 방위병 두 사람을 매수하라는 암시가 아닐까. 마리 앙투아네트는 그렇게 여겼다. 절망하고 완전히 포기했을 때, 그녀에게 뻗친 구원의 손길. 물에 빠진 사람은 지푸라기라도 잡는다. 그녀가 루즈빌의 너무나 조잡한 계획에 동의한 것은 충분히 있을 수 있는 일이었다. 냉정한 사고력을 잃은 앙투아네트는,

"무슈 질베르"

한 방위병에게 속삭였다.

"놀라지 마세요. 지금 여길 찾아왔던 루즈빌 씨는 카네이션에 숨겨 제게 편지를 주었습니다."

왜 그녀가 그 중대한 비밀을 곧바로 방위병에게 털어놓았는지는 수수께끼이다. 여기서부터 이 사건은 더욱 더 기괴해진다. 도저히 진상을 알 수가 없다.

그러나 여러 자료들을 통해 추정해 보면 방위병 질베르는 마리 앙투아네트의 말에 설득을 당해 한 때는 돈을 받는 조건으로 그녀가 루즈빌과 취하는 연락을 눈감아 주기로 했던 모양이다. 게다가 이 사건은 그의 동료와 마리 앙투아네트의 시중을 드는 아렐 부인 귀에도 죄다 들어가게 된다. 왜 모두가 알게 되었는지, 지금도 분명하지는 않다. 아무튼 마리 앙투아네트는 경솔하게도 루즈빌에게 들은 대로 국민 방위군들을 매수하기 시작했다. 그리고 카네이션에 감춰진 편지뿐만 아니라 거기에 대한 답장까지 질베르에게 건네준 것 같다.

것 같다는 애매한 표현을 쓰는 이유는, 이것이 후일 질베르의 고발로 발각되었을 뿐이기 때문이다. 아무튼 질베르도 그의 동료도 아렐 부인도

이 사건에 대해서는 한동안 침묵을 지켰다. 질베르에게서 보고를 받고 루즈빌과 마리 앙투아네트의 편지를 받은 책임자 미쇼니도 상사나 국민공회에 연락하지 않았다. 아마도 그들은 모두 자신들에게 피해가 올 것을 두려워했을 것이다.

그러나—,

국민 방위병 질베르는 너무나 겁이 많았다.

(혹시 이게 발각된다면)

이 소심한 남자는 만일의 경우에 대해 생각하다가 안절부절 못하게 되었다. 그의 뇌리에는 배신자로 혁명 광장이나 그레브 광장 단두대에 오른 사람들의 모습이 떠올랐다. 닷새 동안 침묵을 지키던 그는, 결국 닷새 후에 상사인 뒤메닐(Dumenil) 대령에게 사건의 전말을 보고했다.

9월 3일 밤—,

갑자기 문이 거칠게 열리며 국민공회 의원들이 들어왔다. 뒤메닐 대령의 긴급연락을 받고 그들은 서둘러 조사를 시작했다.

연거푸 쏟아지는 질문에 마리 앙투아네트는 잡아뗐다. "모릅니다" "알 수 없습니다" 하고 완고하게 고개를 저었다.

"제게 카네이션을 준 사람은 없습니다."

"여기를 찾아오는 사람 얼굴은 별로 기억하지 못합니다."

그녀는 루즈빌을 지키기 위해 그런 거짓말을 했다. 어디까지나 모른다, 모른다고만 했다. 마리 앙투아네트 말고도 물론, 문제의 루즈빌을 체포하라는 명령이 내려졌다. 그러나 이 남자는 재빨리 위험을 탐지하고 달아난 후였다. 책임자인 미쇼니와 국민 방위병인 질베르도 조사를 받았다. 미쇼니는 마리 앙투아네트가 건네준 편지를 제출했는데 그것은 깃털 펜으로 쓴 게 아니라 바늘로 눌러 쓴 글자로 판독이 불가능했다. 미쇼니가 자신에게 누가 끼칠 것을 염려해 이미 바늘로 구멍을 더 뚫었기 때문이다.

(단 세 줄로 쓰인 이 편지의 복제본이 오늘날 콩시에르주리에 전시 돼 있다.)

감시를 당하고 있습니다.

아무에게도 말하지 않겠습니다.

의지하고 있습니다. 저는 가겠습니다.

(이 복제본은 해독 불가능했던 편지를 전문가가 다시 작성한 것이다.)

심문은 9월 3일 밤늦게까지 계속되었고 마리 앙투아네트는 잠도 자지 못한 채 끊임없이 이어지는 질문공세를 받았다. 공범자들에게 폐를 끼치지 않으려고 시치미를 떼던 마리 앙투아네트도 조서에 서명을 할 무렵엔 결국 자신이 거짓말을 했음을 고백했다. 미쇼니는 바로 체포되었고 그 역시 이 콩시에르주리에 투옥되었다.

4일, 사람들이 앙투아네트의 독방을 샅샅이 뒤졌다. 침대와 의자와 벽과 철창까지 모두 뒤졌고 소지품들도 압수했다. 그녀는 반지와·속옷까지 전부 빼앗겼다. 아이들과 시누이와도 헤어져 콩시에르주리에 이송된 그녀는 새로운 고통을 맛보아야만 했다. 아무 것도 없는 방. 불안과 공포, 그녀는 불면증에 걸려 밤에도 잠들 수가 없었다.

한편, 조사위원은 그녀를 다른 방으로 옮기려고 했다. 탈주계획을 미연에 방지하기 위해서다.

콩시에르주리 안에서 약국으로 쓰이던 방이 선택되었다. 안뜰과도 연락이 불가능하기 때문이다. 그 방 창문은 모두 막히거나 철망과 철봉이 설치되었다.

13일에 마리 앙투아네트는 그곳으로 옮겨졌다. 그때까지 로잘리와 함께 그녀의 시중을 들었던 아렐 부인 대신, 보(Veau)라는 남자가 시중을 담당하게 되었다. 이 남자도 마리 앙투아네트의 방에 들어갈 때에는 국민 방위병 장교나 하사관을 동반해야만 했다. 개미 한 마리 얼씬할 수 없는 엄중한 경계태세였다…….

새로운 독방은 습기가 많고 차가웠다. 파리에선 가을이 갑자기 찾아들어 아침과 밤에는 특히 추워진다. 그리고 해가 지는 것도 부쩍 빨라졌다. 저녁이 오면 독방은 어둡고 음산하다. 그 독방 안에서 은발의 한 여자가 고개를 숙여 앉아 있다. 생기 없는 얼굴. 희망을 완전히 상실한 구부정한 등. 그런 그녀의 초상화를 오늘날 우리는 콩시에르주리에서 볼 수 있다. 그 그림에는 삶의 의지를 상실한 여자의 얼굴이 분명하게 묘사되어 있다.

그것이 마리 앙투아네트였다. 만약 베르사유 궁전과 트리아농 궁 시절의 그녀를 아는 자가 있어서 우연히 콩시에르주리를 찾아갔다면, 아마 그는 이 고개 숙인 은발의 여자를 옛날의 왕비라고는 전혀 생각지 못했을 것이다. 그만큼 그녀에게는 옛날의 모습이 사라지고 없었다. 그녀는 이 독방에서 할 수 있는 일이 단 하나밖에 없었다.

남편과 아이들을 생각하는 일이었다. 남편과 아이들과 지냈던 베르사유에서의 행복한 날들을 곱씹는 것이다. 추억하는 것, 과거로 되돌아가는 것만이 이 고독한 시간을 보낼 유일한 수단이었다. 아무리 저항을 해도, 발버둥을 쳐도 이미 궤도는 정해져 있었다. 처형이라는 목적지를 향해 그녀를 태운 수레는 한 방향으로 굴러가고 있었다.

(머지않아,)

하고 그녀는 남편의 얼굴을 떠올리며 중얼거린다.

(만나 뵐 수 있겠군요.)

그리고 아무도 모르게 마리 앙투아네트는 미소 짓는다.

(제 생사는 아무래도 좋습니다. 이젠 죽음도 두렵지 않습니다. 마음에
걸리는 건 아이들뿐⋯⋯)

좁고 어두운 공간이 그녀가 가진 세계의 전부였다. 창문에는 철창이 끼
워지고 철망이 붙어 있다. 그러나 그녀는 이제 탈주를 생각할 기력도 없
다. 의지도 없다. 그녀는 외부세계가 어떻게 돌아가는지 전혀 몰랐고, 관
심도 없었다.

공식적인 결정은 아니었던 루이 카페의 아내, 전 왕비 마리 앙투아네트
의 처형은 이 무렵, 점차 기정사실로 굳어져가고 있었다. 몽타뉴 파 지도
자인 로베스피에르는 국내 불안과 국외에서 영국의 압박을 물리치기 위해
'공포정치'에 더욱 박차를 가하고 있었다. 반대자들은 모두 단두대로 보냈
고, 로베스피에르와 열한 명의 대(大)공안위원회(公安委員會)가 혁명정부
의 중심적 지도자로서 독재정치를 펼치고 있었다.

어두운 독방 안에서 그녀는 말 그대로 혼자였다. 하루가 일 년처럼 길
고 또 밤이 되면 고독이 얼음처럼 그녀를 얼어붙게 만들었다. 얼굴을 내
미는 사람은 새로운 감시인인 보와 하녀인 로잘리 뿐이었다. 그 두 사람과
짧은 대화를 나눌 때 이외에는, 그녀는 의자에 홀로 앉아 가만히 고개를
숙이고 있었다. 그 마음속을 차지했던 것이 무엇이었는지는 아무도 알 수
없다. 그러나 그녀가 이 긴 하루를 죽은 남편, 헤어져야만 했던 아이들,
그 중에서도 왕자를 끊임없이 떠올리며 지냈던 것만은 분명하다.

이 때 페르센이 앙투아네트의 마음을 얼마나 차지하고 있었는지, 그의

모습을 쉼 없이 떠올리고 있었는지 조차, 우리는 알 수 없다. 그녀의 뇌리에 때론 트리아농 궁, 베르사유 궁전이 떠올랐다고 하더라도 그것은 이미 먼, 너무나 아득한 안개에 싸여 버렸을 것이다.

모든 기력이 쇠진해 버렸다. 이것이 이 시기 마리 앙투아네트의 심경이었을 것이다. 외양도 왕비의 아름다운 모습은 사라지고 살아 있는 시체처럼 무기력한 여자로 변했다. 그런 그녀를 위로해 준 것은 매일 저녁, 철창이 달린 창문 저편에서 들려오는 여자 죄수들의 웅성임과 얘기소리였다. 그 중에서도 한 사람, 그녀에게 들리도록 기도하는 목소리가 있었다.

하늘에 계신 우리 아버지
그 이름을 거룩하게 하여 주시며……

가톨릭 신자라면 누구나 아는 이 주기도문과,

은총이 가득하신 마리아님 기뻐하소서
주님께서 함께 계시니
여인 중에 복되시며……

라는 성모 찬가였다.

그럴 때 그녀 역시 무릎을 꿇고 함께 기도를 올린다. 그 사람 얼굴은 볼 수 없지만, 그 사람이 그녀에게 들리도록 기도해 주고 있다는 것은 분명했다.

"저 분은 누구시죠?"

마리 앙투아네트는 하녀 로잘리에게 물었다.

"알아볼게요."

콩시에르주리 안에서 유일하게 마리 앙투아네트에게 동정심을 품은 로잘리는 이튿날 몰래 알려주었다.

"그 여자는 아녜스라는 수녀였던 사람입니다. 마라란 의원을 죽인 죄로 갇혔답니다."

마리 앙투아네트는 여기로 옮기기 전 방에서 안뜰이 보였던 것과 그 안뜰을 산책하던 어떤 여죄수가 늘 그녀의 방을 바라보았던 것을 떠올렸다. 그 여죄수가 마라를 죽인 여자라는 말을 들었던 것도 기억이 났다.

"그래. 그 사람에게 몰래 좀 전해 줘요. 늘 기도에 감사하고 있다고. 위안을 받는다고."

그날부터 마리 앙투아네트는 저녁이 오기를 기다리게 되었다. 그리고 그 저녁이 찾아와 식사 전 여죄수의 운동시간이 시작되면 바닥에 무릎을 꿇고 아녜스가 밖에서 기도소리를 내어줄까 귀를 기울였다. 그렇게 며칠이 흘렀다. 그 가을 어느 저녁에 아녜스의 기도는 평소와 달랐다.

천주의 성모 마리아님,
이제 와 저희 죽을 때에
저희 죄인을 위하여 빌어주소서

성모송을 바친 후 그녀는 마리 앙투아네트가 들어본 적 없는 기도를 빠르게 바쳤다.

희망을 잃지 마라
그는 너희 목숨을 구하리라

그는 페르센

목소리는 여기서 끊기고 나막신을 끄는 소리가 멀어져 갔다. 마리 앙투
아네트는 깜짝 놀라 얼굴을 들었다. 그녀가 잘못 들은 게 아니라면,

희망을 잃지 마라
그는 너희 목숨을 구하리라

라는, 언뜻 기도를 닮은 말에 이어
그는 페르센

이라는 목소리가 분명하게 들렸기 때문이었다.
(페르센이…… 아직도)

창문에 매달리듯 마리 앙투아네트는 이미 해가 저문 바깥을 보려 했다.
그러나 더 이상 아무 것도 보이지 않았다…….

그 이튿날 아침 일찍, 누군가가 아녜스를 흔들어 깨웠다. 감옥 감시인의
아내였다.

"일어나요. 마중 왔어요."

"마중이요?"

그렇게 말하고 짚 이불에서 몸을 일으킨 그녀는 그 말뜻을 이해했다.

"십 분만 준비할 시간을 주세요."

준비를 하고 그녀는 무릎을 꿇어 잠시 기도를 바쳤다. 곁에 있던 여죄
수들은 묵묵히 그 기도하는 모습을 바라보았다.

"잘 있어요. 주의 은총이 함께 하기를."

창백해진 얼굴에 웃음을 띠고 그녀는 모두에게 인사를 한 후 감시인 아내를 따라 감방을 나왔다. 그곳에서는 사형집행인 제복을 입은 남자가 기다리고 있었다.

"상송 씨. 저를 기억하시나요?"

아녜스는 괴로운 미소를 띠고 그에게 말을 걸었다. 처형인인 상송은 깜짝 놀라 그녀의 얼굴을 가만히 들여다보고는 소리쳤다.

"당신은……"

"그래요. 근처 사제관에서 일하던 아녜스예요."

"몰랐어……"

집행인은 망연히 중얼거렸다.

"왜 이런 일이. 내가 당신을 처형해야 하다니, 괴로운 일이야. 정말이지 괴로운 일이야."

"누군가가 해줘야 하는 일이에요."

"나를 원망하지 말아 줘. 이게 우리집안 대대로 내려오는 일이니까."

상송은 그녀의 손을 묶으려다가,

"아니, 묶지 않을게"

하고 끈을 주머니에 넣었다.

콩시에르주리 앞, 센 강변에 마차는 이미 대기하고 있었다. 그 마차가 앞으로 다리를 건너고 모네 거리, 콩방시옹(Convention) 거리를 지나 혁명광장 단두대까지 그녀를 태워갈 것이다.

마차를 탔을 때,

"서 있어도 될까요?"

하고 상송에게 부탁했다.

상송은 고개를 끄덕이며, 이 길이 그녀에게 무의미한 고통을 주지 않을까 두려워했다.

"남길 말이 있나?"

그가 그렇게 묻자, 아녜스는 잠시 생각했다.

"그럼 부탁을 하나 할게요. 언젠가 이 마차에 마리 앙투아네트 전 왕비가 타시거든 그녀에게 전해주세요. 심판은 신만이 내릴 수 있다고. 인간이 아니라고."

상송은 묵묵히 고개를 끄덕였다.

"광장에는 사람들이 많이 모였을까요?"

"그럴 지도 모르지."

"그 중에 언젠가 상송 씨 집에서 도움을 받은 마르그리트가 섞여 있을 지도 모르죠."

그녀는 마치 남 일처럼 그런 말을 했다. 그리고 마지막으로,

"죽을 준비를 할게요"

라고 하고 눈을 감아 기도하기 시작했다. 물론 상송은 그녀가 하는 대로 내버려두었다.

구경꾼들이 하나둘 늘어나기 시작했다. 파리의 호기심 강한 사람들이 마라를 죽인 그 여자를 보기 위해 길 양쪽에 서서 욕을 하고 야유를 퍼부었다. 그러나 아녜스는 마치 그 소리들이 들리지 않는 듯 기도를 계속했다. 기도가 끝났을 때, 그녀는 오히려 재미있다는 듯 구경꾼들에게 시선을 보내다, 갑자기

"아아,"

하고 소리쳤다.

"마르그리트다. 상송 씨, 마르그리트가 저기 보여요."

열 겹, 스무 겹으로 에워싼 사람들 틈에서 마르그리트가 토끼 아주머

니와 함께 이쪽을 바라보고 있다. 마차는 천천히 그녀들 앞을 통과해 간다. 상송은 마르그리트의 얼굴에 놀라움과 충격이 스쳐지나가는 것을 똑똑히 보았다. 그녀는 그만 무언가 소리친 후 눈길을 피해 토끼 아주머니 가슴에 얼굴을 묻었다.

"안녕, 마르그리트. 안녕, 내가 사랑한 민중들. 혁명은 옳아. 하지만 그건 인간을 존중하기 위해서지 인간을 모욕하기 위해 존재하는 게 아니야."

이 말이 아녜스가 남긴 최후의 말이었다. 마차가 이미, 단두대가 놓인 혁명 광장에 도착했기 때문이다.

센 강변에서 마르그리트는 자갈을 강물에 던지며 생각에 잠겨 있었다.

(왜 그녀 같은 사람이……)

한 달 동안, 그녀는 그것만 계속 생각하고 있었다. 그녀 같은 사람이란 말할 것도 없이 수녀였던 아녜스를 말한다.

잔소리 같아서 귀찮기는 했지만, 그 수녀를 싫어하지 않았다. 읽고 쓰는 법을 가르쳐준 것도 그녀다. 하지만 무엇보다 그 수녀는 남자들에게 돈을 받고 몸을 팔았던 마르그리트를 경멸하지 않았다. 한 사람의 벗으로 그녀를 대해 주었다.

(좋은 사람이었는데. 좋은 사람이었는데.)

그 사람이 귀족과 악당들처럼 단두대에서 처형당하다니. 군중들의 욕설과 아우성 속에서 무릎을 꿇은 그녀는 단두대 구멍 안에 순순히 머리를 넣었다.

피를 보는 희열. 보복의 쾌감. 지금까지 맛보았던 그 복수의 만족감은 아녜스의 처형을 목격하고 나서는 마르그리트의 마음속에서 전혀 일어나지 않았다.

아니, 오히려 그 반대였다…….

뭐라 표현할 길 없는 죄책감과 양심의 가책과 같은 기분이 그녀 가슴 속을 계속 지배했다.

(내 잘못이 아니야.)

마르그리트는 강물에 돌을 던지며 스스로를 위로했다.

(내가 죽인 게 아니잖아. 그런데 왜…… 단두대에서 처형될 일을 저지른 거지?)

그녀는 일어서서 석양이 비치는 강가를 천천히 걸었다.

강가에는 인양된 낡은 배들이 버려져 있었다. 석양은 그 부식된 갑판과 뱃머리에도 비치고 있었다.

그 버려진 배 안에서 무언가 소리가 났다. 마르그리트는 멈춰섰다.

(들갠가?)

하고 그쪽으로 시선을 보냈다.

"페르센 생각엔,"

갑자기 탁한 남자 목소리가 배 안에서 들려왔다.

"그녀의 운명은 이미 정해졌어. 그 생각엔 나도 동감하고. 아무리 발버둥 쳐도, 아무리 해명을 해도 국민공회는 처음부터 그녀를 처형하기로 정해놓았을 걸."

"그런데도 재판을 할까?"

그것은 여자 목소리였다.

"하긴 하겠지. 하지만 재판은 형식적인 거야. 내가 조사한 바로는 검사 푸키에(Antoine Quentin Fouquier-Tinville, 1746~1795)는 다음 달에라도 재판을 열 작정으로 조서를 마련하는 모양이더군. 그리고 그녀를 사형에 처하게 하려고 자기들 입김이 닿는 배심원들을 내세우려고 해."

"죄명은?"

"국가반역죄, 배신행위, 첩자, 그런 거야 코에 걸면 코걸이지. 정치재판이란 게 다 그런 거 아닌가?"

무슨 말을 하는 걸까.

귀를 기울이던 마르그리트는 지금 얘기가 재판에 회부될 어떤 귀부인에 대한 이야기임을 알 수 있었다.

"그러니까"

남자는 여자에게 말했다.

"재판으로 그녀를 구할 생각은 하면 안 돼. 그 점은 페르센도 나도 같은 생각이고. 비상수단을 강구해야지."

"비상수단이라니……, 이제 콩시에르주리엔 못 들어가. 그 사건 후에 그 감옥은 개미 한 마리 얼씬도 못할 만큼 경비가 삼엄해졌다니까."

여자는 당혹스러운 듯이 대답했다.

페르센—,

(페르센이라면, 그 튈르리 궁에서 만난……)

그 순간, 그녀는 온 몸에서 핏기가 가시는 느낌이었다. 내가 지금 들은 건, 마리 앙투아네트를 구출하려는 사람들이 비밀리에 나눈 대화가 아닐까. 그녀가 좀 더 가까이 배에 다가갔을 때, 멀리서 이쪽을 바라보던 남자아이가 있었다. 그 아이는 갑자기 뒤를 돌아 날카롭게 휘파람을 불었다. 그 순간, 버려진 배 안의 대화가 갑자기 중단됐다. 그리고 바로 어떤 꼽추 여자가 배 안에서 나타나 수상쩍은 눈으로 마르그리트를 바라보았다.

10월 12일 밤이었다.

어둠 속에서 마리 앙투아네트는 오한에 떨고 있었다. 하녀인 로잘리는 이미 집으로 돌아가고 없었기 때문에 그녀는 침대 안에서 등에 찬물을 끼얹은 것처럼 추위에 잠 못 이루는 밤을 보내고 있었다.

　하늘에 계신 우리 아버지
　그 이름을 거룩하게 하여 주시며

　그녀는 육체의 고통과 얼어붙을 것만 같은 고독을 잊기 위해 기도문을 입속으로 되풀이했다. 그 기도는 얼마 전 수녀였던 아녜스가 안뜰에서 올리던 기도이기도 했다.
　문을 두드리는 소리가 들렸다.
　"일어나세요."
　어둠 속에서 헌병이 등불을 들어 올려 비추었다.
　"준비를 해주세요. 지금부터 내일 공판을 위해 예심을 받아야 합니다."
　(올 것이 왔구나.)
　그런 마음이었다. 마리 앙투아네트는 상반신을 일으켜,
　"알겠어요" 하고 조용히 대답했다. "옷을 갈아입을 테니 뒤로 돌아주세요."
　헌병은 혼자가 아니었다. 그는 두 사람의 동료와 법원 관리와 함께 마리 앙투아네트가 칸막이 뒤에서 옷을 갈아입기를 가만히 기다리고 있었다. 독방에서 다섯 명은 불 켜진 촛대가 붙어 있는 돌 벽으로 된 방을 지나갔다. 다섯 그림자가 돌 벽에 비치며 움직였다.
　콩시에르주리는 옆에 있는 고등법원─혁명재판소 건물과 연결되어 있었다. 검은 상복을 입은 마리 앙투아네트, 즉 카페 미망인은 그 재판소의 '자유의 방'으로 끌려갔다. 그곳에는 두 개의 촛불이 마치 나방의 날갯짓

처럼 흔들리고 있었고 젊은 에르망(Martial Herman, 1749~1795)예심판
사와 푸키에 검사와 몇몇 방청인의 모습이 그림자처럼 보였다.

"이름을 말하시오."

"저는 카페"

라고 말하려다 그녀는 머리를 당당하게 들어올려,

"제 이름은 마리 앙투아네트 드 로렌 도트릿슈(Marie-Antoinette de
Lorraine d'Autriche) 였습니다."

라고 일찍이 사람들이 그녀를 불렀던 이름을 댔다.

에르망은 젊은 재기를 펼쳐보이고자 마리 앙투아네트에게 날카로운 질
문을 퍼부었다.

"당신은 민중의 땀의 결실인 프랑스 재원을 자신의 즐거움을 위해 낭비
하지 않았는가."

"당신은 프랑스의 적국인 외국—특히 당신의 오빠인 오스트리아 황제
와 비밀 편지를 주고받지 않았는가."

에르망은 마리 앙투아네트가 프랑스를 배신하는 행위를—다시 말해 프
랑스 군주제를 지키기 위해 오빠인 오스트리아 황제에게 선전포고를 요구
했을 뿐만 아니라, 필요한 정보를 제공하지 않았느냐고 심문했다. 덫을 치
고 기다리는 질문이었고, 무심코 대답하면 철저히 추궁을 당했다. 마리
앙투아네트는 필사적으로, 빈틈없는 답변을 했다. …….

"당신이 변호인을 세우지 않는다면 관선 변호인을 골라주겠소."

그렇게 말하며 에르망은 겨우 미소를 지었다.

"그렇게 해 주세요."

마리 앙투아네트는 대답했다.

형식뿐인 관선 변호인이든, 아니면 아무리 피고인 카페 미망인을 위해

열변을 토하든, 희생양 마리 앙투아네트에 대한 단죄는 이미 처음부터 결정된 것이나 다름없었다. 그것은 연출된 재판에 불과했으며, 그 연출에서는 막이 어떤 형태로 내릴지 이미 대본에 적혀 있었다. 그 연출가는 푸키에 검사였는데, 그의 집무실은 콩시에르주리 북쪽에 있는 세자르 탑 안에 있었다.

검사 푸키에는 그날 밤, 전 왕비 마리 앙투아네트의 기소장을 썼다. 공판을 위한 서류였다. 사실을 뒤섞고 확대, 과장한 그 기소장은 그가 뽑은 배심원들에게 지지를 받을 게 분명했다. 마리 앙투아네트는 다시 차가운 독방으로 돌아갔다. 기진한 몸을 침대에 누이고 눈을 감은 후, 그녀는 자신의 운명의 종말이 멀지 않았음을 분명하게 느꼈다.

10월 14일.

혁명재판소의 대법정은 한 시간 전부터 기침과 잡담과 웅성임으로 소란스러웠다. 방청석에 모인 시민들은 이제 곧 열릴 문에서 모습을 드러낼 한 여인을 기다리고 있었다. 그 여자는 얼마 전까지 그들에게는 손이 닿지 않는 프랑스 왕비라는 칭호를 지닌 여자였다. 그 여자는 얼마 전까지 베르사유의 금색 궁전 안에서 그들이 상상조차 할 수 없는 호화로운 생활을 하던 여자였다.

대법정 정면에는 재판장 에르망이 서류를 들여다보고 있다. 양쪽에는 판사들이 매우 엄숙한 얼굴로 앉아 있다. 그들은 지금부터 결론이 이미 정해진 이 재판극을 공평무사하게 보이도록 연기해야 할 배우들이다.

문이 열렸다. 헌병 두 사람이 들어왔다. 방청석에 앉은 사람들의 웅성임이 지금, 물을 끼얹은 듯 고요해졌다. 그러나 문에서 나타난 여자에게 사람들의 시선이 쏠렸을 때,

"아아"

하는 목소리가 대법정 안에 잔물결처럼 퍼졌다.

"정숙하시오"

하고 재판장은 나무망치를 두드리며 외쳤다.

이렇게나 변해버리다니. 이 사람이 프랑스 왕비였던 그 여자인가. 아름답고 우아하다는 칭송이 자자했던 프랑스의 마리 앙투아네트인가. 그곳에 나타난 여자는 은발에 상복을 걸치고 피로에 젖은 노파에 지나지 않았다. 노파. 그녀는 마치 늙은 여자처럼 보였다. 그러나 그녀의 나이는 불과 서른 일곱 살이었다.

"카페 미망인, 착석하고 이름, 연령, 지위, 출생지, 주소를 말하시오."

재판장 에르망이 명령했다. 마리 앙투아네트는 그에게 시선을 보내며 전날 밤과 똑같이, 당당하게 이름과 나이를 대답한다. 기소장이 낭독된다. 마리 앙투아네트는 앉은 의자 팔걸이에, 피아노를 치듯 손가락을 움직이며 멍하니 듣고 있다. 아니, 상념에 빠져 있었다. 무슨 대답을 하든, 무슨 변론을 하든, 이 재판은 그녀를 '처형'하기 위한 재판임을 그녀는 알고 있었다.

심문이 시작되었다. 증인이 불려나왔다. 이 나라를 배신한 적이 없는가. 오스트리아 황제인 오빠와 프랑스가 전쟁을 하도록 거래를 하지 않았나. 베르사유 궁전에서 사치스런 생활을 하던 돈의 출처는 어디인가.

전날 밤과 똑같은 질문. 그리고 전날 밤과 똑같은 답변. 방청석에 앉은 사람들 중에는 졸기 시작하는 자도 있었다. 그들은 복잡한 정치 공작에 대해서는 알 수 없었기 때문이다. 복잡한 정치 공작에 이 여자가 가담했다고 하는 걸까. 그들의 분노를 자극하고 흥미를 일으키게 하는 것은 오로지 전 왕비의 호화로운 생활이었다.

재판장 에르망은 여기서 갑자기 정치에 대한 심문을 멈추고 한 남자의 발언을 허락했다. 그 남자는 탕플 탑의 책임자 에베르였는데, 그는 마리 앙투아네트가 예상조차 하지 못한 일에 대해 대답하기 시작했다.

"당신의 아들, 즉 탕플 탑에 구금된 카페의 아들은 건강상태가 좋지 못했으나."

에베르는 거기서 말을 끊었다.

"몸에 유해한 자위 행위를 하는 모습이 교육 담당 시몽에 의해 발각되었습니다."

마리 앙투아네트는 처음에 이 남자가 무슨 말을 하는지 알 수 없었다.

"제 아들이요? 무엇을 했다고 하셨나요?"

"자위행위 말입니다. 수음이요. 그리고 당신의 아들은 이러한 행위를 당신과 고모에게서 배웠다고 했습니다. 그 아이는 그 발언을 파리 시장과 검사 앞에서도 거듭 되풀이했습니다. 그뿐만 아니라 당신이 그와 근친상간을 저질렀다는 것도 판명되었습니다."

방청석으로부터

"아아,"

하고 놀라움의 목소리가 터져 나오고 그것은 분노와 욕설로 바뀌었다. 그 목소리를 낸 것은 여자들이었다.

"더러운 것"

"지옥에나 떨어져라"

그 목소리는,

"일어서. 일어서서 재판을 받아라. 일어서"

하는 구호로 변했다.

마리 앙투아네트는 망연히 사람들의 고함소리를 듣고 있었다. 그녀와 시누이인 엘리자베트 공주가 왕자에게 음란한 행위를 가르치고 상상조차 할 수 없는 일을 했다고 한다. 그것은 모욕이니 모독이니 하는 말로 설명할 수 있는 것이 아니었다. 평생, 이런 치욕을 받은 적은 없었다. 마리 앙투아네트의 무릎이 분노로 가늘게 떨렸다. 재판장 에르망은 그런 그녀에게,

"증인의 진술에 답변할 말이 있습니까?"

하고 무신경하게 재촉했다.

마음속 깊이 경멸하듯이 마리 앙투아네트는 증인석에 있는 에베르를 보고,

"아홉 살 난 아이에게 어른이 자기의 생각대로 말하게 하는 일은 매우 쉬운 일입니다. 이 분이 말씀하시는 그런 일은…… 저는 전혀 알지 못하는 일입니다."

그렇게만 말하고 자리에 앉았다.

배심원 한 사람이 손을 들어 재판장에게 좀 더 분명한 답변을 하기를 요구했다.

마리 앙투아네트는 고개를 끄덕이고 다시 의자에서 일어났다. 그녀는 배심원석과 방청석을 향했다.

"제가 대답하지 않은 까닭은……, 자연이 어머니에 대한 그런 혐의를 거부하기에 그렇습니다."

방청석에서 그때까지 떠들던 여자들이 이 말에 입을 다물었다. 그녀들은 그곳에서 증오해야 할 전 왕비가 아니라 자기들과 마찬가지인 한 사람의 자연인인 어머니의 모습을 보았기 때문이다.

"저는…… 여기 계신 모든 어머니들에게 그렇게 호소하고자 합니다."

분노와 억울함이 밴 그 목소리가 끝났을 때, 한순간 정적이 흐르고 그 후 방청석은 소란스러워졌다. 그 재판을 목격한 어떤 남자는 후일, 이 장

면을 다음과 같이 전해 주었다.

"그 고매한 목소리를 들은 모든 자들에게 자기장(磁氣場)과 같은 것이 흘렀다. 여자들은 모두 감동하였고, 너무 감동한 나머지 박수라도 칠 기세였다."

여기저기서 큰 소리가 터져 나왔다. 에르망 재판장은 나무망치를 두드려 소란스러움을 가라앉혀야만 했다. 그리고 그 외침 속에 한 여자의 목소리가 들렸다.

"오만한 여자 같으니라고……."

그 말이 마리 앙투아네트의 귀에 들어왔다.

"제가 너무 오만하게 보이나요?"

마리 앙투아네트는 관선 변호인에게 작은 목소리로 물었다.

"아니오." 관선 변호인은 어느새 그녀에게 호의를 품게 되었다. "있는 그대로의 자신을 드러내십시오."

그날, 열두 시간 동안, 그녀는 네 시 반에 수프 한 접시 먹을 시간이 주어졌을 뿐, 그 외에는 끊임없는 질문 공세에 의연히 대답을 계속했다. 이 법정에서는 검사와 증인은 물론, 재판장까지 그녀에게 덫을 치는 사냥꾼과 같았다. 덫은 곳곳에 숨겨져 있었다.

관선 변호인은 그런 앙투아네트에게 연민과 감동을 금할 수 없었으나, 그녀를 열심히 변호할 용기는 없었다. 그녀의 남편, 루이 16세를 열심히 변호한 변호인은 그 후 단두대로 보내졌다는 사실이 의욕을 꺾었다.

길고 긴 법정 싸움이 이어진 후, 검사 푸키에는 기소장을 읽었다. 마리 앙투아네트의 사적 생활의 방탕함—그 끝을 알 수 없는 사치, 국민에 대한 무관심, 목걸이 사건. 바렌 도주, 그리고 프랑스에 대한 배신.

반면 변호인은 배심원들에게 관대한 조치를 바란다고만 발언했다. 피고 마리 앙투아네트는 법정에서 한 동안 퇴석을 명령받고 자리를 떴다.

그 후 재판장 에르망이 문제를 정리하고 배심원들의 결정이 내려지는 일만 남았다. 이미 한밤중이었고, 방청인석에서는 그렇게나 떠들던 사람들이 대부분 사라졌고 남은 자들은 아무렇게나 쓰러져 잠을 자고 있었다. 그러나 마리 앙투아네트는 아직 잠들 수 없었다. 혁명재판소 밖에서는 호기심 많은 파리 시민들이 모여 판결을 듣고자 기다리고 있었다…….

재판장은 피고 마리 앙투아네트가 프랑스 왕비였을 때, 유럽의 반(反)프랑스 국가들에 대해 자국이 불리해질 음모를 꾸몄는가, 또한 국내 내분에도 책임이 있는가에 대해 판정해 주기를 배심원들에게 요청했나.

"물 좀 주실래요?"

그 논의가 계속되는 동안, 옆방에서 마리 앙투아네트는 헌병에게 그렇게 부탁했다. 물을 마신 그녀는 마치 그녀의 답변이 배심원들을 설득시켰다고 믿는 것처럼 보였다.

그리고 새벽 4시—,

다시 법정이 재개되었다. 아침의 찬 공기가 법정 안에 스며들고 있었다. 피곤에 지친 배심원들이 불쾌한 표정으로 자리에 앉았다.

"그럼,"

그들 대표가 일어서서 에르망 재판장에게 답변했다.

"저희가 내린 결론을 말씀드리겠습니다. 피고 카페 부인은 유죄입니다."

거기서 그는 말을 끊었다.

"제발 끼어들지 말거라."

침대 위에서 기침을 하면서 토끼 아주머니는 마르그리트의 말에 반대했다.

"아무튼 난 이제 복잡한 일에 말려드는 건 질색이야. 낡은 배에서 무슨 일이 있었는지 모르겠지만, 그냥 놔두렴."

"하지만, 그건……"

마르그리트는 오기가 느껴지는 눈으로 아주머니의 등을 쓰다듬는 시몬에게,

"엄청난 일을 꾸미고 있는 거예요. 콩시에르주리에 있는 카페 마누라를 구출하겠다는 계획을요."

"잘못 들은 거 아니야?"

아주머니는 또 다시 기침을 했다. 그녀는 다시 마르그리트와 이 여관을 운영하면서 갑자기 몸이 약해졌다.

"절대 아니에요."

"그냥 날 좀 푹 자게 해 주렴. 난 이제 누군가를 증오하고 원망하거나, 고소하고 죽이는 그런 세상이 지긋지긋해."

"알았어요. 폐는 안 끼칠게."

마르그리트는 숄을 걸치고 호텔을 나섰다.

(토끼 아주머니 말씀도 맞아.) 그녀는 센 강을 따라 걸었다. (그래도 다시 한 번만 확인해 보자.)

그녀의 호기심과 탐색하는 버릇이 그녀를 자연히 그 낡은 배로 인도했다. 센 강에는 가을 햇빛이 비쳤고, 루앙에서 오는 행상인들 배가 모든 물건을 다 팔았는지 강가에 묶여 유유히 떠 있었다. 버려진 배에는 아무도 없었다. 배 안을 들여다보았지만, 고양이 한 마리조차 찾을 수 없었다. 포기하고 돌아가려던 참에 한 중년 여자가 배 뒤에서 갑자기 모습을 드러냈다. 그날, 마르그리트를 수상쩍게 바라보던 꼽추여자이다.

"앗,"

마르그리트가 작게 소리를 내고, 그 여자는 그녀를 노려보았다.

"뭘 뒤질 생각이지?"

"아무 것도요."

"거짓말 하지 마. 넌 우리가 하는 말을 엿들었어."

중년 여자는 휘파람을 불었다. 어느새 선적 인부 복장을 한 남자 두 사람이 마르그리트의 등 뒤에 서 있었다.

"대답 해. 묻고 있잖아."

"무슨 짓이야."

팔을 잡힌 마르그리트는 남자들을 노려보았다.

"큰 소리를 지를 거야. 그럼 당신들이 꾸미는……"

그 순간, 손수건이 입을 막았다. 손수건의 강한 냄새를 맡은 순간, 마르그리트는 기절했다…….

먼지와 흙냄새가 났다. 설핏 눈을 뜬 마르그리트의 눈에 램프를 든 두 남녀 그림자가 어렴풋이 보였다.

"이제 정신이 드나?"

남자가 마르그리트를 들여다보았다.

"마르그리트, 나 기억나?"

마르그리트는 얼굴 위에서 포도주 냄새를 풍기는 남자를 올려다보고는,

"비예트"

하고 소리쳤다.

"그래, 비예트야. 나도 정말 놀랐다. 이 카트린느라는 친구가 널 여기 데려왔을 때—내가 없었으면 넌 저 세상 사람이야. 내가 부탁했지. 이 여잘

죽이는 건 좀 기다려 달라고. 옛날에 같은 한 패였다고 말이지."

"……"

"소개하지. 이 여자는 카트린느 위르곤이라고, 내 새로운 친구."

비예트는 램프를 들어 올려 히죽히죽 웃었다.

"카트린느에게 내가 말했지. 넌 머리도 나쁘지 않고, 우리 일을 분명 도와줄 거라고."

"무슨 일인데?"

마르그리트는 시치미를 뗐다.

"난 아무 것도 몰라요."

"엿들었잖아. 나와 카트린느의 계획 말이야. 지금에 와서 잡아뗄 필요가 뭐 있겠어."

비예트는 어깨를 움츠렸다. "우린 엄청난 계획을 세우고 있어. 콩시에르주리에 갇힌 왕비님을 구출할 계획이지."

비예트가 말하는 동안, 마르그리트는 눈을 크게 떠 묵묵히 듣고 있었다.

"사드 후작을 구출했을 때, 넌 내 마누라한테 이런 즐거운 일을 또 해보고 싶다고 했지."

"아주머니는 어떻게 지내요?"

"죽었어, 벨기에서. 그 목걸이사건 후에."

비예트는 슬픈 얼굴을 했다.

"그 목걸이사건 때처럼 세상 사람들을 깜짝 놀라게 하는 거야. 어때. 같이 해보지 않겠어?"

"얼만데?"

"돈? 알았어. 목걸이 사건 때와 똑같이 나눠줄게."

마르그리트는 잠시 생각했다. 아직도 머리가 조금 아팠다.

"좋아요. 도울게."

"좋았어."

비예트는 만족스럽게 고개를 끄덕이고 곁에서 침묵을 지키는 카트린느 위르곤에게 눈짓을 했다.

"그럼, 난 뭘 하면 되죠?"

"그건 나중에 얘기해 줄게. 아무튼, 밧줄을 풀어주지."

손발이 묶인 밧줄이 풀리자 마르그리트는 일어서서 먼지와 흙냄새 나는 방을 둘러보았다.

"여기가 어디죠?"

"어딜 것 같아?"

비예트는 또 다시 히죽 웃었다.

"실은 말이지, 콩시에르주리 옆에 있는 지하실이야."

"무슨 뜻이죠?"

"이제 곧 알게 될 거야."

그녀는 비예트와 카트린느와 함께 먼지투성이 구멍 속을 빠져나왔다. 구멍에서 나오자 거기에 낡은 배가 버려져 있었다.

"그럼 내일 다시 여기로 와. 그때 다 가르쳐줄 테니까."

비예트는 카트린느와 함께, 마르그리트가 집으로 돌아가는 모습을 바라보고 있었다.

"정말 저 여자랑 같이 일할 거야?"

꼽추 카트린느가 그렇게 물었다.

"말도 안 되는 소릴. 그럴 생각은 눈꼽만큼도 없어."

코웃음을 치며 고개를 저었다.

"쟤는 머리는 좋은데, 이상하게도 옛날부터 왕비를 진심으로 미워했거든. 지금에 와서 왕비의 탈출을 도와줄 리가 없지."

"그럼 왜 우리 계획을 털어놓은 거야?"

"이용하려고 그러는 거지. 분명 쟨 경찰에 밀고할 거야. 그러니까 거짓 정보를 가르쳐주고 적을 속이는 거지. 게다가 또 하나…… 못 느꼈나? 쟤는 어딘지 왕비를 닮았거든……."

"그러고 보니 그러네."

비예트는 목걸이 사건 때, 마르그리트를 왕비로 분장시켜 연극을 했던 것을 카트린느에게 털어놓았다.

"그러니까 앞으로도 쟤를 이용할 수 있을 거야."

"넌 참……, 뼛속까지 악당이군."

카트린느는 혀를 내두르며 말했다.

비예트가 한 말은 사실이었다. 마르그리트는 곧장 지구위원 사무소로 찾아갔다.

그녀의 말을 들은 지구위원은 깜짝 놀라 로베스피에르에게 보고했다.

"바로 체포하라고? 웃기지 말게."

몽타뉴 당 지도자 중 한 사람인 로베스피에르는 과연 대단한 술책가였다.

"달랑 두 남녀가 전 왕비를 구출할 수 있을 리 만무하지. 뒤에 흑막이나 혹은 좀 더 많은 사람들이 있을 거야. 그들을 일망타진하기 위해선 그마르그리트를 그놈들 사이에 심어둬야 해."

로베스피에르의 예상은 적중했다. 비예트와 카트린느는 이 계획을 위해 많은 동료들을 모아 두었다. 그 동료들이란 열쇠 가게, 과자 가게, 포도주집, 헌 옷집, 페인트집, 식료품점 주인 같은 골목길 서민들이었고 그들은 왕이 사라진 프랑스의 혼란을 우려하고 전 왕비에 대해 동정심을 품는 평범한 시민들이었다. 카트린느가 중심이 되어 그런 사람들을 모았다. 그리고 카트린느는 옛날부터 알고 지내던 비예트를 의논 상대로 고른 것이다. 물론 페르센은 비예트로부터 연락을 받았다. 페르센은 그들을 위해 자금을 대겠다고 나섰다.

비예트는 아지트인 지하 동굴에서 카트린느를 비롯한 대여섯 명에게 자신의 계획을 발표했다.

"잘 들어. 10월 16일로 처형일이 정해졌어. 처형은 아마 아침에 혁명광장에서 이루어질 거야."

그는 큰 종이를 사람들 앞에서 펼쳤다.

"지금까지 예를 보더라도 그녀를 태운 마차가 센 강에 놓인 샹주 다리(Pont au Change)를 건넌 다음 생 로슈 성당 앞을 통과할 거야. 그리고 혁명광장을 향해 가겠지. 그러니까 우린 구경꾼들 사이에 섞여서 성당 뒤쪽에 숨는 거야."

그는 거기서 생 로슈 성당에 가까운 지점을 가리켰다.

"왜 여길 골랐나 하면 이 길은 모퉁이를 돌아야 하니까 마차가 일단 서야 하거든. 마차가 선 순간 우리가 덮치는 거야. 그리고 왕비를 데리고—이 빵집과 푸줏간 사이로 도망치는 거지. 골목이 너무 좁아서 병사들도 한 사람씩밖에 움직이지 못하거든. 한 사람씩 밖에 못 들어오니까 우린 적은 인원으로도 충분히 도망칠 수 있을 거야. 저쪽이 허둥대는 동안 카트린느는 왕비를 데리고 이 빨래 너는 공터에서 생 로슈 성당으로 도망치는 거야."

그는 또 한 장의 종이를 펼쳤다.

"생 로슈 성당엔 이렇게 지하에 길이 있어. 이 비밀 지하도는 노트르담 대성당으로 통해 있지. 지하를 따라 병사들이 갈팡질팡 하는 동안에 노트르담 대성당으로 가서……."

카트린느 옆에서 마르그리트는 비예트의 이야기를 하나도 놓치지 않으려고 두 눈을 크게 떴다. 그의 계획을 지구위원에게 모두 보고해야 한다. 그리고 그 지구위원에게서 연락을 받은 경찰이 곧 준비에 들어갈 것이다. 당일에 마차를 습격할 비예트와 카트린느 일당을 일망타진할 준비를…….

"잘 알겠나?"

모두 일어섰고, 나막신이 따닥따닥 소리를 내며 지하굴 입구로 나갔다.

"마르그리트"

사람들과 함께 나가려는 마르그리트에게 비예트는 히죽히죽 웃었다.

"어때, 내 계획이. 완벽하지 않나?"

"놀랐어요. 분명 성공할 거예요."

"아무렴."

비예트는 의미심장하게

"면밀히 생각해서 조치를 취해 뒀거든"

하고 말했다.

마르그리트가 나가자, 모두에게 보인 종이를 치우며 카트린느가,

"넘어간 것 같은데"

하고 비예트에게 웃어 보였다.

"응. 마르그리트는 이 계획을 믿는 것 같아."

"저 여자가 그대로 경찰에게 밀고를 해 주면 고맙겠는데. 경찰들이 그 말을 믿고 그날 생 로슈 성당과 노트르담 대성당에 잠복하면, 우린 뒤통수를 칠 수 있어."

"그렇게 성모마리아님께 빌어야지."

마르그리트가 떠난 것을 확인하자, 비예트는 휘파람을 불었다.

그러자 놀랍게도 자리를 떴던 사람들이 다시 지하굴로 나막신 소리를 내며 돌아왔다.

"다들 수고가 많네."

비예트가 한 쪽 눈을 찡그렸다.

"마르그리트에게 보여줄 연극은 아까 그것으로 끝이야. 자, 지금부터 진짜 계획을 얘기하지. 다들 여기 좀 모여 보게."

그는 아까와는 다른 종이를 펼쳤다.

"다들 잘 들어"

일동은 비예트가 그린 설계도를 들여다보았다.

그것은 마리 앙투아네트가 갇힌 콩시에르주리의 설계도였다.

"자, 난 세심하게 계획을 짠 끝에 마르그리트를 이용하기로 했어."

비예트는 말을 시작했다.

"그 여자가 왕비와 얼굴과 키가 닮은 건 모두들 다 보고 알겠지. 그래서 난……, 마르그리트를 사형 날 아침, 어떻게든 왕비와 바꿔칠 수 없을까 생각을 해 봤어."

"바꿔친다고?"

설계도를 바라보던 대여섯 명의 동료들은 깜짝 놀라 일제히 비예트를 쳐다보았다.

"마르그리트를 왕비로."

"그래."

"그게 가능할까?"

"가능할지 말지는, 일단 얘기 좀 들어봐. 형 집행 전날부터 우린 마르그리트를 속여 약으로 기절시킨 다음 콩시에르주리 안에 옮겨 두는 거야. 그리고 왕비를 콩시에르주리에서 밖으로 데리고 갈 사람들을 습격하는 거야."

"습격할 수 있을까?"

"그날 아침에 그녀에게 사형집행 선고를 언도하는 역할은 두 명의 판사, 그리고 재판 때 재판장을 맡았던 에르망이야. 기껏해야 남자 너덧 명인데, 그걸 쓰러뜨리지 못할 리 없지."

"그건 그렇고, 콩시에르주리에 어떻게 들어가서 숨어 있지?"

동료 한 사람인 헌옷집 주인이 물었다.

"그거 참 좋은 질문이군."

비예트는 고개를 끄덕였다.

"그게 문제지. 그렇지만 콩시에르주리에서도 왕비에게 깊이 동정하는 사람이 있어."

"누가?"

"지금 왕비 시중을 드는 로잘리라는 하녀야. 그 하녀 부모를 카트린느가 잘 알거든. 로잘리만 우리 편으로 만들면 기회가 있을 거야. 자, 우린 당일 아침, 콩시에르주리에 사형집행 선고를 하러 가는 관리들을 처치하고 그 관리들로 변장한다. 그리고 왕비 대신 마르그리트를 밖으로 끌어내 사형집행인 남자들에게 건네주는 거지."

"들키지 않을까?"

"어두침침한 새벽이라서 우리가 변장을 해도 들키지 않을 거야. 마르그리트가 실신해 있어도 왕비가 너무 무서워 기절했다고 하면 되지."

"위험한 모험이군."

"그래, 아주 위험해" 하고 비예트는 고개를 끄덕였다.

"그러니까 하는 보람이 있지. 아니, 사실을 말하자면 이 방법 외에는 다른 생각이 떠오르지 않아. 싫으면 여기서 빠져도 돼. 할 마음이 있는 사람만 남아 줘."

남자들은 서로 얼굴을 쳐다보았다.

"난 하겠어."

한 사람이 말하자,

"나도 하겠어"

다른 남자도 대답했다.

"좋았어. 그럼 다시 한 번 반복하지. 우선 카트린느가 할 일은 로잘리라는 하녀를 우리 편으로 끌어들이는 거야."

"힘닿는 데까지 해볼게."

"우린 로잘리 도움으로 콩시에르주리에 약으로 기절시킨 마르그리트를 운반해 갈 거야."

"알았어."

"사형집행 날 새벽, 선고하러 온 관리를 습격해서 그들로 변장한 다음 마르그리트를 집행인들에게 넘길 거야."

"그것도 잘 알겠어."

"나머진 왕비를 도망가게 하는 것뿐이야. 그것도 생각해 봤는데."

그들은 이렇게 콩시에르주리 설계도를 둘러싸고 소리를 죽인 채 의논을 계속했다.

마르그리트는 지구위원에게 비예트에게 들은 이야기를 바로 전했다.

"생 로슈 성당에 그런 지하도가 정말로 있나?"

사건의 중대함에 놀라 지구위원이 로베스피에르에게 보고했을 때, 로베스피에르가 맨 처음 한 말이었다.

"지하도가 정말로 있는지, 그걸 먼저 알아볼 필요가 있어."

로베스피에르 명령으로 곧바로 경찰관이 파견되어 쥐구멍까지 샅샅이 뒤졌지만, 성당에 지하도가 있는 것 같지는 않았다.

"그럼 결론은 두 가지. 마르그리트가 속고 있거나, 혹은 우리가 정말로 지하도를 못 찾은 것이거나, 둘 중 하나야. 그 두 가지 가능성에 대해 우리는 대책을 세워야 해."

로베스피에르에게 지적을 받고 지구위원은 송구해 하며 말했다.

"실수하지 않도록 철저히 준비하겠습니다."

"그렇게 하도록. 잘못되면 자네에게 중대 책임을 물리겠네."

로베스피에르는 그렇게 못을 박았다.

최후의 아침

파리는 아직 잠들어 있었다. 강물이 소리도 없이 흐르는 센 강변에 콩시에르주리 탑이 검게 솟아 있었다. 별이 뜬 하늘. 콩시에르주리의 음침한 방에서 두 개의 초를 밝히고 책상에 앉아 마리 앙투아네트가 펜을 움직이고 있었다. 탕플 탑에 사는 시누이 엘리자베트 공주에게 보내는 유서를 쓰고 있었다.

"시누. 이제 마지막 편지를 씁니다. 전 판결을 받았습니다. 범죄인에게 사형은 부끄러운 것이겠지만, 저는 부끄럽지 않습니다. 당신의 오라버니를 다시 만날 수 있으니까요."

거기까지 쓰고는 방금 대법정에서 받은 사형선고의 말을 또렷이 떠올렸다. 오전 4시, 피곤에 지친 새벽의 방청석에는 졸고 있는 방청인이 남아 있을 뿐이었고 재판장 에르망이 선고하는 목소리도 의무적이었다.

"피고는 프랑스의 주권 하에 있는 영토 내에 적이 침입하기 쉽도록 도모하였고……"

"피고는 시민을 무장하게 하여 내란을 통해 국가를 소요하려고 시도하였으며……"

마리 앙투아네트는 묵묵히 그 선고를 듣고 있었다.

"형법 제2부 제1항 제1조에 따라 국가반역죄로 사형에 처한다."

아무런 감정도 없이 그녀는 "사형에 처한다"는 말을 듣고 있었다. 그리고 법정에서 내려와 마치 "맹인처럼, 귀머거리처럼"(목격자담) 큰 방을 가로질러 나갔다.

"양심에 거리낄 게 없는 사람이 그렇듯, 제 마음은 지금 평온합니다. 다만 가엾은 아이들을 남기고 가야한다는 것이 마음에 걸립니다."

그때 처음으로 그녀의 눈에 눈물이 번졌다. 탕플 탑에 지금쯤 잠들어 있을 딸과 아들. 특히 어린 아들 걱정이 무엇보다 그녀의 마음을 괴롭혔다. 왕자로 태어나지 않았더라면…… 내 아이가 아니었더라면…… 이런 불행을 겪지 않았어도 되었을 텐데.

"그 두 아이가, 우리가 끊임없이 가르쳤던 것을 잊지 않았으면 합니다. 인생에서 가장 중요한 점은 자신의 신념을 굽히지 않고 자신의 의무를 다하는 것이라는 사실을 말입니다……. 딸아이가 동생을 늘 보살펴줘야겠다고 느꼈으면 좋겠습니다. 아버지가 아들을 위해 남긴 말처럼 결코 복수를 하지 않기를, 훗날을 위해 여기 다시 적습니다."

인생에서 가장 중요한 점은 자신의 신념을 굽히지 않고……, 그렇게 쓰면서 마리 앙투아네트는 창문에 문득 눈길을 보냈다. 이제 다섯 시. 창문이 조금씩 희뿌옇게 밝아와 죽음의 아침이 다가오고 있음을 알 수 있었다.

(내 아가들, 나 역시 마지막까지 내 신념을 지키겠습니다.)

내 신념, 마리 앙투아네트는 생각했다. 삶의 마지막까지 왕비였던 여자의 우아함, 아름다움을 지킬 것. 어떤 상황에 처하더라도 자신의 아름다움을 잃지 않을 것. 왕비로서의 위엄을 잃지 않을 것.

(내 아가들, 끝까지 지켜봐 줘요. 어머니는 우아하게 죽어가겠습니다.)

그녀는 다시 깃털 펜을 움직였다. 책상 위 촛불이 죽어가는 나방처럼 흔들린다.

"나는 열두 사도가 전한 로마 가톨릭교, 선조 대대로 지켜온 종교이자 나 역시 그 속에서 자라온 종교를 믿고 죽어가겠습니다……태어나서 지금까지 저질렀을지도 모를 모든 죄를 주님께서 용서해주시기를 빕니다."

태어나서 지금까지 저질렀을지도 모를 모든 죄—그때, 그녀는 남편의 선량한 얼굴을 떠올렸다. 그 선한 사람은 그녀를 평생, 따스하게 사랑해 주었다. 그런데도 때로는 그를 우습게 여기고 때로는 경멸하기도 했다.

"내게는 벗들이 있었습니다. 그 분들과 영원히 헤어져야한다고 생각하니, 그리고 그 분들의 마음속 고통을 생각하면 죽음을 향하는 내세 가장 큰 괴로움으로 남아 있습니다. 마지막 그 순간까지 그 분들을 마음속에 담아두었음을 그 분들이 알아주었으면 좋겠습니다."

그 분들이……, 마리 앙투아네트는 일부러 복수형 '분들'이라고 썼다. 그러나 사실은 '그 분'이라고 단수형으로 쓰고 싶었다. 그 분—바로 페르센이었다.

"마지막 그 순간까지 그 분들을 마음속에 담아두었음을 알아주었으면 좋겠습니다."

터질 것 같은 가슴으로 그녀는 페르센의 옆얼굴을 떠올렸다. 마지막 바로 그 순간까지, 그녀에게 충실했던 그. 그와도 이 지상에서 이별해야 할 순간이 다가왔다…….

이때—,

콩시에르주리는 평소보다 경계가 허술해졌다. 오래 지속된 재판 과정에서 마리 앙투아네트 곁을 지켰던 헌병들이 피로에 지쳐 잠들었기 때문이다. 콩시에르주리 안에 네 명의 남자가 잠입했다. 뒤쪽 철문 열쇠를 몰래 열어둔 것은 마리 앙투아네트의 시중을 드는 여자 로잘리였다. 네 명의 남자는 약으로 기절한 마르그리트를 마대에 넣어 메고 들어왔다. 그리고 어둠 속에서 마치 동면중인 짐승처럼 꼼짝도 않고 몸을 숨기고 있었다.

아침이 다가온다. 차가운 공기가 건물 안쪽까지 젖어 들었다. 네 명의 남자가 안에 들어오는 것을 본 로잘리는 바로 마리 앙투아네트가 유서를 쓰고 있는 방으로 향했다.

"안녕. 이 편지가 시누 손에 들어갈 수 있기를. 언제까지나 나를 기억해주길. 그립고 가엾은 아이들과 시누를 온 마음을 다해 포옹합니다.

안녕히. 안녕히."

두 양초는 이제 반만 남았다. 그리고 그 양초를 향해 앉아 유서의 마지막 행을 다 쓴 전 왕비의 머리는—마치 길고 긴 인생을 끝내려는 노파처럼 새하얗게 변했고, 굽은 등은 피로에 지쳐 있었다.

"마담"

작은 목소리로 로잘리가 그녀를 불렀다. 그리고 꿈에서 깬 것처럼 뒤를 돌아본 전 왕비에게,

"마담, 조용히……"

하고 입술에 손가락을 대었다.

"무슨 일이죠?"

"이 콩시에르주리에 지금…… 네 명의 남자가 숨어 들어와 있습니다. 마담을 도와주기 위해서요."

"나를?"

마리 앙투아네트의 창백한 얼굴에는 별달리 놀라는 기색도 없었다.

"네."

"어떻게 나를 도운다고 하나요?"

로잘리는 남자들이 지금부터 개시할 행동과 마리 앙투아네트가 해야 할 일을 짧게 설명했다.

"로잘리"

하고 전 왕비는 조용히 말했다.

"그분들 마음은 정말 기쁘게 생각해요. 하지만…… 저는 탕플 탑에 있는 딸과 아들을 남겨두고 혼자만 살아갈 생각은 없어요."

"마담."

"아뇨, 로잘리. 사람은 언젠가 모두 죽습니다. 하지만 중요한 건 죽음 그 자체가 아니라 어떻게 죽는가 하는 것입니다. 나는 왕비로서 죽고 싶습니다."

"하지만……"

"그분들께 전해주세요. 내가 마음속 깊이 감사한다고. 그리고 내 대신 죽을 뻔한 그 가엾은 여자 분을 꼭 살려주세요. 로잘리, 이건 내 마지막 부탁이에요."

그렇게 말하는 마리 앙투아네트의 눈에서는 눈물이 한 방울 떨어졌다.

"얼른 서둘러요. 서두르지 않으면 날이 밝을 거예요. 벌써 창밖이 희어지고 있잖아요."

"마담."

얼굴을 돌리고 로잘리는 목례를 하고는 방을 나섰다. 말할 수 없는 감정이 그녀의 가슴을 짓눌렀다.

새벽 다섯 시. 파리에서는 경계태세가 유지되고 경비병들이 시내 곳곳에 서 있었다. 전 왕비를 처형장으로 끌고 가는 동안 불상사가 일어나지 않도록 감시하기 위해서다. 마르그리트를 통해 지구위원에게 정보가 전해졌기 때문에, 특히 생토노레 거리와 생 로슈 성당 부근에는 개미 한 마리 얼씬하지 못할 정도로 병사들이 집결해 있었다⋯⋯.

8시 30분—,

겨우 속옷을 갈아입고 그 위에 실내복과 모슬린으로 된 커다란 천으로 어깨를 감싸고 흰 모자를 쓴 전 왕비의 방에 신부 한 사람이 머뭇거리며 들어왔다. 재판소에서 파견된 지라르(Girard) 신부는 마리 앙투아네트의 마지막 고해를 듣고 사형대까지 따라가기 위해 찾아왔다. 마리 앙투아네트는 그가 혁명정부에 타협하기로 선서한 신부라는 것을 알고 말했다.

"저는 당신께 고해할 수 없어요. 당신은 제 반대편에 선 사람이니까요."

"하지만 죽음 앞에서 당신이 종교의 구원을 거절했다는 말을 들으면 사람들이 뭐라고 할까요."

"상관없습니다. 주님은 한없이 자애로우신 분이니까요."

이렇게 말할 때의 마리 앙투아네트에게는 일찍이 왕비였던 자의 위엄이 짙게 남아 있었다. 지라르 신부는 반박하지 못하고,

"마지막 가는 길에⋯⋯ 동행해도 되겠습니까?"

하고 물었다.

"그럼 마음대로 하세요⋯⋯."

그녀는 차갑게 대답했다.

마르그리트는 정신을 차렸다. 그녀는 한쪽 신발이 벗겨진 상태로 센 강 근처에 쓰러져 있었다. 기억이 없었다. 기억나는 것은 전날 비예트와 카트

린느와 얘기를 해둔대로 생로슈 성당에 가려고 했었을 때까지였다. 그때 갑자기 누군가 뒤에서 댄 천으로 강한 냄새를 맡아 기절했다.

(내가 어디 있었지?)

비예트와 카트린느, 그리고 다른 사람들도 보이지 않는다. 들리는 건 머리 위의 함성뿐이다.

(여기가 어디지?)

그녀는 콩시에르주리 바로 근처, 샹주 다리 아래에 있다는 것을 깨달았다. 다리가 쑤시고 등도 아프다. 일어섰지만, 현기증이 났다. 나머지 한쪽 신발을 찾았더니 조금 떨어진 곳에 벗겨져 있었다. 그 신발을 신고 그녀는 제방 위로 올라갔다. 다리 위에는 사람들로 가득했다. 이제 곧 콩시에르주리에서 처형장인 혁명 광장까지 끌려갈 마리 앙투아네트를 보러 구경꾼들이 모여 있었다. 그녀는 다리 위 사람들 속으로 천천히 섞여 들어갔다. 상당수의 경찰들이 배치되어 있었다.

"그 말 들었어?"

중년 남자가 아내에게 말하고 있다.

"잡혀간 사람들이 있나 보던데. 콩시에르주리에 숨어들어가 카페 마누라를 탈출시키려고 했나 봐."

"어디로……"

"벌써 반시간 정도 전에 콩시에르주리 지하 감옥에 갇혔다고 하던데."

마르그리트는 이 선량한 부부의 대화를 망연히 듣고 있었다. 만약 잡혀간 게 비예트와 카트린느 일당이라면 그들은 왜 나만 구해줬을까. 그들을 배신한 나를……. 햇빛이 밝게 센 강을 비추기 시작했다. 가을빛을 받아 수면이 반짝반짝 즐거운 듯 빛나고 있었다.

"벌써 열 신데 카페 마누라는 아직도 안 나오네. 대체 뭘 하느라 이렇게 늦는대?"

다리 난간에 걸터앉은 젊은이들이 소리쳤다.

"멋 부리고 나오느라 그렇지. 그 여잔 마지막까지 잘난 척하는 모습을 보이고 싶은 거야."

웃음소리가 일제히 일어났다.

10시, 전날 밤 재판의 재판장이었던 에르망이 세 명의 남자와 콩시에르주리의 돌로 된 복도에 발소리를 내며 카페 부인의 독방으로 들어간다.

"선고를 읽겠습니다."

"필요 없어요. 전 이미 알고 있으니까요……."

전 왕비는 여기서도 차갑게 고개를 저었지만 에르망은,

"아니오, 선고는 다시 한 번 읽도록 되어 있습니다"

하고 말했다. 선고는 기요틴으로 형을 집행한다는 내용이었다.

기요틴. 그것은 단두대에서 떨어지는 칼을 말한다. 마리 앙투아네트는 남편 루이 16세 역시 그 단두대를 향해 한 발 한 발 올라갔을 것이라고 순간 머릿속으로 생각했다. 그러나 그것은 순간이었을 뿐, 그녀는 마치 자기 일이 아니라 남의 일처럼 가만히 듣고 있었다.

멍하니 서 있는 그녀가 꿈에서 깬 듯 눈을 크게 뜬 것은 그 직후였다.

"마담. 제가 집행인인 상송입니다."

직립부동자세로 젊은 남자가 말했다. 상송…… 상송…… 전 왕비는 기억하고 있었다. 남편이 언젠가 얘기했던 그 이름을. 프랑스에는 대대로 사형집행을 직업으로 삼는 집안이 있는데 그 집안 이름을 상송이라고 한다고……. 그 기억이 그녀를 멍한 상태에서 현실로 끌고 왔다.

"죄송하지만 두 손을 내밀어 주십시오."

갑자기 마리 앙투아네트는 공포에 휩싸여 두세 발 뒷걸음 쳤다.

"싫어요. 그런 모습은…… 남편 때도 손을 묶지 않았다고 들었어요."

당혹한 젊은 남자는 도움을 청하듯 에르망에게 시선을 향했다. 오늘, 아버지 상송 대신에 온 그는 아직 이 일에 익숙하지 않았다.

"의무를 수행하게."

에르망은 시선을 피하고 차갑게 명령했다. 아들 상송은 그 명령에 튕겨 나가듯 마리 앙투아네트의 두 손을 붙잡고 뒤로 강하게 묶었다. 그녀는 이 굴욕 속에서 얼굴을 들고 눈물을 흘리지 않으려고 필사적으로 참고 있었다.

(내 아가들.)

그녀는 탕플 탑에 있는 아이들에게 말하고 싶었다.

(난 아름답고, 우아하게 죽어 가겠습니다. 비록 이런 비참한 자세를 강요받더라도.)

그러나 그녀가 견뎌야만 하는 굴욕은 손을 뒤로 묶이는 부끄러운 자세뿐만이 아니었다. 아들 상송은 몸을 움직이지 못하게 된 그녀의 흰 모자를 벗겨 머리를 가위로 잘랐다. 탕플 탑에 유폐되고 남편의 비명의 죽음과 아들과의 이별 후에, 마리 앙투아네트의 머리는 노파처럼 은색으로 변해 있었다. 청년은 그 은색 머리칼을 가차 없이 가위로 잘랐다. 기요틴의 칼날이 낙하할 때 방해가 되지 않게 하기 위해서였다.

에르망은 그것을 지켜본 다음 독방에서 나갔다.

"자."

상송은 그녀의 뒤로 돌아 포승줄을 잡고 재촉했다.

"갑시다."

두 번 다시 돌아오지 않을 독방을 뒤돌아보지도 않고 마리 앙투아네트는 돌로 된 복도로 나갔다. 복도는 헌병들이 정렬해 있는 큰 홀로 이어졌다. 그러자 수많은 시선이 갑자기 쏟아졌다. 베르사유 궁전의 큰 홀에서 귀족과 귀부인들이 시선을 보냈던 그녀에게ㅡ. 그러나 여기서는 누구 하나 몸을 숙이는 자가 없다. 호의와 존경심에 찬 시선 대신 노골적으로 호기심에 찬 눈들이 그녀를 바라본다. 궁전에서 우아한 의상에 몸을 감쌌던 그녀가 지금 가축처럼 뒤로 손이 묶인 채 쫓기듯 걷고 있다.

(내 아가들, 난 아름답고 우아하게 죽어갑니다. 프랑스 전 왕비로서…….)

샹주 다리에서 강변에 이르기까지 구경꾼들로 가득 찼다. 색깔 있는 음료와 과자를 파는 행상인이 그런 구경꾼들에게 호객행위를 하고 있었다.

"재미있는 책이 나왔어요. 카페 마누라가 얼마나 음란한지ㅡ 전부 쓰여 있는 팸플릿 사가시오."

노인이 바구니에 이상야릇한 팸플릿을 넣고 군중 속을 걸어 다니고 있다.

(그 때와…… 똑같아.)

마르그리트는 들뜬 그 광경을 바라보며 그녀가 빵집에서 일하던 때의 스트라스부르를, 왕세자비가 될 오스트리아 왕녀 마리 앙투아네트가 왔던 그날의 일들을 갑자기 떠올렸다. 모든 게 그때와 똑같다. 이 웃음소리. 이 물건 파는 목소리, 이 푸른 하늘. 그렇다, 모든 게 그때부터 시작되었다. 마르그리트가 마리 앙투아네트를 증오하게 된 것도…….

재판소 앞의 라 발류리 거리에도, 생토노레 거리에도 군중들이 모여들었다. 그들은 마치 집시의 곡예라도 구경하는 듯 과자와 과일을 먹고 음료로 입술을 축이며 처형이 시작되기를 기다리고 있었다.

재판소 뜰에는 한 대의 마차가 서 있다. 사형수 카페 부인을 혁명광장 단두대까지 끌고 갈 마차다. 그러나 그 마차는 판자만 깐 거름통을 싣는 수레였다. 두 마리의 더러운 말이 흙투성이 다리로 버티고 서서 그 마차에 묶여 있었다.

"저 마차를 타고 저승길로 가게 됐구만."

그걸 본 구경꾼들은 놀라 말했다.

"그래도 그녀 남편 카페는 사륜마차로 혁명 광장에 데리고 갔는데……"

"마지막엔 사치를 부리지 못하게 하겠다는 건가. 그건 그렇고 뭐가 이렇게 늦어."

카페 부인은 분명 매우 늦게 나타났다. 11시가 다 되어 가도록 재판소에서는 아직 사형수와 집행인이 나오지 않는다. 대체 어떻게 된 일일까. 군중들은 기다리는 게 지겨워졌다.

마르그리트는 그런 군중들에 섞여 참을성 있게 혁명재판소 문이 열려 그 여자가 나오기를 기다렸다. 그 여자. 마르리트에게 세상의 불평등과 신의 편애를 가르쳐준 여자. 한 사람은 태어날 때부터 왕녀이고 한 사람은 빵부스러기를 주워 입에 담아야 하는 가난한 부모 밑에서 태어났다. 그래서 마르그리트는 그 여자를 통해 사회의 불평등과 신의 독선을 증오했다. 그 여자가 오늘 단두대로 보내진다. 당연한 결과다. 그렇지 않다면 이 세상의 모순은 아귀가 들어맞지 않는다.

(똑똑히 지켜볼 거야.)

마르그리트는 혁명재판소를 향해 마음속으로 외쳤다.

(네 목이 떨어질 때까지 지켜볼 거야.)

파리의 하늘은 쾌청하다. 센 강은 반짝반짝 빛난다…….

뒤로 손이 묶이고 상송의 아들에게 포승줄 끝을 잡힌 전 왕비는 안뜰에 한 대의 마차가 놓여 있는 모습을 보았다. 거름통을 싣는 수레였다.

"설마…… 이 마차로."

그녀는 뒤를 돌아 사형집행인의 아들에게 물었다.

"네. 저 마차를 타십시오."

전 왕비는 발을 멈추었다. 그리고 올라오려는 구토를 참기 위해 주저앉았다. 아름답고 우아하게 죽자. 그 꿈이 가혹한 현실 때문에 지금 다시 무너지려 하고 있다.

"얼른 줄을 풀어요. 토할 것 같아요."

아들 상송은 어쩔 수 없이 줄을 풀었다. 마리 앙투아네트는 안뜰 구석에 주저앉아 어깨를 들썩였다……

군중들이 수군거렸다.

드디어 재판소 문이 열렸기 때문이다. 학수고대했던 전 카페 부인이 모습을 드러낼 것이다.

바로 얼마 전까지만 해도 그들이 "왕비님"이라 불렀던 여자. "만세"를 소리쳤던 여자. 그 여자가 사형수가 되어 이 문을 나온다. 군중들에게 이만큼 쾌감을 자극하는 구경거리는 또 없었다. 숨을 죽이고 그들은 열린 출구를 응시했다. 대여섯 명의 헌병이 나타났다. 그들은 계단 양쪽에 서서 전 왕비가 나타나기를 구경꾼들과 함께 기다리고 있었다.

11시 5분.

흰 실내복에 흰 모자, 그리고 머리카락이 잘리고 뒤로 손이 묶인 여자가 모습을 드러냈다.

그녀는 잠시 멈춰 서서 눈부신 듯 맑은 하늘을 바라보았다. 그리고 아들 상송의 재촉으로 돌계단을 내려 마차로 다가갔다.

은발이다. 종잇장처럼 낯빛도 새하얗다. 필사석으로 기력을 쥐어찌고 있음을 잘 알 수 있었다.

거름통을 싣는 수레에 아들 상송의 도움으로 올라탔을 때 두 팔이 묶인 몸이 잠깐 비틀거렸다. 검은 패티코트가 그 실내복 옷자락에서 언뜻 보였다.

마차에는 좌석 대신에 한 장의 판자가 놓여 있었고, 그녀는 그 위에 앉았다. 아들 상송이 그녀에게 방향을 바꿔 앉으라고 주의를 주었다. 그 옆에 처형장까지 따라갈 지라르 신부가 앉았고, 두 사람 뒤에 사형집행인인 아들 상송이 조수와 함께 고지식한 표정으로 앉아 있었다.

마부가 채찍을 내려쳤고, 수레는 두 마리 말에 끌려 친친히 움직이기 시작했다.

구경꾼들은 숨죽인 채 그 광경을 바라보았다.

마르그리트는 혁명재판소에서 샹주 다리까지 마차를 바라보며 군중의 뒤쪽을 잰 걸음으로 걸었다. 그 여자는 입술을 꽉 다물고 얼굴을 꼿꼿이 들고 있다. 손이 뒤로 묶였어도, 등을 곧바로 세워 동상처럼 움직이지 않은 채. 길 양옆, 다리 양옆으로 끊임없이 이어지는 구경꾼들 얼굴이 틀림없이 그 눈에 들어올 텐데도 표정조차 바꾸지 않는다. 가만히 앞만 바라보고 있을 뿐. 호기심에 넘쳐나는 얼굴이 끝없이 이어진다. 때로는 그런 호기심에 넘치는 얼굴이 끊기고 입술만 움직인다.

"매춘부."

"매국노. 프랑스를 팔아넘긴 년."

"이제 넌 곧 모가지가 날아갈 거다."

여기저기서 목소리가 날아든다. 그런데도 그 여자는 얼굴색 하나 바꿔지 않는다. 마치 아무 것도 보이지 않고 아무 것도 들리지 않는 것처럼.

(난 처음부터 끝까지 전부 지켜볼 테야. 네가 죽을 때까지 하나도 빠짐 없이 지켜볼 테야.)

마차와 함께 걸으며 마르그리트는 그 여자에게 계속 말을 건다.

(결국 내가 이겼어. 이것 봐. 난 이렇게나 자유로운데, 넌 이제 죽을 거잖아.)

파리의 하늘은 맑았다. 샹주 다리 아래에서 센 강이 오늘도 반짝반짝 웃음을 띠고 유유히 흘러간다.

한 사람의 화가가 생토노레 거리 입구에서 종이와 연필을 준비하며 마차가 오기를 기다리고 있었다. 다비드(Jacques-Louis David)라는 화가다. 마차를 기다리며 그는 주위를 꽉 메운 남녀의 얼굴들을 몰래 관찰했다. 그 모든 얼굴들 속에 숨겨진 마음들을 관찰했다. 겁에 질린 얼굴이 있다. 무언가를 견뎌 내는 얼굴이 있다. 그 표정을 통해 다비드는 그게 전 귀족들이라는 사실을 바로 알아챌 수 있었다.

귀족들 역시 군중들 속에 섞여 단두대를 향하는 마리 앙투아네트의 마차를 지켜보고 있었다. 그들의 머릿속에는 베르사유 대궁전에서 수많은 시종들을 거느리고 지나가던 왕비의 모습이 남아 있다. 인사하고 웃고 고개를 끄덕이며, 몸을 숙이는 귀족들과 귀부인들 앞을 걸어가는 마리 앙투아네트. 때때로 멈춰 서서 그 희고 부드러운 손을 내밀어 입맞춤을 허락하는 프랑스의 왕비. 그녀의 마지막 운명을 견디며 바라보기 위해 그들은 여기서 기다리고 있다…… 다비드는 그런 얼굴들을 바로 가려낼 수 있었다. 그리고 그의 연필은 그 표정들을 종이에 재빨리 스케치해 갔다.

또 다른 얼굴들이 있다. 잔혹한 대중들의 표정이다. 그들은 지금 표현하기 힘든 쾌감을 맛보며 죽음 앞에 놓인 여자를 기다리고 있다. 그들에게 그 여자는 모든 악의 상징이다. 그들을 지금까지 고통스럽게 만들었던 여자, 그들의 고통에 냉담하기 짝이 없었던 여자. 불평등, 불합리, 그런 모든 것들의 원흉이었던 여자. 그 여자가 오늘 이 맑고 쾌청한 날에 영원히 말살당할 것이다. 합당한 벌을 받는 그 여자의 죽음을 즐거운 마음으로 구경한다고 해서 안 될 게 무언가.

그리고 또 하나의 얼굴이 있다.

(가엾어라⋯⋯)

그 소박한 얼굴들은 앞으로 일어날 비극에 깊은 동정심을 나타내는 얼굴이다. 하지만 그들에게는 그 말을 할 용기가 없다. 만약 그 말을 입 밖에 낸다면 그들 역시 잡혀가 짓밟히고 콩시에르주리로 끌려갈 테니까.

다비드는 그의 주변을 둘러싼 수많은 종류의 마음을 가진 얼굴들을 바라보았다. 그의 손은 그런 얼굴들을 남몰래 하나하나 그리고 있었다.

"도착했어."

생토노레 거리 저편에서 큰 소리가 들렸다. 마차가 나타난 것이다. 천천히, 군중의 성난 목소리와 고함소리 속을 뚫으며, 마차는 다가오고 있다. 화가 다비드는 연필을 들어 재빨리 스케치하기 시작했다. 그리고 거름통을 싣는 짐수레에서 등을 이쪽으로 돌려 앉아 있는 여자의 모습을 그렸다.

사진술이 없었던 이 시대에 그의 스케치는 마리 앙투아네트의 최후를 알고자 하는 우리에게 귀중한 자료가 된다. 다비드는 그 그림에서 손이 뒤로 묶이고 완전히 초췌한 모습으로 체념한 듯 눈을 감은 여자를 그리고 있다.

눈을 감은 마리 앙투아네트. 그녀에게는 군중의 목소리도 들리지 않는 것 같다. 죽음을 앞두고 기도를 하고 있는지도 모른다. 혹은 대중들을 털끝만큼도 믿지 않는다는 것을 표정으로 분명히 보여주려고 했는지도 모른다. 아무튼 그림에 그려진 마리 앙투아네트는 완전한 고독 속에 있다. 완전한 고독 속에 있다는 것을 그 스케치는 선명히 전해준다.

(마지막까지 이 어머니는 아름답고 기품 있게 살다 갑니다. 그리고 우아하게 죽음을 맞이합니다. 왜냐하면 아버지는 프랑스 국왕이며, 이 어머니는 프랑스 왕비이니까요.)

눈을 감고 마리 앙투아네트는 두 아이 모습을 떠올리며 마음속으로 그렇게 속삭인다.

더 이상 군중의 모습도 성난 고함소리도, 보이지도 들리지도 않는다. 그녀는 두 아이들만을 마주하고 있다. 그리고 그 아이들에게 이야기를 들려준다.

(똑똑히 봐요. 이 어머니가 어떻게 죽는지를. 어떤 폭력과 능욕도 내 의지를 꺾을 수는 없습니다. 우아하고 아름답고자 하는 이 왕비의 의지를요.)

그것만이 그녀가 대중을 향해 벼린 단 하나의 무기였다. 단 하나의 저항이었다.

마차는 바다와 같은 군중 속을 헤집고 지나간다. 그녀의 눈에는 때때로 주먹을 휘두르며 고함치는 남자들, 이를 드러내며 웃는 여자들, 눈을 내리까는 노인들이 보이지만, 그런 것들은 아무런 관심도 끌지 못한다.

(폐하)

그녀는 같은 운명을 그녀보다 빨리 맞이했던 남편을 향해 속삭인다.

(때로는 우리가 서로 다른 마음을 품기도 했지요. 하지만 결국 전 당신

의 아내였음을, 지금 똑같은 죽음을 맞이하려는 이 순간을 보더라도 알 수 있습니다. 저는 틀림없는 당신의 아내였습니다.)

광장이 다가온다. 마차는 팔레 루아얄 거리를 지나고 있다.

마르그리트는 땀을 닦으며 군중 사이를 가로질러 마차를 따라 갔다. 그녀는 마차에서 꿈쩍도 하지 않는 그 여자의 표정을 조금이라도 놓치지 않으려고 얼굴을 그쪽에서 돌리지 않았다. 하지만 그 여자의 표정은 혁명재판소를 나서서 이 루아얄 거리에 오기까지 한 치의 변함도 없다. 눈을 꼭 감은 채 자세를 흐트러뜨리지 않는 그 여자는 마르그리트의 눈에 고집불통처럼 보였다.

(언제까지 고상한 척할 셈이지? 그래 봐야 광장에 도착해서 단두대에 올라가면 당신도 벌벌 떨 걸. 그 떠는 모습을…… 이 두 눈으로 똑똑히 지켜볼 거야.)

마르그리트는 마차를 향해 그렇게 말했다. 목소리는 내지 않았지만 마음속으로 그렇게 말하고 있었다.

(당신이 없었더라면 난 내 비참함도 모른 채 살고 있었겠지. 그렇지만 스트라스부르에서 당신을 보고난 다음부터, 난 내 비참함과 이 세상의 불공평함을 뼈저리게 느꼈어.)

혁명 광장 주변에도 사람들이 벌떼처럼 몰려 있었다. 한낮 루아얄 거리의 가느다란 길을 지나가자 마차는 광장 쪽으로 방향을 틀었다. 튈르리 궁이 보인다. 이 순간, 처음으로 마리 앙투아네트는 눈을 떠, 궁전의 희고 기다란 건물을 응시했다. 그러나 여전히 몸은 꿈쩍도 하지 않는다.

튈르리 궁. 짧고도 괴로운 시절이었지만 남편과 아이들과 함께 지낸 곳. 그 궁전에서 바렌으로 탈출을 시도했던 것은 인생을 건 마지막 도박이나 다름없었다.

다시 현실로 끌려 돌아온다. 남편은 없다. 남편은 이제 이 세상 사람이 아니다. 아이들은 그녀의 손에 닿지 않는 먼 세계에 있다. 그리고 지금, 그녀는 마차를 타고 죽음이 기다리는 광장으로 향한다.

"은총이 가득하신 마리아님, 기뻐하소서."

그녀의 입술에서 기도문이 흘러나왔다.

"주님께서 함께 계시니 여인 중에 복되시며…… 천주의 성모 마리아님. 이제와 저희 죽을 때에 저희 죄인을 위하여 빌어주소서."

이제와 저희 죽을 때에 저희 죄인을 위하여 빌어주소서. 가톨릭의 '수태고지' 기도문을 외는 마리 앙투아네트의 귀에 돌연 엄청난 고함소리가 들려왔다. 루아얄 거리에서 지금 막 광장으로 들어온 마차를 보고 혁명 광장에 모여 그녀의 죽음을 구경하려는 군중이 일제히 소리를 지른 것이다.

그 고함소리에 수많은 비둘기들이 튈르리 궁 숲에서 날아올랐다. 비둘기 떼는 맑은 하늘에 곡선을 그리며 높이 날아올랐다. 검은 단두대가 마리 앙투아네트에게 선명히 보였다. 병사들이 열을 지어 단두대 앞에 단정히 서 있었다. 북소리가 울려 퍼졌다.

"하늘에 계신 우리 아버지. 아버지 이름이 거룩히 빛나시며. 아버지의 나라가 오게 하시며."

그녀의 입술이 떨리듯 움직였다.

(주여. 부디, 제가 마지막까지 추하지 않게 해주시옵소서. 오스트리아 왕녀로 태어나 프랑스 왕비였던 자에 합당한 태도로 주님께서 내려 주신 운명에 따르도록 해주소서.)

변함없이 우아하고 아름답기를. 단두대의 칼날이 내리칠 때까지, 그녀가 왕비로서 흔들림 없이 지켰던 신념을 단두대에 올라서도 지킬 수 있기를.

(아이들에게 어머니가 어떻게 죽었는지 보여주고 싶습니다. 주여, 도와
주소서.)

그녀 곁에서 지라르 신부 역시 손을 모아 기도하고 있었다.

"주여. 이 자에게 죽음 후에 안식을 주소서."

북이 울려 퍼지고 군중의 환호성이 바다의 파도처럼 되풀이되었다. 마
차는 모든 이들의 주목을 끌며 단두대 옆에 멈추었다. 아들 상송은 그녀
가 마차에서 내릴 때 손을 잡아주려고 했지만, 마리 앙투아네트는 가볍게
고개를 저어 혼자 땅에 발을 내딛었다.

이때, 북소리가 우뚝 멈추고 군중의 고함소리 역시 돌연 가라앉았다.
모든 사람들이 지금, 한 여자의 죽음의 순간을 숨죽이고 바라보고 있었
다. 일찍이 왕비였던 여자의 죽음을 응시하고 있었다.

그 정적 속에서 그녀는 우아한 발걸음으로 단두대 계단을 올랐다. 가
볍게, 그리고 우아하게. 트리아농 별궁 계단을 올라갈 때와 같은 가벼움
으로.

벨벳 구두 한쪽이 벗겨져 계단 아래로 떨어졌다. 그대로 두고 단두대에
올랐지만, 그때 먼저 올라가 기다리고 있던 아들 상송의 발을 조금 밟았다.

"미안해요."

그녀는 고개를 비스듬히 기울여 아들 상송에게 사과했다. 고개를 비스
듬히 기울여 웃는 버릇은 왕세자비 때부터의 습관이었고, 그때의 그녀는
귀족들 사이에서 너무나 사랑스럽다는 평판이 자자했다.

"저도 모르고 한 실수였어요."

이것이 그녀가 이 세상에 남긴 마지막 말이었다.

집행인 조수들이 앞으로 나왔다. 그녀는 머리를 흔들어 모자를 떨어뜨
리고 조수들에게 이끌려 기요틴이 떨어질 단두대에 머리를 넣었다.

둔탁한 소리. 틀이 나사로 조여졌다.

12시 15분.

군중의 고함소리가 다시 파도처럼 일어났다. 비둘기들이 날아올랐다.

모든 것이 끝났다. 조수 한 사람이 프랑스 왕비였던 마리 앙투아네트의 머리를 높이 쳐들어 단두대 주위를 돌았다. 고함소리와 박수소리가 다시 한 번 광장을 뒤덮었다.

마르그리트는 울고 있었다. 사람들의 어깨와 등에 치이면서 울고 있었다. 왜 우는지 그녀 자신도 알 수 없었다. 그러나 그때 마르그리트는 빵집 안주인에게 혼나고 매질을 당하면서 일하던 그 괴로웠던 소녀시절, 비 오는 파리 거리에 우두커니 서서 굶주림을 참으며 손님을 기다리던 소녀시절의 모습을 떠올리고 있었다.

(모든 게 끝났어.)

왠지 그런 생각이 들었다.

바로 그 시각.

탕플 탑의 어느 방에서 한 여자와 어린 여자애가 바닥에 무릎을 꿇고 기도하고 있었다.

여자는 루이 16세의 여동생인 엘리자베트(Elisabeth) 공주였고 여자애는 그녀의 조카이며 마리 앙투아네트의 딸인 마리 테레스(Marie-Thérèse-Charlotte, 1778~1851) 공주였다. 탕플 탑까지 혁명 광장의 고함소리는 들리지 않았다. 생토노레 거리 양쪽에서 울려 퍼지는 군중의 목소리도 닿지 않았다.

그러나 두 사람은 오늘 아침 콩시에르주리에서 그들의 새언니이자 어머니가 사람들에게 끌려 나가 처형된다는 것만은 형리에게 들어서 알고 있었다.

"기도합시다. 어머니가 오늘 영혼의 안식을 얻고 하느님 곁으로 돌아가기를……"

마담 엘리자베트가 그렇게 말하자 마르고 창백한 얼굴의 공주는 순순히 고개를 끄덕였다.

두 사람은 두 시간 동안 서로 묵주기도를 올렸다. 한 사람이 지치면, 다른 한 사람이 대신 기도문을 외었다.

창밖은 화창하고 태양빛은 바닥까지 흘러들어온다.

돌계단을 천천히 올라온 형리가 두 사람 방문을 두드려 안을 들여다보았다.

"카페 부인이…… 방금 처형되었어요."

그 말을 듣고 공주는 비명을 지르며 고모 가슴에 얼굴을 파묻었다.

(가엾어라……, 이제 이 아이는 이 세상을 혼자 헤쳐 나가야만 하는 구나.)

그 머리를 쓰다듬으며 엘리자베트 공주는 뺨에 눈물이 흐르는 것을 느꼈다.

"그렇지만 어머니는 방금 아버지께 가신 거야. 어머니께 그보다 더 행복한 일이 또 있을까?"

흐느껴 울며 공주는 고개를 끄덕였다. 그렇게 생각할 수밖에 없었다. 그렇게 생각하는 게 최고의 위안이었다.

"마지막까지 카페부인이 콧대 높게 굴더라고 다들 그럽디다."

아까부터 문을 열어 안을 들여다보던 형리가 두 사람의 슬픔을 즐기며 그렇게 말했다.

"저리 가요. 이 아이가 지금은 마음껏 슬픔에 젖을 수 있게 그냥 놔둬요."

엘리자베트 공주의 격렬하게 화난 목소리에 형리는 문을 쾅 닫고 모습을 감추었다.

(이제 다음은 내 차례겠지.)

그녀는 마리 테레즈 공주의 금발머리를 쓰다듬으며 생각했다.

(왕비 다음으로 내가 단두대에 끌려가겠지. 그리고 이 아이는 혼자 남게 될 거야. 남동생은 다른 층에서 살고 있으니.)

여자애의 남동생인 루이-샤를르 왕자(Louis-Charles, 1785~1795)는 어머니의 죽음을 이해하기에는 너무나 어렸다.

아이의 교육을 맡았던 시몽이 그날 방에 들어가자 왕자는 아무 것도 모른 채 혼자서 나무 쌓기 놀이를 하고 있었다.

"야."

시몽은 반말로 말했다.

"넌 내가 아빠야. 그러니까 무슨 일이 있어도 외롭지 않지?"

"응. 외롭지 않아."

"그럼 됐어."

"무슨 일 있어?"

"아니……"

두 사람이 그런 대화를 나눈 다음, 시몽은 아이를 데리고 정원으로 나왔다. 가을 햇빛이 밝았다. 왕자는 정원을 천진난만하게 뛰어다녔다. 멀리서 사람들 외침 소리가 들렸다. 마리 앙투아네트가 처형됐다는 소식을 알리는 남자들의 고함소리였다.

"뭐라고 하는 거야?"

왕자는 시몽에게 물었다.

"못된 여자가 오늘 죽었대."

"못된 여자……"

"당연한 거지." 시몽은 태연히 답했다.

"못된 짓을 하면 벌을 받아야지."

"무슨 못된 짓을 했는데? 그 여자는."

"다들 굶주리고 있는데 혼자만 잘 먹고 잘 살았거든. 다들 괴로워하는데 유유자적하게 사치나 부리고 말이야."

"그 사람, 이름이 뭔데?"

"마리 앙투아네트."

왕자는 어깨를 으쓱 하고는 다시 성원을 뛰어다니며 밝게 웃었다. 어머니의 죽음을 이해하기에는 너무나 어렸던 것이다.

모든 게 끝나고 광장을 둘러싼 군중의 모습도 사라졌다. 병사들도 지휘관 호령에 따라 다시 대오를 정비하고 떠났다. 단두대 위에서 아들 상송과 그 조수들이 물로 피를 씻고 있다. 그 소리 뿐, 광장은 사막처럼 고요해졌다.

콩시에르주리 안쪽─오늘 아침까지 카페 부인이 있던 그 방에서 두 관리와 콩시에르주리 수위의 아내 보 부인과, 그리고 마리 앙투아네트의 시녀였던 로잘리가 유품을 챙기고 있었다.

"이게 다야?"

관리들은 코웃음을 치며 침대 위에 놓인 케이프와 양말과 속옷을 흘끗 보았다.

"다른 건 더 없어?"

"없습니다."

보 부인은 조금 새침한 얼굴로 고개를 흔들었다. 마치 거짓말이라도 했다는 듯이 추궁 당하는 게 불만스러웠다. 관리들은 그 유품을 자루에 넣어 들고나갔다. 사형수 유품은 죄수들에게 나눠주는 게 규칙이었기 때문이다.

"청소해 둬."

보 부인은 로잘리에게 그렇게 명령하고 그녀도 자리를 떴다. 빗자루를 든 채 로잘리는 혼자 그 방에 우두커니 서 있었다. 오늘 아침까지만 해도 살아 있던 그 사람은 이제 영영 돌아오지 않을 것이다. 이 지상으로는 돌아오지 않을 것이다. 이미 저 세상 사람이다.

로잘리는 그것을 도저히 받아들일 수 없었다. 어딘가에서

"마드무아젤"

하고 부르는 목소리가 들려올 것만 같았다.

(정말 돌아가신 걸까.)

그녀는 여전히 기억이 생생했다. 오늘 아침, 헌병 앞에서 옷을 갈아입기 위해 몸을 숙였을 때―그때, 여자에게만 일어나는 그것 때문에 더러워진 속옷을 돌돌 말아 어딘가에 숨기려고 애쓰던 모습을⋯⋯

(그 사람이 이젠 없다니.)

빗자루를 든 채 그녀는 창밖의 푸른 하늘을 응시했다.

그 푸른 하늘이 그녀에게는 무척 잔인하게 느껴졌다⋯⋯

"내 인생의 전부였던 사람. 영원한 사랑을 바쳤던 사람. 어떤 희생을 치르더라도 후회하지 않을 만큼 사랑했던 사람, 그 사람을 위해서라면 몇천 번이라도 죽을 수 있었던 사람―그 사람이 이제 이 세상에 없다니."

페르센은 종이에 깃털 펜으로 글씨를 휘갈겨 쓰면서 하염없이 흘러내리는 눈물을 한 손으로 훔쳤다.

"내 고통은 지금 최고조에 달했어. 지금 내가 어떻게 살아 있는지조차 모르겠구나."

그는 여기 브뤼셀에서 프랑스 왕비 마리 앙투아네트의 죽음을 오늘 아침에 막 전해들은 참이었다. 그날 하루, 그는 망연자실한 채 방안에 틀어박혀 있었다. 식사도 거르고 창문도 열지 않았다. 여동생에게 보내는 이 편지에 쓴 것처럼 "지금 어떻게 살아 있는지조차" 알 수 없는 멍한 눈으로 허공의 한 점을 뚫어지게 바라보고 있었다.

저녁 무렵, 그는 호텔을 나섰다. 시청 청사 옆을 몽유병자처럼 지나, 어느덧 생 미셸 성당으로 향하고 있었다. 문을 밀었다. 문은 끼이익 하고 둔탁한 소리를 냈다. 널찍한 성당 안에는 정적이 흐르고 있었고, 아무도 없이 그저 멀리 제단 옆 램프 불빛만이 살아 있는 유일한 생명처럼 느껴졌다. 무릎을 꿇고 고개를 숙여 페르센은 그 사람을 향해 말을 걸었다.

"난 온 힘을 다했지만, 결국 당신을 살리지 못했군요. 그리고 당신은 이제 내 손에 닿지 않는 곳으로 가버렸습니다."

그때 가지런히 모은 두 손 위로 눈물이 끊임없이 떨어졌다.

"하지만 난 당신에게 마음 속 깊이 감사하고 있습니다. 이 생에서 당신을 만나고, 당신을 사랑하고-그리고 당신으로부터 많은 것들을 배우고, 사랑받았습니다. 그것만이 내 인생이었고 그 외에는 내 인생이 아니라는 마음이 지금 분명하게 나를 지배합니다. 앞으로도 나는 당신만을 마음에 품고 여생을 보내겠습니다. 이제 와서 남겨진 생을 살아가는 것이 제겐 무의미하겠지만……"

성당 안은 고요했다. 마치 처형 후에 혁명 광장을 뒤덮었던 정적처럼. 하느님의 침묵처럼. 역사의 잔혹함처럼……

엔도 슈사쿠가 역사를 대하는 방법

『침묵』의 작가, 엔도 슈사쿠

2017년, 한국에서 〈사일런스〉가 개봉되었다. 거장 마틴 스콜세지가 메가폰을 잡고 앤드류 가필드, 리암 니슨, 아담 드라이버가 열연한 이 영화는, 감독이 〈그리스도 최후의 유혹〉(1988) 시사회에서 대주교로부터 엔도 슈사쿠(遠藤周作, 1923~1996)의 『침묵』(1966)을 소개 받은 것이 계기가 되었다. 감독은 바로 영화화를 결심했지만, 17세기 일본을 재현해야 하는 물리적 어려움, 소송 문제, 캐스팅의 변경과 같은 지난한 과정을 겪으면서 계획이 좌초되었고 우여곡절 끝에 2016년에야 비로소 북미에서 개봉되었다. 감독이 원작을 만난 지 28년 만의 일이다. 그렇다면 세계적 거장으로 하여금 28년간 영화화의 의지를 관철시키게 한 『침묵』이란 어떤 작품인가.

엔도 슈사쿠의 대표작 『침묵』은 천주교 탄압이 최고조에 달했던 17세기 일본에서 페레이라 신부가 배교했다는 소식이 바티칸에 날아들고, 그를 신앙의 스승으로 여겼던 로드리고, 가루프 두 예수회 신부가 진의를 확인하기 위해 일본으로 잠입하면서 시작된다. 신부에 대한 추방령으로 일본에는 사제가 남아 있지 않은 상태였기에 일본의 마지막 사제가 된 그들은 신자들에게 열렬한 환영을 받지만 결국 나가사키 영주에게 잡힌 가루프 신부는 순교하고, 로드리고는 배교(背教)를 강요받는다. 처참하게 고문당하고 죽어가는 신자들을 목격한 로드리고는 신에게 묻는다. 신은 왜 그들을 보고도 침묵하시는가. 신앙심이 시험대에 오른 이때, 이미 배교의 의미로 성화를 밟았음에도 불구하고 로드리고가 배교하지 않으면 죽을 때까지 고문을 당하는 신자들이 있다는 것을 알고 로드리고는 그들을 위해 성화를 밟기로 결심한다. 로드리고가 성화를 밟는 순간 닭이 우는데, 이는 그가 신앙에 대해 새로운 깨달음의 경지에 이르렀음을 암시한다. 종교화에서 닭과 함께 그려진 인물은 베드로를 가리킨다. 닭이 울자 예수를 모른다고 세 번이나 부인했던 죄를 참회하고 예수의 제자로서 인생을 온전히 바친 베드로를 연상시키기 때문이다.

후일담으로 삽입된 17세기 공문서에 따르면, 로드리고는 일본인 이름으로 개명해 38년 간 배교자라는 오명을 감수한 채 살아갔고 죽어서조차 불교식으로 장례식이 치러졌다. 그러나 끝까지 로드리고가 신앙심을 잃지 않았음을 이 문서는 암시한다. 문서에는 로드리고가 죽기 5년 전, 조수로 함께 살았던 기치지로가 몰래 십자가 목걸이를 품고 있었음이 발각되었고, 십자가는 로드리고에게서 받은 게 아니라 주은 것이라고 주장하다가 처형되었다고 기록되어 있다.

만년 노벨상 후보자였던 엔도 슈사쿠에 대해 그레이엄 그린은 "20세기 그리스도교 문학에서 가장 중요한 작가"라고 언급했으며, 대표작 『침묵』은 영국의 '더 가디언'지가 뽑은 죽기 전에 읽어야 할 1000권의 목록(일본인 작품은 여섯 작품)에 들어가기도 했다. 작가의 이런 명성을 고려했을 때, 한국 독자들에게 그의 지명도가 그다지 높다고 하기는 어렵다. 이는 어쩌면 엔도 슈사쿠를 말할 때, 종종 수식어로 그리스도교(좀 더 한정한다면 가톨릭교) 작가라고 규정해버리는 탓도 있을 것이다. 그리스도교에 무관심한 이들에게는 신앙에 대한 갈등과 해석이 중요한 문학적 테마가 아닐 테고, 독실한 신자에게는 로드리고의 신의 뜻에 대한 해석이 너무나 자의적으로 느껴질 것이다. 그리스도교 작가라는 타이틀은 이 작가와 작품의 정체성을 규정하면서 동시에 올가미로 작용한 것은 아닐까 하고 조심스레 추측해본다.

하지만 이 작품이 독자에게 던지는 질문은 반드시 신앙에만 국한되지 않는다. 신념이란 무엇인가, 선악이란 무엇인가, 정의란 무엇인가 하는 문제까지 확장시켜 독자들의 사고를 뒤흔들기 때문이다. 그것은 작품이 그리는 현실의 복잡성, 인물들의 다면성에 기인한다. 가혹한 현실에서 빨리 순교할 수 있었던 가루프의 상황이, 타자의 목숨까지 결정해야 하는 로드리고보다 훨씬 단순명쾌하고 다행스럽게 보이기조차 한다. 그리고 로드리고에게 배교하라고 설득하는 통역관과 페레이라, 고통 받는 신자들을 구하기 위해 배교행위를 함으로써 철저히 스스로를 낮추는 선택을 한 로드리고, 끊임없이 죄를 저지르면서도 고해를 통해 면죄를 받으려는 기치지로, 신자들을 배교시키기 위해 수단과 방법을 가리지 않는 잔혹한 나가사키 영주 이노우에조차 단순한 악인들이 아니다. 이런 상황과 인물의 복잡성이, 순교는 선이고 배교는 악이라는 단선적인 구도로 설명할 수 없게 만든다. 그리고 이러한 다면성이야말로 현실에 더 가까워 진실성이 느껴진다. 현실에서는 마블 코믹스처럼 완전한 선인도 완전한 악인도 존재하지 않기 때문이다.

엔도 슈사쿠의 작품이 갖는 문학적 가치 중 하나는, 역사적 사실을 대할 때 진실이라고 믿어 의심치 않았던 선과 악, 정의와 불의에 대해 의문을 던지게 만드는 데 있다. 예를 들어 또 다른 엔도 슈사쿠의 대표작 『바다와 독약』은 제2차 세계대전 당시, 미군포로에 대해 어느 대학병원에서 실제로 자행되었던 생체실험을 다룬다. 이 작품은 평범한 인간이 생체실험이라는 끔찍한 범죄에 어떻게 물들어 가는지, 그 과정을 담담하게 그렸다. 만약 도덕적으로 악하지도 않고 선하지도 않은 평범한 독자가 같은 상황, 같은 입장이었더라면 같은 죄를 저지르지 않을 것이라고 단언할 수 있겠는가, 그런 질문을 스스로에게 던지게 만드는 힘이 그의 작품에는 있다. 이 작품, 『왕비 마리 앙투아네트』 역시 그렇다.

엔도 슈사쿠의 마리 앙투아네트

인생 전반부의 화려함, 후반부의 오욕과 불행이라는 운명의 극명한 대비로 3세기에 걸쳐 끊임없이 이야기의 소재가 되어 온 마리 앙투아네트. 엔도 슈사쿠는 이 작품을 통해 무엇을 말하고자 했을까. 슈테판 츠바이크의 『마리 앙투아네트-베르사이유의 장미』를 포함하여, 마리 앙투아네트에 관한 방대한 이야기의 계보 속에 엔도 슈사쿠는 굳이 왜 『왕비 마리 앙투아네트』(1979~1980)를 더해야만 했을까.

전기의 대가 슈테판 츠바이크의 손에 완성된 작품의 저자 서문을 보면, 이 전기작품을 관통하는 주제가, 지극히 평범했던 인간이 운명의 채찍질을 통해 마지막 순간에 위대해지는 과정을 명징하게 드러내려 했음을 알 수 있다. 철없고 깊은 사유를 기피하고 화려한 것을 좋아하던 평범한 여자가, 운명의 수레바퀴 아래서 단단해지고 "불행 속에서 사람은 비로소 자신이 누구인지를 알게 됩니다"라는 말을 남기면서 의연하게 죽어간다. 슈테판 츠바이크의 마리 앙투아네트는 비극을 통해 평범한 인간이 위대한 인간으로 성장해 가는 모습에 초점을 맞춘다. 그러나 엔도 슈사쿠의 마리 앙투아네트가 확연히 다른 점은, 역사적인 사료를 충실하게 따르면서도 마르그리트와 아녜스라는 허구의 인물을 등장시키고 있다는 점이다. 이 '역사소설'의 '허구'부분이야말로 이 작품의 존재의의이기도 하다.

소설은 마리 앙투아네트가 아니라 마르그리트의 이야기로 시작된다. 역사소설이면서 실재 인물과 허구의 인물이 작품의 양대 축을 담당하는 구도가 특이하다. 지롱드파를 지지하던 샤를로트 코르데가 마라를 암살한 것은 사실을 바탕으로 했지만, 범인 코르데가 이 소설의 중요 등장인물 아녜스였다는 설정 역시 허구이다. 시점에 따라서는 이 소설의 주요인물은 마리 앙투아네트뿐만이 아니라 마르그리트와 아녜스 등 세 여인으로 볼 수 있다. 이 세 사람은 각기 왕정주의자, 급진적 혁명주의자, 온건한 혁명주의자로 분류할 수 있는데 이러한 정치적 입장은 논리와 사상에서 연유한 것이라기보다 그들의 인품에서 비롯되었다고 할 수 있다. 타고난 성정이 기품 있고 우아한 마리 앙투아네트는 죽음의 순간까지 왕비로서의 위엄을 잃지 않으려 의식적으로 노력했고, 마르그리트는 열네 살의 마리 앙투아네트를 본 순간부터 느낀 질투심과 복수심에 평생 사로잡혀 살았다. 그런가 하면 여공들을 조직하는 혁명 세력의 일원이었으나 혁명 이후에는 잔인한 피의 복수극에 반대하여 마리 앙투아네트를 지지했던 수녀 아녜스는 늘 약자의 편에 서서 의연한 삶을 살았다.

독자에 따라서는 지배계급이 민중을 어떻게 억압했는지는 제대로 다루지 않은 채 혁명 진영의 잔혹한 민낯을 그대로 드러내는 이 작품의 서술방식이 그다지 공정하지 않게 느껴질 지도 모르겠다. 이 묘사의 불균형은 작가의 정치적 편향에서 비롯된 것일까. 『침묵』과 『바다와 독약』을 쓴 작가가 어느 시점에선가 형평성을 잃고 만 것일까. 하지만 이 소설을 찬찬히 들여다보면 이 작품 역시 『침묵』과 『바다와 독약』이라는 역사소설과 궤를 같이 한다는 사실을 알 수 있다. 앞선 두 대표작은 배교는 악이고, 생체실험 가담자들은 우리의 상상을 초월하는 악인들이라는 독자의 고정관념을 깨뜨리는 작품들이다. 『왕비 마리 앙투아네트』 역시 프랑스 혁명기를 살았던 사람들, 마리와 아녜스와 마르그리트 같은 사람들에 대해 바라보는 우리의 관점이, 여전히 고정관념에 갇혀 있음을 일깨워준다.

피지배 계급인 마르그리트의 왜곡된 심리와 혁명파의 잔혹함을 도드라지게 묘사하는 것은, 우리가 가진 역사의식의 불균형에 의문을 던지기 위한 게 아닐까. 지금 우리가 누리는 민주주의는 프랑스 혁명 당시 사람들이 피 흘려 쟁취한 것이라는 말을 우리는 종종 입에 담는다. 이 말은 곧 지배계급은 악이고 혁명세력은 선이며 정의라고 암시하고 있다. 하지만 정말로 그럴까. 정치적 입장과 도덕성은 불가분의 관계가 있는가. 프롤레타리아를 위한다는 구호가 정적의 숙청 도구로 쓰였음은 스탈린과 마오쩌둥과 폴 포트가 역사를 통해 이미 증명했는데도 우리는 그 끔찍한 역사를 때로는 의도적으로 못 본 척 한다.

순수문학과 대중문학을 구분하는 기준이 있다면 그것은 책을 읽은 후에 독자로 하여금 자신의 고정관념에 의문을 던지게 만드느냐 하는 것도 하나의 기준이 될 수 있다고 믿는다. 의미 있는 문학작품을 읽었을 때 느끼는 왠지 모를 불편함은 자신의 생각이 틀렸을 지도 모른다는 의구심 때문이다. 그런 의미에서 이 작품은 혁명은 선이고 반혁명은 악이라는, 실제로는 정치적 선택임에도 불구하고 도덕성을 개입시키는 독자의 고정관념을 뒤흔든다.

도덕적으로 고결한 삶을 산다는 건 얼마나 어려운 일인가. 마리 앙투아네트를 끝까지 지키고자 했던 귀족들은 극소수였고 대부분은 일신의 안위를 위해 해외로 도피했다. 겉으로는 정의를 내세우지만 민중들의 심리에는 복수심이 깔려 있음을, 무분별한 피의 학살을 통해 알 수 있다. 마리 앙투아네트는 사람들이 마르그리트를 희생시켜 자신을 탈출시키려 한다는 로잘리의 말에 이렇게 대답한다. "사람은 언젠가 모두 죽습니다. 하지만 중요한 건 죽음 그 자체가 아니라 어떻게 죽는가 하는 것입니다. 나는 왕비로서 죽고 싶습니다."

작가는 독자들에게 묻는다. 당신은 과연 어떤 사람인가. 기회주의자였던 대다수의 귀족인가, 어리석기는 하지만 죽을 때까지 선량함을 잃지 않았던 루이 16세인가, 사랑하는 사람을 위해 포기할 줄 몰랐던 페르센인가. 혹은 질투심과 복수심의 해소를 사회 정의라고 스스로를 포장했던 마르그리트인가, 어떤 고난 속에서도 기품을 잃지 않으려 했던 마리 앙투아네트인가, 핍박 받는 사람들에 대해 연민하고 행동할 줄 알았던 아녜스인가.

작가의 질문에 나는 기회주의자가 아니라고, 질투심을 정의라는 아름다운 포장지로 포장하는 마르그리트가 아니라고 자신 있게 대답하지 못하겠다. 그것이 이 작품을 읽은 후 내가 느꼈던 불편함의 정체였다.

엔도 슈사쿠의 『왕비 마리 앙투아네트』는 1979~1980년에 아사히 신문 출판부에서 출간되었고, 그 후 신조문고(新朝文庫)로 옮겨 2016년까지 총 60쇄를 기록했다. 본 역서는 이 마지막 판본을 번역했다. 제목을 『여혐의 희생자, 마리 앙투아네트』로 고쳤다.

2017년 10월 가고시마에서 김미형

여혐의 희생자 마리 앙투아네트 2

1판 1쇄 발행 | 2017년 12월 15일

글쓴이 | 엔도 슈샤쿠
옮긴이 | 김미형
펴낸이 | 안병훈
디자인 | 오숙이

펴낸곳 | 도서출판 기파랑
등록 | 2004. 12. 27 | 제 300-2004-204호
주소 | 서울시 종로구 대학로8가길 56(동숭동 1-49 동숭빌딩) 301호
전화 | 02-763-8996(편집부) 02-3288-0077(영업마케팅부)
팩스 | 02-763-8936
홈페이지 | www.guiparang.com
이메일 | info@guiparang.com

ISBN 978-89-6523-662-7 03830